Angelika Jodl
LAUDATIO AUF EINE
KAUKASISCHE KUH

Für Tamuna Shashiashvili und Nana Mamukelashvili

»What's in a name? That which we call a rose
By any other name would smell as sweet.«

William Shakespeare, *Romeo und Julia*

»SIE IST ERST fünfzehn«, sagte der Vater.

»Fast sechzehn«, sagte die Mutter.

»Gott ist groß«, sagte die Großmutter.

Olga überlegte, wo sie sich verstecken könnte, aber die Wohnung war klein, und ihre Mutter ließ sie nicht aus den Augen. Als es an der Tür läutete, saß sie in der Küche wie eine Gefangene und hörte, wie die Besucher ihre Schuhe auszogen.

Die Mutter kam zurück und stellte sieben Tassen auf ein Tablett. In jede hängte sie zwei Teebeutel und goss heißes Wasser darüber. »Das servierst du jetzt. Sprechen musst du nicht dabei.«

»Nein!«, sagte Olga heftig.

»Was heißt hier *nein?!* Ich geb dir gleich eins hintendrauf!«

»Nein!«

Die Mutter senkte die Stimme. »Stell dich nicht so an, du servierst nicht deine Jungfräulichkeit, nur Tee!«

»Ich stell ihnen die Tassen hin, dann gehe ich.«

»Allheilige Muttergottes, wieso hast du diesem Kind keine Vernunft gegeben? Mir platzt der Kopf vor Ärger, du Idiotin!« Die Nasenflügel der Mutter bebten.

Olga wusste, dass die Mutter sie am liebsten gekniffen hätte. Nur dass Besuch im Haus war, schützte sie vor ihren Zangenfingern.

»Du verscherzt dir dein Schicksal«, sagte die Mutter, »die Chatzizachariadis sind gute Christenmenschen. Ihr Junge hat Computer gelernt. Und ich sag dir was, ich sperre die Wohnungstür ab.« Fotis kam in Fußballschuhen in die Küche. »Geh raus zum Spielen, mein Liebling«, bat sie ihn.

9

Olga nahm das Tablett mit den Tassen und verließ die Küche. Aus dem Salon vernahm sie die Stimme ihrer Großmutter und die einer unbekannten Frau. Als sie die Tür öffnete, verstummte das Gespräch. Olga bückte sich und platzierte Tasse für Tasse auf dem Tischchen. Ins Gesicht schaute sie niemandem. Unter den Tisch schon, da hielten sich die Hände des jungen Mannes auf. Sie waren rot, die eine rieb die andere. Ein Geruch nach Rasierwasser und Schweiß hing in der Luft. Fast wäre ihr die letzte Tasse entglitten, scheppernd landete sie auf dem Tisch. Beim Hinausgehen nahm Olga den besorgten Blick ihres Vaters wahr, und einen Augenblick lang wusste sie nicht mehr, wer recht hatte.

Die Wohnungstür war tatsächlich abgeschlossen. Im Badezimmer schob Olga den kleinen Riegel vor, setzte sich auf den Rand der Wanne und wartete. Hellblau waren die Fliesen, dunkelblau ihr Kleid, nach einer Weile erschien es ihr, als ob der Samtstoff und die Fliesenkeramik ineinanderflossen.

Die Gäste waren gegangen, es rüttelte an der Badezimmertür. »Wage es!«, schrie die Mutter.

Olga rutschte vom Badewannenrand und blickte in den Spiegel. Vor drei Jahren hatte das mit dem Haar angefangen: Unter ihren Achseln quoll es in schwarzen Wirbeln hervor, am Unterbauch stach es durch den weißen Slip. Über ihrer Nase waren die Brauen zusammengewachsen, es sah aus wie der Strich über dem großen T.

Wenn ich einen heirate, dann nur, wenn der Name weniger als drei Silben hat, dachte Olga. Meier, Müller, Schmidt – diese Richtung. Ganz bestimmt keinen, bei dem der Name auf -idis oder -iadis endet. Sie nahm Mutters Pinzette, stellte sich dicht vor den Spiegel, fasste ein erstes Härchen aus dem schwarzen Gestrüpp über der Nase und riss es sich aus der Haut. Der Schmerz war unerwartet heftig. Sie biss die Zähne zusammen und machte weiter, Haar für Haar, manchmal gerieten zwei oder drei zwischen die Spitzen aus Edelstahl. Je weiter sie kam, desto mehr stumpfte sie ab. Nach einer Minute spürte sie nichts mehr. Die gerupften Stellen schwollen an und glänzten. Als Olga auf den Flur trat, hatte sich über ihren Augen die Haut gewölbt und war rot wie bei einer kriegsbereiten Apachin.

Sie ging am Salon vorbei, wo Fotis vor dem flimmernden Fernseher saß und gebannt seine Lieblingszeichentrickserie verfolgte. Hie und da quietschte er laut auf vor Entzücken. In den Tiefen des Raums nistete mit hängendem Kopf die Großmutter in ihrem Sessel. Der Vater starrte im halbdunklen Schlafzimmer auf dem Bett sitzend auf ein Buch.

In der Küche warf die Mutter Brotscheiben in das heiße Fett. »Allheilige Muttergottes!«, schrie sie, als sie Olga sah. »Achilleas, komm her und sag was! Jetzt fehlt noch, dass sie sich die Wangen anmalt und die Haare blau färbt!«

Der Vater schaute von seinem Buch hoch und seufzte nur.

Die Mutter begann zu zittern. Sie nahm ein schon ausgebackenes Stück Brot und warf es mit einer heftigen Bewegung zurück in das blubbernde Öl. Es zischte, große und kleine Spritzer kochend heißes Fett landeten auf dem Küchenboden, dem Herd, ihren Unterarmen. »Schande!«, schrie sie. »Es ist eine Schande! Und ich verbrenne hier! Schande!!!«

»Beruhige dich, mein Stern!«, sagte der Vater hilflos.

»Welcher Mann will so eine nehmen? Keiner! Weil sie wie eine Hure aussieht, wie eine Hure!«

Ich hab das Affenleben satt, sang im Salon King Louis; Fotis' hohe Kinderstimme kiekste vor Lachen.

Olga stellte sich auf die Zehenspitzen, um einen Blick auf den Affenkönig zu werfen.

»Was?«, schrie die Großmutter über die Stimmen von Mogli und seinen Freunden hinweg aus dem Salon. »Was sagt ihr über meinen Engel? Dass sie nicht heiraten soll? Warte, Olga, mein Würzelchen, lass dich küssen.« Auf ihren Stock gestützt stapfte sie zum Flur, während der durchgeknallte Affenkönig weiter aus dem Fernsehen schmetterte: *Ich will gehn wie du, stehn wie du, dubidubiduhuhu!*

Olga spürte die Küsse der Großmutter auf ihren Wangen, sie sah die kleinen Goldstücke um ihren Hals leuchten.

Die Mutter stand in der Tür zum Schlafzimmer und betupfte sich die Arme mit einem Küchentuch. »Schau sie dir an, wie verdorben sie ist! Kein guter Mann nimmt so etwas!«, rief sie.

»Unsinn«, erklärte die Großmutter, »jedes Mädchen heiratet eines Tages.« Sie zog Olga mit sich ins Schlafzimmer. »Achilleas!«, rief sie laut. »Mach Platz auf dem Bett. Und du komm auch her, Chrysanthi! Sei kein Huhn! Achilleas, denk an unsere Taisia. Jedes Mädchen wird geheiratet. Hör auf zu schreien, Chrysanthi, mein Kopf platzt bald davon.«

Zu viert kauerten sie in dem dunklen Raum.

»Warte nur«, sagte die Großmutter zu Olga. »Irgendwann kommt einer, und wenn er dich mit dem Motorrad entführt, so wie die Tante.« Sie schüttelte den Kopf. »Das fehlte noch«, knurrte sie, »ein Mädchen aus unserer Familie, das nicht geheiratet wird!«

1. LOB DER BESTÄNDIGKEIT

»FRAU DOKTOR, SIE heirate ich vom Fleck weg«, sagt der
Patient am Fenster. Das blasse, mit spärlichen Barthärchen gesprenkelte Männergesicht nimmt einen hungrigen Ausdruck
an. »Sie müssen bloß Ja sagen!«

Olga lächelt nachsichtig, als hätte sie ein überdrehtes Kind
vor sich, setzt sich auf den Bettrand und streift die Gummihand-
schuhe über. Noch darf sie ohne begleitenden Arzt keine Untersuchungen durchführen oder Diagnosen stellen. Noch ist sie bei
den morgendlichen Visiten die Letzte in der Reihe von Chef-,
Ober- und Assistenzärzten, so etwas wie der Spatz am Ende
einer Staffel großer, weißer Schreitvögel. Sie befindet sich im so
genannten »Praktischen Jahr«, ein Jahr noch, ein letztes Staatsexamen, dann ist sie, was sie seit zwölf Jahren werden will: Ärztin.

Der Mann vor ihr stemmt sich erwartungsvoll aus den Kissen. »Oberkörper frei machen, Frau Doktor?«

Die Stationsschwester, die am Bett gegenüber Kissen auf-
schüttelt, erstarrt leicht in der Bewegung, dann klatscht sie
noch einmal laut gegen das Polster. *MeToo* im Krankenhaus ist
ein Thema, es soll Männer geben, die die Schwestern auf Station ohne Unterhose empfangen oder gar mit prächtig erho-
benem – na ja, Olga mag das zweisilbige Wort nicht, das an
diese Stelle passt, sie will es nicht mal denken – und dazu noch
unverschämte Bemerkungen machen. *Sofort eins auf die Pfote!*,
sagen die Schwestern. Und recht haben sie natürlich!

Andererseits muss man das mal objektiv betrachten: Da steht
eine Frau, kerngesund und frei beweglich, der Mann dagegen
liegt auf Höhe ihrer Hüften und ist dazu verdonnert, alles zu

schlucken, was ein Arzt ihm verordnet. Da stellt sich bei Olga ein gewisses Mitleid ein, in dem Fall besonders, weil sie nach allem Gesehenen und Gehörten zu dem Schluss gekommen ist, dass es um diesen Patienten schlimmer steht, als die Stationsärzte (und er selbst) glauben.

»Erstens«, sagt Olga also stetig weiter lächelnd, »bin ich noch kein Doktor, und zweitens …«, bedeutsam wedelt sie mit dem Stauschlauch. Sie nimmt den Arm des Patienten, sprüht Desinfektionsmittel in die Armbeuge und beäugt die Vene, die sich blassblau und beweglich unter der trockenen Haut seiner Armbeuge zeigt, während sie die Schutzkappe von der Nadel zieht. »Das pikst jetzt leicht«, verkündet sie mit der lauten Fröhlichkeit, die Ärzte immer an den Tag legen, wenn Unangenehmes bevorsteht. *Empathie – erst heute wieder gehört im Seminar der Ethikbeauftragten –, die wichtigste Grundlage für ein vertrauensvolles Verhältnis von Arzt und Patient!* Entschlossen durchsticht sie die Haut und drückt die Nadelspitze im flachen Winkel noch einen Millimeter tiefer in die Vene. Sofort läuft Blut in den dünnen Schlauch, das Röhrchen füllt sich.

»Ehrlich, Frau Doktor«, sagt der Patient, »von Ihnen lasse ich mich überallhin piksen! Weil Sie die schönste, netteste, schärfste …« Ein Hustenanfall unterbricht ihn.

Olga hält seinen Arm fest und hofft, dass ihre Nadel durch die Erschütterung nicht weiteres Gewebe verletzt hat. Wer sie zum Zustand dieses Patienten befragen würde, bekäme als Antwort, dass er höchstwahrscheinlich an COPD leidet, einer chronisch obstruktiven Lungenerkrankung; dass die Risiken von kardiovaskulären Erkrankungen bis zum Bronchialtumor reichen; dass er, vorausgesetzt, ihre Vermutung stimmt, Medikamente bräuchte, die die Bronchien erweitern, möglicherweise Cortison. Aber natürlich fragt keiner von den großen Vögeln einen Spatz, was im Normalfall ja auch ganz richtig ist.

Olga zieht das Röhrchen heraus und will gerade das nächste

anstöpseln, als sie die heiße, schwitzige Hand spürt, die sich auf ihrem Knie niederlässt. Verschiedene Möglichkeiten: Ignorieren. *Sofort eins auf die Pfote.* Nur mit der Hand, oder sollte sich die Nadel zwischen den Fingern auch beteiligen? Eine halbe Sekunde braucht Olga. »Na, na, na, Herr Kiesler!«, sagt sie dann gelassen und schiebt mit Nachdruck die Männerhand beiseite, während sie gleichzeitig das neue Röhrchen festklemmt.

Mit ausdruckslosem Gesicht glotzt der Patient zur Zimmerdecke. Bitte sehr, denkt Olga zufrieden, während sie zur Tür schreitet, geht auch ohne Blutvergießen. Doch gerade als sie die Tür hinter sich schließen will, kehrt der Kampfgeist zurück in den Mann im Bett. »Nix für ungut, Frau Doktor«, kräht er, »Sie schauen mir bloß so aus, als ob Sie mal einen richtigen Kerl im Bett brauchen könnten!«

Hat sich gerade der klägliche Krankenhausduft nach Billigkaffee und Waschlotionen angereichert mit dem Geruch männlicher Sexualhormone? In Olgas Seele erheben sich ein paar zornig brummende Hummeln – sie kennt sie gut aus alten Tagen –, und eine Sekunde lang steht ihr die Vision vor Augen, wie sie dem Kerl mit einem Schrei doch noch die Nadel in den Oberschenkel rammt. Doch sie reißt sich zusammen, strafft ihre Schultern im richtigen Tonus und schafft es, die Tür in perfekter Neutralität zu schließen – weder eingeschüchtert lautlos noch mit empörtem Knall. Draußen lehnt sie sich gegen die Tür und atmet drei Mal durch.

Mit einem Wägelchen voll scheppernder Gläser und Röhrchen kommt eine Kollegin den Gang entlang, Lena Krebs, PJlerin wie sie selbst. »Olga? Ist was?«

»Nein, nein, alles gut.«

»Wirklich?«

»Es ist alles in Ordnung«, erklärt Olga stur. Neulich hat sie sich im Sozialraum mit der Kollegin auf ein Gespräch über ihre »Wurzeln« eingelassen und gleich darauf alles Gesagte bereut.

Auch Lena scheint sich daran zu erinnern. »Hör mal, wegen vorgestern. Das hat wirklich keiner anders als neutral gemeint. Außerdem sind von den Ärzten hier sowieso mindestens fünfzig Prozent keine Deutschen mehr.«

Die Erinnerung an den von allen als Missstand empfundenen hohen Ausländeranteil an der Klinik wirkt auf verschwommene Weise gleichzeitig aufmunternd und bedenkenträgerisch. Jetzt fehlt noch, dass sie mir zu meinem guten Deutsch gratuliert, denkt Olga, die auf dem Gymnasium Schulbeste beim bayerischen Vorlesewettbewerb war und sich selbst als so deutsch wie ein Bamberger Hörnchen definiert.

»Ich meine, ich sitze ja selbst im Glashaus mit meinen skandinavischen Roots. Doch, wirklich! Meine Oma spricht heute noch perfektes Dänisch. Ach, was solls, letztlich sind wir alle einfach Individuen, jeder für sich …« Es sind beinahe exakt die Worte, die die Ethikbeauftragte den beiden PJlerinnen heute Morgen mit auf den Weg gegeben hatte: dass in den Augen von Ärzteschaft und Pflegepersonal jeder Patient ein *Individuum* sei, ein *einzigartiger, unverwechselbarer Mensch.*

Am Ende des Gangs tauchen im abendlich ruhigen Kliniktrakt zwei Stationsärzte auf. In einem der beiden erkennt Olga einen Hoffnungsträger – bei der Frühbesprechung hat er ihr in Aussicht gestellt, sie morgen zu einer Untersuchung am Kernspintomografen mitzunehmen. Nicht dass der Mann es vergisst.

»Entschuldige bitte«, sagt sie zu Lena, nicht unfroh über die Unterbrechung, »aber ich müsste kurz …« Sie fliegt fast den Gang hinunter. »Herr Dr. Steinmetz!«

Die beiden Ärzte sind vor einer Tür stehen geblieben. Der Angesprochene wendet den Kopf: »Ja?«

»Der Termin morgen früh. Die Untersuchung …«

»Ah ja, Frau … äh … Ev… Evge…«, er runzelt die Stirn, versucht, den Namen auf dem Schildchen an ihrem Kittel zu erfassen. »Diese Kniesache, oder?«

»Genau. Am Kernspin.«

»Stimmt, jetzt fällts mir ein! Das – ähm – hab ich grad vorhin schon erledigt. Tut mir leid, stressiger Tag heute.« Ist ihm ihre Enttäuschung bewusst? Die Hand bereits auf der Türklinke, fügt er hinzu: »Sprechen Sie mich ruhig noch mal an, wir finden bestimmt demnächst was für Sie.« Er wendet sich wieder dem Kollegen zu, und Olga hört: »PJlerin schon wieder. Und dann die Namen immer! Neulich kommt doch da einer aus der Mongolei daher, Dschalalaba-Irgendwas, also den hab ich ja gleich umgetauft in Dschingis Khan!« Der Mensch, das unverwechselbare Individuum.

Vollkommen überrascht hat Olga die Gedankenlosigkeit des Stationsarztes nicht, ihre Vorgänger im Praktischen Jahr haben sie gewarnt: Spärlich seien die Kollegen, die ihre Arbeit mit einem wissbegierigen PJler belasten wollten, gering der Eifer, den medizinischen Nachwuchs bei der Ausbildung zu begleiten. Allen geht das so, dass sie sich zu Beginn ihres Praktischen Jahres darauf freuen, endlich in der Praxis zu lernen, wovon sie bisher nur theoretische Kenntnisse hatten: Herztöne unterscheiden, Rückenmarkspunktion, Lunge perkutieren. Was man dann tatsächlich und ausschließlich macht, ist Blut abnehmen. Seit zehn Wochen nimmt Olga täglich einer unendlich scheinenden Anzahl von Patienten Blut ab, ein weiß gewandeter, beruhigend intensiv desinfizierter Vampir.

Aber jammern hilft ja nichts. Es gibt solche Dinge, da nützt kein Klagen, die müssen einfach sein. Freudlose Zeiten an einem Gymnasium etwa, wo man sich durchschuftet bis zur erwartbar glanzvollen Abiturnote. Es gibt Dinge, die muss man aushalten. Die beiden endlosen Jahre im Vorklinikum. Die vielen Stunden in eiskalten, riesigen Sälen, wo man an den schamhaft »Körperspender« genannten Leichen das Präparieren lernte: Haut öffnen, Muskeln freilegen, das gelbe Fettgewebe verwerfen (später würde es mit dem Rest des Spenders zusammen in einen Sarg gebettet und nach einer kleinen Feier in der Campuskapelle bestattet werden), all die Zeit umgeben vom fürchterlichen Gestank des Formaldehyds, in dem gelblich die »Körperspender« lagern.

Es gab Leute, die in diesen Räumen kollabierten, Olga zählte nicht zu ihnen. Es gab Leute, die an dieser Stelle ihr Studium aufgaben, die vor jedem Präpkurs Zitteranfälle und Tränenausbrüche hatten. Olga zitterte nicht, sie ging durchs Studium wie ein Muli im Geschirr, lernte stur all die Fächer, die im wirklichen Leben eines Arztes dann doch nie eine Rolle spielen: Physik, Chemie, Histologie; kämpfte mit dem Stoff – leidenschaftslos, beharrlich, wie eine bezahlte Ringerin. Das Zweite Staatsexamen bestand sie ebenfalls mit Bravour.

Während der letzten drei klinischen Jahre hatte um sie herum ein Trend zur Paarbildung eingesetzt. Die meisten Kommilitonen verließen jetzt ihre Zimmer in den Studentenwohnheimen und suchten sich in Poppelsdorf oder in der Südstadt einen schicken Altbau, wo sie Wohngemeinschaften gründeten, was oft mit der Stiftung so genannter »fester Beziehungen« einherging – in den allermeisten Fällen innerhalb ihrer Kreise. Medizinerinnen fanden ihr Wohlgefallen fast ausschließlich an Medizinern und umgekehrt, und nicht selten kamen gleichzeitig mit der »festen Beziehung« auch schon Gedanken an eine gemeinsame berufliche Zukunft auf (als Assistenzärzte an derselben Klinik oder, noch weiter gedacht, an einer gynäkologischen oder orthopädischen Gemeinschaftspraxis). Auch Olga geriet in diesen Sog, spürte die Blicke, die sie taxierten, vernahm den Lockruf, »nach der Veranstaltung noch etwas trinken zu gehen«, und nahm an sich selbst wahr, dass ihre Augen manchmal eine Sekunde länger als notwendig bei einer hübschen, Intelligenz verheißenden hohen Stirn verweilten oder auf einem Paar sensibel wirkender Männerhände. Gleich nach dem Ersten Staatsexamen hatte sie in einem Anfall von Feierlaune eine Affäre zugelassen mit einem Mitstudenten namens Bernd Tuschel. Das Ganze hielt zwei Wochenenden lang. Die fordernde Art, mit der Herr Tuschel während des Akts die Wand hinter ihr anschrie (»Ja! Ja! Ja!«), hatte weniger Romantik als Olgas Sinn für Realismus angestoßen, der sie an die anstehenden Prüfungen erinnerte. Außer ihr und dem türkischstämmigen Hamed kamen alle ihre Kommilitonen aus Häusern, in denen Geld keine große Rolle spielte; nicht selten war wenigstens ein Elternteil selbst Arzt; Studiengebühren, Wohnung, teure Bücher stellten kein Problem dar. Olga und Hamed waren die Einzigen, die für jedes Buch in die Bibliothek trabten, die sich kein Appartement mieteten, sondern im Wohnheim lebten und ihr Geld durch Jobs in der Krankenpflege verdienten. Eine vergeigte Prüfung bedeutete Zeit, die es nicht zu verlieren gab, und so verordnete Olga sich für die nächsten zwei Jahre Abstinenz. Liebesnächte und die ihnen üblicherweise vorausgehenden Ausflüge in Bars oder auf private Partys wurden gestrichen und, wie erwartet, nicht einmal vermisst.

Dann aber lag das Zweite Staatsexamen hinter ihr, viel passieren konnte nicht mehr, und in der allerletzten Prüfung lässt einen eigentlich kein Professor mehr durchfallen. Olga befand sich auf der Zielgeraden. Immer noch gab es genügend frei laufende Männer auf dem Venusberg, dem Bonner Campus der Medizinstudenten, die meisten von ihnen kannte sie sogar flüchtig, man begegnete sich ja überall in den Hörsälen und Labs. Das Rennen machte schließlich Felix van Saan, achtundzwanzigjähriger angehender Assistenzarzt, auf die richtige Art groß gewachsen und ebenso wohlgestaltet (sie tippte auf Tennis, erfuhr dann aber, dass es der Segelsport war, bei dem sich sein Großer Rückenmuskel / *Latissimus dorsi* so eindrucksvoll verdickt hatte). Warum er sich sofort um sie bemüht hatte, als sie endlich einmal auf einer Feier auftauchte, erklärte er ihr schon am Morgen danach: »Weil du einfach alles bist: schick, schön, schlau.«

»Entschuldige, sagtest du *schick?*«, fragte sie und drehte den Kopf so, dass er ihr Gesicht von vorn zu sehen bekäme statt im Profil, dem sie wegen ihrer langen, gebogenen Nase misstraute. Sie selbst war sich zu der Zeit nicht sicher, ob dieser neuen – was: Freundschaft? Affäre? Beziehung? – eine längere Dauer beschieden sein würde als jener vor drei Jahren. Auf den ersten Blick unterschied sich Felix nicht besonders von anderen Kandidaten, es gab jede Menge Mediziner mit diesem zentimeterkurz geschnittenen Haar, und ausnahmslos alle hatten die Nägel und Hände so sauber, als wären sie gerade frisch geboren. Doch im Laufe der Wochen erkannte Olga, dass sie zufällig offenbar genau den Richtigen aus dem Fluss gefischt hatte: Felix ist treu, verlässlich und lässt sie eine so altmodische wie überraschende Ritterlichkeit spüren, indem er auf der Straße stets an ihrer linken Seite geht oder ihr bei jeder Gelegenheit Dinge aus der Hand nimmt, um sie für sie zu tragen, neulich sogar die winzige Tüte mit Radieschensamen, die sie für Hameds Kleingarten auf dem Fensterbrett besorgt hat. Noch ein Pluspunkt: Felix kommt aus Kiel, dort leben seine Eltern, dort hat sein Vater eine Praxis, dort liegt in einem Hafen sein Segelboot (»ne süße kleine Jolle«), ein Leben in Kiel kann Felix sich eigenen Angaben gemäß gut vorstellen. Kiel! Sehr viel weiter weg von der Stadt, in der ihr eigenes Elternhaus steht, geht es kaum. Natürlich ist es noch viel zu früh, sich ernsthafte Gedanken darum zu machen, wohin *das alles führen soll* – eine Frage, die Olgas Mutter mit Sicherheit als Erstes stellen würde, weshalb Olga stolz darauf ist, ebendies nicht zu tun. Sowieso müssen beide erst ihren Assistenzarzt absolvieren, was Jahre dauern und sie vielleicht in verschiedene Bundesländer versetzen wird.

Wie auch immer, denkt Olga, während sie nun am Ende des Arbeitstages ihren Kittel in den Spind hängt, die weißen Clogs ordentlich neben die Straßenschuhe der Nachtschwester stellt, mit der sie sich das schmale Gehäuse teilt, und mit abwärts gebogenen Füßen vorsichtig in eine knisternde schwarze Seidenstrumpfhose schlüpft. Wohin auch immer es Felix verschlägt – das sind lösbare Probleme. Sie überlegt, ob es nötig sein wird, den kurzen Samtrock über den Kopf anzuziehen, und stellt erfreut fest, dass sie es seit ihrer zweiwöchigen Apfeldiät wieder schafft, den Hintern hindurchzuquetschen. Dann schlüpft sie in eine glänzende schwarze Tunika, an der lange Fransen tanzen, malt sich vor dem Spiegel die Lippen rot und streicht mit den Händen die kinnlang geschnittenen schwarzen Haare aus dem Gesicht. Lena Krebs fällt ihr wieder ein mit ihrer selbstbewusst präsentierten Herkunft – *unsere Roots in Skandinavien. Omas perfektes Dänisch.* Wie würde sich ein vergleichbarer Text aus ihrem Mund anhören? *Wir haben Roots in einer Gegend, wo ich nicht tot über dem Zaun hängen will,* sagt Olga lautlos und zieht ihrem Spiegelbild eine Grimasse. *Und was meine Großmutter spricht, würde kein Institut der Welt je unterrichten.*

Anyway. In einer halben Stunde erwartet man sie auf einem Fest in der Südstadt, wo Felix und ein paar Freunde ihr Abschlussexamen feiern wollen. Im Mantel, einen kleinen Koffer in der Hand, läuft Olga die Treppe hinunter, eilt einen Gang entlang, vorbei an Türen; an Betten, in denen geisterhaft bleiche Menschen mit Nasensonden liegen; an Besuchern mit Blumensträußen. An den Aufzügen vorüberhastend grüßt sie zwei Oberärzte, den einen kennt sie, jeder kennt den alten Fries, einen weißhaarigen Gott der Gynäkologie, sie passiert die Notaufnahme, nickt der ukrainischen Ärztin zu, die, eingeklemmt zwischen Krankenliege und Rechner, eine Gruppe Sinti mit am Kopf verletztem Familienmitglied beschwichtigt, während sie gleichzeitig der blassen jungen Frau vor sich eine Packung mit Medikamenten zuschiebt. Trotz ihrer Eile – der Blick dieser Frau lässt Olga verharren, er zittert vor Schmerz. Sie schaut zur Kollegin.

»Bauchkrämpfe«, erklärt die Ärztin halb an sie, halb an die

Patientin gewandt: »Hier. Das sind krampflösende Kapseln, davon nehmen Sie zwei. Wenn es über Nacht nicht besser wird, kommen Sie morgen wieder.« Damit dreht sie sich wieder um zu dem stöhnenden Mann mit der Kopfverletzung.

Sie kann das niemandem erklären, aber manchmal meint Olga, am eigenen Leib zu spüren, was ihrem Gegenüber fehlt. Jetzt eben ist ihr, als zerrte etwas in ihrem Unterleib, als würde ihr der linke Eileiter auseinandergerissen. Manchmal muss auch ein PJ-Spatz laut schreien. Einer wie der alte Fries dürfte das verstehen. Und die Kollegin hier ist mit dem Patientenandrang überfordert. »Bleiben Sie bitte noch kurz«, bittet Olga die Frau, dann hastet sie die Treppe wieder hoch, erwischt den weißhaarigen Gynäkologen tatsächlich noch vor der Aufzugtür, schildert ihm auf der gemeinsamen Fahrt nach unten hastig den Fall und hört erleichtert, dass er sich die Frau sofort ansehen wird.

Und dann ist Olga endlich draußen, steigt in ihren High Heels vorsichtig den unter Schneematsch liegenden Hügel hinunter, sieht an der Schranke Felix' silbernen Audi stehen und winkt. Schwungvoll zieht der Wagen an und fährt ihr die letzten Meter nach oben entgegen. Die Beifahrertür öffnet sich, ein herrlicher Sopran dringt nach draußen, es ist die Stimme von Maria Callas, Olga weiß, dass der Fahrer dieses Wagens diese Art Musik schätzt. Er selbst – ein gut gebauter Mensch mit blitzblauen Augen und der für Rothaarige typischen hellen Haut – lehnt sich schräg über den Sitz, um Olga in die Augen zu lächeln. »Guten Abend, Lady in Black!«

»Hallo, Herr van Saan«, antwortet Olga. Welch gediegen schlichter Ton liegt in den beiden Silben. Es bereitet Olga nicht wenig Genuss, den Namen dieses Mannes auszusprechen: *van Saan*. Felix van Saan – der Nachname klingt fast noch schöner als der Vorname.

Die ersten Gäste haben sich in der Küche versammelt, wo Ellen, die Gastgeberin, noch am Buffet zupft, Kuchen in den Hintergrund schiebt, Platten mit Reissalat und gefüllten Avocadohälften nach vorn. »Sekt, Wasser, Wein – da!«, sagt sie. »Wintermäntel ins Schlafzimmer, wer tanzen will …« Sie weist auf den Raum jenseits des Gangs, aus dem ein etwas unentschlossener Italo-Rock zu hören ist.

»Ob das aus der Plattensammlung von Ellens Opa stammt?«, fragt Yannick, ein breitschultriger Blonder, er lehnt am Küchenbuffet und schlenkert ein leeres Sektglas in der Hand. Er, Ellen und Felix sind unter den glücklichen Absolventen der Abschlussprüfung, man kennt sich, außerdem ist Yannick ein ebenso leidenschaftlicher Segler wie Felix.

»Sei nicht so ein Snob!«, sagt Felix und boxt seinen Studienkollegen fröhlich in die Schulter. »Jeder weiß, dass du von Musik so wenig Ahnung hast wie eine Amsel vom Ballett.«

Aber Yannick hat sich schon einem weiteren Missstand zugewandt: »Gibt es in dieser Wohnung irgendwo Rotwein? Ich meine *anständigen* Wein, keinen Chianti-Verschnitt.«

»Echt? Du magst Italo-Rock?«, fragt Olga Felix, der dabei ist, ihr aus dem Mantel zu helfen. »Ich dachte, bei dir geht nichts unterhalb der großen Oper.«

»Ah, musikalisch gesehen bin ich ein Allesfresser«, lacht Felix.

Auch Olga lacht. Noch sind sie und Felix in einem Stadium wechselseitiger Entdeckungen. Was ihre Annäherung an Felix betrifft, hat Olga dabei manchmal das Gefühl, in einem Manufactum-Katalog zu blättern. Viel unverwüstlich Gutes findet sich – allem voran die weitflächig ausgestorbene Tugend der Beständigkeit; manches Erstaunliche, wie der Rasierpinsel aus echtem Dachshaar (steht tatsächlich in seinem Badezimmer), hie und da auch Dinge, deren aristokratische Eigenbrötelei leicht beängstigend wirkt (zum Beispiel ein von Felix

sehr geschätztes Köfferchen für Schuhbürsten in allen Größen).
Dass ihr Freund sich für Opern begeistert und ein Abo für das
Bonner Opernhaus besitzt, ist etwas, das Olga zwar nicht als
eigene Lebensgewohnheit kennt, stellt aber auch kein wirklich
abseitiges Verhalten dar (und Olga wäre nicht sie selbst gewesen, hätte sie sich nicht sofort einen Opernführer gekauft, um
diese Bildungslücke bei sich zu stopfen). Bedenklicher erschien
ihr seine Schilderung der Feldzüge im Hause van Saan, bei denen sich seine Eltern – die Mutter Verdi-Fan, der Vater Wagne-
rianer – erbitterte Schlachten um den wahren Geist der Oper
lieferten. Dass Felix bereit ist, nicht nur verschiedene klassische
Komponisten, sondern auch so ein – von wahren Musikken-
nern womöglich als seicht geschmähtes – italienisches Trallala
zu tolerieren, fügt dem Katalog seiner Eigenschaften einen beruhigend genügsamen Charakterzug hinzu. Da passen wir also
auch zusammen, denkt Olga zufrieden, die selbst hemmungslos
jede Art von Musik liebt, soweit sie nur genügend Schwung hat.

»Rotwein steht auf der Anrichte«, sagt Ellen, »such dir was
aus, Yannick. Ihr Lieben …« – sie beglückt Felix und Olga mit
je zwei Luftküsschen und einem Glas Sekt – »… willkommen,
und vielleicht mag sich jemand mal …« – das gilt wieder der
versammelten Gästeschar – »… ein bisschen um die zwei da
drüben kümmern?« Mit dem Kinn weist sie auf das Wohnzimmer gegenüber, wo, durch die offene Tür gut zu sehen, zwei
junge Frauen steif und schweigend auf einem Sofa sitzen. Alle
wenden ihren Blick, es folgt allgemeines Kopfschütteln, niemand kennt die beiden.

»Protestantische Theologinnen«, erklärt Ellen, »ich habe
sie in der Palliativmedizin kennen gelernt, sie sind nett, man
müsste sie nur ein wenig auftauen. Yannick, wie wärs? Du bist
doch solo hier.«

»Nö«, erklärt Yannick unumwunden, »ich kenn schon genug
Leute.« Er löst sich vom Buffet, schreitet durch die Küche und

lässt sich in den einzigen Sessel im Raum fallen. Da verschränkt er die Arme hinter dem Kopf und streckt die Beine von sich. Wer an ihm vorbei zum Kühlschrank möchte, müsste einen weiten Bogen abwandern.

»Möchtest du Wasser, Schatz?«, fragt Felix, der weiß, dass Olga keinen Alkohol trinkt und von ihrem Sekt lediglich aus Höflichkeit genippt hat.

»Ich hols mir selbst«, sagt Olga und geht auf den Kühlschrank zu. Vor dem in der Mitte der Küche thronenden Yannick macht sie Halt. »Entschuldigung!«

Keine Reaktion, Yannick hält sich die von Ellen überreichte Rotweinflasche vor die Augen und überprüft das Etikett.

»Entschuldigung!«

Das Gespräch im Raum verebbt. Yannick wendet seinen Kopf in eine andere Richtung, wo er nach einem Korkenzieher tastet, und geruht dann endlich, die Frau vor sich wahrzunehmen. »Ist was?«

»Mach dich mal etwas kleiner!«, sagt Olga kühl. »Es besteht Verletzungsgefahr.« Sie hebt einen ihrer mit nadeldünnen High Heels gerüsteten Füße.

Betont langsam und unter Protest-Gescharre zieht Yannick seine Beine zurück. Die halb erstorbenen Gespräche heben wieder an, Olga kehrt mit ihrem Wasser zu Felix zurück, der sie mit einer neuartigen Mimik begrüßt: Er zwinkert ihr zu. Auch den Ausdruck in seinem Gesicht kann sie nicht recht einordnen. Hat sie ihn in Verlegenheit gebracht? Immerhin ist Yannick sein Kumpel. Männer haben ja manchmal so eine genderbezogene Solidarität. Olga beschließt, die Corrida in der Küche zu verlassen. »Ich schau mal zur Musik«, sagt sie leise.

Felix folgt ihr, sie gehen vorbei am Wohnzimmer mit den beiden immer noch verschüchtert schweigenden Protestantinnen, er fasst ihre Hand und zieht sie an seine Lippen. »Mein kühner Schatz!«, sagt er. »Hättest du Lust …?«

»Zu tanzen?«, vervollständigt sie seine Frage. Die Musik hat gewechselt, grelle Bläsertöne, ein Riff auf einer E-Gitarre, der Sound hat etwas, das die Luft elektrisch auflädt. *Wanna be Americano ...*, schmettert eine Männerstimme.

»... demnächst oder irgendwann mal meine Eltern kennen zu lernen?«, fragt Felix, und jetzt ist sein Ausdruck eindeutiger: Verheißung steht darin und ein verhaltener Optimismus.

»Deine Eltern? In Kiel?«

»Da leben sie, ja. Ich hab nur dieses eine Paar.«

Die Erkenntnis kommt in kleinen Stößen wie bei einem Hustenreiz. Was war das gerade? Ein versteckter Heiratsantrag? Eine simple Einladung? Aber auch Einladungen müssen doch bedacht und vorbereitet werden, so was bleibt ja selten bei *einem* Elternpaar, ganz gewiss wird kurz darauf ein Austausch verlangt: Kieler Eltern mit Wagner-Verdi-Streit gegen solche aus München, die das Streiten natürlich auch draufhaben, nur geht es dabei um Telefonrechnungen oder um eine vergeigte Brautschau vor zwölf Jahren. Eltern gegen Eltern, Aug um Aug, *Wanna be Americano in Paris or Napoli*. Felix' Vorstoß und das grell auflachende Saxophon sind zu viel auf einmal. »Komm tanzen!«, sagt sie schnell, fasst ihn an den Händen und zieht ihn auf die leere Tanzfläche.

Whiskey and Soda!, dröhnt die Männerstimme, und Felix steppt tatsächlich mit ihr zusammen auf dem Parkett, zieht sie an sich, schleudert sie in einer rasanten Drehung von sich, und Olga spürt, dass sie kurz davor ist, die Kontrolle an die Musik abzugeben. Weil ihr der Rhythmus durch den Körper fährt, dass es ihr bis in die Fingerspitzen rieselt, weil alles danach aussieht, als würden auf einmal sehr (zu?) viele Ziele zugleich angesteuert: Beruf, Kiel, eine Eheschließung – na ja, noch ist Zeit, noch ist Zeit. *You dance the Rock 'n' Roll, you play at baseball.*

»Okay«, bekundet Felix und verlangsamt seine Schritte, »reicht jetzt, ja?«

Aber nun zwickt der Charleston Olga schon in die Fußsohlen, in die Hände bis hinauf zu den Schultern. Charleston – oder ist es der Kotsari, den ihr die Großmutter gezeigt hat, vor Jahren? Ein Tanz, bei dem die Füße derart rasen, dass sie wie von selbst nach außen kicken, bei dem die Schultern zittern, der ganze Torso vibriert. Olga streift sich die Schuhe ab und schleudert sie zur Seite. *Those cigarettes you smoke, they leave your mama broke.*

Jemand hat die Musik lauter gedreht, Olga tanzt allein, ekstatisch und selbstvergessen in dem halb verdunkelten Raum, dreht Füße und Knie nach außen, gleitet mit den Händen über ihren Körper bis zu den Knien, lässt die Schultern beben, dreht den Kopf nach links, nach rechts. *You wanna be Americano. You were born in Italy.* Jetzt erst merkt sie, dass sich ein kleiner Halbkreis Menschen um sie gebildet hat, Felix ist darunter, Ellen; im Hintergrund sieht sie auch noch ihren Freund Hamed. Okay, das ist genug. Wenn nicht sogar ein kleiner Affront gegen ihren – Freund? Verlobten? Was ist Felix jetzt? Jedenfalls ist er der Mann, mit dem sie gekommen ist, der ihr aus dem Mantel geholfen und das Sektglas abgenommen hat, als sie ihre High Heels gegen diesen Fatzke erhob. Olga schnappt sich ihre Schuhe und hängt sich bei Felix ein. Gemeinsam wandern sie zurück in die Küche. So schnell geht das nicht, sagt sie sich, erst das PJ zu Ende bringen, bis dahin ist immer noch Zeit.

Die zwei Theologinnen haben den Weg in die Küche inzwischen offenbar allein geschafft und dazu noch eine Gruppe von Partygästen um sich geschart. »Rein fachliches Interesse«, sagt eine der beiden, »sonst nichts.«

Die erste Auskunftswillige ist Lena Krebs. »Bei mir wars ein eindeutiges Bedürfnis«, sagt sie. Sie sieht zu Boden, während sie zögernd spricht, die Protestantin begleitet jedes ihrer Worte mit aufmunternden Mhms.

»Menschen helfen …«

»Mhm.«

»Einfach … etwas Sinnvolles tun.«

»Mhm. Danke, toll.«

»Und du?«, fragt die Kollegin Yannick. »Weißt du noch, warum du Medizin studieren wolltest?«

Die ganze Zeit schon hat Yannick spöttisch die Lippen gekräuselt. Jetzt hebt er nur leicht die Lider, sieht die Frau kurz an, dann über sie hinweg. Irritiert will sie sich einem anderen Gast zuwenden, da lässt Yannick sich doch noch zu einer Antwort herab. »Der Verdienst ist ja wohl okay. Und dass ich irgendwann eine Yacht haben will, das ist schon länger klar.«

»Dir geht es also ums Geld?«, fasst die Theologin unerschrocken zusammen.

Yannick zuckt mit den Schultern. »Ich spreche vom *Einkommen*smillionär – das ist was anderes als nur viel Geld.«

Jemand lacht ein wenig unbehaglich, als wäre gerade versehentlich ein lang gehütetes Familiengeheimnis ans Licht gekommen. Lächelnd wendet die Theologin sich an den Nächsten, der neben ihr steht. Es ist Hamed. »Und bei dir?«

»Ach, ich pass da jetzt vielleicht nicht so ganz in die Statistik«, wehrt er lachend ab. »Ich bin nicht typisch!«

»Kein Mensch ist völlig untypisch«, korrigiert ihn die Frau.

»Also schön.« Er zwinkert Olga zu, die die Geschichte kennt. »Weil, mein Abizeugnis, das war jetzt nicht wirklich erfreulich. Irgendwie so drei Komma sechs, und da dachte ich, ich fange vielleicht in einem Reisebüro an. *Wandern durch Kappadokien*, so was in dem Stil. Aber dann hat mein Vater gesagt, ich sollte doch lieber Medizin studieren.«

Alle Augen richten sich auf Hamed, den Türken mit der beruflichen Alternative in Kappadokien. Der hat sich also einfach in Medizin eingeschrieben, obwohl das Abiturzeugnis da doch deutlich die Spreu vom Weizen trennt?

»Und das geht so einfach, nur weil der Herr Papa es wünscht?«, fragt Lena höflich.

»Mein Vater wollte immer, dass keins seiner Kinder so schwer körperlich arbeiten muss wie er«, erklärt Hamed, »deswegen ist er auf Medizin verfallen. Und ich hab dann einfach Glück gehabt, ich hab meinen Studienplatz durch die Lotterie gewonnen.«

Es wird still. Den Leuten im Raum ist anzusehen, was sie gerade denken. Da sind sie also fertige oder fast fertige Ärzte, haben sich alle hübsch angestrengt die ganze Schulzeit durch für ihre Eins Komma null vier oder besser im Abitur. Und dann kommt da einer und erklärt fröhlich, er hätte mit einem wertlosen Zeugnis abgeschlossen und seine Zulassung zum Medizinstudium über das Losverfahren gewonnen?

»Sieh mal an, so gehts also auch«, bemerkt schmallippig einer der Partygäste. Olga kennt ihn nicht.

Den nächsten Kommentator schon. »Dann sehe ich wohl demnächst meine Putzfrau auch noch im Hörsaal«, sagt Yannick mit einem geringschätzigen kleinen Lacher.

»Was ja unerträglich wäre!«, sagt Olga so laut wie möglich. Macht sie das hier so rasend, weil ihr ihre Mutter vor Augen steht, die seit vierzehn Jahren die Böden von deutschen Großraumbüros schrubbt? Keiner in dieser Küche weiß davon. Nun ja, Mutter, Vater, Oma – sie sind alle weit weg, *no need to fight*. Aber Hamed ist hier. Den wird sie immer verteidigen.

»Hast du zu viel getrunken?«, erkundigt sich Yannick aufreizend freundlich.

»Komm, Yannick, das reicht jetzt«, schaltet Felix sich ein. Er legt den Arm um Olga und hebt ein klein wenig das Kinn. Alles an ihm wirkt entspannt wie immer: Muskeltonus, Lachfältchen, das sternförmige Grübchen im Kinn. Doch seine Botschaft ist sofort angekommen. Als habe er auf etwas Bitteres gebissen, verzieht Yannick kurz den Mund und hebt gleichzeitig beschwichtigend eine Hand. Konnte man ja nicht wissen, dass die Frau dem Segelfreund gehört. Friede, alles gut.

Schon pufft auch Felix ihn wieder leicht gegen die Schulter. Gastgeberin Ellen klatscht in die Hände. »Leute, will denn keiner ans Dessertbuffet?«

Aus dem Nebenzimmer erklingt *Remember us* von Lady Gaga. Die Bemühungen um eine wohltemperierte Party schreiten mit guten Aussichten voran.

SAMSTAGMORGEN. Mit geschlossenen Augen liegt Olga im Bett und lauscht dem Konzert der Frühstücksbereitung, das zusammen mit olfaktorischen Sensationen aus der Küche dringt: das Glucksen der Kaffeemaschine, der sanfte Knall, mit dem zwei Scheiben Weißbrot dem Toaster entspringen, und der herbe Duft nach Kaffee und leicht angebrannten Cerealien. Sie streckt sich, öffnet die Augen und blickt wie jedes Mal, wenn sie in diesem Raum erwacht, auf die Tapete an der Wand vor ihr. Riesige hellgrüne Farnwedel strecken sich darauf nach allen Seiten, jeder Wedel behaftet mit großen pinkfarbenen Blüten, aus der Entfernung wirkt das wie eine Dschungellandschaft von Rousseau, jederzeit könnte ein lebensgroßer schwarzer Panther seine Schultern durch das Grün schieben. Von der Decke hängen tief herab drei orangerote Leuchtkugeln, die angrenzenden Wände sind alle in blassem Türkis gestrichen.

Farbgebung und Design in Felix' Wohnung sind eins der beiden Dinge, mit denen Olga sich noch etwas schwertut. Das andere ist der Umstand, dass ihr Freund, der nun hereinkommt, in den Händen ein Tablett mit Geschirr, vollkommen nackt ist. Bei jedem seiner Schritte klingeln die Löffel in den Tassen, stumm baumelt darunter das, was zu einem Mann gehört, was Olga aus Lehrbüchern, Präpkursen und sowohl über ihren kleinen Bruder wie aus der kurzen Zeit mit Bernd Tuschel ja nicht unbekannt ist, trotzdem wünscht sie sich in solchen Momenten

ein Laken oder wenigstens ein schmales Handtuch um Felix'
Lenden.

Aber der Moment vergeht, schon ist der nackte Mann zurück zu ihr ins Bett geklettert, sein weißer Leib mitsamt pen-
delnden anatomischen Einzelheiten ist unter der Bettwäsche
verschwunden, von deren Champagnerfarbe sich Felix' karot-
tenrotes, raspelkurzes Haupthaar fröhlich abhebt. Und überhaupt, denkt Olga, soll man sich nicht so haben.

»Matjesheringe«, sagt Felix und richtet die rosa glänzenden
Fischstücke auf zwei Tellern an, »fangfrisch. Ich hoffe, du magst
das, ich finde es ideal für ein Sonntagsfrühstück.«

»Was hättest du eigentlich geantwortet, wenn sie *dich* zu deiner Berufswahl gefragt hätten?«, erkundigt Olga sich, während
sie sich beiden Kaffee einschenkt.

»Du meinst diese Pfarrerinnen? Na, das war bei uns ja nie
die Frage. Vater Arzt, was soll der Sohn da schon groß machen?«

»Klingt ja wie ein Klagelied – aus dem goldenen Käfig.«

»Tja«, sagt Felix düster, »ich hatte eine harte Kindheit, du
machst dir gar keine Vorstellungen.«

Liebevoll knufft sie ihn in die Seite. »Doch, ich vergehe vor
Mitleid. Was gibst du da eigentlich auf deinen Fisch?«

»Kapern«, erklärt Felix. »Möchtest du?« Er reicht ihr ein
zierliches Löffelchen, ein Wunderwerk aus feinem Edelmetall,
die in die Laffe eingestanzten Löcher stellen ein Blütenorna-
ment dar. »Darf ich vorstellen? Mein heiß geliebtes Kapernlöf-
felchen. Ideal, um Kapern aus der Lake zu löffeln.«

»Du besitzt einen silbernen Löffel eigens für Kapern?«, fragt
Olga, die kaum glauben kann, was sie hört und sieht.

»Weißgold, nicht Silber. Mein Großvater hat es in Paris an-
fertigen lassen. Er war der erste Mediziner in unserer Familie. Das Ding da ist bei uns immer von Sohn˙zu Sohn vererbt
worden. Ist schon was Besonderes für mich …«, er hält inne,
um nach zwei Kissen zu fischen, die er zusammenfaltet, um sie

Olga in den Rücken zu stopfen, »... fast so wie du, könnte man sagen.«

»Ich hoffe, du verwechselst uns nicht eines Tages!« Obwohl sie lacht, hat Olga alle Antennen ausgefahren, wie immer, wenn es um Familie geht. Felix' Großvater war also *der erste Mediziner* – das scheint ja eine ganze Dynastie von Ärzten zu sein. Ob die Mutter auch ...? Obwohl es Olga interessiert, sagt sie nichts, um keine Gegenfrage zu provozieren. Ganz zu Anfang wollte Felix einmal den Beruf ihres Vaters wissen. Eine eindeutige Antwort darauf war nicht so leicht. Mit vier Jahren hat Olga ihren Vater zum ersten Mal als arbeitenden Menschen gesehen. Auf einem Feld in Nordgriechenland, wo er Erdbeeren pflückte. Später kamen noch Okra, Baumwolle, Tabak dazu. Der Teer im Tabak hinterließ eine dickflüssige schwarze Masse an seinen Händen, die nur mit Petroleum abging. Davor – aber das wusste Olga nur aus Erzählungen – war er Ingenieur und ein wichtiger Mann in einem Bergbaukombinat in Bolnisi gewesen. Inzwischen verschleudert er seit Jahren seine Gesundheit im Straßenbau. Auf Felix' Frage hin hatte Olga den Ingenieursvater aus dem Köcher gefischt. Dass er in Moskau studiert hatte, musste ja nicht dazugesagt werden, auch das Bergbaukombinat ließ sie weg – wer wüsste heute überhaupt noch, was so etwas war? Über die Berufe der Mütter wurde nicht gesprochen.

»Und du?«, fragt Felix, die Kaffeetasse an den Lippen. »Wie lautet deine Antwort? Warum willst du Ärztin werden? Dass du auf Mutter Teresa machen willst wie diese Krebs?«

Olga lächelt. Dann runzelt sie die Stirn. »Okay. Aber lach nicht! Ich will, wenn mich jemand nach meinem Beruf fragt, genau das sagen können: *Ich bin Ärztin.* Weil, Ärztin – das ist einfach *was Richtiges.* Verstehst du, was ich meine?«

»Ich denke schon. Es ist ja auch ein toller Beruf.«

Es ist nicht ganz das, was sie sagen wollte, aber ungefähr schon, und überhaupt soll man sich ja nicht so haben.

Felix hat zu Ende gefrühstückt. Nach einem fragenden Blick nimmt er das Tablett vom Bett, stellt es auf dem Fußboden ab und beginnt sie mit Daumen und Zeigefinger im Nacken zu kraulen. »Wann geht dein Zug?«

Olga späht auf ihre Armbanduhr. »Noch zwei Stunden hin.«

»Sehr schön.« Genussvoll nimmt er sie in die Arme. »Du bist sensationell, Schatz. Deine Haut ist einfach … sensationell!«

»Warte mal, Felix …« Am liebsten würde Olga den Gedanken loswerden, der sich im Laufe der letzten Wochen in ihrem Kopf gebildet hat, nämlich dass es ihrer Beziehung nicht schaden könnte, wenn Felix zum Lobpreis ihres Körpers seinen Wortschatz ein wenig erweitern würde. Oder vielleicht auch verringern, um ein einzelnes Wort. Was wäre ein passender Einstieg? Sie will nicht abrupt und verletzend wirken.

»Ja, Schatz? Weißt du, dass du einen sensationellen Busen hast?« Er beginnt ihre Brüste zu streicheln.

»Was würdest du von einem einfachen *in Ordnung* halten? *Dein Body ist in Ordnung* oder so?«

»Was?«

»Statt diesem *sensationell*. Wie wäre es mit *I like you* − und fertig.«

»I *like* you? Deinen *body*?? Wieso soll ich Englisch mit dir sprechen?« Er rückt ein wenig weg von ihr und betrachtet sie befremdet, die Unterlippe schmollend nach vorn geschoben.

»Nein, nein, passt alles. Mach dir keine Gedanken!«

»Es tut mir furchtbar leid, aber ein Dichter bin ich nun mal nicht. Es ist einer meiner schwereren Mängel.«

»Ich habe mich … unklar ausgedrückt.« Sie bemerkt seine Irritation und fühlt sich schuldig, dass sie die zärtliche Stimmung zerstört hat. Um es wiedergutzumachen, nimmt jetzt sie ihn in die Arme, und gerade in diesem Moment ist vom Gang her der laute Platsch zu hören, mit dem ein Stapel Papier auf Parkett landet. Der Briefträger hat die Post durch den Türschlitz geworfen. Felix runzelt die Stirn und zieht einen Flunsch, dann schwingt er seine Beine aus dem Bett.

Während sich Olga aufsetzt und die Bettdecke um Brust und Beine schlingt, bis sie ganz darin eingewickelt ist. Ein leises Dankbarkeitsgefühl gegenüber dem Postboten durchströmt sie. Sex mit Felix ist … also, Sex eben, sie hat ja kaum Vergleichsmöglichkeiten. Bis jetzt hat er fast immer nachts stattgefunden, wenn die Wohnung im Dunkeln liegt, höchstens von einer der orangefarbenen Kugellampen beleuchtet. Tagsüber haben sie es erst einmal miteinander gemacht, und die ganze Zeit hatte Olga dabei das unbehagliche Gefühl, dass hinter ihr auf der Dschungeltapete tatsächlich die Rousseau'sche Großkatze herumschlich und sich überlegte, welcher ihrer Körperteile sich am besten anspringen ließe.

Soll sie das Thema ansprechen? Das Problem ist, dass sie nicht recht weiß, welche Worte sie für den Vorgang als solchen verwenden soll, ohne allzu medizinisch oder albern oder vulgär zu klingen. Nicht einmal, wenn sie mit sich allein ist, mag sie sich *das alles*, wie ihre Mutter sagen würde, vor Augen führen. Kommt das daher, dass sie damals, mit fünfundzwanzig Jahren, reichlich spät mit *alldem* angefangen hat? Vielleicht hat ja eine Art Erosion eingesetzt, und die für die Fortpflanzung zuständigen Gehirnareale sind ausgetrocknet und nun für immer inaktiv?

Felix kehrt zurück ins Schlafzimmer, in der Hand hält er einen Packen Briefe, noch im Gehen liest er die Karte, die obenauf liegt. Er überreicht sie Olga, geht zu seinem Schreibtisch und zieht sich – endlich – den blauen Morgenmantel an, der über dem Teakholzstuhl hängt.

»Was ist das?«

»Meine alte Dame gratuliert zur Approbation.«

»Ach so.« Einen Moment lang muss Olga überlegen, bis sie begreift, dass von seiner Mutter die Rede ist. Es beeindruckt sie nicht schlecht: *Meine alte Dame.*

»Wie findest du das Bild darauf? Hat sie selbst gemacht. Es ist nur ein Hobby für sie, aber gar nicht übel, oder?«

Die Karte zeigt eine Kohlezeichnung von Apoll, dem Kentauren Cheiron und seinem Schüler Asklepios, dem Gott der Heilkunst. Olga kennt die Vorlage, ein Fresko aus Pompeji.

Vom Schreibtisch her ertönt zufriedenes Schnauben.

»Was gibts? Gute Nachrichten?«

»Mhm.« Felix schlitzt mit einem kleinen Messer aus Elfenbein den zweiten Brief auf, liest ihn, öffnet den dritten. »Na, wer sagts denn?« Leise und triumphierend pfeift er durch die Zähne. »Klinikum Bremen-Mitte – Zusage!«

»Du hast dich in Bremen beworben?« Naheliegend, für einen Kieler, buchstäblich. Olga freut sich für ihn, obwohl sie insgeheim immer noch auf Bonn hofft. Dann könnten sie zumindest dieses Jahr noch zusammen in einer Stadt verbringen. Die Chancen darauf, dass einen die Klinik nimmt, in der man sein Praktisches Jahr absolviert hat, sind durchaus groß.

»Nicht nur da. Die Charité in Berlin nähme mich auch!«

»Das ist ja großartig, Glückwunsch!« Von Bonn nach Bremen sind es dreieinhalb Stunden, das dürfte gut zu schaffen sein. Die Distanz zu Berlin ist eine andere Sache, aber dass er bei der Charité nicht Nein sagen kann, ist Olga klar.

»Jetzt kommts aber erst richtig!«, erklärt Felix strahlend.

»Du hast dich bei drei Kliniken beworben?«

»Bei zwölf. Aber die Entscheidung ist schon gefallen – Hasenklee will mich.«

»Wer?«

»Professor Doktor Hasenklee. *Der* Onkologe in Deutschland. Es gibt keinen anderen mit diesem Renommee.«

»Aha. Und an welchem Haus arbeitet der?«

»Klinikum Großhadern. München.«

»Oh.« Olga beißt sich auf die Lippen. Diese Botschaft hat sie nicht erwartet. Sie spürt, wie ihr Gesicht heiß wird, und dreht sich zur Seite. Was erwartet er von ihr? Einen Jubelschrei: *Oh, München, das ist ja meine Stadt!?* Aber erstens ist Olga im Jubeln nicht wirklich geübt und zweitens gerade jetzt sehr unsicher geworden, ob ihr zwischen zwei künstlichen Juchzern nicht doch ein Satz entschlüpfen würde wie: *Versprich mir, dass du mich weiter Schatz nennst, wenn du die Wohnung meiner Eltern gesehen hast! Wenn du ihren griechisch-georgisch-russischen Sprachsalat gehört hast.*

»Na?«, fragt Felix. »Was sagst du dazu?«

Versprich mir, dass du keinen Hustenanfall bekommst, wenn sie dich nach deinem Christenglauben fragen! Stattdessen hört sie sich sagen: »Es ist … sensationell.«

In die Decke gewickelt krabbelt sie aus dem Bett, bückt sich nach ihrer Tasche und geht damit ins Badezimmer, um nach der Dusche das dritte Outfit innerhalb von vierundzwanzig Stunden anzulegen: schwarze Jeans und einen Pullover aus grober, weinroter Wolle. Vor dem Badezimmerspiegel bleibt sie noch einmal stehen, wendet den Kopf nach beiden Seiten, inspiziert Frisur, Brauen und den Bereich zwischen Oberlippe und Nase, wo sich zum Glück noch kein neuer Schatten gebildet hat.

»Du gehst schon?«, fragt Felix verwundert, als er sie fertig angezogen in Mantel und Schal an der Tür stehen sieht. »Aber es ist doch noch nicht …« Er hat das Handy am Ohr, wahrscheinlich will er gerade die frohe Botschaft in die Runde schicken. Nun legt er es zur Seite. »Warte, ich fahre dich zum Bahnhof!« Er nestelt am Gürtel seines Morgenmantels.

»Nein, nein, lass, lieb von dir!«

»Wirklich? Es macht mir gar nichts …« Er folgt ihr, immer noch im Morgenmantel, bis zur Tür. »Hör mal zu, Schatz: Ende März ist dein erstes Tertial hier rum. Was hältst du davon, wenn du danach wechselst? Du könntest dein PJ in München zu Ende machen und den Facharzt auch gleich noch. Und ich könnte uns eine Wohnung suchen. Natürlich nur, wenn nicht schon irgendein Bonner Professor dein Genie entdeckt hat. München –

rundherum die Seen, am Wochenende wären wir ruckzuck in den Alpen. Hm? Was meinst du?«

Dass das alles viel zu früh kommt, denkt Olga entsetzt. So etwas braucht doch Vorlauf! Ein Schaudern überfliegt sie. Aber sie beherrscht sich, zuckt nur leicht mit den Schultern und murmelt, dass sie es sich überlegen wird.

Felix nickt, ein wenig enttäuscht. »Bis bald, Schatz. Kuss?«

»Kuss.«

»Kuss, Kuss, Kuss.«

OLGA NIMMT DEN FRÜHEREN ZUG, sie sitzt am Fenster, sieht die Winterlandschaft vorbeiziehen, den vom Schnee weiß gesäumten Rhein, die überzuckerten Wälder, die sich wie riesige, gefrorene Brokkoligewächse über die Hügel breiten. Sie fährt weg von Bonn, wo sie gern lebt; wo sie Olga, die deutsche Medizinerin ist, seit neuestem versehen mit einem Liebesleben. Sie fährt dahin, wo sie Olga, die Tochter seltsamer Fremdlinge, ist, eine geliebte Tochter, aber lang schon hinaus übers heiratsfähige Alter, auf dem besten Wege, ein spätes Mädchen zu werden, und nicht nur deshalb immer mehr mit Sorge betrachtet wird. Keiner in Bonn weiß etwas über diese sorgenvoll beäugte Tochter. Ebenso wenig ist die Familie in München über eine Frau in Bonn unterrichtet, der es unangenehm ist, über Liebe und all diesen Kram zu sprechen. Olga kann nichts für diese doppelte Existenz, niemand kann etwas dafür, höchstens vielleicht die Weltgeschichte, und die lässt sich nicht mehr umschreiben, die ist schon passiert.

Geboren wurde Olga acht Tage später als von ihrer Mutter erwartet in der Hauptstadt eines kleinen Landes im südlichen Kaukasus; wäre sie rechtzeitig auf die Welt gekommen, hätte man sie noch als Neuzugang im Reich der Sowjetunion begrüßt. Mit einem G in ihrer Geburtsurkunde. G für *Grek* – Grieche. Doch exakt einen Tag nach Olgas Geburt löste sich dieses Reich auf, und aus der sowjetischen Republik Grusinien wurde der kleine Staat Georgien. Sie hat keine Erinnerung an die vier Jahre, die sie dort gelebt hat, an die Zeit, als ganz normale Menschen auf einmal mit glühenden Bügeleisen aufeinander losgingen, als jedermann auf der Straße umgebracht werden konnte wegen eines Pullovers oder eines Eherings. An Griechenland kann sie sich erinnern. Dahin floh ihre Familie, das sei die wirkliche Heimat, sagten alle; ihre Mutter küsste die Erde, kaum dass der Grenzposten sie durchgelassen hatte. Griechenland! Vor über tausend Jahren hatten die Vorfahren diese Erde verlassen, waren weitergezogen ans Schwarze Meer und weiter noch in den Kaukasus. Jetzt kehrten sie zurück in die griechische Heimat – wo niemand sie wollte und verstand, wo man ihnen nachrief, dass sie Russen seien oder Türken. *Sa xena ime Ellinas ke sin Elladan xenos* – in der Fremde bin ich Grieche, in Griechenland ein Fremder – die Hymne aller zugewanderten Griechen vom Schwarzen Meer. Sieben Jahre später verließ die Familie Griechenland wieder. Sieben Jahre hatten sie geklagt über dieses kalte Land auf dem Balkan, erst in Deutschland verstanden sie, wie wirkliche Kälte sich anfühlt. Sie hatten die Heimat verloren – zum zweiten Mal.

Eine zweimal verlorene Heimat mag verdoppelte Sehnsucht hervorrufen. Zweimal hintereinander als Fremder zu gelten, zweimal die Feindseligkeit der neuen Nachbarn zu schmecken, kann einen heiligen Eifer entflammen, der alles verbrennt, was ringsherum wachsen will. Olgas Mutter brachte es zu einer Art apokalyptischem Reiter in Fragen von Rocklänge, Ausgehzeiten und Klassenfahrten. *Wir sind nur Gast in diesem Land!*

In Bonn hat sich Olga ein paarmal den Tagtraum erlaubt, wie sie ihrer um den Tisch sitzenden Familie in durch Fantasie verklärter Gelassenheit von einem Mann erzählt, dessen Name – nein, nicht Chatzisavvidis oder Alevisopoulos lautet, sondern *van Saan*. Jetzt – je mehr sich der Zug München nähert, ein paar Mitreisende erheben sich schon – merkt sie, dass sie in ihrem Tagtraum die entscheidenden Protagonisten nicht ernst genug genommen hat: Felix, der verlegen zurückweicht vor der Großmutter, die darauf bestehen wird, den jungen Mann zu beschnüffeln und zu küssen; ihren verstummenden Vater und besonders ihre Mutter, wie sie sich schwer atmend an den Kragen fasst, entsetzte Blicke mit Mann und Schwiegermutter tauscht: *Wer ist das? Wo kommt der denn her? Das wird doch kein …!*

Der Zug hält. Durch das Fenster kann Olga ihren Vater am Gleis stehen sehen, wie er mit besorgtem Blick die Abteilfenster absucht. Sie hebt die Hand und winkt: Zurück nehme ich den späteren Zug. Wenn seine Schicht schon begonnen hat. Der Gedanke erleichtert sie augenblicklich.

»Meine Olga!«, sagt ihr Vater. »Jetzt bin ich aber froh!«

»Ich auch, Papá!« Soll sie ihm sagen, dass es ihr lieber wäre, wenn er sie nicht jedes Mal zum Bahnhof begleiten und abholen würde? Soll sie ihn als Kollaborateur gegen die Mutter gewinnen? Sie spürt den liebevollen Druck seines Arms und schmiegt ihren Kopf an seine Schulter. »Ach, Papá!«

Zu Hause duftet die ganze Wohnung nach Schmalz. Aus der Küche sind die energischen Schritte der Mutter zu hören. »Ich hab Pisía gemacht. Iss, solange sie heiß sind!«

»Mutter, ich hab im Zug schon gegessen!«, wehrt Olga ab. Auf dem Teller liegen längliche, blasse Kuchen, an manchen Stellen leicht angeschmort. Die Form erinnert an ein gewisses männliches Körperteil (in schlappem Zustand).

»Iss!«, fordert die Mutter. »Du bist dünn wie eine Gräte, haben sie keine Bäcker da, wo du wohnst?«

Die Pisía bestehen aus Weißmehl, Wasser, Hefe und Zucker, Olga stochert darin herum und stellt sich Felix vor, wie er sich höflich nach den Zutaten erkundigen würde.

»Richtige Pisía wollen Öl«, tadelt die Großmutter.

»In T'sintskaro haben wir Schmalz genommen!«, gibt die Mutter scharf zurück.

»Sie schmecken wunderbar, mein Stern«, sagt der Vater und lächelt der Mutter zu, bevor er den Raum verlässt.

»T'sintskaro ist ein Dorf«, erklärt die Großmutter, »die Evgenidis sind immer Städter gewesen.«

»Im Dorf, das sind oft bessere Christenmenschen als die in der Stadt!«, wehrt sich Chrysanthi. Über der Küchentür hängt die hölzerne Ikone der Allheiligen von Soumelá. Olga stellt sich vor, wie ihre Mutter sie Felix irgendwann zum Küssen hinhält.

Der Vater sitzt im Salon. Als Kind hat Olga versucht, die Eltern an das deutsche Wort *Wohnzimmer* zu gewöhnen, bis sie begriff, dass dieses Wort nicht passte, da ein georgischer Salon ausschließlich zum Empfang von Gästen gedacht ist. Nur wegen der beengten Wohnsituation ist Achilleas Evgenidis dahin entwichen und blättert hier in seinem Lieblingsbuch. Der Einband zeigt ein unter seiner Generalsmütze weltweit bekanntes Gesicht. Olga legt ihrem Vater eine Hand auf die Schulter. Mit der anderen schiebt sie das Buch zur Seite. »Vater, was hast du immer mit diesem Schnauzbart?«

»Er war der größte Sohn unserer Heimat.«

»Eigentlich war Stalin ein Verbrecher.«

Ihr Vater nickt pazifistisch. »Das sagt man hier. Aber unsere Väter hat er durch den Großen Vaterländischen Krieg geführt.«

Auch Olga nickt. Bis zum Tag X wird ihr etwas einfallen müssen.

2. TABAK UND WEITERE WUNDER

NEUN MINUTEN HAT ER NOCH, dann geht sein Zug. Jack steuert das gehässig gelb abgesteckte Quadrat neben einer Baustelle an, den Pranger für die letzten frei laufenden Raucher, wühlt in der Tasche seines Parkas nach seinen Utensilien und dreht sich hastig eine erste, zahnstocherdürre Kippe. Schon der holzige Duft der Tabakbrösel hat etwas Überwältigendes. Gleich wird ihm die Hitze hinunter bis in die Lunge fahren, ein Gefühl, als brennte sich eine Schneise durch die Brust. Sogar denken lässt sich dann besser. Aktuell und wiederkehrend darüber, was mit dem kleinen Anwesen geschehen soll, das langsam am Donauufer zusammenbricht. Renovieren? Der Dachstuhl allein würde mehr kosten, als Jack je besessen hat. Verkaufen? Seit zwei Jahren fährt er in größer werdenden Abständen hin, schließt auf, lüftet, kehrt die toten Kellerasseln auf einen Haufen, öffnet eine Schublade und sagt sich, dass er beim nächsten Mal endgültig alles verbrennen wird: Fotos, Briefe, seine Zeugnisse aus Kindertagen.

Gerade will er die Flamme an das Zigarettenende halten, da sieht er sie. Eine junge Frau, die mit energischen Schritten den Bahnsteig entlang auf ihn zukommt. Hellbrauner Wildledermantel, auf dem Kopf eine Art Russenmütze, die ein wenig von dem schwarzen, glänzenden Haar frei gibt. Sie ist nicht allein. An ihrer Seite schreitet ein älterer Herr, der auf eine schmächtige Weise gut aussieht, während sie einfach … verboten gut aussieht. Wenn auch nicht gerade schmächtig.

Einzelne Details fallen ihm auf, während sie näher kommt: geschwungene, dunkle Brauen; die Farben in ihrem Gesicht, die an eine Aprikose im Juni erinnern; besonders ihr Gang, ihre vollkommen gerade getragenen Schultern. Er fragt sich, aus welcher Zeit, welcher Kultur jemand wie sie gefallen sein mag. Irgendwas mit Mayas, Inkas, Azteken?

Ein Obdachloser trottet das Gleis entlang, hält die Hand auf. Sie stoppt ihren Gang, kramt in ihrer Manteltasche, legt dem Mann ein Geldstück in die Hand, lachend, als habe sie es ihm eben von der Straße aufgehoben. Schon ist sie vorüber mit ihrem entschlossenen Schritt, steigt in den Zug am Gleis gegenüber, ihre zwei Taschen lässt sie sich von ihrem Begleiter nach oben reichen, küsst ihn auf die Wangen. Die Türen schließen sich, ein Pfiff, der Zug fährt ab. Ein ICE nach Altona.

Keine Zeit mehr zum Rauchen, sein Zug fährt schon ein. Der Berber dreht sich zu ihm um: »Haste mal ein paar Cent?« Jack holt einen Euro aus dem Portemonnaie, er hat das Gefühl, eine Schuld begleichen zu müssen, so eine Begegnung bekommt man doch nicht einfach geschenkt!

Am Abend, zurück aus Passau, müde von der Fahrt, von den erinnerungsschweren Gerüchen, würde er sich das schöne Gesicht gern noch einmal aus dem Gedächtnis rufen. Er sitzt mit Wohngenosse Josef Probst beim allabendlichen Bier, es geht um ihr gemeinsames Zukunftsprojekt: die Homepage ihres Ghosting-Geschäfts. IT-Spezialist Josef hat sie zu einer App aufgemotzt. Ab sofort können sich die Kunden diskret per *Userchat* mit einem »freien Mitarbeiter« (es wird in jedem Falle Jack sein) zum Kundengespräch verbinden.

»Das kann Geld reinspülen«, sagt Josef. »Woran schreibst du gerade? Gibts neue Aufträge?« Josef ist zuständig für die Technik, Jack für den *Content* (Josefs Programmierersprache).

»Irgendwas über die Antike«, will er antworten. Aber aus seinem Mund kommt: »… über die Azteken.«

DREI TAGE SPÄTER steht er wieder auf Gleis zehn, der ICE nach Altona fährt ein, keine Aztekin auf dem Bahnsteig.

Auch nicht am nächsten und am übernächsten Tag.

Also ist sie verschwunden, lebt irgendwo im Norden, ihr Besuch in München war eine Ausnahme. Alles, was von jenem Morgen geblieben ist, ist der Berber. »Haste mal ein paar Cent?« Dann drückt ihm Jack jedes Mal einen Euro in die gekrümmte Hand, inzwischen hat er die Münze schon griffbereit in der Jackentasche.

Dann, eines Sonntagmorgens sieht er die beiden wieder, den schmächtigen Herrn und sie mit ihrem Amazonengang, das Haar, Gesicht, ihre schönen Farben. Das Wunder macht ihn ganz wehrlos. Er hat keinen Plan, verdreht sich das Kreuz nach ihr, als sie vorübergeht. Ebenda wendet sie sich um, und das kurze Aufblitzen ihrer Augen streckt ihn vollends nieder, sämtliche seiner gut trainierten Kampfkünste (Quatschenkönnen, allgemeine Schläue) versagen, sie steigt in den Zug, sie bekommt ihr Gepäck gereicht. *Halt!*, will er rufen, aber schon schließen sich die Türen, und der Zug fährt davon.

Depp! Depp, Depp, Depp!

»Haste mal'n paar Cent?«

»Nein!«, sagt er verbittert. Nach ein paar Schritten macht er kehrt und übergibt seinen Euro. Der kann ja nichts dafür.

Aber dann gibt es ja doch ein System! Wie viele Frauen fahren zwei Mal in zwei Monaten mit diesem Zug? Am nächsten Tag frühmorgens ist er wieder am Bahnhof, Gleis zehn. Auch am folgenden. Was ist ihr Reisetag? Ein Montag? Ein Sonntag?

ER LÄUFT DURCH Schneegestöber zum Hauptbahnhof, in der Bayerstraße taumeln ihm drei Betrunkene mit verschmierten Clownsmasken entgegen, übrig gebliebene Faschingsgespenster, um die er einen Bogen schlägt. Vor Kälte kann er fast nicht atmen. In seiner Manteltasche knurrt das Handy. Es interessiert ihn nicht, wer da anruft, er ist spät dran.

Angekommen am Gleis, ein prüfender Blick, niemand da. Er atmet eine weiße Wolke in die kalte Luft, wieder brummt das Handy: jemand, der es wichtig hat. Er zieht das Ding aus der Tasche, klappt es auf und knurrt ungnädig »Ja!«. Im selben Moment sieht er die beiden hinter den Gitterstäben des Bauzauns gegenüber auftauchen. Er kennt die amüsiert klingende Männerstimme an seinem Ohr, braucht aber eine Sekunde, bis er sie zuordnen kann. »Hallo, Jack! Sind wir verkatert oder auf der Flucht?«, fragt sein Bruder.

Jenseits des Bauzauns sind die junge Frau und ihr Begleiter stehen geblieben; durch das zunehmende Gewühl der Passanten nimmt er den Hut des Mannes wahr und ihre Russenmütze. Offensichtlich verabschieden sich die beiden heute nicht erst an der Zugtür voneinander.

»Wir haben gedacht, wir schauen heute mal beim Haus vorbei und helfen dir beim Ausräumen«, informiert ihn der Bruder. »Die Tina meint, dann schaffst du es vielleicht schneller, dass du die Hütte mal verkaufst. Falls du nix dagegen hast.«

»Nein«, sagt er, »hab ich nicht«, und lässt den Blick nicht von der Frau, die – eine Hand erhoben zum Winken – jetzt mit energischen Schritten durch Gruppen von Wartenden direkt auf ihn zugeht, kerzengerade, so wie er sie kennt.

»Weil die Tina sagt, dass wir dir dann vielleicht was von dem Geschirr abnehmen können, is ja doch ganz schön viel zu packen …« Ach so, die irdenen Teller und Haferln, die ja im Wert gestiegen sein sollen. Und seine gierige Verwandtschaft, der Bruder, längst ausbezahlt, schielt trotzdem noch auf sein, Jacks Erbteil. Er hat keine Lust, an all das zu denken, er sieht der Frau entgegen. Gerade noch drei Meter ist sie von ihm entfernt, als sie plötzlich mit einem Arm einen seltsam hilflosen Halbkreis beschreibt, während ein Bein, die Stiefelspitze voran, in die

Höhe schnellt und sie rascher, als er jetzt ausatmen könnte, auf den vereisten Boden knallt. Einen Moment braucht er. Dann steht er bei ihr. »Ist Ihnen was passiert?«

Sie scheint ihn nicht zu verstehen, streckt ihm aber in Zeitlupe eine Hand entgegen, einer ihrer Handschuhe aus Wildleder ist bei dem Sturz aufgerissen, er kann die Schürfwunden am Gelenk sehen, die hellen, herausquellenden Blutstropfen. »Ah!«, sagt sie. »Äh.« Und dann: »Nein!«

»Ihr Zug ist schon eingefahren«, antwortet er und merkt zu spät, dass er sich verraten hat, aber sie scheint gar nicht zu verstehen, dass sie es mit einem Spion zu tun hat, der ihre Reisedaten ausspäht. »Los, helfen Sie mir hoch!«

»Ich glaube, Sie haben einen Schock«, sagt er und hört aus dem Handy seinen Bruder quaken: »Wieso Schock? Oder hast du Scheck gesagt?«

Er tut, was sie gefordert hat, und zieht sie hoch, sie sinkt ihm gegen die Brust, zischt leise auf vor Schmerzen und hebt tapfer gleich wieder die Hand zum Winken. Von jenseits des Bauzauns winkt durch viele Menschenleiber eine Hand zurück (und die ganze Zeit schlägt ihm gehörig das Herz, sie steht aber auch verdammt nahe bei ihm). Auf dem gegenüberliegenden Gleis wartet ihr Zug – *Abfahrt in wenigen Minuten* –, gleichzeitig scheint ihr Begleiter sich tatsächlich zum Gehen gewandt zu haben.

»Ich kann allein …«, sagt sie und sieht ihn aus riesigen dunklen Augen an.

»Nein!«, erklärt er. Er nimmt ihre Tasche auf, stützt sie auf dem Weg zu einer der Zugtüren und hört jetzt erst wieder, was sein Bruder, der stets gut gelaunte Götterliebling, wohl schon zum wiederholten Mal plärrt: »… kann ich dir schon was leihen, falls du in Not geraten …«

»Unverschuldet«, sagt er ins Telefon, fasst ihren Ellbogen und stemmt sie die zwei Treppenstufen hoch in den Zug.

»Was?«

»Du hast das Wort *unverschuldet* vergessen: Falls ich *unverschuldet* in Not geraten bin.« Er drückt auf das rote Symbol auf seinem Handy, klappt es zu und schwingt sich hinter der Frau in den Waggon.

Während er ihr durch den Waggon folgt, nimmt er ihr leichtes Humpeln wahr. Sie geht weiter, ohne sich umzusehen, bis sie sich auf einmal mit Mantel und Taschen auf einen letzten freien Sitzplatz fallen lässt. Er steht im Zwischengang, spürt den Ruck, mit dem der Zug endlich anfährt, sieht immerfort ihr im Fenster verschwommen gespiegeltes Gesicht und dahinter die Geometrie der Strommasten, Brücken, Hochhäuser, an denen der Zug vorbeifährt. Er wünscht, er hätte seinen Zeichenblock und einen Stift dabei für das hier: Gesicht, Haar, Schultern.

Hinter Augsburg erscheint die Schaffnerin, er muss nachlösen. Da er das Ziel der Frau nicht kennt, nennt er die Endstation Altona, erschrickt, als er den Preis hört, erschrickt noch mehr, als er erfährt, dass er mit EC-Karte nicht zahlen darf. Er überreicht einen Schein. Jetzt hat er noch vier Euro vierunddreißig in der Tasche.

Nach einer Stunde erreichen sie Nürnberg, sie greift nach ihren Sachen. Er folgt ihr. Am Bahnhof eine Treppe hinunter, eine andere hinauf, dann stellt sie sich an ein Gleis. Wohin geht der Zug? Wieder Altona? *Abfahrt in vierzehn Minuten.* Er stürzt ins Bahnhofsgebäude, um ein Ticket zu lösen. Preis egal, Hauptsache, sie nehmen die EC-Karte. Der Mann am Schalter versteht nicht: »Altona? Aber das haben Sie doch schon gezahlt?« Er rast zurück, erreicht außer Atem das Gleis.

Niemand mehr am Bahnsteig. Gleich schließen sich die Zugtüren. Er springt hinauf, eilt mit wachsender Unruhe die Gänge entlang. Bis er sie endlich sieht.

Sie sitzt allein in einem Abteil, über ein Buch gebeugt. Er

tritt ein, setzt sich ihr gegenüber auf den Platz am Fenster, zieht höflich die Beine unter den Sitz.

Sie hebt den Kopf, ihre Augen weiten sich misstrauisch. »Sagen Sie mal: Sind Sie nicht …?«

»Genau: Ihr Retter«, vervollständigt er in der Hoffnung, dass sie das so ironisch aufnimmt, wie es gemeint war.

»Das ist aber jetzt kein Zufall? Sind Sie mir etwa gefolgt?« Einen Moment lang scheint es, als wolle sie ihre Sachen zusammenraffen, um aus dem Abteil zu fliehen.

»Ich bin kein Stalker«, sagt er so flehend und mild wie möglich (und überlegt kurz, wie man das nennt, was er seit einer guten Stunde treibt – *Recherche* klänge schön, trifft es aber wohl nicht). »Ich wollte Sie nicht allein lassen, schließlich war das ein schwerer Sturz – am Ende haben Sie sich eine Rippe gebrochen«, improvisiert er. »Oder das Herz«, setzt er kühn hinzu, da er gerade jetzt unter ihren gewölbten Brauen etwas Wildes, Lustiges aufblitzen sieht. Für einen Moment nimmt er sogar einen Anflug von Lächeln wahr. Sie löscht es ganz schnell, aber er hat es gesehen und freut sich darüber. »Herz, Lunge, Leber – was weiß ich?« Aztekenprinzessin, denkt er. Oder Tochter eines Inkakönigs.

»Helfersyndrom?«, fragt die Inkaprinzessin. »Sind Sie bei der Feuerwehr tätig?«

»Beruflich gesehen bin ich ein Geist.«

»Für einen Geist reden Sie aber ziemlich viel.«

Etwas Leichtes ist in die Unterhaltung geschlüpft, das ihm Mut macht. »Vielleicht sollte ich mich vorstellen?«, schlägt er vor und rückt an seiner Brille. Es ist eine Nickelbrille, kreisrund, ein kleiner Luxus, den er sich leistet, weil das seine Ähnlichkeit mit einem der vier Beatles unterstreicht. »Ich heiße Jack.«

Die Augen, mit denen sie ihn ansieht, könnten einer Christusfigur gehören. Auf einer Ikone mit Goldhintergrund. Sie

47

öffnet den Mund, und er wartet gespannt, aber dann schließt sie ihn wieder und versenkt sich in ihr Buch.

Er reckt seinen Hals und späht nach dem Titel auf dem Umschlag. Sage mir, was du liest, und ich sage dir … *Innere Medizin und Chirur*… Sie hält das Buch flacher – egal, zwei Worte hat er gesehen, das reicht, mit Worten fängt alles an.

»Entschuldigung«, sagt er in höflich gedrosselter Stimmlage, »wenn Sie mir kurz sagen würden, welche Krankheit ich mir auf die Schnelle zuziehen könnte? Dann könnte ich Sie nämlich gleich in dieser Sache konsultieren, Sie sind doch Medizinerin? Ein wenig Dramatik wäre gut, damit Sie mich ernst nehmen. Aber nichts Abstoßendes, nichts mit Körperflüssigkeiten …«

Endlich schaut sie hoch. »Mutismus.«

»Okay. Was ist das?«

»Plötzlich einsetzendes Verstummen.«

»Interessant. Wodurch wird es ausgelöst?«

»Meistens durch einen Schock. Wenn man ein Buch an den Kopf geworfen bekommt zum Beispiel.«

Nanu, nanu, nanu? Humorvoll ist sie auch noch? Ihre Antwort entzückt ihn. Er fischt eine fertig gedrehte Zigarette aus seiner Parkatasche.

Zwischen ihren schwarzen, gezupften Brauen entsteht eine Falte. »Nein«, sagt sie scharf.

Er schüttelt den Kopf, setzt ein tieftrauriges Gesicht auf. »Keine Sorge«, sagt er, »mir reichts, wenn ich sie in der Hand halte.«

»Ich hasse Zigarettenrauch.«

»Dachte ich mir. Soll ich aufhören?«

»Mit dem Rauchen? Lieber Gott, das ist Ihre Sache.«

»Ich meine, falls wir uns vielleicht irgendwann mal näherkommen, und dann fangen zum Beispiel Sie an und nennen mich *mein Herz*, und dann antworte ich zum Beispiel mit *meine*

Lunge, also dann sollte diese Lunge sich schon ein bisschen präsentieren können.«

»Noch ein Wort dieser Art, und ich rufe den Zugbegleiter!«

»Okay, schnell ein Wort der anderen Art: Ich hab gelesen,
dass die verteerte Lunge schon nach sieben Tagen Entwöhnung
wieder weiß und sauber daherkommt wie eine Babywindel.
Eine frische natürlich.«

»Lungen sind nicht weiß.«

»Das sagen *Sie!*«

»*Sage* ich, ja. Und jetzt beenden wir die Debatte.«

»Aber besser für die Gesundheit wäre es schon?«

»Nicht zu rauchen? Natürlich ist das besser.«

»Gut. Dann lasse ich es sein.«

»Jetzt? Auf der Stelle?«

»Na, wenigstens einer von uns beiden sollte doch an seine
inneren Organe denken! Wenn Sie schon so einfach einen dop-
pelten Herzbruch riskieren …«

»Kann es sein, dass Ihr Gehirn bereits gelitten hat unter
dem Nikotin? Aber bitte, wenn es Sie in der guten Absicht be-
stärkt: Meinen Segen haben Sie. Und jetzt wäre es wirklich gut,
wenn …« – sie hält sich einen Finger vor die Lippen.

Der Zug hat gehalten, ruckweise fährt er wieder an. Ein
paar neue Passagiere bugsieren ihr Gepäck an ihrem Abteil vorbei, schauen unschlüssig durch die Glastür, ziehen weiter.

»Okay«, nickt er mit bitterer Miene, hält ihr die Zigarette
in Augenhöhe vor das Gesicht und knickt sie mittendurch. Die
herabrieselnden Tabakbrösel fängt er geschickt mit einer Hand.
»Sehen Sie? Das war die Letzte. Schluss und aus. Mein Opfer
auf Ihrem Altar. Und als Gegenleistung könnten Sie mir – ich
will bescheiden sein – vielleicht sagen, wie Sie heißen?«

Sie klappt das Buch zu, beugt sich vor und sieht ihn an.

Auch er neigt sich ihr entgegen.

»Ich denke, Sie sollten etwas wissen«, sagt sie nicht unfreundlich. »Ich bin in festen Händen. Ich habe einen Freund! Vielleicht ist es das, was Sie brauchen, damit der Mutismus bei Ihnen endlich einsetzt?«

Okay, okay, er hat verstanden. Die Inkaprinzessin hat einen Freund. Okay. Das ist einerseits ganz normal. Oh, verdammt, hat er wirklich nicht damit gerechnet, dass sie vergeben sein könnte? Er weiß doch, wie es läuft in der Welt: Frauen haben feste Freunde. Junge Frauen zumal. Und die jungen, also die in seinem (und ihrem, schätzt er) Alter, sind heute alle treu und leben abstinent, sie rauchen nicht und bestellen in der Kneipe stilles Wasser, soweit er das mitbekommt. Wer weiß, vielleicht spendet diese hier außerdem jeden Monat Blut für ihre Patienten? Und heiratet vielleicht schon im nächsten Mai? Einen, der wie sie Medizin studiert und genauso viel Blut spendet, bis er gelb und ausgezehrt wirkt vor lauter Caritas und Anämie? Wenn das so ist, ahnt sie ja gar nicht, welche Chance sie gerade verpasst! Und ausgerechnet da soll er den Schnabel halten? Mit den unteren Schneidezähnen wetzt er unschlüssig an seiner Oberlippe, während sie sich mit demonstrativer Entschlossenheit über ihr Buch beugt.

Gut, er wird tun, was sie wünscht, und die Sprechwerkzeuge still halten. Andererseits gibt es ja noch mehr Möglichkeiten der Kommunikation, waren das nicht die alten Inkas mit den Rauchzeichen? Er klappt das Tischchen herunter, legt das zerknüllte Papier seiner geopferten Zigarette darauf und streicht es glatt. Dann streut er die Tabakkrümel darüber und formiert Buchstaben damit. Er legt ein W, wischt alles zusammen, ein E, ein R. Unter ihren Wimpern beobachtet sie, was er tut, das spürt er. WER, schreibt er, BIST DU?

Natürlich antwortet sie nicht. Aber sie hat auch schon minutenlang nicht mehr umgeblättert in ihrem Buch.

Er ordnet seine Krümel neu. ICH, schreibt er, BIN JACK WER BIST DU?

Im Nachbarabteil wird scharf eine Tür geöffnet, wieder geschlossen. Dann reißt eine grobe Hand die Schiebetür zu ihrem Abteil auf, eine Frau mit Kleinkind betritt das Abteil, wuchtet ihren Koffer gegen das Tischchen, die Tabakbrösel wehen auf und davon, und mit ihnen weichen Temperatur und Atmosphäre in dem engen Gehäuse.

Die Frau schält das Kind aus Handschuhen, Mantel, Schal, der Junge, der darunter zum Vorschein kommt, fängt noch währenddessen an zu trampeln und zu schreien. »Üh! Mami-Mami, schau! Üh, üh!« Die Mutter packt Dinge aus, Obstgeruch durchzieht das Abteil, der sich windende Junge bekommt Mandarinenspalten in den Mund geschoben, die er gleich wieder ausspuckt. »Da, Schatzi!« – »Neiiin!« – »Doch, Schatzi.«

Die Inkaprinzessin lässt ihr Buch sinken.

Sogar der Junge hat es gesehen, es inspiriert ihn zu neuen Lebensäußerungen: »Brr-pfff-brr-pff! Puuups! Ich-ich-ich muss Puuupsi lassen!« Es folgt Gelächter, das irgendwann in Husten und Schluckauf übergeht.

Die Inkaprinzessin schaut ihn an. »M«, macht ihr Mund.

»Utismus«, vervollständigt seiner lautlos.

Dann seufzen sie beide zur selben Zeit. Eine eigentümlich stumme Einigkeit ist entstanden, als wären sie gerade demselben Orden beigetreten, hätten ihr erstes Gelübde abgelegt. Schweigender Zisterzienser, so sitzt er nun da, allen Furz- und Trampel-Lärm ausblendend studiert er das schöne Gegenüber in seinen Details: den Olive-Ton ihrer Haut; ihre gerade geschnittenen, fast durchsichtigen Nägel; den Schatten ihrer Wimpern. Ruhiger und ruhiger wird ihm dabei, mit der Zeit wirkt sogar das *Mami-Mami-Mami* des Jungen so einschläfernd wie das Schaukeln des Zuges. So passieren sie Hanau, Frankfurt, Mainz, sie fahren am Main entlang, am Rhein, ein Schlösschen grüßt unter Schneehauben, und in Koblenz läuft der Film plötzlich rückwärts, das Kind quengelt, die Mutter stopft es zurück in seinen Mantel, die Abteiltür öffnet und schließt sich. Sie sind wieder unter sich.

»Puh«, macht die Prinzessin und dehnt die Arme. »Diese kleinen Schätze! Haben die wirklich nirgendwo einen Knopf, an dem man sie leiser drehen kann?«

»Dazu müsste man erst mal an der Mutter vorbei.«

»Dürfte für Sie ja kein Problem sein. Als Geist, meine ich.«

Sie hat wirklich Humor – was für eine Rarität! Und ausgerechnet jetzt fällt ihm statt eines flotten Scherzchens nur die biedere Wahrheit ein. »Ähm. Das mit dem Geist macht eigentlich nur auf Englisch Sinn. Sorry.« Da er ihren rätselnden Blick sieht, setzt er hinzu: »Ghost. Ich bin Ghostwriter.«

»Ach! Das heißt, Sie schreiben Lebensbeichten von Promis? Wie der Prinz das Model heiratet und wieder verlässt?«

»Ich ghoste an der Uni. Für Leute, die ihre Abschlussarbeiten nicht selbst hinkriegen«, präzisiert er artig. Kaum zu glauben, dass sie es dieses Mal ist, die das Gespräch am Leben hält.

»An der Uni. Aha. Welches Fach?«

Als kriminell stuft sie ihn also schon mal nicht ein – kluges Mädchen! »So … dies und das.« Gerade ist ihm eingefallen, dass man einer geheimnisvollen Frau wie ihr am besten begegnet, indem man selbst nicht gleich alle Einzelheiten auf den Tisch blättert, also widersteht er der Versuchung, ein wenig mit seinem ersten Studium bei den Agrarwissenschaftlern anzugeben. Es ist ein harter Verzicht, denn zum Beispiel die Geschichte von dem Professor für Mastviehhaltung, der mal eine von Parasiten wimmelnde Rindsleber mit in die Vorlesung brachte, hat etwas wirklich Mitreißendes. Andererseits ist die Prinzessin ja offenbar selbst Medizinerin, sogar eine, die über die Farbe menschlicher Lungen Bescheid weiß, da ist man vielleicht schon zu abgebrüht für eine kaputte Leber.

»Aber nichts Medizinisches?«, fragt sie.

Wieso nichts Medizinisches? Ist Medizin denn die Königin

aller Wissenschaften? Dieser Blut spendende Knabe fällt ihm ein, ihr fester Freund – womöglich studiert der ja wirklich dasselbe wie sie, und weil der Gedanke schwer zu ertragen ist, sagt er entgegen seiner Absicht: »Tiermedizin wäre schon mal kein Problem für mich.« Und weil er diese Angeberei gleich darauf bereut, fügt er eilig hinzu: »*Wäre.* Wirklich geschrieben habe ich darüber noch nix.«

»Tiermedizin?«, fragt sie zurück. »Das haben Sie studiert?«

»Nein, nein, ich bin nur in den Semesterferien mal drei Monate mit einem Tierarzt mitgefahren. Aufs Land.«

»Okay.«

»Nur Kühe und Schweine. Kein einziger Leopard dabei.«

»Und in welchem Fach ghosten Sie dann so herum?«

»Ach, alles Elfenbeinturm, höherer Blödsinn.« Er sagt es mit einem abschätzigen Ausatmen. In Wirklichkeit ist er durchaus nicht unstolz auf all die Bücher, die er sich die letzten Jahre hindurch in den Sälen der Staatsbibliothek einverleibt hat. Soziologische, psychologische, politologische, sprachwissenschaftliche Werke; Freuds Traumdeutung, Schmellers bayerisches Wörterbuch, all die Standardwerke zum Aufbau von Sprache, zu politischen Systemen, philosophischen Kategorien oder literarischen Gattungen. Oder dass er ein Semester lang Türkisch gelernt hat für eine Masterarbeit über die typischen Fehler im Deutsch türkischer Gastarbeiter. Das ist ja schließlich nicht nichts. Wenn man ihn umdrehen und schütteln würde, käme eine Sackladung Titel heraus, so bunt wie vor langer Zeit die Knopfsammlung seiner Mutter: V-Effekt, Ödipuskomplex, kategorischer Imperativ, Bolte-Zwiebel, Onomasiologie. Aber er weiß, dass er mit seiner Freude über diese zusammenhangslose Buntheit allein dasteht. Normalen Menschen käme es verrückt vor, durch die Wissenschaft zu flattern wie ein Schmetterling – hier ein Schlückchen Nektar, da ein paar Milligramm Blütenstaub. Normale Menschen studieren Maschinenbau, dann bauen sie

Traktoren; oder sie werden Arzt und schneiden anderen die Bäuche auf. Der Bedeutung von Ortsnamen oder Vorsilben hinterherzujagen – wozu das gut sein soll, kann ja nicht einmal er selbst erklären.

»Was war denn der letzte Blödsinn, über den Sie geschrieben haben?«

»Etwas zu Namen. Welche Bedeutung Namen haben können.«

»Von Personen, meinen Sie?«

»Ja«, flunkert er blitzschnell, weil ihm eingefallen ist, dass er sein erstes Teilziel – ihren Namen zu erfahren – immer noch nicht erreicht hat.

»Sagen Sie mal so eine Bedeutung!«

»Zum Beispiel, na: Sagen Sie mir einfach, wie Sie heißen.«

»Das können Sie doch nicht aussprechen!«

»Also etwas wie Yolotli?«

»Das klingt ja, als wollten Sie ein Krokodil rufen.«

»Es ist ein Aztekenname. Ich gehe jetzt einfach mal davon aus, dass Sie Aztekin sind. Das ist meine Prämisse, okay? Dann ist Ihr Lieblingsessen Ananas. Bei den Azteken war das die heilige Speise.« Sehr gut, er schwimmt wieder im alten Fahrwasser.

»Ich bin was? Aztekin?«

»Sag ich doch, es ist nur eine Prämisse. Eine vorläufige Annahme. Zu einem Ergebnis komme ich natürlich schneller, wenn Sie mir Ihren Namen nennen.«

»Den Familiennamen meinen Sie?«

»Zum Beispiel. Vorname geht auch …«

»Mein Familienname lohnt sich schon mal nicht.«

»Wieso nicht?«

»Weil er mir nicht ewig bleiben wird.«

Das muss er jetzt erst einmal schlucken und verdauen. Ihr Name bleibt ihr nicht. Das heißt, sie will heiraten. Den Blutspender. Hat vielleicht sogar schon das Aufgebot bestellt. Aber warum, um Gottes willen? Und wozu diese Eile? »Also, Sie wollen heiraten?«, fragt er mit mühsam erarbeiteter Leichtigkeit. »Und Sie sind sich sicher? Ich meine, dass Sie den Richtigen erwischt haben?«

Sie lächelt! Wie kann man so grausam sein, auf diese Frage hin zu lächeln!

»Vom Namen her könnte ich mir jedenfalls keinen besseren vorstellen.«

Er kann es nicht fassen. »Sie heiraten wegen eines dekorativen Familiennamens?« Dann kommt ihm erst die Idee, welche Chance sich damit eröffnet: »Was sagen Sie übrigens zu Jennerwein?«

»Was ist das?«

»Mein Name.«

»Sie heißen nach einem Wein?«

»Nach einem Helden. Wir stammen von Wilddieben ab. Das waren mal die Guten, so was wie Robin Hood. Oder Che Guevara.« Er setzt eine alte Familienlüge fort, das weiß er sehr gut, aber wenn er sich diese Gelegenheit entgehen ließe, wäre er ja echt blöd. »Es gibt sogar ein Lied über meinen Urahn«, sagt er stolz. *»Es war ein Schütz in seinen besten Jahren, der wurde weggeputzt von dieser Erd'* ...«

»Zwecklos, die Mühe«, sagt sie.

Klang da Hohn durch in ihrer Stimme? Missachtet sie die Wilderer?

»Auch wenn Sie noch so schön singen – mit *dem* Namen haben Sie jetzt schon verloren.«

Verloren. Gegen den Blutspender. Und wieso? »Hey, wieso habe ich verloren?«

»Weil ich nur einen nehme, der einen Familiennamen mit maximal zwei Silben hat.«

»Gut! Können Sie haben! Mein Name hat genau zwei Silben: Jenner und Wein!«

»Depp!«, sagt sie, aber mit leiserer Stimme. »Kein echter Beruf, Nikotinflecken an den Fingern – wie nennt man so etwas? Suboptimal?«

»Ich habs nicht mit dem Selbstoptimieren. Aber das andere …«, er betrachtet die verfärbten Seiten seiner Finger, »… stimmt schon. Ein Gelbstich. Soll ich es umfärben lassen? In Lila? Oder Seegurkengrün? Irgendwas sollte die Farbe mit Ihrem Namen zu tun haben. Wissen Sie, dass manche Leute bei dem Selbstlaut A ein dunkles Rot sehen, I dagegen als gelb, insofern wäre es nicht unwichtig zu wissen, wie …«

»Okay«, sagt sie, und klappt das Buch zu, lässt allerdings einen vorsorglichen Daumen auf der eben gelesenen Seite. »Ich heiße Olga. Das reicht aber jetzt schon für Ihre Farbenschau?« Wieder blitzt sekundenkurz diese verhaltene Lebenslust in ihren Augen auf, und er hat es bemerkt, da kann sie noch so sehr die Gestrenge spielen.

»Olga«, sagt er andächtig und sieht einen schwarzen Samtstoff vor sich (das O), in den viele erdbeerrote Sternchen eingestickt sind (a-a-a-a-a-a). »Von mir aus kann dieser Zug ewig weiterfahren!«, gesteht er.

»Von mir aus auch, trotzdem steige ich bei der nächsten Station aus«, sagt sie und hält ihre edel gebogene Nase wieder über ihr Buch.

Die nächste Station? Das ist Bonn! Gut! Vor drei Monaten, als er seine letzte Auftragsarbeit geschrieben hat, ein lausiger Bachelor, der gerade mal 750 Euro eingebracht hat, hat er sich mit der Bedeutung von Ortsnamen beschäftigen müssen: Stuttgart – *Stutengarten;* München – *bei den Mönchen.* Das hat nicht das Geringste mit ihm und Prinzessin Olga zu tun. Bonn dagegen – ist da nicht schon der Klang des Namens *(bon, bonita, bonne nuit)* Grund für die allerbesten Aussichten? Auch wenn es onomasiologischer Quatsch ist, den Gedanken will er behalten.

IN BONN FOLGT ER IHR wie ein treuer Hund durch einen Bahnhof voll enger Passagen, über eine hässliche Baustelle, auf der Plastiktüten durch Schneeflocken fliegen. Er weiß durchaus nicht, wohin sie steuert. Er vertraut darauf, dass sie ihn nicht im Regen (beziehungsweise Schnee) stehen lässt.

»Und wie weit soll das jetzt noch gehen?«, fragt die Prinzessin, als er neben ihr in einer ruckelnden, roten Straßenbahn steht.

»Falls Sie sich Illusionen machen – übernachten können Sie nicht bei mir!«, sagt sie, sich zu ihm umwendend, denn nun geht er hinter ihr, damit er wieder ihre schöne Kopfhaltung bewundern kann, wobei er voller Mitgefühl ihr leichtes Humpeln registriert. Sie humpelt dahin über eine nur leicht vereiste Straße. Und dann verschwindet sie mit einem letzten Kopfschütteln in einem großen Haus. Macht einfach die Tür hinter sich zu. Klick.

Es muss ein Studentenwohnheim sein bei so vielen Namen auf dem Klingelschild. Bonn ist milder als München, dennoch spürt er rasch die Kälte, dreht sich zum Trost aus den letzten Krümeln eine Zigarette, erinnert sich an sein Gelöbnis vor wenigen Stunden und zerdrückt sie wieder. Einsichtig und mit einer gewissen Wehmut, die nun auf seiner Brust lastet.

Die Schneeflocken wirbeln herab, der Himmel wird grau und schließlich ganz dunkel. Eigentlich hat er nicht damit gerechnet, dass er heute Abend einsam und frierend auf der Straße steht. Eigentlich war er sich sicher, dass es irgendwie weitergeht, zumindest bis zu einem Ort, an dem es wärmer ist als hier draußen. So war ja schließlich sein ganzes bisheriges Leben: Engpässe, lange Tunnels, die sich immer weiter verjüngen, bis kaum noch Licht ist, bis man die Hände vors Gesicht schlagen und verzweifeln möchte. Und dann tut sich doch immer wieder irgendwo eine Ritze auf, ein Spalt, durch den man entschlüpft. Warum ist das so? Darum. Welche Antwort kann es denn geben

57

auf diese Frage? Weil er sonst schon tot wäre oder irgendwo in einem anderen Land leben würde oder unter der Brücke. Doch jetzt, diese stählerne Tür sieht nicht so aus, als würde sie sich von selbst für ihn öffnen. Hat er sich so sehr getäuscht in dieser Frau? Sollte eine Aztekenprinzessin namens Olga kein Herz im Leibe haben? Reißt man dieses Organ kleinen Aztekinnen gleich bei der Geburt heraus?

Er versagt es sich, nach unten in die Hocke zu sinken, reibt sich die Hände und überlegt in einer kurzen Phase grimmigen Selbstmitleids, ob ihm zuerst die Füße einschlafen werden und dann der Rest oder ob es umgekehrt geht, was das Erfrieren insgesamt erleichtern dürfte.

TREPPE HOCH, SCHLÜSSEL UMGEDREHT, vier Schritte bis zu ihrem Bett. Noch in Mantel und Stiefeln legt Olga sich darauf und versucht, ihren Atem unter Kontrolle zu bekommen. Der Oberkörper hebt sich krampfartig wie beim Schluchzen. Ihre Eltern warten auf einen Anruf. Sie sollte Mantel und Hose ausziehen und ihr verletztes Knie verarzten. Stattdessen liegt sie da und übt Atmen. Die Luftnot hatte sich schon im Zug angekündigt, immer wenn dieser Mensch mit Nickelbrille etwas zu ihr sagte. Wird es besser? Doch, langsam. Noch ein ruhiger Atemzug, noch einer, dann richtet sie sich auf. So. Zurück zur Normalität: Mantel ausziehen, Eltern anrufen.

Aber das alles tut sie nicht, sondern geht ans Fenster, öffnet es und beugt sich hinaus, um bis unter das Vordach unten nachsehen zu können, ob der immer noch … Ja, in der Ecke steht er in seinem Parka, die Schneeflocken setzen helle Tupfer darauf. Bitte sehr, soll er stehen bleiben, bis er schwarz wird. Beziehungsweise weiß. Sie schließt das Fenster, macht ein paar Schritte zurück ins Zimmer und ärgert sich über das Verlangen, hinunterzulaufen und ihm die Tür zu öffnen. Sie will das doch gar nicht. Wirklich! Sie *will* nicht. Es *verlangt* sie nur danach.

Man kann ihn nicht gut da unten erfrieren lassen, sagt sie sich zögernd, unsicher, ob diese Stimme in ihr mehr der Vernunft oder eher dem Verlangen entspringt. Sie könnte Hamed bitten, ob er ihn bei sich aufnimmt. Gut! Diesen schönen Satz hat eindeutig die unbescholtene reine Vernunft gesprochen. Gleich darauf fällt ihr ein, dass Hamed an Sonntagabenden Besuch von Corinna hat, also *Don't disturb*, da gibt es keinen Platz bei ihm, nicht mal auf dem Boden. Aber ein Feldbett hat er, eine Trage, wie sie Sanitäter benützen, Hamed besitzt eine Menge solcher Dinge und verleiht sie gern. Ausgezeichnet, lobt die Stimme der Vernunft, guter Plan, völlig frei von Verlangen.

Sie geht hinaus auf den kalten Wohnheimflur und klopft bei Hamed, der ihr, Handy am Ohr und glückselig lächelnd (Corinna am anderen Ende der Leitung), alles zusagt, Klappbett, Decke, ja, ja, und dabei mit dem Finger Richtung Gemeinschaftsküche weist. Sie versteht ihn ohne Worte, er hat gekocht, er lädt sie ein, das macht er oft, wenn sie nach Hause kommt; wenn es um Mahlzeiten geht, hat Hamed etwas von einer stets fütterbereiten Vogelmutter an sich.

Dann läuft sie die Treppe hinunter und öffnet die schwere Eingangstür mit einem Ruck. »He!«, sagt sie, »Herr Geist! Willst du erfrieren da draußen?«

»Hey!«, sagt der eingeschneite Mensch, und diese eine Silbe macht, dass die Luft auf ihrem Weg in Olgas Brust schon wieder stecken bleibt, gleich beim Einatmen, und sich staut, so dass sie immer mehr Luft in kleinen Schlucken einnehmen muss, bis sie zu platzen droht. »Da vorn ist die Küche«, sagt sie mühsam und weist auf das Ende des Flurs. »Da wartet ein Freund von mir auf dich, Hamed Yilmaz. Der gibt dir was zu essen und eine Pritsche. Nachher einfach hier klopfen.«

Zurück in ihrem Zimmer lehnt sie sich an die geschlossene Tür. Jetzt weiß sie, woran es liegt, dass ihr zum vierten oder fünften Mal an diesem Tag die Luft wegbleibt. Es ist seine

Stimme. Die berührt etwas in ihr, das sehr tief unten in ihrem Leib liegt und sich aufführt wie eine Art Schwingungsmembran. Daran streicht die Stimme, sie wetzt sich daran. Wie ein Schlagzeugbesen auf dem Resonanzfell einer Trommel. Wie menschliche Lippen, die beim Kammblasen das aufgespannte Pergamentblatt zum Vibrieren bringen.

Aber gut! Damit hat sie eine Diagnose, damit kann sie Vorkehrungen treffen! Es darf ab jetzt einfach nichts mehr geredet werden. Nichts oder nur das Allernötigste. Am besten macht er seinen Mund so wenig wie möglich auf. Und wenn doch, muss sie das Wort übernehmen, er hört zu, wenn sie spricht, das hat sie schon mitbekommen. Noch was: Sie muss bettfertig sein, wenn er kommt, und ihm sofort das Maul verbieten. Dann Licht aus, gute Nacht, kein Geschwätz, und morgen – das wird sie ihm noch sagen, dass er aufbrechen soll, bevor sie erwacht. Guter Plan, diese Nacht wird ganz schnell vorübergehen, so wie Nächte eben vorübergehen, in Dunkelheit, in Schlaf; sie in ihrem Bett, er auf der Pritsche. Das Verlangen hat sich wieder beruhigt. Oder? Oder? Eifrig tickt ihre Armbanduhr, sie nimmt es als Bestätigung.

»EXTREMFALL. ABSOLUTE AUSNAHME.« Das war ihr Grußwort vor zwei Sekunden, auf das von seiner Seite ein großmütiges Nicken folgte. Extremfall – kann er hinnehmen. Ist schließlich nicht das ganze Leben eine Aneinanderreihung von Extremfällen? Geburt, Einschulung, erste Liebe, zweite Liebe, Tod et cetera? Sein aktueller Zustand lässt sich jedenfalls unter *außerordentlich extrem* verbuchen. Dass er sich in einem Raum mit dieser herzzerreißend schönen Frau befindet, deren Anblick seinem Herzen auf der Stelle noch ein paar Risse mehr zufügt, so wie sie nachtfertig gekleidet vor ihm steht in einem bodenlangen, grau-weiß geringelten Nachthemd.

»Der erste Zug nach München morgen geht um halb acht«,

sagt sie mit einem misstrauischen Blick, bevor sie sich wieder von ihm wegdreht zu ihrem Waschbecken und weiße Paste auf ihre Zahnbürste drückt.

»Ach, ich stelle mich an die Autobahn«, sagt er und versucht möglichst munter zu klingen. »Autostopp bereichert, finde ich. Man lernt so interessante Leute kennen.« Hat sie ihn jetzt bei der peinlichen Wahrheit erwischt, dass er sein Konto überzogen hat, dass Fahrkarten ein Luxus für ihn sind?

Wenn ja, dann lässt sie sich nichts anmerken, energisch fährt sie mit der Zahnbürste die obere Reihe ihrer Zähne auf und ab, dabei stößt sie gezischte, von Schaumspritzern untermalte Kommandos aus: »Sch … sieben Uhr. Ich sch … schtehe um sieben auf. Da bisch … bist du schon rausch hier! Kein Gesch … schwätz in der Nacht! Keine Mätzsch … Mätzchen.«

»Mätzchen?«

»Scho … so herumquatschen und mit Tabak sch … schreiben.« Sie spült und gurgelt melodisch.

Er weiß noch nicht so recht, nach welchem Muster er seine Antworten stricken soll. Soll er ihr etwas zu lachen bieten? Oder ist jetzt gerade ein schlichtes *Zu Befehl, Madam!* angebracht?

Ihr Reinigungsritual scheint beendet. Nach Seife und Zahnpasta duftend geht sie in einem großen Kreis, als wäre er aussätzig, um ihn herum. An ihrem Bett angekommen, zeigt sie zum Waschbecken. »Da. Kannst dich waschen.«

»Ach, das braucht es nicht«, sagt er, gewillt, sich höflich und bescheiden zu geben. Überdies hat er gar nichts dabei für die Nacht.

»Doch!«, sagt sie scharf. »Das braucht es wohl! Du stinkst wie ein Wildschwein! Los, ich mach gleich das Licht aus!«

Mit hochgezogenen Brauen schreitet er ans Waschbecken, dreht sich noch einmal um und sieht, dass sie eben in diesem Moment das Fenster öffnet und eiskalte Nachtluft hereinströmen lässt. Aber er ist natürlich abgehärtet wie ein Waldläufer, ohne mit der Wimper und so weiter knöpft er sich das Hemd auf und streift es sich mitsamt T-Shirt und Unterhemd über den Kopf. Mit nacktem Oberkörper steht er vor dem kleinen Becken, unterdrückt das Bedürfnis zu bibbern, das fast schon seinen Unterkiefer erfasst hätte, und wäscht sich gehorsam Gesicht, Hals, Achseln, Brust. »Zufrieden?«, fragt er, während er sich mit dem Handtuch abtrocknet, das sie ihm zugeworfen hat. Im Übrigen muss er sich nicht genieren. Auch wenn man über ein Brillenträger-Gesicht wie John Lennon verfügt, heißt das ja nicht, dass man keine Schultern hätte.

Olga gibt keine Antwort. Sie thront schon auf ihrem Bett. In der Hand hält sie eine Nagelfeile, mit der sie sich nervös auf die Fingerknöchel tippt. »Fertig? Dann mache ich das Licht aus.«

»Äh – hättest du vielleicht noch ein Hemd oder was Ähnliches für mich?«

Sie rümpft ihre stolze Nase. Aber sie steigt von ihrem Bett herab, öffnet einen Schrank und fördert ein schwarzes Sweatshirt zu Tage.

Es passt. »Wir haben die gleiche Größe!«, bemerkt er erstaunt und riskiert einen kurzen Blick auf sie. Ja, sie hat breite Schultern wie eine Schwimmerin, und unter dem geringelten Nachthemd wölben sich deutlich und wundersam zwei erhabene Kuppeln, die er jetzt lieber nicht noch länger anstarrt.

»Das hat mein Bruder hier vergessen«, stellt sie klar.

»Hast du noch mehr Geschwister?«, fragt er, beseelt von Optimismus. Brüder und Schwestern sind (außer in seinem eigenen Fall) ein schönes Thema, eins, das Türen öffnen kann.

»Was habe ich gesagt?«, fragt sie streng. »Kein Gequatsche!« Sie hebt ein Bein, um wieder in ihr Bett zu kommen, ihr langes Hemd rutscht hoch, und vielleicht drei Sekunden lang bleibt sein Blick hängen an einer blassrosa Ferse, einer strammen, auch jetzt im Winter gebräunten Wade und am Teilstück eines frischen weißen Verbands in Kniehöhe. Heiß steigt das Mitleid in ihm hoch. Er wünschte, sie stünden jetzt draußen auf der Straße und sie würde in ein Auto steigen, dann könnte er ihr so etwas wie *Fahr vorsichtig!* hinterherrufen, aber unter diesen Umständen kann er nur murmeln: »Komm gut in dein Bett!«, und dabei hoffen, sie habe die guten Wünsche vernommen und den Blödsinn darin überhört.

Gleich darauf geht das Licht aus.

Und eine tosende Stille setzt ein. Etwas muss mit seinen Ohren sein, sie filtern alle Schallquellen heraus, die vorhin noch durch das offene Fenster drangen: vorbeifahrende Autos, im Schnee knirschende Schritte. Was er jetzt einzig und überlaut hört, das ist Atmen, ein wisperleiser Luftzug aus Olgas Nase. Dann ein zartes textiles Rascheln, das ihm mitteilt, dass sich soeben ihre Brust unter dem Nachthemd gehoben haben muss und die Bettdecke streift – Gespinst an Gespinst. Haben sich nun auch noch dröhnend die feinen Flaumhaare auf ihrem Bauch aufgestellt? Jack wagt nicht zu schnaufen, um keine der akustischen Sensationen zu verpassen. Ein Ächzen der Bettfedern kündigt an, dass sie sich umgedreht hat, ein lauteres Atemgeräusch folgt, dann tritt vollkommene Stille ein. Sie muss den Atem anhalten. Hat sie etwa die ganze Zeit so dagelegen wie er – hellwach und horchend?

»Kannst du auch nicht schlafen?«, fragt er. »Ich meine, bei dem Lärm, den die Schneeflocken da draußen machen.«

»Letzte Warnung! Falls du auf gewisse Ideen kommst …«

»Hey! Ich liege hier so brav wie ein Palasteunuch.«

»Solltest du auch.«

»Kann natürlich sein, dass ich mich mal kratzen muss. Oder auf Toilette …«

»Du suchst nur nach einem Thema, damit …«

»Damit was?«

»Ach, nichts. Schlafen wir jetzt!«

»Gut, schlafen wir. Gute Nacht.«

»Gute Nacht.«

»Olga?«

»Mann! Was ist jetzt wieder?!«

»Magst du mir nicht doch vielleicht deinen Nachnamen sagen? Du hast ja dieses Silbenproblem ...«

»Ich habe ein *Silben*problem? Was soll das heißen?«

»Also dein ... Verlobter ... oder Freund – der heißt nicht zufällig Müller-Lüdenscheidt? Oder Leutheusser-Schnarrenberger?«

»Wie bitte?«

»Ich dachte nur, weil du dir ja möglichst viele Silben für deinen Nachnamen wünschst.«

»Doch nicht *viele*!«

»Stimmt, stimmt. Und wie viele Silben hat jetzt sein Name?«

»Eine!«

»Glaube ich nicht. Namen mit nur einer Silbe sind verboten. Von der Namensregisterverordnungsstelle.«

»Gut, es sind zwei Silben. Aber die erste ist abgetrennt. Wie bei einem *Von*-Titel.«

»*Von*-Titel? Er ist ein Adliger?«

»Nein, verdammt! Nicht *von* – *van*! Van Saan. So heißt er.«

»Hä? *Fasan?*« Fast hätte er das wackelige Feldbett zum Kentern gebracht, so rasch hat er sich aufgestützt. Mit der Hand am Linoleumboden fängt er gerade noch den Zusammenbruch ab. Leiser, doch mit bewusstem Sarkasmus fügt er hinzu: »Olga, den darfst du nicht nehmen. Eine Frau wie du braucht mindestens einen Adler.« Er ist sich nicht sicher, ob er sie gerade tödlich gekränkt hat, aber etwas anderes, als weiterzureden, bleibt ihm ja jetzt nicht mehr. »Okay. Weil du so fixiert auf die Einsilber bist: Der Mädchenname meiner Mutter war Putz! Kürzer geht es nicht mehr. Was sagst du jetzt?«

Ihr Bett knarzt leise in der Dunkelheit. Dann spricht sie wieder. »Mädchennamen gelten nicht. Frag deine Mutter!«

»Die kann ich nicht mehr fragen.«

»Oh. Heißt das … Oh, entschuldige bitte!«

So, wie er sich ausgedrückt hat, ist eigentlich klar, was es heißt, er kann ihrer Stimme, ihrem Atem anhören, was sie denkt, und überlegt, wie sich jetzt noch zurückfinden lässt auf den Weg der um etliches banaleren Wahrheit. Irgendein Wort muss her, das gut klingt, aber keine Lüge ist. »Meine Mutter ist vor längerer Zeit … sagen wir entflogen.«

»Ent*flogen*?«

Es hilft nichts, jedes Wort entfernt ihn weiter von der Wahrheit. »Es ist so etwas wie eine Sprachregelung«, sagt er vorsichtig. »Manchmal will oder kann man nicht sagen, was wirklich passiert ist.« Dabei sieht er sekundenkurz sich und seinen Bruder in dem kleinen Schlafraum ihres Vaters stehen. Wie der schwere alte Mann im Anzug auf dem Bett liegt, die Hände vor der Brust gefaltet, ein Taschentuch fixiert den Kiefer des Toten. Er hört sich sagen, dass man auch die Frau Isabella Putz irgendwie informieren müsse, schließlich sei sie ja mal verheiratet gewesen mit dem Toten. Und seinen Bruder Tobias, der erwidert, dass er keine Lust habe, jetzt noch *Krethi und Plethi* anzurufen.

»Ja«, sagt sie, »doch. Sprachregelungen kenne ich. Das lernen wir im Studium auch. Zum Beispiel *austherapiert*. Oder *Exitus*. Es klingt irgendwie … sauberer.«

»Weil, danach dreht der Arzt sich um und wäscht sich die Hände?«

»So ungefähr, ja. Wie geht es dir damit? Mit diesem *Entflogen?* Und deinem Vater?«

»Mein Vater ist vor zwei Jahren gestorben.«

»Was?« Sie scheint entsetzt. Sie hat sich aufgerichtet. Jetzt erst wird ihm klar, dass er ein gutes Stückchen unter ihr liegt, gerade so wie ein Patient unter dem Schneidemesser des Chi-

rurgen. Und dass er soeben keine Hilfe bei einer Sprachregelung gesucht, sondern die reine, unschöne Wahrheit ausgesprochen hat. Was ihm eine Zuwendung einbringt, mit der er nicht
gerechnet hätte. Denn auf einmal spürt er, wie von oben etwas kommt, sein Haar streift und weiter wandert bis zu seiner
Schulter. Es ist ihre Hand.

Eine neue Stille zieht ein, und ihm wird heißer und heißer. Schließlich räuspert er sich. »Olga«, sagt er, so sanft es ihm
möglich ist.

»Ja?« Ihre Hand ruht nun auf seiner Schulter und drückt sie
leicht.

»Überleg dir das mit dem Heiraten!« Fast hätte auch er sich
bei diesem Wort aufgesetzt. Aber dann ginge ihm ihre Hand
verloren, also beherrscht er sich und lauscht demütig.

»Willst du morgen wirklich trampen?«

»Versprich mir, dass du auf etwas Größeres wartest! Nimm
nicht den Fasan!«

»Nein, *du* versprichst etwas: dass du morgen früh verschwunden bist. Ich will aufwachen, und du bist einfach weg.
Okay?« Noch ein leichter Druck, dann schwebt ihre Hand davon, fährt kurz und wie aus Versehen über seine Haarspitzen.

»Okay«, sagt er, er wagt nicht, sich zu bewegen, weil er darauf hofft, dass ihre Hand zurückkehrt. Und dann? Wird er
diese Hand ergreifen und mit heißen Küssen bedecken, ja, das
wird er! Er wartet, er liegt so still, wie der rücklings erschossene
Wilddieb Jennerwein gelegen haben könnte, und ist sich sicher,
dass er die ganze Nacht kein Auge schließen wird, vielleicht
wird er sogar überhaupt nie wieder schlafen.

DANN ERWACHT ER DOCH aus einer Tiefe, die er eindeutig
als Schlaf anerkennen muss, es ist sechs Uhr morgens und dunkel. Von der unter ihren Decken schlafenden Olga kann er nur
die Umrisse sehen, mit tastenden Bewegungen kleidet er sich

an und verlässt auf Zehenspitzen das Zimmer, in dem ihm vor kurzem die womöglich vergängliche, nur kurzfristige Zuneigung einer Inkaprinzessin geschenkt wurde. Auf dem Flur erst wagt er es, die Umgebung mit seinem Handy auszuleuchten, er strahlt die Tür damit an, die er gerade geschlossen hat, aber es steht kein Name darauf, nur die Ziffer zwölf.

Draußen auf der Straße. Noch einmal schaltet er die Lampe in seinem Handy an und betrachtet mit gerunzelter Stirn das große Klingelschild des Wohnheims. So viele Namen. Manche sind unordentlich mit Tesakrepp aufgeklebt. Die wenigsten lesen sich so deutsch wie Putz oder Jennerwein. Olga – und wie weiter? Yilmaz? Martinez? Pertini? Dann auf einmal weiß er, was zu tun ist. Recherchearbeit, kennt er doch von seinen Aufträgen. Leise pfeift er durch die Zähne, schon wieder erfüllt von hoffnungsvollem Frohsinn. Oder ist es Leichtsinn? Das Einzige, was jetzt noch fehlt, um seine Zufriedenheit zu krönen, wäre eine Selbstgedrehte aus schwarzem Tabak.

3. DER MEDIZINISCHE ASPEKT

ANFANG APRIL, HAMEDS ZIMMER. Olga sitzt in dem einzigen Sessel des Raums, die schwarz bestrumpften Beine quer über die Seitenlehne gelegt, in der Hand einen Satz vorbereiteter Prüfungsfragen, auf dem Resopaltischchen vor sich ihre Vormittagsration an Kalorien: drei blanke, rote Äpfel. In ihrem Inneren spürt sie jenes nervöse, leise Sirren, mit dem sich ihre Periode ankündigt. Oder ein gewisser Entscheidungsdruck, der das kommende Wochenende betrifft.

»Warte. Eine Sekunde ...«

Innerlich seufzend lässt Olga das Skript in ihrer Hand wieder sinken und sieht zu, wie ihr Freund in den Schubladen seiner Kommode wühlt, Plastikbeutel hervorzieht und wieder beiseitelegt. Lernen mit Hamed gleicht einem Ausflug mit der Bimmelbahn: alle drei Minuten eine Station, an der er einen Snack braucht, telefonieren muss oder das Zimmer lüftet.

»Für Chips mit Chiligeschmack ist es noch zu früh. Oder was meinst du?« Stirnrunzelnd hält ihr Hamed einen Beutel aus Glanzpapier entgegen, auf dem eine rote Pfefferschote mit Grinsegesicht zwei solide blickende Pommesstäbchen umarmt. Mohamed Yilmaz – das sind braune Locken, listig blickende Bernsteinaugen und eine enorme Nase, knollig und von schwarzen Poren übersät. In seiner lila Jacke voll eingestrickter gelber Sterne hat er etwas von einem Magier. Olga sieht in ihm eher den kleinen Bruder, eine Rolle, die er – obwohl älter als sie – von Beginn an freundlich akzeptiert hat. Reibungsloser sogar als Olgas realer, um zehn Jahre jüngerer Bruder.

»Dass Nahrungsaufnahme zu bestimmten Tageszeiten gegen Verfettung hilft, ist ein Mythos«, erklärt Olga. Die Erkenntnis stand schon vor Jahren in *Vitamin and Nutrition Research*, hat Hamed sicher auch schon gelesen, aber sie baut darauf, dass er auf sie hört.

»Oder doch besser Sonnenblumenkerne?«

Olga schüttelt den Kopf. »Komm jetzt, lass uns anfangen!«

»Okay!« Hamed ist aus den Tiefen der Kommodenlade aufgetaucht. Strahlend entlädt er eine Tüte Erdnussflips in eine Schüssel. »Schieß los!«

»Patient, dreißig, männlich, ansprechbar, Einlieferung per Notaufnahme, krampfartige abdominelle Schmerzen. Bitte!« Innerlich hält sich Olga die Nase zu. Der Duft nach Nuss und Röststoffen hat ihr einen üblen Anfall von Esslust beschert.

Hamed kratzt sich an der Wange. »Krampfartige Schmerzen. Im Bauch. Hm.«

»Jawohl. Untersuchungsmethode? Befund?«

Die Grübchen in Hameds sonst stets lächelbereitem Gesicht weichen einem besorgten Ausdruck. »Ich weiß nicht – habe ich vorhin in der Küche das Gas abgedreht oder nicht?«

»Willst du nachsehen?«

Bis zur Rückkehr hat Hamed seine sonnige Miene wiedergefunden. »Das war irgend so ne fiese Darmsache eben, oder? Geht vielleicht was anderes? Dieses Verdauungszeug …«

»Na schön.« Olga blättert in ihrem Heft. »Patientin, vierunddreißig, keine Kinder, Abort vor vier Jahren. An der rechten Brust tastbarer Knoten, nicht verschiebbar.«

»Aha. Oh Gott, ja. Brustkrebs. Fürchterlich.«

»Und? Anamnese? Untersuchungstechniken? Therapie?«

»Puh, Krebsgeschichten gehen mir echt an die Nieren.«

»Gut, einmal noch … Achtjähriger Junge, appetitlos, Schmerzen im Unterbauch, Durchfall … ja, ich weiß, entschuldige bitte!«

»Schon klar. Könnte Blasenentzündung sein. Meine Mutter hatte da immer so einen Sud aus Kornelkirschen.«

»Das willst du in der Prüfung sagen?«

»Nein, aber warte mal, möchtest du vielleicht einen Tee?«

»Hey! Machst du dir gar keine Sorgen wegen der Prüfung?«

»Mmh. Eigentlich nicht.« Hamed greift in die Schüssel und stopft sich eine Handvoll Flips in den Mund.

Zugleich angezogen und abgestoßen von dem Geruch der Flips und beseelt vom Drang, als Vorbild zu wirken, greift Olga nach einem ihrer Äpfel, poliert ihn demonstrativ an ihrer Strumpfhose und beißt hinein. Blöd, dass sie keine wirklich scharfe Munition gegen Hameds Schlendrian besitzt. Schließlich hat er sämtliche Examina mit fast den gleichen Resultaten geschafft wie sie selbst mit ihrer harten Lerndisziplin. Sogar den nicht gerade leichten Eignungstest nach seinem spektakulären Lottogewinn seinerzeit. »Na ja«, sagt sie resigniert, »dir fliegt halt alles zu. Während unsereiner büffeln muss.«

»Büffeln müsste ich eigentlich auch«, gesteht Hamed fröhlich. »Ich glaube, ich komme nur immer durch, weil die in meinem Kiez in der Moschee für mich beten.«

»Die beten für dich? Wie kommt das denn?« Mit den Schneidezähnen schabt sich Olga feine Apfelpartikel in den Mund.

»Keine Ahnung. Vielleicht weil ich den Jungs da früher öfter Nachhilfeunterricht gegeben habe. Jedenfalls, wenn ich heimkomme und die sehen mich auf der Straße, dann verstecken die immer ihre Zigaretten. Ist irgendwie wichtig für die, dass ich sie nicht für verdorben halte.«

Ein betender Kiez. Das ist hübsch. Sogar herzerwärmend. Einen Moment lang spürt Olga einen nadelfeinen Stich Neid auf Hamed, dann schüttelt sie das Gefühl wieder ab und wedelt mit dem Heft in ihrer Hand. »Was ist also mit dem Patienten? Hopp!«

»Warte – möchtest du wirklich keinen Tee?«

»Hamed! Wieso studierst du Medizin, wenn dich der Stoff gar nicht richtig interessiert?«

»Es interessiert mich doch! Aber anders. Weil, na ja, ehrlich gesagt, hatte ich ja das Reisebüro geplant. Dass ich Arzt werde, wollte mein Vater …«

»Ach, komm! Das soll ich glauben?«

»Also gut, es ist Corinna. Sie steht auf Ärzte. Überhaupt: Frauen stehen auf Ärzte.« Vergnügt blinzelnd schiebt er sich die nächste Faust voller Flips in den Mund.

»Wegen Corinna? Aha. Von der du dich wie oft schon getrennt hast? Zwei Mal?«

»Drei Mal. Unvereinbarkeit der Interessen, sagt sie. Aber dann ruft sie doch wieder an und will reden. Und dann – ich kanns nicht ändern: Für mich ist die Frau ein Magnet. Und ich bin das Eisenstück, ich flieg auf sie.« Wieder füllt er sich die Faust voller hellbrauner fettiger Erdnussflips.

Olga spürt einen kleinen Ärger darüber, wie wenig Wirkung ihre demonstrative Askese bei Hamed zeigt. »Los, weiter!«, sagt sie streng. »Lernen ist nichts, was weh tut.«

»Dir nicht, du bist ja schon bei der Terminologie im Vorteil: *Epikrise, Hydropsie* – all das Griechisch hast du doch frei Haus!«

Olga schüttelt den Kopf. »Ich kann kein Griechisch.«

»Ach?«

»Ey, ich bin Deutsche!«

»Ja, ja, ja. Aber du wirst mir jetzt nicht erzählen, dass du zu Hause mit deinen Leuten Deutsch sprichst, oder?«

»Mit meinem Bruder schon. Überhaupt: Ich lebe hier, ich denke auf Deutsch, meine Leibspeise ist Würstchen mit Kartoffelsalat …!«

»Und was sprichst du mit deinen Eltern? Irgendeinen nordtürkischen Dialekt?«

Er spielt auf Zeit, deshalb provoziert er sie. »Wenn meine

Mutter im Raum wäre, bekämst du jetzt ihre Stricknadel zwischen die Schulterblätter.«

»Deine Mutter ist eine Frau, die weiß, was sie will!«

»Eher was sie nicht will.« Olga lacht, sie kann selbst hören, wie unfroh es klingt. »Keinen Türken als Schwiegersohn«, präzisiert sie, und um sich von diesem unsäglichen Rassismus abzugrenzen, setzt sie hinzu: »Am liebsten wäre ihr einer aus ihrem Dorf.«

Hamed grinst. »Wieso kannst du nicht beides sein?«, fragt er dann. »Schau mich an! Ich lebe in diesem Land wie du, trotzdem weiß ich, dass ich Türke bin.«

»Aber du bist ein Mann! Das ändert alles! Dich lassen deine Eltern in Ruhe. Du gehst als Türke durch deinen Kiez, wo sie sogar für dich beten. Gleichzeitig bist du ein normaler Deutscher mit einer deutschen Freundin. Wahrscheinlich bürstet dir deine Mutter den Anzug, wenn du sie besuchen gehst. Während meine eher …« Sie spürt, wie ihr der Mund trocken wird. Das Thema Mutter ist vermintes Territorium, ein Gebiet, auf dem nicht einmal ihr Kumpel etwas verloren hat. Überhaupt – wie kommt Hamed eigentlich auf die Idee, ihr gute Ratschläge zu erteilen? Es dürfte doch allen Anwesenden klar sein, dass in diesem Raum *sie* die Vernünftige ist. Hamed mit seiner Völlerei, mit seinem unsinnigen Liebesleben ist es, dem etwas Einsicht guttäte. Mit wiederhergestelltem Gleichmut will Olga ihre Prüfungspapiere zücken, als die Klingel des Wohnheims Hamed die Treppe hinunter ruft. Er kehrt zurück mit einem Paket.

»Ist für dich.«

Beide wissen sofort, von wem das Paket stammt. Es ist nicht das erste Mal, dass Olga Post über Hamed als c/o-Zwischenstation empfängt, acht Briefe sind in den vergangenen vier Wochen so an sie gelangt. Immer mit einem gezeichneten Cartoon darin, immer mit der gleichen Bitte darunter. Bisher hat Olga auf keinen der Briefe geantwortet, obwohl jeder einzelne eine prickelnde kleine Freude in ihr ausgelöst hat.

»Soll ich das Zimmer verlassen?«, fragt Hamed, seine ironisch zur Schau getragene Beflissenheit hat etwas Aufreizendes.

»Machs auf«, sagt Olga, um eine desinteressierte Miene bemüht.

Als die Flügel aus Pappkarton zur Seite kippen, kommt unter Zellophan eine prachtvolle, harzig-gelb geschuppte Frucht mit graugrünem Blätterschopf zum Vorschein. Und ein mit Bleistift gezeichneter Cartoon, der Olga als Aztekenkönigin auf einem Thron zeigt. Gekrönt mit einer Ananas. Zu ihren Füßen kauert ein missgelaunt blickender kleiner Vogel mit steif abgestrecktem Schwanzgefieder. Darunter steht, was Jack immer schreibt: *Liebe Olga, ich hätte so gern deine Adresse. PS: Nimm nicht den Fasan!*

»Fasan?«, fragt Hamed. Dann versteht er und hält sich die Faust vor den Mund, um das Lächeln zu verbergen. »Okay«, sagt er, »Talent hat er ja. Ich mag den Typen.«

»Echt? Was an dem magst du?«

»Dass er unterwegs ist. Nicht so auf Karriere festgelegt.«

Wie Felix, meint er, denkt Olga. »Dieser Jack ist antriebslos und chaotisch«, sagt sie bockig, »solche wie der landen irgendwann unter der Brücke.«

»Das glaube ich nicht. Solche wie der, das sind begabte Liebhaber. Unter anderem. Jetzt riech mal an der Ananas!« Er schnuppert verzückt. »Soll ich sie aufschneiden? Sie riecht, als wäre sie richtig reif. Die schmeckt heute besser als morgen.« Aus den Tiefen seines Schranks holt Hamed ein Schneidebrett und ein langes Messer. In zwei Hälften kippt die Frucht auseinander, ein Duft entströmt ihr wie nach tropischen Blumen, nach gelben, fleischigen Pilzen. Hamed schneidet schmale Schiffchen aus den beiden Hälften, mit jedem Eingriff inten-

73

siviert sich der Geruch. Olga spürt ein ungeheures Verlangen, ihre Zähne in das saftige Fleisch zu schlagen.

»Na los!«, sagt Hamed. »Einmal ist keinmal.«

»Ich will gar nicht wissen, wie viel Zucker da drin ist!«

»Die Ananas ist ein Geschenk! Einem geschenkten Gaul schaut man nicht in die Zuckerwerte.«

Die Versuchung ist groß. Olga weiß, wie es sich anfühlt, in das süße, glitschige Fleisch zu beißen, die gelben Rinnsale abzulecken, die einem das Kinn hinablaufen. Sie schluckt. Aber sie widersteht.

»Warum eigentlich«, fragt Hamed schmatzend, »gibst du ihm deine Adresse nicht? Straße und Hausnummer weiß er ja eh, nur dein Nachname fehlt ihm.«

»Stört es dich, wenn er an dich schreibt?« Und wenn Hamed jetzt Ja sagt?

»Er tut doch nichts außer Schreiben. Was kann schon passieren, wenn du ihm deine Mail-Adresse gibst?«

Eigentlich nichts, denkt Olga. »Ich will einfach nicht«, sagt sie.

»Du hast gerade den gleichen sturen Blick wie meine kleine Schwester. Die trägt seit ein paar Wochen Kopftuch, keiner konnte es ihr ausreden. Sie setzt ihren Willen immer durch.«

»Das ist doch gut!«

»Sie war so süß und rund vorher, jetzt hat sie ein dreieckiges Gesicht. Wie ein Ziegenbock.« Er zieht sich mit der Hand die Wangen lang, seine Bernsteinaugen blinzeln.

»Aha, ich bin eine Zicke. Das willst du doch sagen, oder?«

»Nicht direkt.«

»Also indirekt.« Und wenn Hamed recht hat? Wenn sie nur bockt, um wie eine Pubertäre gegen ihre Familie zu opponieren? Olga greift nach ihrem Handy. Kurzer Blick zu Hamed, dann schreibt sie eine SMS mit ihrer Mail-Adresse (in dem ihr Familienname in einem zackigen *ev* versteckt ist) an Jakob Jen-

74

nerwein (der ihr seine sämtlichen Nummern und Adressen natürlich schon längst in diverse Cartoons eingebaut hat). Senden. Fertig. Eine kleine Welle Albernheit überspült ihr Gemüt. Vielleicht die Wirkung der tropischen gelben Droge vor ihr mit ihrem Zuckerduft. »Bitte sehr!«, sagt sie herausfordernd. »War das nun unzickig genug?« Und denkt gleich darauf: Fehler! Jetzt hat er meine Handynummer auch noch. Ich werde mich vor Anrufen nicht mehr retten können. Sie starrt auf ihr Telefon, sicher, dass es gleich läuten wird. Oder eine SMS anzeigt. Doch nichts geschieht.

»Am Wochenende fahre ich nach Hause«, sagt sie, als legte sie ein Geständnis ab. »Sieben Wochen war ich jetzt nicht mehr da. Normalerweise fahre ich jeden Monat.«

»Aha.«

»Felix fragt auch dauernd, wann ich ihn in München besuche. Aber ich kann natürlich nicht bei ihm übernachten, weil meine Eltern … du weißt ja.«

»Mhm.« Hamed nimmt sich noch ein Stück Ananas und wischt sich mit einer Papierserviette gelben Saft vom Kinn.

»Am Samstag hat mein Vater Namenstag. Ich muss hin.«

»Olga«, sagt Hamed, »es gibt nichts, wofür du dich schämen müsstest.«

»Schämen? Wie kommst du auf Schämen?« Sie lacht kurz. Schaut wieder zu ihrem Handy. Nein, keine Nachricht, kein Klingeln. »Machen wir endlich weiter?«

Rotwein passt immer. Oder? In Paulis Weinshop stehen die Flaschen in langen Reihen. Jack zieht eine heraus, sekundenkurz glimmt im Gegenlicht ein rubinroter Funke auf. Er kennt den Laden. In Zeiten der Not, wenn überraschenderweise alle Studenten zugleich fleißig werden und ihre Seminar-, Bachelor- oder Masterarbeiten selbst schreiben, hat er hier angeheuert, dem Pauli seine Flaschen in die Regale geräumt.

Eigentlich mag er Bier lieber als die meisten Weine, aber in Sachen Erntezeit und Fassreife kann er natürlich trotzdem mitreden. Dass Pauli ihn immer wieder genommen hat, lag dennoch weniger an seinem Landwirtschaftsstudium als am Dasein des Tagelöhners. Auf manche Arbeitgeber wirkt die Erpressbarkeit solcher Existenzen unwiderstehlich.

»Das ist fei ein Barolo«, sagt hinter ihm eine weinerliche Stimme. Pauli, der in den Verkaufsraum geschlurft ist.

»Ach was!«, knurrt Jack. Nicht, dass er die Aufschrift auf dem Etikett nicht lesen könnte und der Pauli das nicht wüsste. Beiden ist klar, dass der unausgesprochene Text *zu teuer für dich* lautet, Pauli kennt schließlich die Stundenlöhne, die er seinen Flaschenräumern zahlt. Und recht hat er. Die Flasche hier kostet so viel, dass Jack sich sein Bier für die nächsten Tage wird versagen müssen, jedenfalls das in der Kneipe. Andererseits ist so ein Barolo schon ein geiles Gastgeschenk.

Als die Familie ihn einlud, morgen mit ihnen den Namenstag von *Herrn Achilleas* – die Anredeform hat er neulich gelernt – zu begehen, hat er sofort und mit Begeisterung zugesagt. Gleich darauf stiegen Fragen in ihm auf, zum Beispiel die, wieso solch ein erzchristlicher Feiertag begangen wird von einem Mann, der nach einem heidnischen Helden benannt ist und gelegentlich die Errungenschaften der vergangenen atheistischen Sowjetunion preist. Über die zweite Frage gab es dagegen nicht viel zu grübeln, nämlich wie Olga reagieren wird, wenn sie ihn morgen unverhofft auf dieser Feier wiedersieht. Antwort: Sie wird denken, dass er sich heimlich in ihre Familie gedrängelt hat, und sofort ihre Krallen ausfahren. Er hat das Wilde schon gesehen, das in ihren Augen aufblitzen kann, er kann die wütend hervorgestoßenen Worte hören: *Lügner, Stalker, Hochstapler …*

Halt, halt – bevor er jetzt in seiner Vorstellung von ihr in die Ecke gedrängt wird, möchte er doch gern zu Protokoll geben, dass er sich nirgendwo hineingedrängelt hat, sondern eher von der Familie Evgenidis angezogen, fast ließe sich sagen: eingesogen wurde. Okay, vielleicht hat er damals ein paar Minuten zu lang vor dem mit Graffiti besprühten Haus gestanden, aber dass auf einmal dieser Junge mit seinem Fußball herauskam, das war wirklich reiner Zufall, und warum hätte er nicht neben ihm her zum Westpark gehen und ein Gespräch über den FC Bayern beginnen sollen? Als Fotis ihn nach dem Ballspiel zu sich nach Hause einlud, da wiederum wurde er gleich mit solcher Herzlichkeit ins Wohnzimmer gebeten, dass es unmöglich war, *Nein* zu sagen. Und noch unmöglicher wäre ein Nein zu dem blitzgeschwind mit Hühnerfleisch, Bohnen, Maultaschen, Obst beladenen Tischchen gewesen und zu dem Klaren, den Achilleas Evgenidis *Tschatscha* nannte. Als sie damit anstießen auf Fußball und Völkerfreundschaft, war es schon zu spät für ein Geständnis, in dem er sein Interesse an der Tochter des Hauses hätte offenbaren können. Alle saßen um ihn herum, wärmten ihn mit Erzählungen, Tee und Tschatscha – spürbar mochten sie ihn. Umgekehrt (und das wog vielleicht schwerer) stand auch er sofort im Bann der Familie. Dieser Vater mit seinem Wissen zu Revolutionen und landwirtschaftlichen Maschinen; die Großmutter mit ihrem Goldschmuck, den glitzernden Augen; Fotis mochte er, klar, den Jungen mit dem Ballgefühl; auch die zwitschernde Mutter mit den schweren schwarzen Wimpern und Brauen und den vielen schmackhaften Dingen, die sie für ihn bereithielt. Und deshalb kam es ihm vor – so seltsam das klingen mag –, als habe er sich an jenem Nachmittag neben Olga auch noch gleich in ihre ganze Familie dazu verliebt.

Wenn er nun – nach über einem Monat – überraschend seine Karten auf den Tisch legen, wenn er zugeben würde, wie lange er Olga schon kennt – würden ihn dann nicht alle als Spion ansehen, als Falschspieler? Er könnte freilich die heute so überraschend eingetroffene E-Mail-Adresse nutzen und wenigstens Olga eine lange Message schreiben, in der er darlegen würde, wie teils mit, teils ohne Absicht … Und dann? Je länger die Lektüre, desto finsterer wird ihr Blick werden, am Ende bleibt sie gar der Feierlichkeit fern, um aus sicherer Entfernung ihre Familie vor Jack zu warnen, dem Frauenheld, dem falschen Fuffziger? Dann ist es doch besser …

»Wenn du einen Spanier nimmst?«, fragt Pauli. »Der kostet die Hälfte, und schlucken lässt er sich genauso, sag ich immer.«

»Mach halt einen auf zum Verkosten!«, sagt Jack nicht unfreundlich. »Entscheidungshilfe – sag *ich* immer.«

Wenn er morgen auf diesem Fest erscheint, wird er Olga wiedersehen, sie wird stinksauer werden und ihn für alle Ewigkeit abservieren. Soll er das riskieren? Wenn er morgen zu Hause bleibt, wird der Tag ohne Olga vergehen, und dann fallen ihm vor Gram und Unruhe alle Zähne aus – soll er etwa das riskieren? Die ganze letzte Nacht schon hat er nicht mehr schlafen können, weil er sich so darauf freute, ihr Gesicht zu sehen, ihren Gang – wie ein König war er sich dabei vorgekommen, und dabei fühlt er sich bis jetzt frisch und ausgeschlafen in seiner Vorfreude.

Seltsam, bisher sind seine Beziehungen zu Frauen stets in ganz anderer Abfolge verlaufen: ein hübsches Gesicht irgendwo in einer Cafeteria oder Bibliothek, darauf das amüsante Hin und Her doppeldeutiger Worte, vielleicht noch ein paar Spaziergänge, die eigentlich nur Vorwand sind für den Kaffee hinterher, der seinerseits die Überleitung zum Bett darstellt. Ab da brauchte es dann regelmäßig nur wenige Wochen, bis die Frau mit nestbauerischen Aktivitäten begann, zum gemeinsamen Schuhkauf drängte, zu Gesprächen über Partnerschaftlichkeit und Wohnungseinrichtung, es folgten Hinweise auf den bevorstehenden Geburtstag, gelegentliches Schmollen und einmal sogar ein gleich am Morgen danach vorgetragener Kinderwunsch. In genau reziproker Geschwindigkeit ließen derweilen bei ihm Leidenschaft und Faszination nach. War das schäbig, treulos, feige, insgesamt ein Scheißverhalten oder wahlweise neurotisch? Den Nachrichten zufolge, die einige Frauen telefonisch oder per SMS hinterließen – ein Ja zu jeder Option. Aber was soll man machen, wenn die Lust einfach weg ist? Noch vor wenigen Wochen war dieselbe Frau ihm geheimnisvoll und rätselhaft erschienen, so unfassbar wie der nur für Sekunden aufschimmernde Funke in einem edlen Rotwein. Und nun stand sie vor ihm – vollständig enthüllt, enträtselt, von allen Seiten beleuchtet. Als Jacks Mutter die Familie verlassen hatte, war das ihre Rechtfertigung gewesen: *Ich halt das immer Gleiche hier nicht mehr aus.* Im Nachhinein verstand er sie richtig gut; nur dass sie ihren Entschluss so spät gefasst hatte, als schon zwei Buben verängstigt in ihren Stockbetten lagen und der schönen, schlanken Mutter beim Packen zusahen, fand er unüberlegt. Und nachdem er selbst als junger Kerl eine grausam verhungernde erste Liebe über zwei Jahre verschleppt und schließlich unter elenden Umständen zu Grabe getragen hatte, wurde ihm klar: Für das immer Gleiche war auch er nicht gemacht, mehr als sechs Monate tat keiner Beziehung gut, und am humansten fühlten sich so gesehen noch die One-Night-Stands an, wo von Anfang an keinerlei Gefühle im Spiel waren. Manchmal kam es auch da hinterher zu Anrufen, Bitten um ein Wiedersehen, aber er blieb stets standhaft. Mit der Zeit wird man ein harter Hund. Und wieso bangt ihm dann jetzt vor Zahnausfall, sollte er Olga nicht mehr wiedersehen?

»Also?«, fragt der Pauli. »Wie schauts aus mit der Entscheidung?«

»Ich nehm den Barolo«, antwortet Jack mit finsterem Gesicht. »Kannst ihn mir als Geschenk einwickeln«, fügt er gnädig hinzu. Ob er die Flasche wirklich überreichen wird, weiß er immer noch nicht. Notfalls trinkt er das teure Zeug halt irgendwann mal allein.

»Viele Jahre, Papá, alles Gute!« Ein Kuss für den Vater, einer für die Oma. Als Fotis ihr mit ergebener Miene seine Wange hinhält – er ist sechzehn, mein Gott! –, fasst Olga ihn an den Schultern, dreht ihn leicht und drückt ihr Gesicht in seinen Nacken, weil sie sich einbildet, dass in der Kuhle zwischen den beiden starken Muskelsträngen *(splenius, longissimus)* noch Spuren seines Kinderdufts zu riechen sind.

Er windet sich aus ihrer Umarmung und zeigt auf einen Ärmel seines Pullovers, von dem Fransen herabhängen. »Kannst du mir das annähen?«

»Klar, mach ich dir gleich«, sagt sie und fragt sich, wie lange er schon so herumläuft, ohne dass die Mutter ihr Flickzeug holt. Ihr Handy knurrt, sie wirft einen kurzen Blick aufs Display: Felix. Jetzt hat sie doch wirklich einen Moment geglaubt, es sei der andere, und eine jähe Freude verspürt, gleich darauf weiß sie wieder, dass sie an diesem Ort sowieso nicht sprechen kann, und drückt den Anrufer beiseite.

Chrysanthi steht in der Küche und fischt Fleischstücke aus einer Schüssel, um sie auf lange Metallspieße zu stecken. Sie hat das Gesicht über ihre Arbeit gesenkt, ihre dunklen Brauen wölben sich bis zu den Schläfen. Der Raum ist erfüllt vom scharfen Geruch nach Essig, Lorbeer, rohen Zwiebeln. Auf Olga wirkt die Komposition wie ein Ansturm feindlicher Reiter, ein leichter Schwindel erfasst ihren ausgehungerten Körper. »Ihr wollt grillen?«, fragt sie. »Im April?«

»Wir sind spät dran«, antwortet Chrysanthi mit heiserer Stimme. »Ich hab gewusst, dass wir uns wieder verspäten!«

»Ist doch erst eins«, murmelt Olga und legt die Arme um sie.

Mit den Unterarmen umfasst die Mutter ihre Schultern, die nassen Hände seitlich weggestreckt. Um den Hals trägt sie ein türkises Seidentüchlein; über ihren Brauen glitzern Schweißtropfen.

»Brauchst du Hilfe bei den Schaschliki?«

»Wasch dir die Hände! Und frisiere dich!« Das letzte Wort verlässt den Mund der Mutter mit einem angestrengten Pfeifton. »Du siehst aus wie ein Besen.«

»Mamá, ich bin gerade erst angekommen!«

Jetzt dreht ihr der Anblick der Metallspieße voll glänzender rot-weiß marmorierter Fleischstücke doch fast den Magen um. Sie schwankt leicht und hält sich am Vorsprung des Küchenbuffets fest, während die Übelkeit langsam abebbt.

»Du bewegst dich wie eine Betrunkene«, erklärt ihre Mutter. »Haltung ist wichtig für Mädchen. Ich war zehn Jahre jünger als du, da haben mir die Männer Blumen in den Hof geworfen. So viele Tulpen, keiner von uns konnte mehr zum Tor gehen!«

»Oh! Dann tut es mir leid, dass du es hier so leicht bis zur Tür schaffst.«

»Was redest du da? Ich verstehe kein Wort.«

»Mutter!«, sagt Olga heftig. »Kann ich nicht eine Minute zu Hause sein, ohne dass du mich anmeckerst?«

»Dann bleib weg!«, ruft Chrysanthi. Sie fuchtelt mit den nassen Händen. »Mein Gott, ich danke dir, dass du mir nicht mehr Kinder geschickt hast. Eine Strafe ist dieses Mädchen, eine Strafe!« Wieder entfährt ihr ein seltsamer Ton, halb Rasseln, halb Pfeifen.

»Was ist das?«, fragt Olga alarmiert. »Was hast du, Mamá?«

»Nichts! Was soll sein? Geh jetzt raus aus der Küche, ich kann nicht arbeiten, wenn du hier rumstehst!«

Im Salon legen Vater und Sohn die Utensilien für den Grill zurecht: Zange, Blasebalg, Tupperware, Klappstühle, Flaschen, Besteck, Pappteller und -becher.

»Was hat sie?«, fragt Olga halblaut, während sie im Nähkästchen ihrer Mutter wühlt. »Habt ihr das gehört? Ich darf kaum atmen, sie explodiert schon, wenn sie mich sieht. Und seit wann trägt sie dieses Tuch um den Hals? Komm!« Sie winkt

Fotis zu sich, leckt einen abgeschnittenen Baumwollfaden glatt und fädelt ihn durch die Öse der Stopfnadel.

»Halsentzündung vielleicht?«, fragt ihr Vater. »Sie sagt ja nichts, wenn ich frage.«

Olga senkt den Kopf. Schilddrüsenkrebs. Der erste Gedanke, der ihr durch den Kopf schießt. Aber das ist Schwarzmalerei – typisch Mediziner, immer gleich das Schlimmste zu wittern. »Ich denke, sie sollte zum Arzt. Dieses Geräusch beim Sprechen …« Sie durchforscht ihr Gehirn nach weiteren Diagnosen, natürlich kommt vieles in Frage.

»Sie traut aber keinem Arzt«, sagt Fotis und setzt eine altkluge Miene auf. »Sie war hier noch nie beim Arzt.«

»Zu Diamantidis ist sie gegangen.« Geschickt schlägt Olga die abstehenden Fransen um und näht sie an den Ärmelsaum. Sie ist gut im Reparieren, seit Fotis auf der Welt ist, hat sie immer wieder Dinge repariert, die er kaputt gemacht hat.

»Der ist seit letztem Jahr in Rente«, erwidert ihr Vater resigniert.

»Hauptsache, sie lässt überhaupt einen an sich ran. Und alten Bekannten eine Diagnose sagen kann Diamantidis auch, wenn er im Ruhestand ist. Du hast doch noch seine Telefonnummer?«

»Es ist Freitag. Außerdem wird er kein Geld verlangen wollen. Wie soll man ihn dann honorieren?«

»Mein Gott, Papá, der Mann kann doch auch mal was für uns tun, oder nicht? Wie oft war er hier und hat Wein mit dir getrunken? Und Mutter hat ihm Borschtsch gekocht. Ich würde es ja selber machen, aber bei Familienangehörigen – da spricht einfach zu viel dagegen.«

»Du darfst noch gar nicht untersuchen, du bist noch keine fertige Ärztin«, erklärt Fotis triumphierend.

»Und du fängst gleich eine«, sagt Olga und zieht drohend die Brauen hoch. Ihr Unmut ist gespielt, sie hat diesen Bruder als samtäugiges Baby geliebt, jetzt liebt sie sein aufgemotztes

Halbstarkenwesen, bei dem nichts zusammenpasst: die martialisch schwarze Jacke aus Lederimitat nicht zu den vertrauensvoll blickenden Augen, die männlich starken Hände nicht zu dem elfenbeinfarbenen Pickel an seinem linken Nasenflügel. Olga führt den Faden zum Mund und beißt ihn durch. »So. Fertig.«

Chrysanthi erscheint im Türrahmen, den Mantel schon übergezogen. Sie räuspert sich. »Gehen wir endlich!«, sagt sie dann. »In Deutschland ist man pünktlich.«

Als hätten wir einen amtlichen Termin, denkt Olga verärgert, an einem Grillplatz im Park! Immer diese Wichtigtuerei! Aber sie sagt nichts, sie bewahrt Ruhe.

DER WESTPARK, Münchens größter orientalischer Grillplatz, wo Araber, Perser, Griechen, Türken und Usbeken unter Rauchschwaden sitzend Fleisch zu Kohle verarbeiten. Die vorübergehenden Deutschen bedenken sie mit Blicken, amüsiert, skeptisch oder gleichgültig, aber immerhin: Hier darf man, hier ist Grillen erlaubt, wofür Olgas Mutter so dankbar ist, dass sie ihren Status in diesem Land jedes Mal aufs Neue erwähnt: *Wir sind Gäste hier, benehmt euch!*

Oma hat sich auf dem Klappstuhl niedergelassen, bekommt eine Decke über die Knie gelegt, schaut auf die kleinen, hellen Flammen, die aus der Grillkohle zucken. *Ins Feuer sehen reinigt die Seele* – einer ihrer Sprüche. Fotis tänzelt seinem Fußball hinterher. Chrysanthi schöpft wässerigen Tomatensalat auf Pappteller, eine strenge Falte auf der Stirn.

Olga steht neben ihrem Vater am Rande der großen Wiese. Eine Schar großer Vögel fliegt mit lauten, quarrenden Schreien über sie hinweg, wie ein Echo dazu knurrt etwas aus Olgas Handtasche, wieder denkt sie einen Moment lang: der Kritzler. Aber wieder ist es Felix, und wieder drückt sie ihn weg. Mit einem unguten Gefühl, aber wie soll sie mit ihm sprechen, während ihr Vater danebensteht? Außerdem glaubt Felix, dass sie zu dieser Stunde in Bonn ist, wer weiß, was die Schreie Münchener Vögel alles verraten könnten. Irgendwann sind diese Enten in den Park gezogen und haben ihn zu ihrem Territorium erklärt, schreiten schnatternd das Gelände ab, scheißen, wo immer ihnen nach Erleichterung ist. Die Wiese ist voll von frischem grünen Entenkot. Fotis dribbelt über die glitschige Unterlage, auch ihm scheint einiges egal zu sein, zum Beispiel wie seine Turnschuhe hinterher aussehen werden.

»Hast du Diamantidis angerufen?«, fragt Olga den Vater. Der schüttelt den Kopf.

Das Feuer hat den Brennstoff fast gefressen, aus dem Haufen verkrüppelter Grillkohlen leuchtet barbarisch rot die Glut. Chrysanthi packt die Spieße aus, reicht sie ihrem Mann, hustet kurz, räuspert sich. Dann sagt sie plötzlich: »Seht ihr? Er kommt!« Ein stolzer Ausdruck liegt auf ihrem Gesicht.

Über die Wiese nähern sich Fotis und ein Mann in grünem Parka, der Fußball rollt ihnen voraus, und der Mann ist Jack.

Noch bevor er das Gesicht hebt, hat Olga ihn erkannt, und Überraschung und Freude durchfahren sie gleichzeitig, sie spürt kleine Blitze in ihrem Inneren. Gleich darauf stellt sich Befremden ein. Das weiter anschwillt, als sie all die Hand- und Wangenküsse, das Schultergeklopfe beobachtet, als ihr aufgeht, dass man sich kennt, dass schon allerlei Fäden gesponnen wurden – an ihr vorbei? Oder dicht um sie herum, ein Gespinst aus Heimlichkeit und Verfolgung?

Und dann folgt, was sie schon mehrfach erlebt und sich bei jedem Mal vor Scham und Mitleid gekrümmt hat – ihr Vater, der ehemalige Ingenieur, der in Geschichte bewanderte, mehrsprachig im Kaukasus aufgewachsene Mann, spricht Deutsch: »So gern ich möchte dich meine Tochter vorstellen«, sagt er. »Schaust du: Diese ist meine Olga. Olga, dieser ist unser Freund Tschäk.«

Und die Mutter (im Prinzip noch unbeholfener als ihr

Mann) assistiert voller Stolz: »Unsere deutsche Freund! Arbeitet er an Universität.«

Wie laut und vergnügt der Vater gesprochen hat! So hat sie ihn lange nicht mehr gehört. Aber die Botschaft in seinen Worten hat sie auch erreicht: Jack ist also ein Freund ihrer Familie! Hat sich eingeschlichen wie ein nächtlicher Dieb. Olga spürt den Zorn in sich aufsteigen. Am liebsten würde sie den Typen an seinem Parkakragen fassen und durchschütteln. Sie nickt mit zusammengebissenen Zähnen. Nicht, dass sie noch dazu beiträgt, das Bild abzurunden: das von den radebrechenden, demütigen Gastarbeitern – Südländer, erkennbar an der hysterischen Tochter.

Die Konversation beim Essen fühlt sich steif an, was von dem frischen Aprilwind kommen mag und den übersetzungsbedürftigen Worten, die zu humpeln anfangen, wenn Leute extra höflich sein wollen.

»Setzt du!«, sagt Achilleas Evgenidis an seinen deutschen Gast gewandt. »Lasst du Mantel an. Ist noch der Wetter kalt.«

»Probierst du bitte das!«, sagt die Mutter voll Entzücken. »Ich bin die Kochin. Alle das gemacht ist von meine Hände.«

Jetzt erst registriert Olga, dass ihr Vater seinen Anzug trägt, das glänzende schwarze Ding, das er sonst nur für Amtsgänge anzieht. So wichtig ist dieser Kerl im Parka für ihn? Neuer Ärger und Scham lassen ihr die Schultern steif werden. Als sie sich mit finsterer Miene danach erkundigt, woher man sich kenne, erfährt sie, dass Fotis den *Tschäk* vor ein paar Wochen hier im Westpark beim Fußballspielen aufgegabelt hätte, ein Zufall, an den sie keine Sekunde glaubt.

Das Lächeln in Jacks Gesicht verfliegt, als Olga sich nach seiner Arbeit *an der Universität* erkundigt: »Dann sind Sie also Professor?« Sie weiß, dass er die Bosheit in ihrer Frage erkennt.

Doch bevor Jack antworten kann, ergreift ihr Vater das Wort: »Und was ist Universität? Unsere Sokrates hat so gemacht: Auf

Marktplatz gehen und Leute gefragt. Sitzen in Universität ...«
Er macht eine wegwerfende Handbewegung.

»Ich will Ihnen ja nicht zu nahe treten«, beharrt Olga, »aber
das interessiert mich einfach: *Sind* Sie nun an einer Universität
beschäftigt oder nicht?«

»Was hast du gesagt?«, erkundigt sich die Großmutter auf
Pontisch, der Sprache, die sie unter sich benutzen, und legt die
Hand hinter das Ohr: »*Nachträte?*« Sie nickt befriedigt, als man
es ihr erklärt: »Na-che träte«, wiederholt sie.

»Olga«, antwortet ihr Vater, »diese Tschäk hat Charakter
von Philosoph, welcher lebt in Fass. Wie heißt solche Art auf
Deutsch?«

»Bescheiden«, souffliert Fotis.

Achilleas Evgenidis nickt: »Bescheiden!«

Olga zieht Luft durch die Zähne ein. Was für ein kompli-
ziertes System an Lügen und Vorsichtsmaßnahmen hat sie aufgebaut, um ihre beiden Welten – den Kaukasus und Deutschland – getrennt zu halten! Wie viel Druck ausgehalten! Und
der hier setzt sich einfach über alle Grenzen hinweg und pflanzt
sich mitten hinein in ihre Familie! Es müsste schön sein, dem
versammelten Publikum zu erzählen, wie ihr dieser zum Philo-
sophen geadelte Kerl seinerzeit seine halbseidenen Einnahme-
quellen dargelegt hat. Nur – dann müsste sie eine gewisse Zug-
fahrt erwähnen, möglicherweise käme auch jene eigentümliche
gemeinsam verbrachte Nacht in ihrem Wohnheim zur Sprache
oder – sie schluckt – gar ihre Beziehung zu Felix van Saan.
Hasserfüllt schielt Olga zu Jack hinüber, doch der sitzt unschul-
dig auf seinem Klappstuhl und unterhält sich mit Fotis.

Die Schaschliki werden von den Spießen gezogen und auf
Papptellern verteilt, Rauch steigt von ihnen auf, der Geruch
nach gebratenem Schweinefleisch ist unbeschreiblich.

»Esse!«, befiehlt Chrysanthi nicht unfreundlich und überreicht Olga einen Pappteller voller Fleisch und Salat.

Nach Wochen der Entsagung all dies tierische Eiweiß, das mit Antibiotika angereicherte Fett – Olga weiß, dass sie nichts davon hinunterbringen wird. »Ich mag nicht«, sagt sie knapp.

Auf Chrysanthis Gesicht beginnen rote Flecke zu sprießen. »Was redest du mit deine Mutter?!« Das letzte Wort hat ihren Mund verlassen zusammen mit jenem heiseren Pfeifton, der Olga heute schon einmal aufgefallen ist. »Diese sind Kinder heute, die sagen Mutter, wann sie darf sprechen!«

»Mamá!«

Chrysanthis Augen füllen sich mit Tränen.

Die Großmutter spießt ein Stück Schaschlik auf ihre Gabel, hält es Olga hin, so nahe, dass ihr die Umrisse vor den Augen verschwimmen. »*Fa, rizam, fa!* – Iss, mein Würzelchen!«, sagt sie in pontischer Sprache, noch nie hat sie all die Jahre hier etwas anderes als ihren archaischen griechischen Dialekt gesprochen.

»Oma!«

»Iss, mein Diamant, meine Gräte!«

Mit elf Jahren war Olga so dünn, dass alle in der Familie sie »Gräte« riefen. Das Gesicht nur Nase und Augen. Seitdem hat sich vieles an ihr verändert, unter anderem die Art der Nährstoffverwertung. Doch dieser Großmutter, der alten Olga gegenüber hat sie keine Chance. Auch Jacks Gegenwart hält solche Instinkt gewordenen Gewohnheiten nicht auf. Folgsam öffnet sie den Mund.

Der erste Kontakt des fetten Fleisches mit ihrer Zunge hebt alle Förmlichkeit auf, mit einem leise blökenden Geräusch protestiert ihr wochenlang kasteiter Magen gegen diese Zumutung. Sie presst sich die Faust gegen den Mund, entlässt das angekaute Fleisch in ihre Hand und schüttelt sich. »Nein!«, sagt sie heftiger, als sie wollte. Dann begegnet sie dem Blick ihrer Mutter, der verschleiert ist von Tränen.

Die Mutter wendet sich ab mit bebenden Schultern. Bestürzt und verlegen will der Vater sie ansprechen, aber Chrysanthi hebt abwehrend die Hände. So unangemessen dramatisch die Geste ist – beim Anblick dieser Hände kann Olga nicht anders, als an die elenden Putzjobs ihrer Mutter zu denken. Heiß flammen Mitleid und ein irrationales Schuldbewusstsein auf und überlagern ihren Zorn.

Fotis und Vater haben sich erhoben, unschlüssig und verlegen steht der eine vor der Mutter, der andere fasst seine Frau bei den Schultern, während Chrysanthi leise schluchzend in ihrer Sprache stammelt, dass sie nach Hause möchte.

Mit einem entschuldigenden Blick schiebt Achilleas die weinende Chrysanthi Richtung Heimweg.

Großmutter und Fotis blicken zu Olga. »Was machen wir jetzt?«, erkundigt sich Fotis mit vorgeschobener Unterlippe. Neu ist die Frage nicht. Olga hört sie nach jedem Sturm.

»Geh mit Oma nach Hause! Ich räume hier auf.« Ihr Handy knurrt. Eine weitere SMS von Felix, der eine *Überraschung* ankündigt. Sie fängt an, Dinge vom Boden aufzuheben. Fotis trottet hinter den Eltern her, die Großmutter ist sitzen geblieben. Wie frei vorhin der Vater mit Jack gesprochen hat – auf Deutsch! Olga weiß noch, wie einmal zwei Klassenkameradinnen sie besucht haben und wie der Vater verstummt ist vor den Kindern.

»Kann ich helfen, Olga?«, fragt Jack.

»Nein.« Sie beginnt zu zittern, quetscht sich mit der rechten Hand den Daumen der linken. »Was soll das? Wie kommst du hierher? Was hast du bei meinen Leuten verloren?«

»Das war … einerseits Zufall, andererseits …«

»Zufall!? Hältst du mich für blöd? Ach, halt einfach den Mund!« Jetzt hat sie doch geschrien, genau wie ihre Mutter, wie alle diese unbeherrschten, hysterischen Weiber aus dem Süden.

Jack nimmt den Eimer, den Fotis hat stehen lassen, und streut Sand auf die heiße Kohle.

Olga besinnt sich: Schultern straffen, einatmen, ausatmen. Langsam gewinnt sie ihre Fassung zurück. »Lass das!«, sagt sie kalt. »Ich schaff es allein.«

»Ich weiß.«

»Na dann – was willst du noch hier?«

»Ich geh ja schon«, sagt er, ohne zu gehen. »Olga, bitte! Darf ich dich trotzdem die Tage mal anrufen?«

»Du spinnst wohl!«

»Aber an dich denken darf ich? Komm, Olga, bitte!«

Die Stimme. Jetzt macht sich seine Stimme an sie heran und lässt ihren Bauch vibrieren. Weiter oben lösen sich schon ein paar Eisenringe um ihr Herz. »Was redest du?«, sagt sie böse. »Ich bin doch nicht die Gedankenpolizei.«

Seine Zerknirschung lässt nach. »Anrufen geht auch?«

Olga schaut kurz zu ihrer Großmutter und fragt sich, wie viel von allem Gesagten sie verstanden hat. Sie spürt, wie sie ermüdet, es ist fast wie damals in der Pathologie – sie muss sich selbst ausschalten, um zu funktionieren. Aber als Jack »Gut, ich melde mich!« sagt, fährt sie die Geräte doch wieder hoch: »Nein, das tust du nicht! *Ich* melde mich!« Und das Gesicht, das sie dazu aufsetzt, lässt ihn dann doch endlich gehen.

Wieso reagiert sie immer wieder so auf diesen Kerl? Welche Macht hat er über sie? Aber wie soll sie über solche Fragen nachdenken, wenn sich zu Hause die Mutter im Schlafzimmer eingeschlossen hat? Erst nach einer Stunde hören sie sie wieder aus der Küche, dazu das Klappern von Geschirr, von laufendem Wasser. Fotis ist in sein Fitnessstudio abgewandert, Olga sitzt mit Vater und Großmutter im Salon und schickt ihre letzte Nachricht an Felix ab.

Morgen Nachmittag erwartet er sie nicht weit von hier mit seiner *Überraschung*. Wenn sie jenen ersten Gedanken ernst nimmt, der ihr heute beim Anblick ihrer Mutter gekommen ist, dann wäre Felix exakt der Richtige, um Chrysanthis Zustand zu besprechen, jedenfalls den medizinischen Aspekt daran. Bei der Vorstellung, dass an Stelle von Jack heute Felix Zeuge von Mutters Auftritt gewesen wäre, wird ihr allerdings gleich wieder übel. Doch all das ignorieren darf sie auch nicht. Sie hat eine Rolle in diesem Drama, das ist klar.

Von der Küche her ertönt ein Scheppern. Großmutter, Vater, Tochter – alle drei fahren hoch, sehen sich an. Geschirrklappern. Nichts sonst. Aus ihrer Ikone über der Tür blickt wachsam die Allheilige von Soumelá.

»Wir rufen Diamantidis an«, sagt Olga. »Jetzt gleich.«

»Es ist schon spät«, sagt ihr Vater.

»Wenn du es nicht machst, tue ich es.«

»Bleib sitzen, ich rufe ihn an.«

»Sag noch mal dieses deutsche Wort«, bittet die Großmutter, als der Vater draußen ist.

»*Zu nahe treten?*«

»Was bedeutet es?«

»Dass man näher an jemanden herankommt. Eine Grenze überschreitet.«

»Der Pallikar, der uns besucht, der kommt wegen dir ins Haus, das weißt du?«

»Man kann es sehen?«, fragt Olga entsetzt.

»Und du sagst, du willst ihm nicht *na-che träte*«, sagt die Großmutter, ihre schwarzen Augen glitzern listig.

Jetzt noch eine Erklärung nachschieben? Dass sie Jack doch schon mal irgendwo getroffen, dann aber wieder vergessen hat? Und wer soll diesen Unsinn glauben? Außerdem ist diese scharfsichtige Großmutter nicht zu täuschen, das weiß Olga. »Oma, warst du eigentlich mal verliebt als junge Frau?«

»Verliebt in deinen Großvater, meinst du? Verliebt würde ich das nicht nennen. Ich war verrückt nach ihm! Er war auch so ein Frecher, einer, der sich was traut. In unser Haus ist er gekommen, weil er meinem Vater ein Pferd abkaufen wollte. Dann hat er mich gesehen und gewartet, bis der Vater aus dem Zimmer gegangen ist, hat sein Taschentuch herausgeholt und mit Tinte darauf geschrieben: *Heirate mich!*«

Ein Mann, der auf ein Taschentuch schreibt. Oder mit Tabakkrümeln. »Und du?«, fragt Olga.

»Ich habe das Taschentuch genommen und Nein gesagt.«

»Obwohl du ihn unbedingt haben wolltest?«

Die alte Olga schüttelt den Kopf. »Unsere Männer kommen schon wieder, wenn sie ein Mädchen wollen. Da kann das Mädchen tausendzweimal Nein sagen, sie akzeptieren es nicht.«

Immerhin das Taschentuch hast du genommen, denkt Olga. Klares Zeichen. Ein Zeichen hat sie selbst ja auch gesetzt, bloß in die umgekehrte Richtung, als sie Jack verboten hat, sich wieder bei ihr zu melden. Wollte sie ihn wiedersehen, müsste sie den ersten Schritt machen. Nur warum sollte sie? Sie hat nicht den geringsten Grund, ihn anzurufen. »Ach, Oma«, sagt sie niedergeschlagen, »ich wollte, ich wäre so klug wie du!«

»Das bist du, mein Diamant.«

»Gerade komme ich mir aber blöd wie eine Bruthenne vor.«

»Dummes Zeug! Die Enkelin wird immer wie die Großmutter! Ich bin auch wie meine Großmutter geworden, die vom Pontos, die Große Olga. Weißt du, was die alles geschafft hat? Unsere Sprache hat sie gesprochen und Türkisch und Armenisch. Dann haben ihr damals in Kars die Türken den Mann erschlagen, gerade als man sie verheiratet hat. Sie selbst ist geflohen, über die Grenze nach Georgien. Sechzehn war sie da und schwanger.« Die Großmutter schließt kurz die Augen, bevor sie weiterspricht. »Bolnisi, wo sie gelandet ist, hat damals noch Katharinenfeld geheißen, das kam von den Deutschen, die da lebten. Regiert hat der Zar, jeder musste Russisch können. Also hat die Große Olga dort Deutsch und Russisch gelernt.«

»Meine Ururgroßmutter hat Deutsch gesprochen?«

»Ein bisschen. Dann war Revolution, Bolnisi hat auf einmal Rosa Luxemburg geheißen, wie diese polnische Kommunistin. Und viele Georgier sind in die Stadt gezogen, deswegen hat die Große Olga …«

»… Georgisch auch noch gelernt.«

»Verstehst du jetzt? Wir Menschen vom Pontos mussten immer schlau sein, sonst würde es uns heute gar nicht mehr geben. Menschen, die so oft neu anfangen, müssen schlau sein.«

»Diese Geschichte höre ich zum ersten Mal, Oma.« Olga spürt, wie sie erneut eine seltsame Traurigkeit anweht. Schon wieder Trübsal wegen des Tabakschreibers? Bloß nicht! Ein Gedanke taucht auf, sie setzt ihn in die Tat um, bevor ihr wieder eine Sentimentalität dazwischenkommt. »Da ist ein Mann, Oma«, sagt sie, »der will mich heiraten, sagt er. Ich kenne ihn aus Bonn.«

»Ist er ein Pallikar? Kann er kämpfen? Trinken? Tanzen?«

»Ach, Oma! Ist das so wichtig? Wir leben doch in Deutschland!«

Die Großmutter legt ihre Hand auf den Tisch, direkt neben Olgas Hand. Bei der alten Frau sind die Knöchel verdickt, das Fleisch hat sich zurückgebildet, ein Netz von Falten überzieht die Haut. Aber die Farbe beider Hände ist vom selben Hellbraun, sogar auf den Innenflächen, wo sich um die Fingerknöchel dunklere Linien winden, schwärzlich und fein wie Kokosfasern. »Siehst du das?«, sagt die Großmutter. »Das habe ich gemeint, mein Würzelchen.«

4. VON DER ZEICHENKUNST

IM ATZINGER IN SCHWABING ist mittags schon was los. Jack sitzt im Gebraus der Gäste, im Aufschlagen von Gläsern auf Holztischen, im Dunst von Zwiebelrostbraten und Sauerkraut. Er kritzelt an einer Skizze herum, schraffiert das Gefieder des Fasans in der linken unteren Ecke, vertieft einen leichten Schatten im Augenwinkel des Vogels, der Missmut im Blick erzeugt. Zwischendrin schaut er immer wieder zur Eingangstür. Neue Auftraggeber sind schnell auszumachen, sie haben dieses Zögerliche, der Schritt über die Schwelle erscheint ihnen als etwas Endgültiges, so als sollten sie gleich mit blutiger Tinte ihren Namen unter einen Vertrag setzen (den es in seinem Gewerbe natürlich nicht gibt).

Mit raschen Strichen skizziert er einen zweiten Vogel in der rechten oberen Ecke, eine Art gefiederten Clownfisch mit runder Brille, der tirilierend in den Äther hochsteigt. Bei der Ausarbeitung achtet er auf Glanzpunkte in Augen und Schnabel und verwischt die Konturen mit dem Daumenballen. Bis jetzt hat noch nie jemand Interesse für seine Zeichnungen gezeigt, dieses eine seiner vielen Talente scheint nicht vermarktbar, auch das postkartenkleine Bild hier hat er nur zu seiner eigenen Freud und Muße begonnen. Wobei seine Fasanenzeichnung – gerade fällt es ihm auf – eigentlich durchaus nach einer gewissen Adressatin schreit. Noch mehr der Clownfischvogel, und bei Licht besehen ist es natürlich Jack selbst, der seit dem Picknick neulich im Park wie ein mittelalterlicher Minnesänger nach einem Lebenszeichen von Olga schmachtet.

Zehn Tage sind vergangen, in denen sich Olga auf keinem

aller möglichen Kanäle bei ihm gemeldet hat. Das hat sie zwar sowieso noch nie getan, dennoch kommt Jack sich inzwischen wie ein völlig Verarmter vor. Denn immerhin gab es bis vor kurzem die Familie Evgenidis in seinem Leben, die ihn wie niemand bisher fasziniert hat. Eben an jenem schicksalhaften Namenstag vor acht Tagen hatte er sich schon eine Liste mit den diversen Rätseln angefertigt, die ihm diese Menschen aufgaben: a) in wie vielen Sprachen sie miteinander verhandelten, b) wieso sich Mutter und Großmutter ausgerechnet nach unreifen Pflaumen sehnten, c) wie eigentlich der von Vater und Großmutter gepriesene Lieblingswein Stalins mit der Muttergottes über dem Türstock koexistierte. Doch nun ist ein Riegel vorgelegt, das spürt er. An die Tür der Evgenidis kann er nicht noch einmal klopfen, nicht, solange Olga glaubt, er hätte ihre Leute nur benutzt, um sich an sie heranzupirschen.

Wieder schaut er kurz zum Eingang. Dann radiert er den Kopf des Fasans aus und zeichnet ihn noch einmal. In der neuen Fassung pickt er gierig nach einem fetten Wurm. *Früher Vogel*, schreibt Jack an den Rand. Und über das flatternde Fischgefieder: *Freier Vogel*. Okay, jetzt noch das Ganze fotografieren und per SMS an Olga. Er hebt sein Smartphone über die Zeichnung und drückt auf Aufnahme. Absenden – ja oder nein? Er weiß, wie empfindlich sie auf penetrantes Balzen reagiert. Andererseits – scheiß die Wand an! Düng, das Bild ist abgeschickt.

Gleich darauf sieht er die Frau.

Sie steht am Eingang des Lokals, fliederblaues Kleid, kurze, blonde Locken, von hinten strahlt die Sonne sie an. Ihr Blick schweift umher, bei jeder Bewegung changiert das Kleid in seiner Farbe, über den Schenkeln wird es dunkelblau wie tiefes Wasser. Jetzt durchschreitet sie mit einem Lächeln den Schankraum. Sie hat ihn erkannt, bevor er die Hand gehoben hat.

Es kann ja nicht schaden, für einen beschäftigten Mann gehalten zu werden, deshalb tippt er rasch noch *Bitte, bitte, liebe*

Olga, melde dich! ein und drückt wieder auf Senden. Dann erst legt er sein Telefon beiseite, rückt einen Stuhl für die – oha! wirklich sehr junge – Dame zurecht und lächelt verbindlich.

»Haben wir beide gestern telefoniert?«

»Scheint so. Jakob Jennerwein. Frau Malchus?«

»Madeleine«, korrigiert sie. Aus der Nähe wirkt sie zutraulich. Über den hellen Augen wölben sich feine Brauen, Härchen reiht sich an Härchen, wie mit einem dünnen Pinsel aufgetragen.

Er bestellt einen Kaffee für sie, konzentriert sich, in dieser Phase ist er immer generös. Auch die Eröffnung ist stets die gleiche: »Sie wissen, dass es unter Wissenschaftlern vollkommen normal ist, sich beraten zu lassen? Also keine Schande, kein Verbrechen.«

Sie nickt, ihre blassrosa Lippen sind die ganze Zeit zu einem leicht spöttischen Lächeln geöffnet.

»Das Wichtigste zuerst: Wir beschäftigen Experten für jedes Thema, der passende für Sie wird sich schnell finden.« Bei seinem ersten Kunden hat er den Fehler gemacht, sich selbst als den Tausendsassa zu outen, der er ist. Aber wer glaubt schon, dass einer tatsächlich von der Agrikultur bis zur Philosophie sämtliche Fächer bedienen kann? Lieber zuerst die Illusion von einer Firma mit vielen Spezialisten aufblasen. »Dann: Ihre Kosten. Die hängen vom Umfang der Arbeit ab, davon, welche Note Sie erwarten und ob Sie schon selbst irgendwelche Vorarbeiten geleistet haben.« Auch das eine wichtige Erfahrung: Alles mit Geld muss auf der Stelle geregelt werden. Die redlichste Kalkulation hilft nicht weiter, sobald eine Summe einmal abgemacht ist. Dann hat sich der Kunde an diese Zahl gewöhnt und löhnt sie anstandslos. Lästig wird es, wenn der Auftraggeber eingangs mit einem niedrigeren Betrag gerechnet hat und später mit einem Aufschlag konfrontiert wird; dann kommt er sich im Nachhinein betrogen vor, selbst wenn er effektiv weniger zahlt als beim Kollegen, der seine Preise von Anfang an gut gesalzen hat.

Eine Kellnerin zwängt sich durch die Stuhlreihen, stellt zwei Tassen Kaffee ab.

Dritter Grundsatz: wissenschaftliches Niveau demonstrieren. Wichtige Vokabeln. »Die Präliminarien ...« Er nimmt einen Schluck Kaffee.

»Hömma«, unterbricht sie ihn. »Über Geld müssen wir nicht reden. Da ist so ein gewisser Vater, der wünscht sich eine Tochter mit Masterabschluss. Deshalb das ganze Theater. Wir haben einen Zeitungsverlag, Job für mich geht klar. *Du* wäre mir übrigens lieber als *Sie*.«

Er zieht die Brauen hoch. »Na, Sie sind ja von der schnellen Truppe. Zeitung, aha. Es soll also was mit Sprache werden?«

»Germanistik, Literaturwissenschaft. Die Themenvorschläge vom Prof habe ich schon mitgebracht. Und meine Freunde nennen mich Medi.«

»Sieh mal an, für Germanistik bin tatsächlich ich selbst zuständig. Da sind Sie ja gleich beim Richtigen gelandet. Bist du, entschuldige! Ich bin Jack.«

»Okay. Ist ja großartig.«

»Ist es.« Er legt sein Gesicht in erfreute Falten. Schade, denkt er. Wenn schon Germanistik, dann wäre ihm Sprachwissenschaft lieber gewesen. Wortbildung zum Beispiel. Heute noch denkt er in wehmütiger Sympathie an den Auftrag zurück, bei dem es um die untrennbaren Vorsilben ging – *er, ent, ver, zer, be* –, die kleinen Dinger waren so nett zu handhaben; wie ein Set fantastischer Spielkarten waren sie ihm vorgekommen, wie trippelnde Igelkinder.

Sie legt eine Kladde auf den Tisch, er beugt sich darüber. *Frauenbild bei Goethe. Expressionistisches Theater.* Liebe Güte, immer noch der gleiche Staub wie vor Jahren, können die sich nicht mal was Neues ausdenken? *Der Wald in der romantischen*

Lyrik – gähn. Doch dann in der vorletzten Zeile steht ein Name, der ihn sofort elektrisiert. Er will gerade mit dem Finger darauf zeigen, als sein Handy brummt.

»Entschuldige.« Der Name auf dem Display versetzt ihn in eine sekundenkurze Starre.

Hübsch, schreibt Olga. *Frisch gezeichnet?*

Verstohlen lässt er ein Smiley fliegen. Bleib dran, bleib dran, beam dich nicht gleich wieder weg!

Er reißt sich zusammen, räuspert sich. »Da!«, sagt er zu seiner Kundin und zeigt auf die vorletzte Zeile. »Das hier klingt doch mal originell.« Genau so nämlich handelt ein Profi.

Madeleine-Medi Malchus studiert den Titel und verzieht den Mund. »*Die Adaption der Medea-Figur in der deutschen Literatur* – also richtig sexy klingt das jetzt auch nicht.«

»Ich wusste nicht, dass Sie – äh, dass du mit dem Thema gleich intim werden wolltest.« War das jetzt zu dreist? Er schielt zu seinem Handy. Medea. Die Zauberin aus Kolchis, einer Region im heutigen Georgien. Seit er Olga kennt, liest er alles, was ihm zu Georgien unter die Finger kommt.

Medi lacht. »Intim werden mit dem Zeug … das ist doch eigentlich deine Rolle, oder? Ich meine nur … ich versteh ja schon mal gar nicht, was das soll. Oder warte: Medea – kommt die nicht in irgendeiner grausigen Oper vor?«

»In Opern, in Dramen. Bei Grillparzer, bei Christa Wolf. Das ist ordentlich Stoff.«

»Oh. Da sitzt ja wirklich ein Spezialist.«

»Ich kann Referenzen beibringen, sollten Zweifel bestehen.«

Sie lacht wieder, wobei sie weiße, perlengleiche Zähne präsentiert. Über dem Mund registriert er eine von blassen Sommersprossen gesprenkelte Stupsnase, konkav wie ein niedlicher Ponysattel.

»Eigentlich kann es mir ja egal sein«, sagt sie, »aber irgendwie finde ich das mit der Romantik und dem Wald doch besser.«

»Können wir natürlich auch machen.« Er nimmt einen Schluck Kaffee und schaut ihr so lange über seine Tasse hinweg in die Augen, bis sie selbst ein Schlückchen trinkt (und er wieder einen Blick auf das Display seines Handys riskieren kann).

Mit Geklapper stellt sie die Tasse ab. »Gut, ich nehm den Wald!«, erklärt sie und schaut auf einmal drein, als ob durchaus nicht alles gut wäre.

»Kein Problem«, antwortet er, seine Enttäuschung anstandslos verbergend. Dann kommt ihm doch noch eine Idee. »Unserer Erfahrung nach laufen die Dinge leichter, wenn der Autor – ich meine, der namentliche Autor – sich in irgendeiner Hinsicht mit seinem Thema identifizieren kann ...«

»Also, mit Romantik identifiziere ich mich schon, seit ich zehn bin!«

»Das glaube ich sofort.« Er grinst kurz, dann runzelt er die Stirn. »Gemeint ist die Identifikation nach außen. Ich meine, dein Prof kennt dich ...«

Sie schüttelt den Kopf. »Ich war nur ein Mal bei ihm in der Sprechstunde, da hat er mir den Themenplunder hier gegeben. Massenuni, Massenfach. Alles anonym.«

»Anfangs mag es so aussehen«, gibt er zu, »aber wenn er einmal angefangen hat, das Exposé zu lesen, wird er sich vielleicht fragen, was eigentlich dich mit Heinrich von Ofterdingen verbindet.«

»Offendingen was?«

»Weil es häufig die Namen sind, die ein Gefühl in uns wecken. Bei mir ist es der Wildschütz Jennerwein. Jeder würde mir abkaufen, dass ich über den forschen möchte.« Er bricht ab. Noch mehr Infos, und es wird plump. Sie ist nicht doof, sie braucht nur Zeit. Und in jedem Fall ist es besser, wenn sie selbst es ist, die ...

»Ah so«, sagt sie. »Wegen dem Namen – doch, hat was!«

»Ja? Der Name gibt dir was?«

»Ich weiß nicht … Na ja, letztlich ist es mir ja wirklich egal.«
Sie reckt ihr kleines, eckiges Kinn in die Höhe. »Dann mach das
eben! Medea, Adaption, Rhabarber-Rhabarber. Wegen Geld –
sag mir einfach, was du in der Stunde kriegst, und schreib deine
Zeiten auf.«

»Gibt es einen Abgabetermin?«

»Der Prof hat was von dreiundzwanzig Wochen gesagt. Aber
man kann sicher verlängern.«

»Von der Recherche bis zur Schlussredaktion ist alles meine
Arbeit, richtig?«

»Korrekt.«

»Dann wäre mir ein Festpreis lieber, ehrlich gesagt.«

»Okay. Wie viel?«

Er reibt sich das Kinn, denkt nach. Masterarbeit. In Germanistik. Das dürften an die hundert Seiten werden. Fertigzustel-
len innerhalb eines halben Jahres. Eine Zeitspanne, in der ein
Mensch Essen, Trinken und Wohnung bezahlen muss. Andererseits geht sie gewiss davon aus, dass er zur gleichen Zeit weitere Aufträge bearbeitet, die ihn ernähren. Tausend pro Monat
mal sechs – zu hoch angesetzt? Ach was, er hat seine Prinzipien.

»Sechstausend«, sagt er kühn. »Das erste Drittel zahlbar bei Abgabe des Exposés, das zweite, wenn das Manuskript fertig ist,
der Rest bei entsprechender Benotung durch den Professor. Ich
nehme an, es wird eine Eins erwartet?«

Sie überlegt. Eine himbeerrote Zungenspitze erscheint zwischen ihren Lippen, streicht darüber, verschwindet wieder.
»Was ist, wenn es dem Professor überhaupt nicht gefällt?«

»Das sehen wir schon beim Exposé. Aber das wird nicht passieren.«

»Vielleicht wären vier Viertel besser, in kürzeren Abständen?«

Er lässt ein wenig Zeit verstreichen, dann nickt er. »Ist gut.
Beim nächsten Mal bringe ich das Exposé mit. Noch was: Ein-,

zweimal wirst du tatsächlich mit deinem Prof über das Projekt sprechen müssen. Keine Sorge, ich briefe dich vorher. Tut mir leid, aber ein paar solche Treffen müssen sein, das ist Standard.« In Gedanken trabt er schon los zur Staatsbibliothek. Auf deren Stufen in seiner Vorstellung winkend und lachend Olga Evgenidou sitzt.

»Und diese Treffen, die sollen – hier stattfinden?« Medis Blick gleitet durch das Schwabinger Traditionslokal mit seinen Lüstern und Bogenfenstern. »Unoriginell ist es ja nicht.«

»Nein, ich finde etwas, wo es ruhiger ist.« Obwohl er noch nie eine Masterarbeit erstellt hat, sagt er sich, dass es dafür allerlei zu beflüstern geben wird, auf jeden Fall muss der Ort dafür diskreter sein als eine Studentenkneipe voller Menschen.

Sie legt den Kopf in den Nacken. »Auch recht, ich vertraue dir. Champagner?«

»Was?«

»Ich würde gern auf unser Agreement anstoßen.«

»Ach so. Wird gleich erledigt.« Er erhebt sich und geht zum Tresen. Flott, flott, denkt er. Papis Prinzesschen. Macht auf große Lady. Er hat sein Handy mitgenommen. Während er auf die Bestellung wartet, will er endlich seine Antwort tippen, als die nächste Meldung eingeht:

Wo bist du?

Es gibt ihm fast einen Stoß, so unerwartet kommt die Replik. *München. Maxvorstadt. Du?*

Sie reagiert sofort. *Auch München. Hast du deine Zeichensachen dabei?*

Ja. Wieso?

Treffen?

Wann immer du willst.

Zwei Sektflöten, in denen eine helle Flüssigkeit perlt, stehen vor ihm auf dem Tresen. Und auf dem Display: *Jetzt gleich?*

Er schaut sich um nach Medi, sieht durch die Silhouetten

der Kneipengäste eine blau gewandete Schulter, schreibt hastig: *Oui, Madame. Wo?*

Keine Antwort. Er nimmt die vollen Gläser und balanciert sie zu dem Tisch, an dem seine Kundin wartet. Sie stoßen an.

»Das gefällt mir«, sagt sie.

»Was? Das Getränk?«

»Dass es schnell geht. Ich liebe Sportwagen, comprendes?«

»Comprendo.« Er trinkt vom Champagner. Wenn schon Alkohol um diese Zeit, dann wäre ihm ein Bier lieber gewesen.

»Oder Bungee-Springen.« Sie dreht sich eine blonde Locke um einen Finger. »Ab und zu muss man dem Tod auch mal ins Auge blicken, finde ich.«

»Dem Tod, aha. Ne Nummer kleiner geht nicht?«

»Ach, da gibt es vieles! Kennst du Surströmming? Vergorener Hering aus Schweden. Der stinkt so scheußlich, dass beim Dosenöffnen schon Leute in Ohnmacht gefallen sind. Ich ess das ab und zu.«

»Nicht wahr!« Er überlegt, wie sich ein möglichst eleganter Abschied einleiten lässt.

»Air France transportiert das Zeug nicht, weil die Dosen explodieren können. British Airways auch nicht.«

»Du bist wohl viel in den Lüften?«

Sie zuckt mit den Achseln. »Nur wenn es in spannende Länder geht. Nullachtfünfzehn macht mich krank.«

Das Telefon kreiselt brummend auf dem Tisch. »Entschuldige.«

»Kein Problem.« Sie stürzt ihren Champagner hinunter.

Und er liest: *Giselastraße. Mensa. In zwanzig Minuten. Fahre gleich los.*

»Hömma«, sagt Medi. »Ich hab Lust, mir ein Hütchen zu kaufen. So eins mit Schleier. Spricht etwas dagegen, wenn du mich begleitest? Als Berater, meine ich? In der Türkenstraße gibt es eine Modistin.«

»Eine was?« Er greift sich an die Stirn. »Ach so, ja. Ich meine: Nein. Tut mir leid, aber ich werde mich gleich auf der Stelle in die Bibliothek begeben. Früher Vogel und so, comprendes?«

Sie schaut auf ihre Uhr. »Ach du Schreck, ich sollte ja schon längst ... Also gut, du rufst an, wenn dein Dings, dieses Exposé, fertig ist.«

»So machen wir das.« Sie muss es sein, die ein Gespräch beendet, denkt Jack, während er sie zur Eingangstür begleitet.

Draußen gibt sie ihm sehr artig ihr Pfötchen, zieht die Unterlippe ein wenig schief, ein wenig spöttisch, dann wandert sie die sonnenbeschienene Schellingstraße hinauf, bei jedem Schritt schwingt ihr fliederfarbenes Kleid um die Waden.

Blaue Blume, denkt Jack, Novalis. Vielleicht wäre das mit Wald und romantischer Lyrik doch das bessere Thema für sie gewesen? Aber einem Profi ist so was ja egal. Er sieht auf die Uhr. Neun Minuten noch. Wenn er rennt, schafft er es zu Fuß.

»Du möchtest, dass ich jetzt und hier eine Ferndiagnose abgebe?« Felix schlägt die graue Baufolie zur Seite, der schwache Duft nach Holz und Mörtel wird zu etwas Körnigem, das sich auf die Atemwege legt.

»Nein! Nur wenn ... also *falls* es Krebs wäre.« Olga steigt über die ramponierte Schwelle aus Eichenbohlen und versucht, sich im staubigen Dämmerlicht der Baustelle zu orientieren.

»Wenn, wenn! So was muss untersucht werden! Schick sie zum Hausarzt, der weiß schon, wohin er überweisen muss! Um wen geht es überhaupt?«

»Um eine Bekannte ...« Olga stockt. »Eine gute Bekannte. Also, bei positivem Befund könnte ich sie ...«

»Ja, natürlich! Schick sie ruhig, wenn dir daran liegt«, sagt Felix. »Vielleicht kann ich sie ja in einer Studie unterbringen. Bei richtig interessanten Fällen kümmert sich Hasenklee sogar persönlich. Und jetzt sag schon, wie du es findest!«

»Riesengroß!« Wahrscheinlich wäre *großartig* angemessener gewesen. Ein wenig fühlt Olga sich schuldig, weil sie gerade jetzt mit einer Krankengeschichte daherkommt, wo Felix ihr seine Überraschung präsentieren will. Es handelt sich um eine im Entkernungsprozess befindliche Altbauwohnung am Sankt-Anna-Platz, im Lehel, dem derzeit angesagtesten Viertel der Stadt. Vor zwei Monaten hat Felix seine Stelle in München angetreten, seither nach einer geeigneten Immobilie gesucht und vorletzte Woche dieses Prachtstück erworben. Seite an Seite durchwandern sie nun die hallende tapetenlose Höhle, vorbei an aufgerissenen Wänden, blicken in die Eingeweide des Gemäuers, auf Kalk, Backstein, staubige Matten aus Schilf. Vier Räume werden es einmal, plus Bad und Küche, erklärt Felix, und dass die Neuerwerbung ein echtes Beutestück ist; wertvoll schon deswegen, weil es zu beidem taugt: gemeinsamer Wohnsitz oder Kapitalanlage: »Ich meine – München. Lehel.« Er nickt zufrieden. »Und langsam könnte ich dann ja auch mal deine liebe Familie kennen lernen, was meinst du?«, fragt er.

Sie war darauf gefasst, aber sie hat nicht gewusst, dass sie so gut schauspielern kann. »Klar«, sagt sie, »nur sind momentan alle sehr beschäftigt.« Die Zeit drängt – welch Gnade! –, Felix muss zurück ins Klinikum; sie will noch im Viertel herumspazieren, sagt sie. In Wahrheit ist sie einmal um die Ecke gegangen, studiert die eingegangenen Nachrichten auf ihrem Handy und tippt eine letzte Antwort ein.

Wie nennt man das, was sie heute schon den ganzen Tag tut? Moralische Gemüter würden es eine Kette von kleineren und größeren Lügen nennen, pragmatischere Geister vielleicht eher von Zeitverschwendung sprechen, wenn eine Frau erst vom Münchener Westen in die Innenstadt zum Hauptbahnhof fährt, sich da von ihrem Vater verabschiedet, anschließend an den Gleisen herumlungert, um einer peinlichen Begegnung mit ihm im U-Bahn-Schacht auszuweichen, nach zwanzig Minuten

Versteckspiel zurück in den Westen fährt, wo ihr Quasi-Verlobter sie in seiner Wohnung erwartet, um sie gleich nach dem Begrüßungskuss zurück in die Innenstadt zu chauffieren. Jetzt sitzt sie ein drittes Mal in der U-Bahn, diesmal Richtung Norden. Wäre ich ein Hase, denkt Olga, könnte man von Hakenschlagen sprechen.

Ein paar Haken hat auch der schreckliche Verdacht geschlagen, den sie zum Zustand ihrer Mutter hegt. Besonders seitdem vorgestern Dr. Diamantidis in seinem schlecht beleuchteten Wohnzimmer an Chrysanthi herumgetastet, nichts gefunden und dennoch das Wort *Schilddrüse* verwendet hat. Und jetzt? *Zum Spezialisten.* Wieso aber ein Spezialist, wenn gar nichts vorliegt? Nun ja, vielleicht täte es auch eine *kleine Luftveränderung.* Wegen der Heiserkeit, wegen der *andauernden Erkältung.* Vielleicht seien auch nur *die Stimmbänder angegriffen.* Einen beruhigenden Effekt hatte das alles nicht, auf diese Weise ist Olgas schrecklicher Verdacht einmal im Kreis gewandert und zuletzt ohne ihr Zutun und ohne jede Logik bei ihrer Mutter angekommen. Zwei Tage lang irrlichterte Chrysanthi hin und her zwischen Seufzen, Schweigen und unterdrücktem Weinen, gestern hat sie der Familie beim Abendessen ihre Idee serviert, ihren Plan: *in der Heimat sterben.* Die neue, schrille Begeisterung, mit der sie ihre Pläne vorbrachte, vollendete in gewisser Hinsicht die gespenstische Stimmung der vergangenen achtundvierzig Stunden, in denen Olga wie erwartet mit keinem einzigen Vorschlag zu ihrer Mutter durchdringen konnte. An diesem Abend, am Küchentisch, nahm sie noch einmal alle Vernunft und alles Gelernte zusammen:

»Mutter, wie kommst du jetzt aufs Sterben?«

»Ich weiß, was ich weiß.«

»Hör mal, das kann eine Überreaktion sein, aber …«

»Rede nicht so mit mir! Bei mir ist nichts *über.*«

»Du solltest unbedingt einen zweiten Arzt hinzuziehen …«

»Ich weiß selbst, was ich sollte, dafür brauche ich dich nicht.«
»Diamantidis hat dich doch gar nicht richtig untersucht!«
»Diamantidis weiß etwas. Er sagt es nicht immer, aber ich habe ihn trotzdem verstanden. Kein Wort mehr jetzt! Ich will mit meiner Familie nach Tiflis. Ich will anständig sterben. In der Heimat!« Sie hob den Deckel vom Kochtopf und löffelte jedem von der Bohnensuppe auf den Teller. »Also, fahren wir?«

Die Familie nahm auf, was man ihr vorgesetzt hatte, Nahrung wie Nachricht, ein jeder tat es auf seine Weise. »Bravo, Schwiegertochter«, sagte die Großmutter, die alles mit Genuss aß, was sie an die Heimat erinnerte, »dass du auch einmal eine gute Idee hast!« Achilleas sah mit höflicher Skepsis auf die dampfende Speise, er wartete immer ab, bis ein Gericht abgekühlt war. Fotis, guter Esser, der er war, konzentrierte sich auf die Nahrungsaufnahme, nach dem letzten Löffel atmete er auf und nickte. »Also, ich kann nicht«, sagte er, »ich hab Schule.« Die Rechte eines Sechzehnjährigen auf Kohlehydrate und Bildung.

Olga starrte auf die Fettaugen, die in roten Ringen zwischen den schlapp gekochten Bohnen glühten. »Entschuldigung«, sagte sie, »mir geht das zu schnell. Ich muss überlegen.«

Sofort ließ Chrysanthi ihren Löffel fallen. »Was soll das heißen? Was musst du überlegen? Habe ich goldene Äpfel verlangt? Es ist mein letzter Wunsch auf dieser Erde! Beim Heiligen Evangelium: Du sollst eine Tochter bekommen, die so egoistisch ist wie du!«

Sie übertrieb wie immer, das Todesurteil hatte bis jetzt allein sie selbst gesprochen, eine Frau, die an wundertätige Heiligenbilder glaubte, gegen das Wort eines Mediziners. Oder? Was liegt denn nun wirklich vor? Einbildung, Erkältung oder Krebs? Jeder vernünftige Mensch ließe das abklären, aber nicht Chrysanthi, deren Verhältnis zur Vernunft jahrzehntelang dem Angriff von Heiligen und Schwarzen Madonnen ausgesetzt war.

Den Druck allerdings, der auf ihr lastete, konnte Olga begreifen, und letztlich ist es natürlich egal, aus welchen Molekülen ein Druck sich zusammensetzt. Dem Menschen das Herz zerquetschen, das können auch Einbildungen. Sie wollte ihrer Mutter den Arm tätscheln, Chrysanthi wich zurück, als wäre die Hand der Tochter mit lebensverkürzenden Keimen infiziert. »Alles, was ich will, ist in meiner Heimat sterben.« Sie schlug die Hände vor das Gesicht.

Also da, wo ich nicht mal für einen Tag leben möchte, dachte Olga. Laut sagte sie: »Wie stellt ihr euch das vor? Ich hab doch die Zeit gar nicht für eine Reise!«

»Und *mir* – mir bleibt keine Zeit!«, schluchzte Chrysanthi. »Ich hab nicht so viel davon wie du! Sei *einmal* nicht so eine Egoistin!«

Olga stapelte alle fünf Teller ineinander, trug sie zum Spültisch und ließ heißes Wasser darüberlaufen. Sie trocknete den ersten ab, knallte ihn auf die Ablage und erschrak gleich darauf über sich selbst. »Ich stecke mitten in meiner Ausbildung. Ich kann nicht einfach alles fallen lassen und mit euch wochenlang verreisen!« Ihre Stimme klang lauter, als sie beabsichtigt hatte. Es ist wie immer, dachte sie: Fotis bekommt seinen Willen, wäre er der Medizinstudent, würden sie sicher auch noch seine kompetente Meinung hören wollen. Die Dumme, die Egoistin, das bin ich. Ein zweiter Teller knallte auf den ersten. Ihr Vater stand auf, griff sich ein Geschirrtuch und nahm ihr die restlichen Teller zum Trocknen aus der Hand.

Auch Fotis erhob sich. »Ich geh an meinen Rechner.«

»Dann such da gleich mal nach Flügen«, sagte Achilleas unerwartet bestimmt.

»Echt?« Fotis riss die Augen auf. »Ihr fahrt wirklich? Okay. Cool. Und wann?«

»Ich frage in der Firma wegen Urlaub. Ende der Woche vielleicht. Schau, was es kostet, und reserviere, was billig ist.«

Bis auf die weinende Mutter drehten alle den Kopf zu Olga.

»Ich sehe, ob ich freinehmen kann. Morgen«, sagte Olga und schwor sich im nächsten Moment, das eben nicht zu tun.

»Sie werden alle nach dir fragen, mein Würzelchen«, sagte die Großmutter. »Deine Tanten, die Kusinen.«

»Ich weiß, Oma.«

»Sie sollten dich sehen – wie groß du jetzt bist. Wie schön. Und eine Ärztin.« Großmutters Bass beruhigte ein wenig die Atmosphäre im Raum, in ihrer Ecke schluchzte Chrysanthi in kurzen Synkopen.

»Wenn ich wirklich nicht kann, gebe ich euch ein Foto von mir mit«, versprach Olga.

»Als dein Großvater und ich uns verlobt haben, hat er ein Bild von mir malen lassen – kennst du die Geschichte?«

»Nein, Oma.«

»Es hätte einen Fotografen in Tbilisi gegeben, aber das war weit weg, und er musste doch seinen Leuten ein Bild von mir zeigen. *Surat-surati*, haben sie gesagt. *Schön wie ein Bild.* So schön, wie kein Foto sein kann.«

»Echt?«, fragte Olga, die sich auf allen Fotos unmöglich fand, zu hart die Schatten in ihrem Gesicht, die Nase monströs.

»So, wie ich gesagt habe«, antwortete die alte Olga, dann, an die Schwiegertochter gewandt: »Chrysanthi, nun sei kein Huhn! Wir fahren heim. Was heulst du da die ganze Zeit? Liegst du etwa schon im Sterben? Gackern soll man erst, wenn die Eier gelegt sind.«

Chrysanthi ließ die Hände sinken und zeigte ein beleidigtes Gesicht. »Wer tot ist, kann nicht mehr gackern«, erklärte sie.

»Wer weiß das schon?«, entgegnete die alte Olga ungerührt. »Gott ist groß.«

Über all das kein Wort zu Jack Jennerwein, schwört sich Olga, während sie mit der Rolltreppe die U-Bahn hoch ans

Tageslicht schwebt. Auch nicht über die vielen widerstreitenden Gefühle, die seit Tagen an ihr zerren, die Wut über seinen dreisten Vorstoß in ihre Familie, die süße Erleichterung darüber, dass sie jetzt doch einen sachlichen Grund hat, sich mit ihm zu treffen. Hat sie ja, oder?

Es ist Samstag, früher Nachmittag, noch herrscht kaum Verkehr auf der Leopoldstraße, um die Zeit sitzen die Schwabinger beim Brunch. Jack kauert auf dem Mäuerchen vor dem Studentenwerk, ein weites Hemd umflattert seinen Oberkörper. Elastisch springt er zu Boden, die Sonne zwinkert auf in seiner Brille.

»Hallo, Michelangelo«, sagt sie leichthin. »Wie lange brauchst du für ein Porträt von mir?« Klingt cool, oder? Sie hat ihn als Künstler bestellt, damit ihre Oma noch einmal so ein *Bild vom Bild* bekommt. Er wird den Pinsel schwingen, große Gespräche sind dafür nicht nötig.

»Ich mach nur Bleistift-Zeichnungen«, sagt der Künstler.

»Ist schon okay.« Ein wenig wird er natürlich doch reden müssen, das ist klar, aber sie wird schneller sein als er, sie wird ihm Fragen stellen, und zwar solche, für deren Antwort Einsilber wie *Ja* oder *Nein* genügen.

»Sag erst mal, was für eine Art Bild du willst!«

»Na, ein Bild eben, hast du doch schon öfter gemacht.«

»Die waren aber nur für mich. Oder für dich, wenn du so willst. Für wen soll das jetzt sein?«

»Geht dich das etwas an?«

»Durchaus. Weil, wenn es zum Beispiel der Fasan kriegen soll, rutscht mir vielleicht vor Schreck der Stift aus, und dann entsteht ein drittes Auge am Kinn … okay, okay, war ein Scherz, entschuldige!«

»Machst du es nun oder nicht?«

»Im Ernst: Zeichnungen sind keine Schnappschüsse. Gemalte oder gezeichnete Porträts sagen etwas. *Helft mir!* Oder:

Ich bin belastbar, her mit dem Job! Kommt darauf an, zu wem sie sprechen.«

»Ach so.« Sie überlegt. »Na schön. Das Bild soll sagen: *Tut mir leid, meine Enkelin konnte nicht mitkommen, weil … Sie hat eben zu tun. Es geht ihr sehr gut. Ach so, ja – sie wird übrigens Ärztin.*«

»Also, deine Oma soll das Porträt bekommen?«

»Ja.«

»Und wohin kann die Enkelin nicht mit?«

»Tiflis.«

»Zur Verwandtschaft in Georgien?«

»Ja.«

»Warum lässt du denn deine Oma allein fahren?«

»Ich hab doch gar nicht gesagt, dass sie allein fährt. Fängst du jetzt an, oder lässt du es bleiben?« Gerade ist ihr aufgegangen, dass die einsilbigen Antworten die ganze Zeit aus ihrem Mund kommen.

»Gut, geh da rüber.« Er hat seinen Rucksack abgestellt, zieht Block und Stift heraus, runzelt die Stirn, setzt an, dann hält er wieder inne. »Bis wann brauchst du es?«

»Ich dachte eigentlich an heute.« Es ist das erste Mal, dass sie Modell steht, sie verkrampft sich, drückt die Knie durch.

Jack lässt den Stift sinken. »Dreh den Kopf nach rechts! Gut so. Deine Familie fährt also Knall auf Fall nach Georgien? Oder ist das schon länger geplant?«

»Nein.« Unsicher wendet sie das Gesicht, im Profil sieht ihre Nase noch schrecklicher aus (*Zinken*, hat mal eine Schulfreundin gesagt, *Maria Callas*, beschwichtigt Felix). »Aber nicht wieder irgendeinen Quatsch mit Ananas auf dem Kopf!«

Zu ihren Füßen läuft geschäftig ein kleiner Käfer über den Waschbeton. Der Wind fächelt die Pappeln, ein Radfahrer umkreist Jack und sie mit elegantem Schwung.

»Schau her!«, lockt Jack. Alle paar Sekunden hebt und senkt er den Blick, strichelt etwas auf seinen Block.

Sie schaut zu ihm, dann hoch zum flirrenden Laub der Pappeln. Wieder zu Jack, der jetzt am Boden kauert. Sie versucht, den richtigen Takt abzupassen, immer wenn er sich auf die Zeichnung konzentriert, blickt sie zu ihm – und wieder auf den Ampelmast, sobald er den Kopf hebt. Wirkt er um die Hüften breiter, als sie ihn in Erinnerung hat? Um seine gespreizten Schenkel spannt sich der weiß gewetzte Stoff der Jeanshose. Im gleichen Rhythmus wie der Stift hin und her fährt, wölben sich unter der glatten Haut seines Unterarms wie auf- und niedergehende Wellen verschiedene Muskeln (*Extensor digitorum* und die kleineren *Extensoren*).

Die Zeichnung ist fertig, ein wenig beklommen registriert sie das Realistische daran.

»Gefällt es dir? Ich finde dich ganz gut getroffen.«

Sie nickt, was soll sie sich beschweren, so sieht sie nun mal aus. »Getroffen, ja, stimmt. Was willst du dafür haben?«

»Dass du mit mir durch den Leopoldpark spazierst.«

Hastig schaut sie auf ihre Armbanduhr. »Ich hab keine Zeit.«

»Nur zehn Minuten, bitte! Sei nicht so grausam!«

Sie will den Kopf schütteln, aber als sie seine sehnsüchtigen Augen sieht, durchschießt sie eine kurze, heiße Freude. Und schuldet sie ihm nicht wirklich etwas? »Na gut, zehn Minuten.«

Mit jedem Schritt hinein in den kleinen Park nehmen die Geräusche des jetzt dichter werdenden Verkehrs ab.

»Also, deine Familie reist nach Georgien, und du bleibst hier?«

»Ich weiß nicht. Eigentlich kann ich nicht so einfach von der Klinik weg.«

»Und was sagen deine Leute, wenn du nicht mitfährst?«

Sie bleibt stehen, hebt den linken Fuß und nestelt am Sandalenverschluss. Jetzt kehrt ihr die Wut doch zurück und überschwemmt alle selbst erlassenen Gebote zur Zurückhaltung. »Was willst du eigentlich von meiner Familie? Was hattest du

plötzlich da beim Grillen zu suchen? Niemand hat dich eingeladen!«

»Dein Vater hat …«

»Aber ich nicht! Was bildest du dir ein? Du kannst nicht
einfach bei uns hereinspazieren wie der Bock durchs Tor!« Was
macht sie da? Ihre Politik der zwei Welten – so etwas bespricht
sie sonst doch höchstens mit Hamed. So blöd von ihr! Eine
heiße Flamme steigt ihr ins Gesicht. Aber es stimmt: »Es war
unverschämt! Wehe, du überrumpelst mich noch einmal so!«

Er ist stehen geblieben, senkt den Kopf. »Du hast ja recht.
Ich entschuldige mich. Olga, bitte verzeih mir!«

»Jetzt sag die Wahrheit: Es war kein Zufall, dass du meinen
Bruder kennen gelernt hast, oder?«

»Na ja, ich habe die Namensschilder an der Tür zu deinem
Wohnheim fotografiert.«

»Du hast was?« Ohne dass sie es will, weicht ihre Entrüstung leisem Stolz. Oma mit ihren Pallikaren-Geschichten aus
der Heimat würde das gefallen. »Und dann?«

Sie sind an dem kleinen Spielplatz am westlichen Parkaus-
gang angekommen. Jack setzt sich auf die Schaukel, trippelt
rückwärts und stößt sich ab. »Dann habe ich das Münchener
Telefonbuch studiert. Und auf diese Weise eine Frau Alizoglu
kennen gelernt.« Er holt weiter Schwung »Dann einen Herrn
Díaz. Fotis war der Dritte. Er kam gerade mit dem Fußball aus
eurem Haus, als ich läuten wollte.« Jetzt ist er schon weit oben
im Himmelsblau.

»Und dann?«

»Haben wir zusammen Fußball gespielt.« Die Schaukel wird
wieder langsamer, Jack springt auf den Boden. »Ich hab sofort
gesehen, dass er dein Bruder ist.«

»Du lässt nicht locker, was?«

Er grinst, wird wieder ernst. »Wie ist es weitergegangen mit
deiner Mutter? Ich hoffe, sie hat sich wieder beruhigt?«

»Nicht wirklich. Deshalb fliegen sie ja jetzt nach Tiflis.« Sie stockt, überlegt, dann spricht sie doch weiter: »Meine Mutter geht davon aus, dass sie übermorgen sterben muss, und will das in der Heimat erledigen, sagt sie.«

»Oh.«

»Ja, ist gerade richtig große Oper bei uns.«

»Aber wieso – ich meine, wieso kommt deine Mutter aufs Sterben? War sie bei einem Arzt?«

»Ja. Der hat gesagt, dass sie sich keine Sorgen machen muss, aber sie meint, er würde ihr nicht die Wahrheit sagen. Sie *durchschaut* ihn, sagt sie.«

»Und deine Ansicht?«

Das hat sie sich selbst schon mehrfach gefragt. Ja, sie hat eine Diagnose. Nein, sie hat keine. Es gibt diese beunruhigenden Anzeichen wie Heiserkeit, Räuspergeräusche oder die geschwollene Stelle am Hals, die sie trotz der trüben Beleuchtung zu Gesicht bekam, nachdem ihre Mutter auf Diamantidis' Bitte das Seidentuch abgenommen hatte. Aber Diamantidis kann natürlich auch recht haben, dann handelt es sich tatsächlich nur um eine Erkältung mit geschwollenen Lymphknoten. Oder um einen gutartigen Kropf, und die Patientin bräuchte nichts als jodiertes Salz. Vielleicht ist es auch ein heißer Knoten, der ungehemmt Hormone ausbildet, was die Stimmungsschwankungen ihrer Mutter erklären würde; vielleicht ein kalter Knoten, der sich zu einem bösartigen Tumor weiterentwickeln kann. *Kann*, nicht *muss*. Um halbwegs Gewissheit zu erzielen, bräuchte es einen Ultraschall, radiologische Untersuchungen, möglicherweise eine Kehlkopfspiegelung. Und wenn es wirklich Krebs sein sollte, Operation mit anschließender Radiojodtherapie. Dafür müssen die Patienten in eine Klinik, wo man sie von der Außenwelt abschirmt, weil sie selbst zu strahlen anfangen. Sicher wäre es das Beste, ihre Mutter in die Klinik zu schicken, an der Felix arbeitet, da gibt es fachkundige Ärzte und Felix, der als eine Art Sonderbeauftragter über ihre Mutter wachen könnte. Aber nun hat Chrysanthi sich ihre Diagnose ja schon selbst gestellt, gegen eine medizinische Studie und den sie begleitenden ärztlichen Optimismus wird sie sich mit Händen und Füßen wehren. Olga weiß, dass ihre Mutter dem alten Hausarzt auf eine vertrackte Weise zugleich ver- und misstraut. Als er von *Erkältung* sprach, hat er sie in ihren Augen belogen, um sie zu schonen. Als er die *Luftveränderung* ins Spiel brachte, war das die Wahrheit, weil der alte Diamantidis in seiner Weisheit erkannt hat, was sie wirklich braucht, nämlich die Luft ihrer Heimat.

»Und?«, fragt Jack. »Was sagst du dazu, Olga?«

»Ich bin noch nicht fertig mit meiner Ausbildung, es hat ein erfahrener Arzt gesprochen, da misch ich mich doch nicht ein!«

»Du *mischst dich nicht ein*. Das heißt: Du denkst auch, dass es was Schlimmeres sein könnte, sagst es aber nicht?«

»Ich denke gar nichts!« Das stimmt nicht. In den letzten Tagen hat Olga kaum anderes gemacht, als über Erkrankung und Hypochondrie, Untersuchungsmethoden und ärztliche Verantwortung nachzudenken. Um immer wieder beim sturen Gesicht ihrer Mutter zu landen. Wütend schleudert sie einen Stein vor sich her.

»Du *machst* dir Sorgen, oder?«, sagt Jack.

Er spricht leise, als wage er vor lauter eigener Besorgnis nicht, Olgas Ohr durch eine normale Dezibelgröße zu reizen, was sie noch mehr aufbringt. »Meine Mutter ist eine Hypochonderin«, sagt sie heftig. »Sie sagt, sie will in der Heimat sterben. Und dann werden Hin- und Rückflug gebucht!«

»Na, was hätte sie sonst buchen sollen? Eine Feuerbestattung?«

Olgas Gesicht beginnt zu glühen. Ihr ist klar, dass sie eben geklungen hat, als hasse sie ihre Mutter. Ein Wiegenlied fällt ihr ein: *Iaw nana, Wardo nano, Iaw nani nao – schlaf, du Veilchen,*

113

schlaf, du Rose, schlafe, schlafe … Ihre Mutter hat das gesungen, den kleinen Bruder auf dem Schoß. Sie spürt etwas Heißes in den Augen und reißt sich zusammen. »Jetzt pass mal auf, selbst wenn ich wollte – ich kann nicht. Im Praktischen Jahr bekommt man keinen Urlaub. *Fehltage* sind erlaubt, aber davon darf ich maximal dreißig anhäufen, und die kann ich doch nicht für eine Reise verpulvern, die brauche ich am Stück zum Lernen kurz vor der Prüfung. Das machen alle so, schau mich nicht so an!«

»Ehrlich, ich kann mir nicht vorstellen, dass du vor irgendeiner Prüfung Angst hast, Olga.«

Hat sie auch nicht. Gut, jetzt noch nicht, aber einen Monat vorher wird sie nervös werden und sich verfluchen, dass sie damals einfach für drei Wochen getan hat, was ihre Mutter höchstwahrscheinlich aus einer Laune heraus verlangt hat.

»Ich zum Beispiel könnte überall lernen«, fährt Jack fort, »ich will nur meistens nicht, angeborene Faulheit. Aber du …«

Daran hat sie tatsächlich auch schon gedacht: ein paar Bücher einpacken, in Tiflis eine stille Ecke suchen … Wenn es übrigens wirklich Krebs sein sollte, dann hat der Patient schon für seinen Kampfeswillen eine gute Umgebung nötig, etwas Positives, Dinge, die ihm recht geben. Sie lacht kurz auf.

»Was ist?«

»Ich musste gerade an dein Bild von heute denken: *Freier Vogel* – eigentlich habe ich mir dabei ja was anderes vorgestellt.«

»Einen Bundesgenossen beim Abflug aus deinen töchterlichen Pflichten?«

Genau das. Jack, der Flatterhafte – von wem, wenn nicht von ihm, ließe sich eine Absolution zum Davonfliegen erwarten?

»Weißt du, was ich glaube?«, fragt Jack. »Dass du es letztlich nicht fertigbringst, sie ohne dich reisen zu lassen.«

»Ist ja interessant – du kannst in meinen Kopf hineinsehen!«

»Dann so: Ich an deiner Stelle würde ihr den Gefallen tun.«

»Sag mal, was liegt dir eigentlich so viel an meiner Mutter?«

»Ich mag sie irgendwie. Sie mich auch, glaube ich.«

Olga stößt ein spöttisches Schnauben aus. »Weil sie glaubt, dass du eine gute Partie für mich sein könntest. Dass du ein Professor bist. An der Universität. Wenn du ihr einen Anstellungsvertrag und den Gehaltsnachweis zeigst, vergisst sie vor Freude sogar, deinen Taufschein zu inspizieren. Das ist nämlich sonst immer die erste Frage, wenn sie jemandem die Tür aufmacht.«

»Dann dürfte ich also mit meiner Tagelöhnerei als Ghost gar nie um deine Hand anhalten?«

»Erstens wird in diesem Leben wirklich nie jemand *um meine Hand anhalten*, zweitens *bist* du genau das – ein Tagelöhner!«, fährt sie ihn an, dann erst nimmt sie seinen belustigten Gesichtsausdruck wahr und begreift, dass der Ausdruck metaphorisch gemeint war. Natürlich – Jack Jennerwein ist doch keiner, der ans Heiraten denkt! Sie übrigens auch nicht! Jedenfalls nicht mit ihm! Zornig und beschämt zugleich nimmt sie neuen Anlauf: »Wie ist sie überhaupt auf diese Schnapsidee gekommen, dass du Professor bist?«

»Es war ein Missverständnis, echt, ich habs nicht gleich korrigiert, das ist alles. Jetzt reg dich doch nicht gleich so auf!«

»Ich reg mich nicht auf!«

»Hey, ich versteh doch. Familiengeschichten laufen oft so irrational ab, dass Vernunft und Logik keine Chance haben.«

Misstrauisch schaut sie ihn von der Seite an. Soll jetzt etwa über einen Mangel an Vernunft gesprochen werden? »Unmöglich ist es natürlich nicht«, sagt sie so kühl und rational, wie je eine Frau geklungen hat. »Für drei Wochen … Ich müsste ein paar Bücher mitnehmen …«

»Olga!« Er dreht sich zu ihr und funkelt sie an. »Dann schlägt ja doch ein Herz in deinem schönen Busen! Komm, lass uns noch eine Runde durch den Park spazieren.«

»Wenn da kein Herz schlagen würde, *läge* ich im Park, an-

115

statt zu spazieren. Und jetzt muss ich wirklich gehen.« Muss sie in der Tat. Aber lieber bliebe sie hier, und noch bevor ihr das bewusst wird, meldet mit überraschend heftigem Trommelschlag das eben beschworene Herz, dass sie die ganze Zeit lügt, dass auch die Idee mit dem Porträt nichts weiter als ein Vorwand war, um ihn wiederzusehen. Sie macht sich los. »Noch was.«

»Was immer du begehrst!«

»Ich will, dass du keine Fasane mehr zeichnest. Ich kann nicht neben dir stehen und zuhören, wie du schlecht über meinen Freund redest, ist das klar?«

»Das hast du schön gesagt jetzt. Von hier aus wäre es nur ein kleiner Schritt, nur eine andere Präposition ... ein kleines *auf* ...« Er fasst sie leicht, wie aus Versehen, an der Schulter. »Dann würdest du *auf* mich stehen statt neben mir. Ach, wäre das toll!«

»Lass das!« Sie streift den Arm ab, doch die Berührung hat sie entzückt. Vom Hals bis zu den Schenkeln hinab spürt sie es rieseln.

»Schon gut. Alles, was ich will, ist, dass wir in Kontakt bleiben«, bittet er, »dass ich dich irgendwie erreichen kann.«

»Kontakt ist okay. Gefummel nicht.«

»Olga!«

»Was?«

»Du liegst mir am Herzen.«

»Okay.«

»Kannst du auch mal was anderes sagen als *okay?* Es muss ja nicht gleich etwas mit *Liebe* sein. Aber vielleicht ein kleines *Ich mag dich?*«

»Keine Chance! Wenn ich was hasse, dann Gesäusel!«

»Du *magst* das Wort *mögen* nicht?«

Jetzt muss sie fast lachen über sein Sprachspiel. Nun ja, das ist halt Jack, der nimmt ja selbst nichts ernst von allem, was er sagt. Ein Glück irgendwie. Die gleiche Szene mit Felix wäre wohl peinlich geworden.

Sie sind zurück am Studentenwerk, auf der Straße stauen sich jetzt die Autos, von den Auspuffgasen ist die Luft schwül geworden, keuchend hält direkt vor ihnen ein Bus.

Sie betritt die Rolltreppe zur U-Bahn, schwebt nach unten, dreht sich noch einmal um, sieht ihn winken.

»Georgien wird dir gefallen!«, ruft er. »Wirst sehen!«

»Felix und ich werden zusammenziehen!«, ruft sie zurück. Es ist keine Antwort, die auf seine Worte passt. Andererseits gibt es im Augenblick keine Antwort, die passender wäre.

»UND?«, FRAGT JOSEF, als sie sich abends in der Küche treffen. »Wie ist es gelaufen heute mit der Dame?«

»Großartig«, sagt Jack, »großartig.«

»Das heißt, sie hat angebissen?«

»Das kann man so nicht sagen.«

Josef macht ein enttäuschtes Gesicht. »Also kein Geld?«

»Hä? … Ach so! Doch! Sie zahlt sechstausend.«

»Sechs…?« Josef prallt fast gegen den Kühlschrank. »Ist ja prima. Dass das mit der App gleich so einschlägt!« Er holt zwei Flaschen Bier aus dem Kühlfach und knackt sie mit dem Öffner, der an einer Kordel neben dem Kühlschrank hängt. »Hätte ich jetzt selbst nicht geglaubt.« Er schüttelt den Kopf und stößt seine Flasche an die von Jack. »Wann kriege ich meine Provision?«

»In vier Wochen kommt das erste Geld.« Jack geht mit seinem Bier zum Küchentisch und lässt sich auf einen der beiden Stühle fallen. Er stellt das Bier ab, stützt seine Stirn in die Hand.

»Ach, erst!«, sagt Josef ein wenig bekümmert. »Ich dachte, es gäbe gleich was. Na ja, auch recht. Hauptsache, es spült überhaupt was rein. Dann mach mal zu mit Content!«

Jack antwortet nicht. Bin ich eigentlich blöd?, denkt er. Da laufe ich wie ein Irrer hinter dieser Frau her, und kaum tut sie einen Schritt auf mich zu, stecke ich sie ins nächste Flugzeug und schicke sie weg. Wie lange ist sie nun außerhalb seines Radars? Vier Wochen? Fünf? Noch mehr? Die ganze Zeit gezwungen, sich in einem offenbar schwierigen Mutter-Tochter-Verhältnis zu bewegen. Allein, ohne Beistand. Außer sie ruft ihren Fasan zu sich. »Ich bin das größte Rindvieh, das rumläuft!«, stöhnt er.

»Das sagst du vor jedem Auftrag«, bemerkt Josef. »Und dann schaffst du es doch.«

Jack schüttelt den Kopf. »Nein, nein. Das sind Dinge – die kann man nicht verallgemeinern.«

5. SÖHNE UND TÖCHTER

TIFLIS AM MORGEN. Kinder in Schuluniformen traben durch die Altstadt. Die Obsthändlerin schiebt das Stahlgitter vor dem Laden hoch. In den oberen Stockwerken öffnen sich Fenster, Mütter und Großmütter schreien etwas nach draußen. Wie zur Antwort brüllen vom Freiheitsplatz die Hupen aus dem ersten Stau herauf. Georgiens Hauptstadt ist genau so, wie Olga sie sich vorgestellt hat: voll schlechter Luft, verrückter Autofahrer, Bettler und wilder Hunde.

Die Frau, die eben jetzt aufgeregt ihre Kommandos quer über die Straße kräht, abwechselnd auf Georgisch und in ihrem griechischen Dialekt, ist dieselbe, die vor drei Tagen noch blass und verhärmt in ihrer Münchener Küche kauerte. Die empfohlene Luftveränderung scheint ungeahnte Kräfte in ihr freigesetzt zu haben – seit sie in Tiflis angekommen sind, haben sich ihre Wangen gerötet, die Stimme klingt frisch und befehlskräftig: »Nach hinten, Salome, Liebes! Noch ein bisschen – so! Olga, du setzt dich auf Salos Schoß. Vorsicht! Nicht den Käse zerdrücken! Jetzt Oma. Habt ihr den Wein?«

Mit einem entschuldigenden Lächeln zwängt Olga sich im Fond des Mercedes auf die Knie ihrer Kusine, absurd, da Salome doch vor ihr aussteigen soll. Sie nimmt Plastiktüten entgegen und reicht der Großmutter die Hand, um sie ins Wageninnere zu ziehen, während draußen auf der Straße ihre Mutter, keuchend, mit funkelnden Augen den Aufbruch der Familie dirigiert. Onkel Gogi plaudert am Steuer sitzend mit seinem Schwager Achilleas, dem man den Beifahrersitz zugestanden hat, während sich hinten die weiblichen Mitglieder der Familie übereinanderstapeln. Alle, bis auf Tante Taisia, die draußen auf der Straße steht, den sechsjährigen Sandro an der Hand – mit irgendeinem Trick muss sie ihn heute noch hinter seine Schulbank fädeln. Mit der einen Hand winkt sie, mit der anderen versucht sie ihren sich windenden Sohn zu bändigen. Erst als der Mercedes anfährt, hält er still und präsentiert den Scheidenden hasserfüllt eine rote Zunge.

»Der Arme! Schule statt Ausflug«, seufzt Chrysanthi, eng an ihre Schwiegermutter gepresst.

»Und wo hätten wir den bitte jetzt noch hinquetschen sollen?«, fragt Olga gereizt.

»Taisia ist die Arme«, korrigiert die Großmutter. »Gott steh ihr bei mit diesem kleinen Satan! Hoffen wir, dass sie wenigstens in der Schule einen Menschen aus ihm machen!«

»Ah?«, erkundigt sich Gogi, der – voll und ganz Georgier – kein Pontisch versteht, wartet aber keine Übersetzung ab, sondern beginnt eine prasselnde Erläuterung auf Georgisch, die wiederum Olga als Einzige im Wagen nicht versteht, was der Kommunikation dennoch kaum schadet. Die wesentlichen Informationen zu Sandro weiß sie längst: dass er ein Held ist, eine Kämpferseele, ein freiheitsliebender Junge. Letzteres gilt als Erklärung dafür, dass der Knabe sich gern Kleidungsstücke vom Körper rupft, um dann halb nackt durch die Wohnung zu toben. Den jüngsten Beweis für seine Freiheitsliebe hat er gestern Abend geliefert, als er die Heizungsrohre hinaufkletterte, sich oben die Fußballschuhe von den Füßen zerrte und damit auf die Häupter der um den Esstisch versammelten Familie zielte. Eine Tasse zerklirrte, Sandros Vater stieß einen rauen Brüllton aus, den der Sohn mit Gekecker quittierte. »Tarzan«, informierte Gogi stolz die Besucher. Taisia seufzte, alle am Tisch wussten, wie froh sie war, ihr bestes Service gesichert zu haben – das Madonna-Geschirr aus der DDR, Sehnsuchts- und Prestige-Objekt jeder georgischen Hausfrau (zumindest jeder, die Taisia kennt), liegt verwahrt in der Vitrine ihres Salons. Vom Flur aus kann man es durch eine riesige Glastür bewundern. Der Salon selbst ist seit Jahren nicht mehr zugänglich – zu dem Zeitpunkt, als Sandro sich auf zwei Beine erhob, hat Taisia die Glastür abgeschlossen und den Schlüssel versteckt.

Mit einem gewalttätigen Ruck reißt Gogi das Lenkrad herum, der Mercedes schießt die Tschavtschavadse Avenue hinauf, Olgas Oberkörper wird gegen den ihrer Kusine gepresst, einen peinlichen Moment lang fragt sie sich, wie viel Gewicht gerade auf der armen Salome lastet. Drei Tage Tiflis haben mit Sicherheit schon für zwei weitere Kilo gesorgt – all diese in Käse gebackenen, heißen Brotschiffe, die Auberginenrollen, aus denen ein Brei aus Walnüssen und fettem Frischkäse quillt, die Gläser voll viel zu süßem Traubensaft. Und keine ihrer Verweigerungsstrategien hat hier eine Chance, wo sich in das gewohnte Zwitscherkonzert ihrer Mutter noch die Instrumente georgischer Gastlichkeit mischen. Gewaltig geigen darin Stolz und Ehre auf. Auf Erklärungen zu einer begonnenen Diät oder eine schützend über Glas und Teller gehaltene Hand hin erhebt sich jedes Mal mit der ganzen Autorität eines schmerbäuchigen georgischen Bezirkspolizeichefs der Onkel und legt ihr ein weiteres Stück Brathuhn auf den Teller.

Onkel Gogi, der erste Georgier, der in ihre griechische Familie eingeheiratet hat. Als Kind hat Olga die Geschichte von ihm und Taisia gehört, von seinem legendären Teufelsritt auf einem geliehenen Motorrad, als er die Tante entführte. Damals hatte das wie ein Märchen geklungen. Hier ist auf einmal alles Wirklichkeit, der dicke Mann am Steuer, der jetzt den Motor seines Mercedes aufheulen lässt, muss derselbe grünäugige Held sein, der damals die Tante von der Straße weggeraubt hat. Und Taisia, die heute ganz zivil mit ihm verheiratet in einer Wohnung lebt, ist dieselbe, die zu jener Zeit gepackt und auf ein fahrendes Motorrad gezerrt wurde. Mit gerunzelter Stirn starrt Olga auf den grauen Haarkranz ihres Onkels.

Genauso abrupt, wie er losgefahren ist, lässt Gogi den Wagen von der Straße weg auf den Fußgängerweg schießen und stoppt vor einem imposanten, mehrstöckigen Gebäude aus der Sowjetzeit, neben dem Schild für absolutes Halteverbot. Vom Hintersitz wühlen sich Olga und Salome ins Freie, während sich aus einer Gruppe schwarz gekleideter Security-Männer ein wuchtiger Mensch löst und auf den Wagen zugeht. Gelassen sieht Gogi ihm durch das offene Fahrerfenster entgegen.

»Deine Uni?«, fragt Olga die Kusine, Gogis Wagen und dem bewaffneten Mann in Uniform den Rücken zudrehend. »Da arbeitest du?«

»Na ja, immer wenn sie was für mich haben.« Salome lächelt mit hinreißenden Wangengrübchen, ihre Locken, schwarz wie Elsternflügel, glänzen in der Sonne. Wie schafft sie das nur immer, diese gute Laune?, denkt Olga. Salomes berufliche Situation ist nicht gerade sicher: Hier mal ein Text zum Übersetzen, dort eine Stadtführung für irgendein mittelhohes Tier aus Leipzig oder Berlin, danach steht Salome jedes Mal wieder wochenlang ohne Auftrag da. Für junge Germanistinnen ist die Lage in Georgien prekär geworden, seit alle nur noch Englisch lernen wollen.

»Hab einen schönen Tag. Es wird bestimmt wunderbar in eurem Dorf!«, versichert Salome strahlend, während sie Olga an die Schultern fasst und auf die rechte Wange küsst.

»Mhm«, erwidert Olga, die den Tag lieber über ihren Büchern verbracht hätte und nur der Mutter zuliebe ins Auto gestiegen ist. Über die Schulter sieht sie, wie der Security-Mann sich zu Gogis Fenster hinabgebeugt hat. Gleich werden zwei fleischfressende Saurier aufeinanderprallen. Sie wendet sich ab, um sich diesen Anblick zu ersparen. Dann sieht sie die Verbotsschilder, die an den Mauern und Glastüren der Universität angebracht sind, und der Mund bleibt ihr offen stehen. »Was ist das, bitte?« Rot durchgestrichen im roten Kreis prangen die Embleme für drei in hiesigen Hörsälen offenbar ungern gesehene Dinge: Weinflasche, Messer, Revolver.

Salome ist ihrem Blick gefolgt. »Die hängen seit zwei Jahren hier«, bekennt sie. »Damals ist einer in die Uni gelaufen und hat seine Frau erschossen. Vor den Augen ihrer Studenten, es war mitten in der Vorlesung.«

»Hast du *erschossen* gesagt?«

»Eifersucht.« Die Kusine hebt die Schultern, als sei damit alles erklärt. »Ein Verrückter«, setzt sie entschuldigend hinzu. Salome hat sechs Jahre Germanistik studiert, sie weiß, was Mitteleuropäer schockiert.

»Ich dachte, das ist hier längst anders geworden«, sagt Olga und schaut sich nervös um. Der Sicherheitsmann steht am Auto, den Kopf hinabgebeugt zum Onkel, an seinem Gürtel baumeln ein Paar Handschellen und ein Gummiknüppel. »Dass so was jetzt verboten ist: Waffen, Frauenraub …«

»Verboten schon.« Salomes rote Lippen verziehen sich zu einem maliziösen Lächeln. »Keine Sorge!«, setzt sie hinzu, mit dem Kinn auf den gesetzeswidrig geparkten Wagen weisend. »Mein Vater kennt die alle, das passt schon.«

»Du willst sagen, dass so etwas immer noch passiert? Auch dass man Frauen entführt?«

»Aber ja! Letztes Jahr wollte mich einer schnappen. Genau hier.« Salome lacht mit einem Gesichtsausdruck, als hänge sie einer hübschen Erinnerung nach. »Genau diese Treppe hier bin ich runtergekommen, da vorn haben zwei gewartet, mich links und rechts an den Ellbogen gepackt und runtergezerrt. Unten an der Straße hat der Typ im Auto gewartet, der … na, du weißt schon. Dann sind sie losgefahren, mit mir hinten drin.«

»Und?«

»Ich bin davongekommen, wie du siehst«, lächelt Salome. »Immer noch unverheiratet!«

»Mein Gott, das klingt ja … die reinste Horrorstory! Wie hast du es aus dem Auto wieder rausgeschafft?«

Salome späht auf ihre Armbanduhr. »Später, okay?«

Wie kann einer jungen modernen Frau so etwas passieren?, denkt Olga zornig, während sie zurück zum Wagen geht. Wie kann ihr Vater so etwas zulassen? Immerhin ist er doch Polizist! Ihr Bild von Gogi – bisher schon nicht sehr strahlend – trübt sich weiter ein. Hast du gehört, sagt sie stumm zu einem nur für sie anwesenden Zuhörer, immer noch geht es so zu in diesem Land – das ist doch Mittelalter! Und du hast gesagt, Georgien würde mir gefallen!

Es gibt noch einen Ruhelosen im Wagen, das ist ihr Vater. Olga merkt es gleich, als sie weiterfahren. »Wo ist das Gefängnis geblieben?«, fragt er. »Das war doch da vorn! Und die Hühnerbraterei an der Ecke?« Er dreht und wendet den Kopf, verstört durch die vielen neu entstandenen Gebäude, auch durch die zahlreich über Gogis Armaturenbrett baumelnden Christus- und Heiligenbildchen und dadurch, dass Gogi, der selbst ein dickes Holzkreuz um den Hals trägt, an jeder Kirche die Hände vom Steuer nimmt und sich bekreuzigt. Seit wann traktiert hier die Religion die Leute? Olga kann die Frage in seinem Gesicht lesen und wünscht sich, Salome säße noch im Wagen. Die Kusine ist Dolmetscherin in jeder Hinsicht, sie kennt beide Welten. Während ihr Vater ganz allein zurechtkommen muss mit seinem geplatzten Traum von Tiflis, das nicht mehr das alte ist: Die Straßen haben andere Namen erhalten, vor dem Rathaus grüßt kein steinerner Lenin mehr von seinem Podest, sondern in Gold gefasst der heilige Georg, sogar den alten Knast hat man abgerissen.

Die Mutter lernt schneller. Nach der dritten Kirche bekreuzigt auch sie sich im fahrenden Wagen. *T'sintskaro*, singt sie mit hoher Stimme. Es ist ein Lied über das Dorf, zu dem sie fahren, das Dorf, in dem sie groß geworden ist. *Ich traf ein schönes Mäd-chen aus T'sintskaro. Sie ging zur Quelle, trug einen Krug.*

Hörst du das? Siehst du das?, fragt Olga stumm den nur für sie anwesenden Jack. Wie alles sich gedreht hat, seit meine Mutter hier ist? Stimme, Stimmung, Aussehen. Sogar die Hei-serkeit, dieser Pfeifton – alles wie weggeblasen. Wenn ich sie nicht selbst erlebt hätte mit ihrer Atemnot … Fast würde ich glauben, sie hätte all das nur inszeniert, damit wir mit ihr hier-herfahren. Überhaupt Georgien – seit ich hier bin, kommt es mir vor, als wäre es ihr nie um den Abschied von der Heimat-erde gegangen, sondern nur darum, mich endlich wieder darin einzutopfen! Du solltest sie hier mal hören, wie sie mich in Taisias Küche scheucht, damit ich zusehe, wie die Tante ihre Khinkali dreht. *Zeit, dass du das lernst! Jeder Mann läuft weg, wenn eine nicht kochen kann!* Jeder Mann – lieber Himmel! Was für einen Abrakadabrashvili will sie denn hier für mich finden?

Ein Grunzen von Gogi reißt Olga aus ihrem stummen Monolog, die Mutter antwortet auf Georgisch. Dabei lässt sie Worte einfließen, die ihr Schwager nicht kennen kann, tut, als ginge ihr die Sprache ihrer neuen Heimat nicht mehr aus dem Sinn. *Tankstelle*, hört Olga sie auf Deutsch sagen, *Autobahn*.

Das Dorf T'sintskaro stellt sich als Geisterort heraus. Alle, die hier einmal gelebt haben, sind fortgegangen. Die verfalle-nen Häuser sind voller Vogeldreck, auf einigen Fensterbrettern stehen ordentlich aufgereiht und von dicker Staubschicht über-zogene leere Flaschen und Einweckgläser. Nirgendwo Lebendi-ges. Nur in dem gemauerten Brunnen paddelt zwischen Moos und Algen ein letzter Frosch.

T'sintskaro, singt die Mutter, während sie über Geröll zum Friedhof klettern, *als ich sie ansprach, da lief beleidigt weg die Schöne.* Gogi nickt anerkennend, sie müssen langsam gehen, die Großmutter tut sich schwer mit ihrem Stock.

Das Friedhofstor ist mit einem Stück Draht verschlossen.

Gerade als der Vater es gelöst hat, hören sie den Motor, das rumpelnde Geräusch von Reifen auf dem grob gepflasterten Dorfweg. Zwischen Schlehenbüschen und verwilderten Obstbäumen taucht ein alter Lada auf. Drei Männer in dunklen Jacken entsteigen dem Gefährt. So verschlammt ihr Auto ist – die kleine weiß-blau-rote Staatsfahne auf dem Nummernschild lässt sich doch noch erkennen.

Gogi kneift die Augen zusammen und wendet sich mit dunklem Gesicht ab. »Russi!«, sagt er. Aber dann bleibt er doch stehen und sieht den Ankömmlingen entgegen.

Die Großmutter hat sich eine Hand ans Ohr gelegt: »Hört ihr das? Das sind unsere Leute! Die sprechen unsere Sprache!«

Nur die Männer geben sich die Hand, es geschieht mit lächelloser Würde. Die drei aus dem Lada – dem Alter nach könnten es Großvater, Vater und Enkelsohn sein – stammen tatsächlich von hier, aus dem Dorf T'sintskaro, sie sprechen dieselbe Sprache wie die Evgenidis, wie all die Griechen, die damals das Land verlassen haben, um nach Russland zu gehen, nach Griechenland oder Zypern.

»Aus Krasnodar sind wir gekommen, zwei Tage waren wir unterwegs«, erklärt der Älteste, während sie nebeneinander hergehen, vorbei an steinernen Sarkophagen, in einige von ihnen sind georgische, in andere kyrillische Buchstaben gehauen.

»So ein langer Weg!«, sagt die Großmutter. »Gott soll euch segnen, ihr Pallikaren!«

Ein paar Schritte weiter liegen halb eingesunken im Gras die Grabsteine, sie zeigen überlebensgroße Porträts der Verstorbenen, wie in den Stein geätzte Fotografien. Zum ersten Mal sieht Olga ihre andere, nie gekannte Großmutter, eine Frau mit tausend dunklen Runzeln und Kopftuch. »Die Frauen mit Kopftuch, das sind die guten Frauen«, erklärt ihr die Mutter, »*Mantilosani* – so nennt man sie.« Sie zupft etwas aus dem hohen Gras vor dem Stein.

Olga packt Wein, Käse und Tomaten aus. Hast du gehört?, sagt sie stumm, während sie das Brot in Scheiben schneidet. Die Guten sind die mit dem Kopftuch. Nur falls du Einordnungsprobleme mit den Frauen um dich herum hast.

Auch die drei aus Krasnodar haben ihre Verstorbenen gefunden, nur die Sitte, bei den Toten zu speisen, scheinen sie vergessen zu haben. Oder der Proviant ist ihnen ausgegangen. Immerhin Wodka haben sie dabei. Zu dritt kauern sie um das Grab, der Älteste gießt ein Glas voll und stellt es unter den Grabstein.

»Was ist? Sind wir Wölfe geworden?«, fragt die Großmutter. »Wieso lassen wir die Menschen da drüben hungern? Geh, Achilleas, hol sie her, sie sollen mit uns essen!«

»Es sind Russen«, wiederholt Gogi stur. *»Russi!«*

»Berdzeni – Griechen!«, sagt die Großmutter scharf.

»Berdzeni Rusethidan – Griechen aus Russland!«

»Und? Hat Gott die Russen nicht erschaffen? Sind die irgendwann von den Bäumen gefallen? Hol sie zu uns, Achilleas, den Gästen sollst du ein Esel sein, heißt es!«

Der Vater hat sich erhoben, jetzt bleibt er unschlüssig stehen. Olga kann sich seinen Zwiespalt vorstellen: Hier das heilige Gesetz der Gastfreundschaft und sein Respekt vor der Mutter. Und da Gogi mit seiner schäumenden Vaterlandsliebe, Gogi, der bei jeder Gelegenheit auf Putin flucht und Russland bezichtigt, georgisches Land besetzt zu halten.

Auf ihren Stock gestützt zieht die Großmutter sich hoch und streckt eine Hand aus. »Brot!«, fordert sie, während sie sich schon zum Gehen wendet. »Wein!«

Wortlos steht Olga auf, nimmt mit der einen Hand die Weinflasche, die andere hält sie der Großmutter hin. Jetzt wird auch die Mutter lebendig. »Wartet!«, sagt sie hastig. »Wir gehen alle zusammen. Kommt! Nehmt die Sachen mit!«

»Dieser Schwiegersohn ist dümmer als ein Esel im Mai!«,

knurrt die Großmutter, während sie an Olgas Hand durchs hohe Gras stapft. »Solche Worte über Reisende aus der Fremde! Wäre Taisia hier, würde er sich das nicht trauen.«

»Tante Taisia? Die darf was gegen ihn sagen? Die ist doch von ihm geraubt worden!«

»Ha! Geraubt! Das ist auch so eine Geschichte. Hör zu, mein Würzelchen: In unserer Familie hat Gott den Frauen die härteren Köpfe gegeben. Meine zwei Kinder – was soll ich sagen? Dein Vater – Gott segne ihn! – ist ein guter Mensch, aber weich wie ein Stück Butter. Er macht, was andere sagen. Taisia war die, die immer bekommen hat, was sie wollte. Na bitte – siehst du? Jetzt gehen sie schon alle hinter uns.«

»Ich hol schnell was für Papá«, sagt Olga und eilt davon zu Gogis Wagen, nachdem sich die Großmutter gesetzt hat. Sobald die Männer zusammensitzen, werden sie anfangen, sich gegenseitig Zigaretten anzubieten. Offiziell raucht der Vater nicht, aber wenn er ausgeht, hat er doch immer in einer seiner Taschen ein Päckchen versteckt. Heute Morgen, als die Mutter ihm die Jacke ausklopfen wollte, konnte Olga in einer Blitzaktion gerade noch die Schachtel an sich nehmen und in ihrem Sakko verstecken, bevor sie entdeckt würde. Was für ein Tag, denkt sie. Was für dumme Streitigkeiten sie immer führen müssen! Sobald sie in Taisias Wohnung sind, wird Olga die Tür hinter sich und ihren Büchern schließen. Eine tiefe Sehnsucht nach ihrem europäischen Leben überkommt sie, nach Ruhe und Alleinseindürfen.

Ihr Sakko liegt zerdrückt in der Wagenecke. Als sie in der Seitentasche nach den Zigaretten fingert, zieht sie zusammen mit zehn Marlboro einen Briefumschlag hervor, von dem sie nicht weiß, wer ihn ihr in die Tasche gesteckt haben könnte. Eine Kunstpostkarte steckt darin, eine Zeichnung. Jack? Schon fängt das Herz an, schneller zu schlagen. Dann erst sieht Olga, dass der Strich hier ein ganz anderer ist, dass diesem Bild die

Komik fehlt, dass es ernste Kunst sein will. In Rötelkreide hat jemand eine junge Mutter gezeichnet, eine Frau mit schmalem, gotischem Gesicht, die sich liebevoll über das Baby auf ihrem Schoß beugt. Auf der Rückseite steht in Felix' Handschrift – jetzt endlich erkennt sie sie:

Für dich, mein Schatz, als kleine Erinnerung, damit du mich nicht ganz vergisst. Viele Grüße von einem Sehnsüchtigen und von einer Dame, die dich gern demnächst mal kennen lernen würde, sie ist schon ganz neugierig auf dich und dein »Heimatland«.

Olga wendet die Karte wieder, besieht sich die Zeichnung noch einmal. Die Signatur unten rechts weist drei Buchstaben auf: *G.v.S.* – Gerda? Gisela? Gertrude van Saan? Egal, es kann sich nur um Felix' Mutter handeln, die Hobbymalerin. Mit einem Selbstporträt plus Sohn, mit Felix im Babyalter, genauer gesagt.

Natürlich hat Olga hier täglich Kontakt mit Felix gehalten, immer in kurzen, schriftlichen Botschaften, ein einziges Mal hat auch ein Telefonat geklappt, das sich inhaltlich nicht sehr von ihren SMS unterschied – beide Formate sind eine Art hin- und herfließender Strom aus *Wiegehtesdir* und *Habdichlieb*. Da sie ihr Tablet zu Hause gelassen hat und hier mit ihrem uralten Handy ohne Internetzugang unterwegs ist, hat sie Felix bisher nur in dieser zweidimensionalen Version wahrgenommen. Nun, mit seiner Karte, die er ihr offenbar bei ihrem letzten Zusammensein unbemerkt in die Jackentasche geschmuggelt hat, steht er plötzlich plastisch und dreifach verkörpert vor ihr. Es wirkt wie eine Abfolge von Gongschlägen. Felix selbst – Gong! Dazu seine Mutter – Gong! Ein Besuch bei seinen Eltern, denen er sie zweifelsfrei als künftige Schwiegertochter präsentieren will – Gong-gong-gong!

Olga stopft sich Karte und Zigaretten in die Hosentasche und marschiert zurück zu den Gräbern, wobei sie mit jedem

Schritt langsamer wird. Felix' Mutter möchte sie sehen – *demnächst*. *Demnächst*, das klingt bedrohlich, das ist kein *bald mal*, es kündigt eine nähere Zukunft an als die, die sie sich bisher immer ausgerechnet hat. Dazu wünscht die Dame Berichte vom *Heimatland* der künftigen Braut. Auch wenn Felix das Wort in Gänsefüßchen gesetzt hat – seine Eltern betrachten Georgien also als Olgas Heimat und freuen sich schon auf einen Reigen hübscher Bilder. Was hätte sie da bisher vorzuweisen? Im Hörsaal erschossene Dozentinnen; junge Frauen, die von der Straße weg verschleppt werden; Gräber, an denen man den Toten Schnaps serviert?

Eine Wespe fliegt dicht um Olgas Nase, die Grashalme kitzeln sie an den nackten Beinen. Sich kratzend und nach dem Insekt schlagend sieht sich Olga auf einem verfallenen georgischen Friedhof in einer sekundenkurzen Vision bei ihrer Begegnung mit Frau van Saan. Weit weg von hier sitzt sie in einem teuer eingerichteten Wohnzimmer auf einem skandinavischen Sofa, japanisches Teegeschirr vor sich, an den Wänden hängen Bilder aller Epochen und Stile. Ihr gegenüber thront aufrecht im Designer-Sessel eine beängstigend schlanke und elegant gekleidete Dame – Gerda-Gisela-Gertrud van Saan. Alles, was sie sagt, klingt reizend, manches erstaunlich. Und jetzt öffnet sie gleich den Mund, um Olga zu ihrem *Heimatland* zu befragen. Ob sich das Thema irgendwie vermeiden ließe? Indem man ein anderes anbietet, das fesselnder ist als ein Urlaubsbericht? Kunst? Soll sie Felix' Mutter bitten, ihr ihre Sammlung von Pinseln vorzuführen? Olga hat den Gedanken kaum gedacht, da entstehen bereits Assoziationen, die weniger kultiviert als vulgär wirken. Trotzdem – natürlich wäre Kunst für eine erste Begegnung ein gutes Thema. Hübsch sachlich, nichts Intimes wie ein Fotoalbum mit Babybildern und auf alle Fälle weniger schockierend als eine Schilderung chauvinistischer Polizeichefs und schikanierter Frauen. Ein zeitgenössischer georgischer Künstler – gibt es so was? Oh, wäre sie nur als normale Touristin im Land, dann wären die Tage hier gefüllt mit längst schon im Reiseführer angestrichenen Sehenswürdigkeiten!

Die Familie sitzt mit den Männern aus Krasnodar um deren Grabstätte, frisches Brot wird geteilt, Fleisch mit Pflaumensauce. Die Unterhaltung scheint inzwischen auf Russisch stattzufinden, wohl aus Rücksicht auf Gogi, der keine Fremdsprache beherrscht außer dem – Ironie der Weltgeschichte – während der Sowjetzeit gelernten Russisch.

Die Mutter hat sich mit dem mittleren der drei Männer etwas abseits gesetzt und unterhält sich leise mit ihm im pontischen Dialekt.

»Kennt einer von euch einen georgischen Künstler?«, platzt Olga dazwischen.

Erstaunte Gesichter. Was will das Mädchen?

»Ein Maler«, präzisiert sie. »So was muss es doch geben!«

»Wir haben unsere heiligen Ikonen«, lässt Gogi übersetzen und erntet dafür anerkennende Blicke von den Vertretern des Hauptfeindes.

Olga verzieht den Mund. Wären die Leute hier normale Touristen, dann wüssten sie Bescheid über solche Dinge, so aber … Entmutigt greift sie nach einem Stück Käse.

»Dieser Mann mit der Giraffe«, sagt ihr Vater nachdenklich. »Von dem habe ich mal gehört. Ich glaube, der war Georgier.«

»Giraffe«, wiederholt Olga, während sie mit einem Ohr der Stimme ihrer Mutter lauscht. »Wie heißt der?« Und hat sie gerade richtig gehört? Worüber redet die Mutter da?

Achilleas und Gogi zucken mit den Achseln.

»Freilich«, seufzt Chrysanthi hinter Olgas Rücken, »auch die russischen Mütter haben schöne Kinder. Aber die Braut sucht man doch lieber im eigenen Dorf. So haben wir es halt immer gemacht.«

»Mutter!«, mahnt Olga mit gerunzelter Stirn.

Unbekümmert spricht Chrysanthi weiter. »Einunddreißig ist er also, dein Dima?« Sie blickt hinüber zu den anderen, wo der Jüngste – anscheinend der bisher unverehelichte Dima – an einem Stück gewürztem Schweinefleisch kaut. Pflaumensauce tropft ihm auf den Ärmel seiner Lederjacke. Mit ausdrucksloser Miene schüttelt er den Arm. Die Tropfen fliegen.

»Mutter, was soll das jetzt?«, sagt Olga auf Deutsch.

Ohne sie anzusehen, ergreift die Mutter ihre Hand und tätschelt sie, gleichzeitig rückt sie näher an ihren Gesprächspartner und schaltet um auf Russisch.

Wütend entzieht ihr Olga die Hand. Am liebsten würde sie aufspringen, mit dem Fuß aufstampfen. Na bitte, sagt sie lautlos zu Jack, was hab ich gesagt? Schon springt sein Gesicht hoch in ihrer Vorstellung, sie kann sehen, wie sich die Lippen verziehen zu seinem ironischen Grinsen, nicht einmal die Augen muss sie dafür schließen. Es ist nur eine Fantasie, aber eine, die sie sich nicht erlauben sollte. Olga beißt sich auf die Lippen. Das schlechte Gewissen schnappt nach ihr. Und auf einmal kommt es ihr vor, als wäre Felix auch noch anwesend, zumindest in ihrer Jackentasche und als Baby, das empört seine gezeichneten Ohren spitzt. Winzige, dennoch voll ausgestattete *auris externae*. Nur noch achtzehn Tage, sagt sie stumm und jetzt an den mühsam heraufbeschworenen Felix gerichtet. Gute zwei Wochen noch. Dann ist all das hier vorbei.

DIE NÄCHSTEN TAGE vergehen mit Besuch. Es ist ein Strom von Besuchern, der sich in die Lermontowstraße ergießt, die meisten davon sind Frauen, sie heißen Ia, Lia oder Mzia, sitzen in Taisias Küche, trinken Tee und wollen die unverheiratete junge Frau aus Deutschland beschnuppern – je älter sie sind, desto größer ihr Interesse. Dann ruft die Mutter nach ihr, Olga wird begrüßt, geküsst, verstohlen begutachtet. Sobald sie den Raum verlassen hat, hört sie durch die Tür die weiteren Fragen:

Wie alt ist das Mädchen? Sechsundzwanzig? Mein Gott, und immer noch nicht …?

Ich weiß nicht, wie lange ich das noch aushalte, teilt Olga in Taisias pompös marmoriertem Badezimmer ihrem imaginierten Gesprächspartner mit. Immer noch ist es Jack – ein Fehltritt, das weiß sie, aber was soll sie machen? Irgendein Ventil braucht sie, und Felix an Jacks Stelle zu setzen funktioniert einfach nicht. Weil es eben nicht Felix war, der ihr dieses Land hat schönreden wollen, und weil Felix diese Familie nicht kennt und sich das alles hier ja gar nicht vorstellen kann: Taisias Porzellan in einem abgeschlossenen Salon oder Gogis bigotten Mercedes voll schaukelnder Kreuze und Christusbildchen. Ja, wenn sie als normale Touristin hier wäre – sie kann nicht aufhören, sich das zu wünschen –, das wäre was anderes, Eindrücke, wie Sehenswürdigkeiten oder Restaurantbesuche sie hinterlassen, ließen sich problemlos mit Felix teilen.

Noch hat der heutige Besuch Olga nicht wahrgenommen. Noch besteht eine Chance, unbemerkt zu ihren Büchern in das Zimmer zurückzukehren, das sie sich mit Salome teilt. Olga beschließt, sich tot zu stellen, sie verlässt die Toilette, ohne die Spülung zu betätigen. Leise, leise drückt sie sich vorbei an drei großen Stapeln Weißwäsche im Flur – gestern von den Frauen des Hauses stundenlang gebügelt und gefaltet –, da geht schon die Küchentür auf, und das Gesicht der Mutter erscheint.

»Olga? Nun komm endlich! Tante Keti ist da!«

Olga knirscht mit den Zähnen. Fünf Anstandsminuten, schwört sie sich. Maximal zehn.

An Taisias Küchentisch sitzt eine stämmige Frau in Schwarz mit Unterarmen wie ein Holzfäller. Das dunkle Gestrüpp unter ihrer Nase wetzt an Olgas Wange, als sie sie an sich drückt. »Lass dich ansehen, mein Vögelchen!«

»Das Kind von meinem Achilleas«, bemerkt die Großmutter, »viel zu dünn ist sie.«

»Sie wird Ärztin«, verkündet Chrysanthi.

»Ein so schönes Mädchen!«, seufzt die Tante. »Ärztin, ach. Dann weißt du ja, wie so was ist.« Sie streckt das rechte Bein vor und lüftet ihren Rock. Der Fuß im Pantoffel ist dick geschwollen, wie aufgeblasen wirkt das Bein, die Haut teigig. »Siehst du das, mein Mädchen? Seit Jahren geht das schon, ich kann mich kaum noch bewegen damit. Und unsere Ärzte … Was soll ich sagen!« Erwartungsvoll schiebt die Tante ihren Fuß näher an Olga heran.

Ganz neu ist die Situation nicht für Olga. Am ersten Tag schon hat Tante Taisia sie zu ihren periodischen Schwindelgefühlen befragt, um ihr als Nächstes ausführlich die Leidensgeschichte der von Rheuma geplagten Nachbarin darzulegen. Dass Olga noch keine fertige Ärztin ist, dass sie keine Diagnosen und Therapiepläne erstellen darf, schien dabei nicht gestört zu haben; entscheidend waren wie auch jetzt die Stichworte *Ärztin* und *aus Deutschland*.

»Was meint denn der Arzt?«, fragt Olga resigniert.

»Was soll er sagen? Wasser in den Beinen, sagt er. Dass er nichts tun kann.«

Herzprobleme, denkt Olga. Oder die Niere. Sie bückt sich und drückt den Finger auf Ketis Wade, eine Delle entsteht. Diabetes? Aber sie kann doch nicht im Ausland, als nicht approbierte Ärztin im Salon der Tante eine ambulante Praxis eröffnen. Und mit kalten Wickeln muss sie nicht anfangen, Hausmittel haben die Tanten hier selber. »Sprich noch mal mit deinem Arzt«, sagt Olga, der langsam klar wird, worauf die Tante hofft. »Wie stark sind denn die Beschwerden?«

»Gott segne dich, mein liebes Mädchen! Ich kriege ja Tabletten vom Doktor, nur sind sie alle schon abgelaufen …«

Direkt neben der Tante liegen auf einem Porzellanteller braune Kekse und staubig wirkende Schokoladenpralinen. Sie mustert sie mit gespielter Gleichgültigkeit.

Während Olga verstohlen ihre Uhr konsultiert. Sie hat eine kleine Reiseapotheke eingepackt, vielleicht sollte sie das Ganze einfach als ihre Schuldigkeit als Gast betrachten und irgendein Placebo für die Tante hervorkramen. »Ich seh mal nach«, sagt Olga, wendet sich zur Tür und vernimmt draußen, die Hand noch auf der Türklinke, einen Lobgesang ihrer Mutter auf das deutsche Gesundheitssystem.

»Da kann kein anderes Land mithalten! Solche Schlampereien wie hier passieren bei uns nicht. Die Deutschen, die passen auf. Weißt du, wie sauber eine deutsche Klinik ist? Man könnte glauben, dass sie die Böden mit Shampoo waschen!«

»Die haben Maschinen für so was«, berichtigt die Großmutter. »In den Krankenhäusern, da arbeiten Maschinen, das habe ich im Fernsehen gesehen.«

Bitte schön, sollen sie sich über das deutsche Hygieneniveau streiten, denkt Olga und will sich schon endgültig abwenden, als das nächste Wort sie doch noch zurückhält.

»Den Bräutigam für dein Mädchen holt ihr aber schon aus eurem Dorf?«, fragt die Tante. Sie spricht mit patriotischem Nachdruck, offenbar stammt sie aus T'sintskaro wie die Mutter.

»Dorf?«, murrt die Großmutter. »Die Evgenidis kommen aus Bolnisi, das ist kein Dorf!«

»Wie alt ist eure Olga jetzt?«, fragt die Tante weiter. »Schon bald dreißig? Dann wird es aber schwer …« Ein krachendes Geräusch wird hörbar. Die Tante zermalmt einen von Taisias knirschtrockenen Keksen.

»In Deutschland ist das anders!«, eifert sich die Mutter. »Da können die Mädchen später auch noch heiraten.«

»So?«, sagt die Tante misstrauisch.

Olga spürt, wie sich ihr Rücken versteift. Was kommt als Nächstes? Hat man schon einen jung gebliebenen Witwer hier für sie aufgetrieben? Ruhig bleiben, mahnt sie sich selbst.

135

»Und die Kinder?«, fragt die Tante beharrlich weiter. »Wie sollen die erzogen werden, wenn der Mann kein Christ ist?«

»Die Deutschen sind … auch gute Christen«, widerspricht die Mutter nach einem winzigen, kaum wahrnehmbaren Zögern.

»Ah, aber wie schlagen sie das Kreuzzeichen, ha? Ich hab schon gesehen, wie die Europäer das machen: mit der ganzen Hand. Nicht wie es sein soll mit drei Fingern! Für Gott Vater, Gott Sohn …«

»Drei Finger?«, unterbricht die Großmutter. »An dem Pallikar, den ich geheiratet habe, war mehr dran!«

Olga versucht, sich Felix vor Augen zu rufen, wie er in seinem weißen Arztkittel demütig ein Kreuzzeichen schlägt. Vergeblich. Sie weiß nicht einmal, ob er überhaupt einer Konfession angehört. Glaubensfragen sind zwischen ihnen noch nie diskutiert worden. Aber gut, soll man sich in der Küche ruhig die Köpfe über die Dreifaltigkeit zerbrechen! Nicht unzufrieden über die theologische Wendung des Gesprächs schlüpft Olga aus dem Raum. Doch als sie mit einem Fläschchen *Korodin* Herz-Kreislauf-Tropfen zurückkehrt, kann sie durch die halb angelehnte Tür hören, dass das Gespräch zurückgefunden hat zu dem profaneren Thema von vorhin.

»Höre, Chrysanthi!«, gebietet die Tante. »Heute noch spreche ich mit der Schwägerin. Ihr Levan arbeitet in einem Hotel. Ein guter Junge. Respektiert seine Eltern.«

»In einem Hotel?«, fragt Chrysanthi, und ihre Stimme vibriert. »Hast du vergessen, was mein Mädchen studiert?«

»Hier, Tante!«, sagt Olga, innerlich ihr Gelöbnis zur Gelassenheit wiederholend, während sie die Tür aufstößt und betont forsch hineintrampelt. »Probier das, wohl bekomms!«

»Danke, mein Mädchen, Gott segne dich!«, entgegnet die Tante, ohne sie anzusehen, noch ganz auf ihren Streit konzentriert.

»Ein Bräutigam, der in einem Hotel Salat wäscht und die Koffer schleppt?«, fragt Chrysanthi hitzig über zwei ausgestreckte Arme hinweg. »Da finden wir in Deutschland hundertmal Bessere!«

»Ach so? Also klopfen doch welche an eure Tür?«

Keine der beiden Frauen achtet jetzt mehr auf Olga.

»Genug, sage ich! Einer nach dem anderen kommen sie daher mit Blumen. Achilleas fragt natürlich immer: Familie, Einkommen, eigene Wohnung? Und was soll ich dir sagen? Alle haben sie eine gute Stellung. Erst neulich war wieder einer da, ein Professor von der Universität.«

»Mamá!«, stößt Olga hervor. »Du kannst doch nicht …!« Sie stampft mit dem Fuß auf, es ist klar, dass sie sich jetzt nicht einfach ihren Büchern zuwenden und den Raum verlassen kann, in dem gerade ihr Schicksal verhandelt wird.

»Ein und aus geht er bei uns.« Die Mutter wedelt mit der Hand.

»Mamá!«

»Das Mädchen schämt sich«, trompetet die Tante, »das ist die Natur, so soll es sein, bevor sie verheiratet sind!«

»Sie muss sich nicht schämen, sie ist die Enkelin von meinem Fotis!« Die Großmutter stößt den Stock auf den Boden und macht Anstalten, sich zu erheben, doch bevor sie es geschafft hat, öffnet sich die Wohnungstür, und Tante Taisia tritt ein, an der Hand den sich windenden Sandro in langer Hose und weißem Hemd. Beider Gesichter sind zornesrot.

»Wenn dein Vater nach Hause kommt, wird er was zu hören bekommen!«, zetert Taisia. Sie ist eine hochgewachsene Frau und hält den Jungen mit hartem Griff, doch er reißt sich los und läuft trampelnd und mit trotzigem Gesicht an den Frauen vorbei zur Toilette, wirft die Tür krachend hinter sich zu und dreht den Schlüssel um.

»Mein Gott! Was soll ich noch machen mit dem Bitschi?«,

ruft Taisia und lässt sich in einen ihrer Samtsessel fallen. »Vorhin in der Kirche zieht er auf einmal die Tröte aus der Hosentasche, die ihr ihm fürs Fußballstadion mitgebracht habt, und hupt und quietscht die ganze Zeit damit. Mitten in der Messe! Ich wollte sie ihm wegnehmen, da rennt er mir noch davon und zwischen den Leuten damit herum. Alle in der Kirche haben auf mich geschaut! Und der Krach! Als ob jemand ein Schwein schlachtet. Olga, lass dir Zeit mit Heiraten und Kindern, du siehst ja …«

»Sandro!«, rufen Mutter und Tante Keti gleichzeitig. »Sandriko! Komm wieder raus, Bitscho, komm zu uns! Lass dich küssen!«

»Er soll es nur wagen! Sobald er mir unter die Augen kommt, prügle ich ihn grün und blau«, verspricht Taisia. Sie geht zum Küchenbuffet und holt eine Flasche Cognac heraus.

»Er ist ein Junge«, erklärt Chrysanthi weise, »lass ihn, irgendwo muss er doch hin mit seiner Kraft!«

»Das ist kein Kind«, schnaubt Taisia, während sie fünf Gläschen auf ein Tablett stellt und mit dem honigfarbenen Cognac füllt, »einen Teufel habe ich geboren!« Aber beim letzten Wort glättet sich ihre Zornesfalte schon wieder und weicht einem zufriedenen Gesichtsausdruck. Dass sie nach so vielen Jahren doch noch mit einem Sohn gesegnet wurde!

»Manchmal muss man sie schlagen«, gibt Tante Keti zu, »feste auf den Hintern. Mein Gott, wie oft habe ich meinen Ilias gehauen. Mit einem Lineal! Und heute ist er Kapitän.«

»Ich hab den Achilleas auch verprügelt«, erklärt die Großmutter mit glitzernden Augen, »aber nur einmal und mit dem Pantoffel. Er war so ein ernstes Kind.«

»Den Jungs darf man ihren Mut nicht nehmen«, sagt Chrysanthi mit weicher Stimme, »den brauchen sie doch, die Armen. Gott helfe unseren Söhnen!«

Olga hat das Gefühl, dass sie es keine Sekunde mehr in diesem Raum aushält. »Nein danke!«, sagt sie hastig zu dem angebotenen Cognac, »ich muss …« – Was muss sie? Lernen natürlich, aber das dürfte in einem georgischen Haushalt, wo man sich für Gäste grundsätzlich Arme und Beine ausreißt, befremdlich wirken. Soll sie irgendeine Schwäche vorschützen, erklären, dass ihr schwindelig ist, sie sich hinlegen muss? Eine instinktive Eingebung sagt ihr, dass Wehleidigkeit in diesem Haus ein anerkannter Fluchtgrund wäre. Aber dann widerstrebt es ihr doch, solch weibchenhafte Schliche anzuwenden. Besser, sie geht ohne jede Erklärung.

»Wie soll ich die Tropfen nehmen?«, ruft Tante Keti geistesgegenwärtig, als Olga schon an der Tür steht.

Alle auf einmal, denkt Olga grimmig. »Jeden Morgen fünf!«, ruft sie und macht gerade einen Schritt in den Flur, als bestens gelaunt ihr Vater und Onkel Gogi die Wohnung betreten.

Im selben Moment dreht sich der Schlüssel im Schloss der Toilettentür, es schießt heraus ein Wirbel aus dünnen weißen Waden, Unterarmen, Oberarmen – Sandro, vollständig entkleidet. Erst hat es den Anschein, als wolle er sich in die Arme seines Vaters flüchten, aber dann stoppt er kurz vor der Tür zum Salon, dreht sich zu dem Wäschestapel und nimmt seinen kleinen Pimmel in die Hand. In eindrucksvoll hohem Bogen spritzt gelber Urin auf die weißen Laken.

»*Vai me!*«, schreit Taisia entgeistert. »Schaut euch die Sauerei an! Ich bring ihn um, den Bitschi!« Vor Wut bebend will sie sich auf ihn stürzen, aber da hüpft Sandro schon wieder fuchtelnd und vergnügt durch den Flur zur Toilette. Die Tür schlägt zu, der Schlüssel dreht sich – Sandro, Satansbraten und Hoffnungsträger seiner Familie, sitzt wieder in seiner Festung. Laut und höhnisch klingt Gelächter durch die Tür.

»Sag mal, dieser Georgier, der eine Giraffe gemalt hat …«

»Niko Pirosmani?«

»Du kennst ihn?«

139

»Klar, jeder kennt den bei uns. Die Giraffe von Pirosmani sprühen hier die Dreizehnjährigen an die Wände.«

»Und in Europa? Meinst du, da kennt man ihn auch?« Den Hinweis, dass Gogi der Name dieses Mannes nicht eingefallen ist, verkneift sich Olga. Schließlich ist Gogi Salomes Vater.

»Hm, ich weiß nicht. Vielleicht? Vorstellen könnte ich es mir schon«, sagt Salome, die in schwarzer Spitzenunterwäsche vor ihrem Schminkspiegel steht, den nackten Fuß auf einen Holzstuhl gestellt. »Wenn du Bilder von ihm sehen willst – in der Nationalgalerie hängen ein paar.« Sie schüttelt die schwarzen Locken, greift nach einem Fläschchen Nagellack.

Wie schön sie ist, denkt Olga hingerissen. Und wie hell ihre Haut schimmert, ungewöhnlich für eine so dunkelhaarige Frau – als würde sie von einer inneren Lampe beleuchtet.

Es ist ruhig geworden im Haus. Nur durch das zum Hof geöffnete Fenster dringt noch das Lachen der Nachbarn in Salomes Zimmer, jeden Abend sitzen da unten Leute an ihren Tischen beim Wein. Durch zwei Türen ist außerdem Sandro aus der Küche zu hören, wie er zufrieden schmatzend ein Glas Pflaumenmus auslöffelt.

»Der reinste Hooligan! Unmöglich, wie er verwöhnt wird!«, sagt Salome. »Aber das passiert hier überall, in jeder georgischen Familie ziehen sie sich solche kleinen Prinzen heran. Und weißt du, woher das kommt?« Vorsichtig tunkt sie den kleinen Pinsel in das Fläschchen und beginnt, sich die Fußnägel zu lackieren.

»Vielleicht weil für unsere Leute Jungs einfach wertvoller sind?« Olga ist Fotis eingefallen, der kleine Bruder, der so vieles von dem bekam, was man ihr immer vorenthalten hat: Komplimente, coole Klamotten, die Erlaubnis, sich schmutzig zu machen.

»Wertvoller – allerdings.« Mit konzentrierter Miene trägt Salome den purpurfarbenen Lack auf. »Und zwar aus einem richtig handfesten Grund. Hast du dich schon mal gefragt, warum unsere Großmutter bei euch in Deutschland lebt? Und die Mutter von meinem Vater hier gewohnt hat bis zu ihrem Tod? Weil es bei uns die Söhne sind, die sich um die alten Eltern kümmern. Deshalb verwöhnt man sie so.«

»Während man es bei den Mädchen kaum abwarten kann, bis sie endlich verheiratet und aus dem Haus sind?«, fragt Olga, und obwohl es all ihren Erfahrungen durchaus einen nachträglichen Sinn verleiht, hat ihr Salomes Erklärung jetzt doch einen Stoß versetzt. So berechnend ist das alles? So kleinkrämerisch vorauskalkuliert?

»Im Großen und Ganzen ja.« Salome schraubt ihr Fläschchen zu, nimmt ein Baumwollkleid aus dem Schrank und hält es sich vor den Leib. »Sieht okay aus, was meinst du?«

Es ist ein hübscher, fließender Stoff in sattem Violett, bedeckt von gelben Blumen. »Wunderschön«, sagt Olga.

Als sie zu Hause ihren Koffer bestückt hat, hatte ihr Unterbewusstsein anscheinend die Packliste diktiert: Unter dem Eindruck der Erzählungen ihres Vaters über die letzten Jahre in Tiflis, wo er nachts mit dem Gewehr auf dem Kopfkissen geschlafen hatte, wo verhärmte Menschen um Brot anstanden, das aus winzigen, vergitterten Fenstern gereicht wurde, hatte Olga sich ihre Verwandtschaft nicht anders als in kläglichen Altkleidern vorstellen können. Und um niemanden zu beschämen, nur das Raue und Graue eingepackt. Nun sieht sie allmorgendlich in abgewetzten Jeans oder einem alten Baumwollrock und deprimierend einfarbigen T-Shirts zu, wie Salome ihre Spitzendessous anlegt, darüber leuchtend bunte Kleider, Ohrgehänge aus lackrotem Bakelit. Mit jedem Stück erglänzt sie mehr.

»Ich würde dich wirklich gern mitnehmen heute Abend«, sagt Salome, »aber das ist ein Empfang bei der deutschen Botschaft, da darf man nur mit Einladungsschreiben rein. Du weißt ja, wie die Deutschen sind – akkurat bis ins Letzte!« Sie zwinkert Olga zu, dann breitet sie das Kleid auf ihrem Bett aus und stöpselt ein Bügeleisen ein.

»Na ja«, sagt Olga vorsichtig, »so schlimm ist das gar nicht mit uns Deutschen.« Sie fühlt sich ein wenig irritiert – in welcher Eigenschaft hat die Kusine sie gerade angesprochen? Als Georgierin? »Ich fühle mich in Deutschland eigentlich ganz zu Hause«, sagt sie abweisend, bereut ihren Ton gleich wieder und setzt kühn hinzu: »Vielleicht ginge es dir ja genauso?« Sogleich nimmt der Gedanke in ihr Gestalt an, sie sieht sich mit Salome durch den Englischen Garten spazieren oder den Venusberg in Bonn hinauflaufen. Es wäre schön, sie als Freundin um sich zu haben – und Salome könnte all den Zwängen entkommen. Mit Fragen zu ihrem besorgniserregenden Familienstand wird sie hier ja genauso belästigt wie Olga.

»Klar, Deutschland ist ein tolles Land, ich liebe es!«

»Echt? Kannst du dir vorstellen, zu uns zu ziehen? Du könntest ganz sicher erst mal bei meinen Eltern wohnen …«

»Ach so, du meinst so richtig auswandern nach Deutschland?« Lachend schüttelt Salome den Kopf. »Nein, vielen Dank, aber … nein! Mein schönes Georgien verlassen? Niemals!« Ihre schwarzen Augen funkeln wie bei der alten Olga, ihrer beider Großmutter.

»Ach so«, sagt Olga enttäuscht, die davon ausgegangen ist, dass die aufgeklärte Kusine bei einem solchen Angebot lieber heute als morgen die Koffer packen würde. »Na dann. Immerhin würdest du bei uns nicht so schnell entführt werden«, erinnert sie sie.

»Ach, das.« Salome zupft an ihrem Kleid, das ausgebreitet auf dem Bett liegt. »Na, wie du siehst, bin ich ja heil entkommen.« Ihr Gesicht verfinstert sich leicht.

»Wir müssen nicht darüber reden, wenn du nicht magst.«

»Ach was, kein Problem! Es war so, dass die mich zu einer Hütte gebracht haben. Irgendwo auf dem Land. Dann wollten die anderen zwei gehen und mich mit dem Kerl allein lassen. Und ich …«, Salome nimmt das Bügeleisen, leckt sich den Zeigefinger und überprüft an der Metallplatte den Hitzegrad, »… ich hab gesagt, sie könnten ruhig dableiben, wenn er mich vergewaltigt, weil mein Vater sowieso gleich auftauchen und sie erschießen wird. Alle drei, piff-paff-puff. Dann habe ich mich hingesetzt, die Füße auf den Tisch gelegt und mir eine Zigarette angesteckt.« Sie fährt mit dem heißen Eisen ein paarmal über ihr Kleid, nimmt ein Stück Stoff in die Hand, betrachtet es, korrigiert eine eingebügelte Falte.

»Dein Vater hätte diese Männer – erschossen?«

»Ob er mich gleich gefunden hätte, weiß ich nicht, da habe ich geblufft. Aber erschossen hätte er die Typen ganz sicher. Ich bin doch sein Kind!« Salome zieht sich das Kleid über. Den Kopf noch unter dem Stoff, spricht sie mit gedämpfter Stimme weiter: »Außerdem ist mein Vater ein georgischer Mann und hat eine Waffe. Und dann gabs da noch die Geschichte mit … puh …«, sie hat den Kopf durch den Ausschnitt gezwängt, streicht sich die Haare glatt und blickt sich suchend um, »… mit meinem Urgroßonkel. Der war ganz früher mal mit einem Mädchen aus der Familie von diesem Typen verlobt. Später hat er sie sitzen lassen, wollte aber auch nicht erlauben, dass irgendjemand sonst sie bekommt. Da hat ihn die Familie von diesem Mädchen getötet. Und unsere Leute haben ihn nicht gerächt. Warum, weiß ich nicht, aber ich habe noch gehört, wie die Großmutter meinen Vater gefragt hat, warum keiner von uns einen von denen erschießen will.« Sie hat den Flakon auf ihrem Schminktisch erspäht und ergreift ihn. Graziös biegt sie ihr Handgelenk und sprüht Parfüm darauf. Fliederduft breitet sich im Zimmer aus. »Auf jeden Fall war allen klar, dass aus dieser Familie niemals einer bei uns einheiraten darf.«

Die ganze Zeit hat Olga nur stumm gelauscht. Sie weiß nicht, was sie zu diesem Gemenge aus Gewalt, Elternliebe und

Rachedurst sagen soll. Gibt es überhaupt etwas, das sich dazu sagen lässt?

Duftend, strahlend steht Salome an der Türschwelle und wirft ihr eine Kusshand zu. »Bis später, Süße. Wenn du willst, schauen wir uns morgen den Pirosmani zusammen an.«

Olga ist allein im Zimmer. Auf dem Bett liegt immer noch aufgeschlagen ihre Mappe mit dem Material zum Dritten Staatsexamen. Sie weiß, was sie im Herbst erwartet: vier Prüfer, einer davon aus einem zufällig ausgesuchten Fach. Sie wird Ergebnisse labortechnischer und apparativer Untersuchungen auswerten und ihre Schlussfolgerungen zu Diagnose und Therapie vorstellen müssen. Man wird ihre Anamnese- und Untersuchungstechnik begutachten und einen Fallbericht lesen, den sie unter Zeitdruck zu verfassen hat. Es gäbe ordentlich Stoff vorzubereiten, und endlich hätte sie Zeit und Ruhe zum Lernen, doch gerade jetzt platzt ihr fast der Kopf von all dem Gesehenen und Gehörten.

Gogi – bisher ist er ihr als starrsinniger Betonkopf erschienen. Dann hat er also doch auch eine andere Seite als fürsorglicher Vater? Ein Spruch der Großmutter fällt ihr ein: *Nicht gleich das ganze Haus anzünden wegen einer Laus.* Ist Gogis fanatischer Nationalstolz, sein dumpfer Hass auf ihm ganz unbekannte russische Menschen ein läusekleiner Mangel? Wiegt es schwerer, dass er seine Tochter aus einer Lage befreit hätte, in der andere Väter hierzulande sie ihrem Schicksal überlassen hätten?

Und Salome – wie kommt sie darauf, sie, Olga, als eine der ihren anzusehen? Georgier mögen lieb, nett und herzlich sein, aber sind sie nicht auch – die Erzählungen der Kusine haben es doch gerade bewiesen! – komplett irrationale Menschen, voll und ganz gefangen in ihrem augenblicklichen Gefühlszustand, unfähig, den Verstand über das Temperament walten zu lassen? All das ist sie, Olga, eben nicht! Sie ist rational, sie kann sich zügeln, wenn die Vernunft das gebietet. Wäre Jack jetzt hier, der könnte das übrigens bestätigen. Hat er nicht beim letzten Mal erst ihre kühle Art bedauert, sich darüber beschwert, dass so wenig Herz in ihrer Brust schlägt? Dass sie nicht einmal ein schlichtes *Ich mag dich* über die Lippen bringt? Was er wohl zu schießwütigen Vätern, zu einem Urgroßonkel sagen würde, der der Ex-Verlobten die Ehe mit einem anderen verbietet?

Immer noch hängt Salomes Fliederduft im Raum. Olga geht zum Fenster und öffnet es. Von draußen ist erstes Katzengekreisch zu hören, jede Nacht gibt es diese Wut- und Brunftschreie, wenn die Tiere kämpfen und sich paaren. Bei dem Lärm wird sie sich nicht auf ihren Lernstoff konzentrieren können, das ist klar. Ob sie ruhiger wird, wenn sie einer kleinen Versuchung nachgibt, nur einmal, nur ganz kurz?

Der Selbstbetrug aller Süchtigen, Olga weiß das. Sie holt ihr Handy heraus. Jacks Nummer ist eingespeichert. Und dann? Sie könnte ihm eine von Salomes irren Geschichten erzählen. Oder einfach nichts sagen, stattdessen das Telefon aus dem Fenster halten und ihn eine kaukasische Katzenhochzeit hören lassen. Soll sie? Nur damit ich mich besser aufs Lernen konzentrieren kann, sagt sie sich, klappt ihr Handy auf, nimmt die georgische SIM-Karte heraus und legt die deutsche ein. Ein Schnarren zeigt den Eingang einer SMS an. Noch eine, noch eine. Alle von Felix.

Wie geht es dir, Schatz?
Alles gut bei dir? Wie ist Georgien?
Hab gerade ein wenig Sehnsucht. Gute Nacht, Schatz!

Olga spürt, wie sich ihr Nacken versteift. Mit gestrecktem Arm legt sie das Telefon aufs Fensterbrett. Was tut sie da! Was hätte sie beinahe getan?! Sich mit einem Geister-Jack zu unterhalten, hat sie sich – in Ausnahmefällen! – gestattet. Aber den leibhaftigen Mann anzurufen, das geht gar nicht! Felix ist der, den sie anrufen sollte, nicht Jack! Dann fällt ihr ein, dass in Deutschland noch heller Tag ist, Felix in der Klinik sein wird und dort anderes zu tun hat, als zu telefonieren. Sie nimmt ihr Handy und tippt hastig ein, dass es ihr gut gehe, dass sie gleichfalls Sehnsucht spürt. *Georgien ist sehr interessant*, schreibt sie. *Ich geh schlafen. Gute Nacht, Schatz!*

Wieder dringt ein gellender Schrei durchs Fenster. Raus mit Jack aus dem Kopf, sagt sich Olga. Sofort! Sie nimmt ihr Handy, tauscht die SIM-Karten wieder aus. Dann schließt sie das Fenster, geht zurück zu ihrem Bett und schlägt endlich eins ihrer Bücher auf.

6. ZORNIGE MENSCHEN

DIE COUCH IM ZIMMER der Kusine gibt einen lang gezogenen Seufzer von sich, als Olga sich erheben will. Ein kleiner Schreck durchzuckt sie – hat sie der fiebrige Traum vorhin etwa auch so laut stöhnen lassen? Immerhin ist Salome nicht erwacht, zwei blasse Frauenarme und ein Schlangengewirr schwarzer Locken liegen ruhig ausgebreitet auf dem Kissen. Soll sie ruhig schlafen, sie ist erst um vier Uhr morgens nach Hause gekommen. Außerdem hat Olga sich für heute Vormittag einen Plan gemacht, für den sie unbedingt allein sein will.

Geräuschlos schlüpft sie in ihre Jeans und streift sich ein graues Shirt über. Gerade als sie die Tür öffnen will, schlägt Salome die Augen auf. »Olga?«

»Pscht, schlaf weiter. Ich geh raus.«

»Soll ich …?«

»Nein, nein, nein, schlaf weiter!«

Auf Zehenspitzen schleicht Olga über den Flur, vorbei an dem Zimmer, in dem ihre Eltern und die Großmutter einquartiert sind und sicher noch im Schlummer liegen. Vorbei an der nächsten Tür, hinter der Onkel Gogis herrisches Schnarchen zu hören ist, vorbei am großen Diwan im Flur, auf dem der Hausherr abends vor dem Fernsehapparat mehr liegt als sitzt, um sich von einer ganzen Staffel Polizeifilmserien mitreißen zu lassen. Vorbei an der großen Landkarte Georgiens, die neben dem Fernseher an der Wand hängt. Die *russisch besetzten Gebiete* Südossetien und Abchasien hat Gogi mit Filzstift rot schraffiert. Weiter an der gläsernen Flügeltür, hinter der Taisias Prachtmöbel schimmern. Vorbei mit erhöhter Wachsamkeit an der Kü-

147

che, aus der erste, zarte Rupfgeräusche zu hören sind – Taisia, die dabei ist, Dill und Koriander zu zerschneiden. Schon hat die Tante ihren Kopf in der Tür: »Olga, Liebe? Was ist?«

Olga legt den Zeigefinger an die Lippen. »Spazieren«, flüstert sie, dann ist sie draußen und die Treppen hinab, bevor Taisia ihr Begleitung anbieten oder ein hastig geröstetes Weißbrot überreichen kann.

Durch den Hinterhof, eine Treppe hinauf, durch eine Tag und Nacht offen stehende Tür hinein in das nächste Haus und durch einen dunklen Hausflur, auf der anderen Seite wieder hinaus und auf die Tschavtschavadse Avenue. Da läuft Olga den Gehweg entlang, wobei sie, klug geworden in Tiflis, auf die vielen tiefen Löcher im aufgeplatzten Asphalt achtet, den weißen SUV im Blick behält, der ihr in mörderischer Lautlosigkeit mitten auf dem Bürgersteig entgegenrollt, und dann doch noch erschrickt, als sie das von hinten an ihr vorbeiknatternde Motorrad fast an der Schulter gestreift hätte.

Sie überlegt, ob sie in einen der Minibusse klettern und die paar Stationen bis zum Parlamentsgebäude fahren soll. Salome hat ihr gezeigt, wie man im Bus Tickets löst, sie hat sogar schon erlebt, dass, während sie in ihrem Geldbeutel nach Larimünzen fischte, wildfremde Mitreisende ein Ticket für sie erstanden und es ihr strahlend überreichten. Sie kann Bus fahren, und die tief in ihr verwurzelte Sparsamkeit sagt ihr, dass sie damit sicher billiger wegkommt als mit einem Taxi – in dem noch nicht einmal sichergestellt ist, ob eine Verständigung mit dem Fahrer klappt. Von Taisia weiß sie, dass viele der Fahrer aus Armenien kommen und neben Armenisch auch Georgisch und Russisch sprechen. Aber eben nichts sonst, was sie verstehen könnte.

Dennoch streckt Olga jetzt den rechten Arm aus, worauf sich sofort ein Wagen aus der endlosen Autokette fädelt und am Straßenrand hält. Doch, sie will ein Taxi. Weil sich das so gehört für eine Touristin. Oder gibt es einen normalen mitteleuropäischen Menschen, der sich in dieser Stadt einfach so in einen Bus setzen würde?

Fragend schaut der lockenköpfige junge Fahrer sie an.

»*National Gallery*«, sagt Olga kühl und weltläufig und hofft, dass er wenigstens solche Namen auf Englisch versteht.

Augenblicklich drückt er aufs Gas, der Wagen schießt los. »*Where you from? America?*«, fragt er und fügt, unbeeindruckt von ihrem Schweigen, hinzu: »*Actually I'm no taxi driver. I have two diplomas from university, you know!*«

Sie antwortet wieder nicht, drückt sich in das abgewetzte Polster. Geschafft, denkt sie. Endlich hat sie all das hinter sich gelassen: die Verwandtschaft mit ihrem Kollektivismus, der Diktatur des Essens und all den unsäglichen Vorstellungen über Heiraten, Familienehre, gute und schlechte Frauen. Seit ein paar Minuten ist sie Olga aus Deutschland, eine für mitteleuropäische Verhältnisse noch junge Frau auf einer Urlaubsreise in einem merkwürdigen kleinen Land zwischen Europa und Asien. Wo sie tut, was man als Tourist eben macht: Sie sucht lokale Sehenswürdigkeiten auf. Mit einiger Mühe ruft sie sich Felix' Gesicht vor das innere Auge. Alles in Ordnung, Schatz, sagt sie lautlos. Ich bin dabei, mir ein paar Bilder anzusehen. Das wird ein toller Tag heute!

Das Taxi hält. Olga zahlt die geforderten fünf Lari (sicher überteuert, das ist nun mal das Schicksal von Touristen) und schreitet auf den von Säulen eingefassten Eingang des großen weißen Gebäudes zu. Den Kopf ein wenig geneigt, weil sie damit beschäftigt ist, den Geldbeutel wieder an seine Stelle in der Tasche zu stopfen (gibt es eigentlich Taschendiebe hier?), meint sie in dem Mann an der Straße gegenüber Jack gesehen zu haben. Das ist natürlich Blödsinn. Jack weilt in München. Sichere viertausend Kilometer entfernt von ihr.

TBILISI IST GENAU so, wie er es sich vorgestellt hat: voller Arkaden, Balkongitter und grüner Bäume an den Straßen. An jeder Ecke Blumenverkäufer mit Eimern, aus denen sich schwer und duftend dunkelrote Pfingstrosen neigen und Fliederzweige in allen Schattierungen von Lila und Blau. Und die Menschen, die Frauen! Es kommt Jack vor, als hätte ihm jemand das Tor zu einem Paradiesgarten aufgeschlossen – noch nie hat er in einer einzigen Stadt so viel Schönheit gesehen, so viele lange Beine, stolze Augen, so viele glatte, lange Mähnen. Schwarz wie Tinte, nur hie und da ein Blond oder Kupferrot. Und irgendwo, vielleicht ganz in seiner Nähe, geht auch Olga durch diese Stadt, vielleicht hat sie gerade vor einer Minute hier Blumen gekauft, vorhin etwa kam es ihm glatt so vor, als habe er sie aus einem Taxi steigen sehen. Kurzer Blick aufs Handy – immer noch keine Antwort von Fotis.

Auf den Straßen fühlt er sich sofort daheim. Überall ist Musik – junge Leute mit Jazzinstrumenten, ein Kerl mit einem langhalsigen Saiteninstrument, ein wunderbares altes Paar mit Akkordeon und Sax, die Frau trägt einen Strohhut, das Gesicht hat sie selbstbewusst mit starken Farben geschminkt. Hat Olga die auch schon gesehen? Ein paarmal lässt er Münzen in die aufgestellten Hüte fallen, auch bei den Bettlern, die nach Religionen verteilt mit ihren Kindern vor den Kirchen und Moscheen sitzen. Seit einer Weile folgt ihm ein herrenloser Hund, den er gestreichelt hat. Wenn er stehen bleibt und sich umdreht, verharrt auch der Hund, steht da, eine Pfote angehoben, und scheint ihn anzugrinsen; es ist ein schlanker, hübscher Kerl mit schwarzem, kurzem Fell und Kippohren, eines davon zur Hälfte weiß befellt.

Er versucht, die Sprachen einzuordnen, die er hört. Russisch ist darunter. Hie und da scheint etwas wie Türkisch zu klingen. Über das Georgische weiß er noch wenig, nur dass diese Sprache sich in kein einziges ihm bekanntes System einordnen lässt. Immerhin die Schrift hat er gelernt, im Flugzeug noch geübt mit Bleistift und Papier. Die Zeichen gefallen ihm, sie sehen aus wie locker aneinandergehäkelte Luftmaschen. Während er durch die Straßen geht, übt er das Lesen an Straßen- und Ladenschildern. Es ist ein mühseliger Prozess, fast wie damals, als er fünfjährig neben dem Bruder in der Wirtsstube saß und zusah, wie der Große stolz seine As und Ts ins Heft malte. ჰე – H-E, liest er stockend die Aufschrift auf einem Schaufenster, hinter dem sich Plüschtiere aneinanderkuscheln. Zeichen für Zeichen: ჰეპიდეი – H-E-P-I-D-E-I. Dann sieht er, was gleich daneben in lateinischer Schrift geschrieben steht: HAPPY DAY, und muss laut lachen. Über sich selbst und über den so frechen wie unschuldigen Umgang mit fremder Verschriftung. »Recht haben sie«, sagt er zu seinem vierbeinigen Begleiter, »wozu sich mit der englischen Orthografie plagen? Ist eh unlogisch!«

An der Rustaweli Metro betrachtet er den Kitsch, den sie unter den Arkaden anbieten. Püppchen im Trachtenkostüm gäbe es zu kaufen, Hirtenmützen aus Lammfell oder eindrucksvoll geschwungene Trinkhörner. Neben einer Kollektion Aschenbecher mit Fotoaufdruck entdeckt er ein paar kleinere Ölgemälde. Kopien von Pirosmani, er erkennt sie gleich. Heute Morgen hat er seinen ersten Kontaktversuch mit Fotis gestartet und sich, um Ruhe dafür zu haben, in die Nationalgalerie verdrückt. Nun kennt er die Originale. Die Giraffe ist natürlich unter den Kopien, aber noch besser gefällt ihm das Bild von den drei tafelnden Georgiern, wie sie sultanenhaft stolz und schwermütig zugleich mit ihren Schnurrbärten im Gras sitzen, Trinkhörner erhebend, an ihrer Seite ein fröhliches, weiß schäumendes Flüsschen.

Auch der Künstler trägt Bart. Er hat Jacks Interesse registriert, jetzt steht er neben ihm. *»You want this picture?«*

»Mhm.« Jack mimt den Unentschlossenen. *»How much?«*

»*How much you pay?*«

Vierzig Euro, denkt er. Mehr geht einfach nicht. »*Sixty Lari*«, sagt er, mit der Hälfte beginnend.

Sofort dreht sich der Künstler beleidigt um.

»*Okay. One hundred Lari.*« Jack zieht seinen Geldbeutel.

Der Maler ist immer noch entrüstet. »*They all are my children!*«, sagt er mit drohender Stimme und weist auf die ausgestellten Bilder auf den Treppenstufen der Arkaden.

»Okay.« Jack steckt seinen Geldbeutel wieder weg und wendet sich gleichfalls ab. Nach ein paar Schritten kommt er zurück, zieht Scheine aus seinem Portemonnaie, zusammen sind es hundertzwanzig Lari, etwa vierzig Euro. »*My friend*«, sagt er langsam, »*you are an artist. I like your pictures. I want to give you this. As a present.*« Er hält ihm die Geldscheine hin.

Der andere steht ruhig da, dann steckt er das Geld ein, nimmt das Bild und überreicht es Jack. »*This is my present for you.*« Sie nicken sich zu, schütteln sich die Hände – zwei Könige, die ihre gegenseitige Größe erkannt haben.

Die Händler haben die Szene beobachtet, jetzt tritt einer an Jack heran und weist auf seine Trinkhörner. »*Wine? Drink Wine? Georgian Wine! Very good!*« Er schnalzt mit der Zunge.

»*No, thank you*«, sagt Jack. »*Thank you very much.*«

Wein scheint in dieser Stadt ein Dauerthema zu sein. Ein Freund des Wirts in seiner Herberge, ein Deutscher, der sich in Tiflis niedergelassen hat, hat gestern Abend schon davon gesprochen. Von der Einzigartigkeit des georgischen Weins. Von den Besonderheiten der Sonneneinstrahlung und des Bodens. Von den sorglosen alten Tagen für die georgischen Weinbauern, als sie noch Jahr für Jahr nach Moskau geliefert hätten, von wo aus das ganze Sowjetreich mit Wein versorgt worden sei. Sogar nach dessen Zusammenbruch ging das weiter mit den Russen, die an den alten Gepflogenheiten festhielten und sowieso alles tranken, sobald nur genügend Alkohol drin war. Umso größer der Schock, als Russland plötzlich einen Boykott auf alle georgischen Waren ausrief. Und sich gleichzeitig der europäische Markt, auf den man voll Optimismus vorstoßen wollte, wie eine zickige Geliebte benahm. Nichts war denen gut genug: Quevri-Weine? Nein danke. Der schwere Kindzmarauli – in alten Tagen Stalins Lieblingswein –, viel zu süß. Andere Trauben wieder zu sauer. Und wenn der europäischen Zunge einmal ein Wein geschmeckt hatte, dann erwartete die Kundschaft bei der nächsten Lieferung denselben Geschmack wie bei der letzten. Dazu EU-Bestimmungen, die von Wein-Qualitätskontrollen bis zur Buchstabengröße bei der Banderolenbeschriftung reichten. Die georgischen Bauern verstanden die Welt nicht mehr. Zeit ihres Lebens hatten sie ihren Wein gekeltert wie vor ihnen der Vater und der Großvater, auf Gottes Segen vertraut, und jetzt blieb der auf einmal aus? Doch, doch, natürlich sei auf diese Lage schon reagiert worden: Weinberater, Önologen und Weinhändler aus Europa gäben sich inzwischen in Tiflis ein Stelldichein, viele Glücksritter darunter, aber auch seriöse Leute, sogar solche, die sich seither dauerhaft in Georgien niedergelassen, Weinberge gekauft oder gepachtet oder Weinhandlungen eröffnet hätten. »Der Boden in diesem Land ist von Gott gesegnet«, schloss der Experte seine Rede, »anders kann man es nicht sagen.«

Wahrscheinlich könnte man es durchaus anders sagen, indem man zum Beispiel Bodendurchlüftung, Stickstoffwerte oder Wassersättigung ins Spiel brachte. Dennoch hatte Jack bei den letzten Stichworten aufgehorcht. *Weinhandel, niedergelassen, Glücksritter*, jedes dieser Worte triggerte einen eigenen Nerv bei ihm, er wusste, er würde all das, was ihm jetzt dazu im Kopf aufblitzte – der Wein-Pauli in München, die unschlagbar billigen Lebenshaltungskosten in Georgien, sein eigener Glaube ans Glück –, in den nächsten Tagen gründlich durchdenken.

An der Oper angelangt, beugt er sich hinab, krault dem

Hund das Kinn – so viel Abschied ist er ihm schuldig – und hält ein Taxi an. »*Vake Park. Five Lari?*«

»*Ten.*«

»*Five!*«

»*Okay. America?*«, fragt der junge Fahrer und legt den Gang ein.

»*Germany.*«

»*Germany – good!*« Der Fahrer hebt anerkennend den Daumen. »*You know, I was not always a taxi driver. I have two diplomas from university.*«

»*Congrats!*«, antwortet Jack und hebt seinerseits einen Daumen. »*I have just one.*« Interessant: In Georgien braucht es also schon zwei Unidiplome zum Dasein eines Tagelöhners, also dem, was er selbst darstellt – zumindest in den Augen der Frau, der er gerade buchstäblich hinterherfliegt. Sie hat natürlich recht mit ihrer Einschätzung, wahrscheinlich auch damit, dass die Gunst ihrer Eltern sich verflüchtigen würde, sollte ihnen seine wahre Identität als Gelegenheitsarbeiter offenbar werden. Wie er diesen Status ändern soll, weiß er nicht. Tatsache ist, dass er den berühmten geregelten Lebensweg ja selbst nie beschreiten wollte. Spätestens, als er sein Diplom zum Agrarwirt in Händen hielt, war ihm das klar geworden. Oder hätte er etwa die Angebote des Arbeitsamts annehmen und Handelsvertreter für einen Chemiekonzern oder die BayWa werden sollen? Den Bauern die üblichen Pestizide und Düngemittel aufschwatzen und die Vermaisung der Landwirtschaft weitertreiben, um sich am Ende wie alle anderen Verbrecher unschuldig-ratlos über die klinisch toten Böden und eingegangenen Insektenvölker zu wundern? Bei seinem zweiten Anlauf an der Uni war zumindest von Anfang an klar gewesen, dass sich mit alten Schriften und Theorien zum Gebrauch der Vernunft kein größerer Schaden anrichten ließ, und so studierte er drauflos in herrlich absichtsvoller Ziellosigkeit. Was hätte ihm auch schon ein Abschluss in Philosophie, Linguistik oder Turkologie gebracht? Richtig: ein Dasein als Taxifahrer, welcome Realität, welcome georgischer Klassenbruder. Gewiss, es hätte Alternativen gegeben zur azurfarbenen Welt der Geisteswissenschaften. Da muss er sich ja nur den eigenen Vater mit seiner Kneipe und angeschlossener Fischräucherei ansehen. Das war mal bodenständig! Verlassen wurde der Mann dann genau deswegen: Schnapsausschank und Räucherkammer, fettiger Schurz und üble Gerüche. Manche Frauen haben es halt lieber luftig, da stört dann wieder die Bodenhaftung.

Das große Gebäude da vorn müsste die Ilia-Universität sein, sein Treffpunkt mit dem georgischen Germanisten Tornike Futuridze. Er ist Dichter, also noch einer von dieser Sorte – Tagelöhner aller Länder und so weiter.

IN DER NATIONALGALERIE scheint es außer Olga keine Besucher zu geben. In dem einzigen großen Saal im Erdgeschoss sitzt strickend auf einem Stuhl eine ältere Frau mit fuchsrot gefärbtem Haar. Sie sendet ihr einen gleichgültigen Blick, dann widmet sie sich wieder ihrer Handarbeit. Nach dem Lärm auf der Straße wirkt die Stille hier drinnen, als wäre eine Zellentür zugeschlagen worden.

Ein einziger Saal nur für den Maler, den Salome genannt hat, und nur zwölf Bilder an den Wänden. Olga schreitet sie ab mit der Hingabe einer Novizin. Sie sieht drei schnauzbärtige Männer im Gras, auf dem Boden vor sich ein Tuch mit Köstlichkeiten. Einen Tataren im Fellmantel mit seinem Kamel. Eine Amme, an deren Brust ein Säugling hängt. Eine Frau in gestreiftem Rock. Einen Hasen, der ergeben verblutet, während ein Adler seine Klauen in ihn krallt. Eine Giraffe mit todernsten Augen. Was davon wäre erzählenswert für die kunstsinnige Gerda oder Gisela oder Gertrude van Saan?

Am Eingang liegen laminierte Informationsblätter in eng-

lischer Sprache. Hoffnungsfroh liest Olga sich durch die spärlichen Informationen. Niko Pirosmani, ein so genannter Nai-
ver Künstler. Geboren auf dem Land, gelebt und gestorben in
der Stadt. Autodidakt. Gescheitert in seriösen Berufen. Einmal
fürs ganze Leben verliebt in die Tänzerin Margerita. Zuletzt
ein Streuner ohne Obdach. Je weiter sie liest, desto mehr drängen sich die Parallelen zu einem gewissen Cartoon-Kritzler
aus München auf. Waise war Pirosmani (wie Jack Jennerwein),
begabt, Sprecher mehrerer Sprachen (wie Jack Jennerwein),
zu spät entdeckt in einem Kellerverschlag, drei Tage, bevor er
starb. Todesursache Unterernährung und Leberversagen (trinkt
Jack eigentlich? Das Rauchen scheint er ja aufgegeben zu haben). Ein zweites Mal entdeckt 1972 als großer Künstler. Da
war er schon vierundfünfzig Jahre tot. Siehst du, sagt Olga lautlos: So ergeht es nämlich den charmanten Taugenichtsen dieser
Welt – und möchte sich gleich darauf am liebsten selbst ohr-
feigen. Ich besuche ein Museum, beginnt sie von neuem und
ruft wieder Felix auf den Plan. Ich sehe mir einen georgischen
Künstler an. Vielleicht wäre der auch interessant für deine …
äh … alte Dame?

Zum zweiten Mal geht sie die Bilder ab. Die Frau in dem
seltsamen Rock könnte die Tänzerin Margerita sein. Was zum
Teufel ist erzählenswert an alldem? Wie lautet die Botschaft?

Dass von Künstlern gestaltete Porträts stets etwas zu sagen
haben, erklärt ihr ein imaginierter Mann mit schmalem Gesicht und Nickelbrille. Sie schüttelt heftig den Kopf, um die
Erscheinung zu vertreiben, da kehrt auch noch der Traum von
heute Nacht zurück, in dem – ja, genau – derselbe Mann es
war, der sie in den Armen hielt, und so plastisch, so voller Bartstoppeln und festem Fleisch hat es sich angefühlt, dass sie in der
Dunkelheit davon erwacht ist, verschwitzt und ein Kissen an
sich pressend, während draußen im Hof die Katzen jaulten und
kreischten. Verschwinde!, sagt sie wütend. Das ist hier etwas

Ernsthaftes, und um meine Zukunft geht es auch noch, stell dir vor!

Die Fata Morgana hat sich aufgelöst, Olga ist wieder allein mit der stumpfsinnig strickenden Aufseherin. Jacks Satz aber ist geblieben, und vielleicht passiert es deswegen, dass sie nun, da sie die Runde ein drittes Mal abgeht, auf einmal doch etwas sieht, was sie vorher nicht wahrgenommen hat: All diese Menschen und Tiere schauen sie an. Seltsam starr, sehr still und ganz ohne Scheu. Eine Art schwarzes Licht umgibt sie, es fließt durch den fast transparenten Rock der Margerita, über den haarigen Mantel des Kamelführers, über das gepunktete Fell der Giraffe; alles und alle erscheinen gleichzeitig magisch und vollkommen real. Sogar bekannt kommen sie ihr vor. Als würde sie hier in Tiflis Tag für Tag in ebensolche Gesichter sehen. Mit solch weit auseinanderstehenden Augen, langen Nasen, starken schwarzen Brauenbögen. Einen Moment lang wäre sie am liebsten selbst diese Amme oder der Kamelführer. Wer so naiv und farbenstrahlend durchs Leben gehen könnte, so selbstsicher Wickelkinder säugend und Kamele hütend!

Blödsinn, erklärt Olga sich selbst und erinnert sich daran, dass sie es nicht nötig hat, neidisch zu sein, weil sie jung und nicht wirklich hässlich ist, weil sie studieren darf, demnächst einen geachteten und einträglichen Beruf ausüben wird, in einem privilegierten Land, in das viele Menschen vergeblich auszuwandern wünschen. Demnächst wird sie sogar mit einer gepflegten Dame in Kiel Tee trinken und über Kunst parlieren. Ist das nichts? Es ist genau das, was sie sich immer gewünscht hat!

NACH DER KONTEMPLATIVEN STILLE im Museum wirken das Sonnenlicht und die vielen Menschen draußen wie ein Schock. Als Olga die Rustaweli Avenue hinunterschaut, muss sie blinzeln. Einen Moment lang steht sie still, versunken in die Betrachtung der Passanten. Es stimmt. Das sind sie wirklich, wie auf Pirosmanis Bildern, die schwarzbärtigen Männer mit ihren birnenförmigen Nasen, die Frauen mit dem langen, glatten Haar. Gleich darauf erschrickt sie, als sie merkt, dass jemand sie anspricht: »*Excuse me! Can you help us?*«

Touristen, erkennbar Mitteleuropäer, zwei Männer, eine Frau mit einem Stadtplan. »*We are looking for this restaurant.*« Der Mann, ein kräftiger, fröhlicher Blondschopf, weist auf ein schmales Reklamefoto auf seinem Plan.

»*Sofia Melniqova's Fantastic Douqani*«, liest Olga und hebt die Achseln. »*Sorry, I am a tourist as well.*«

Die Aussprache, der Stadtplan oder vielleicht die Sport-schuhe legen das nahe: »Aus Deutschland?«, fragt Olga.

»Ach! Sie sprechen Deutsch?«

»Ich *bin* Deutsche!« So viel Entrüstung wollte sie gar nicht in ihre drei Worte legen, aber der Mann entschuldigt sich sofort und lächelt wie die beiden anderen. So entspannt, wie man als gut gekleideter Mitteleuropäer in einem sonnigen Urlaubsland nur lächeln kann.

Nun, deutsche Touristin ist Olga ja in eben dem Moment erklärtermaßen auch, also lächelt sie gleichfalls, während sie sich über den Plan beugt. »Liegt das nicht ganz hier in der Nähe?«

Die Kneipe ist tatsächlich nur ein paar Schritte entfernt, bloß weil die Baustelle, die es zu überqueren gilt, nicht im Plan eingezeichnet ist, dauert es zehn statt fünf Minuten. Aber was schadet ein wenig Verzögerung, wenn man Urlaub hat, ein neues Land entdeckt und gleich nebenbei noch so charmante Bekanntschaften macht? Alle sehen das so: Erik und Britta aus Berlin, Till aus Bremerhaven und Olga natürlich auch. Erik und Britta sind IT-Leute bei einem großen deutschen Fernsehsen-der, Till »macht was mit Werbung«. Und Olga, die Medizinerin aus München. Gemeinsamer Lunch? Na, gern doch!

Das Douqani hat einen kleinen Gastraum voller Tischchen, Spiegel und Bilder. Draußen sitzt man unter einer Pergola, an

der Wein und Rosen ranken. Am Eingang glotzt ein junger
Kerl – der Kellner wohl – in sein Handy, eine Katze räkelt sich
vor ihm auf dem Tisch. Während man einen Platz im Freien
wählt, erfährt Olga, dass alle drei zum ersten Mal in Georgien
sind, dass ihnen das Land »nicht schlecht« gefällt, nur der Ausflug an den Kaz'begi war ein Reinfall, da man Ski fahren wollte
und dann dummerweise nicht genug vom Schnee da war.

»Selber schuld«, erklärt Erik, »wir hätten uns einfach mehr
Zeit nehmen und noch weiter rumfahren sollen.«

»Außerdem nehmen wir das nächste Mal einen richtigen
Fahrer«, fügt Britta an. Als sie Olgas fragenden Blick sieht, erläutert sie: »Die *Chauffeure* da« – mit den Fingern malt sie An-
führungszeichen in die Luft – »hatten jetzt nicht gerade Autos,
mit denen man auf so'n Berg raufsollte. Unsere Skier wollten
sie auch nicht aufladen. Also, das war dann schon Stress, ganz
ehrlich.«

»Wieso wollten sie keine Skier aufladen?«, fragt Olga. Unausgesprochen gibt sie Britta jetzt schon recht, sie weiß von
Salome, dass die wenigsten »Taxifahrer« in diesem Land eine
Lizenz oder Ausbildung haben. Wer immer ein Auto besitzt,
nimmt es halt als Geschäftsgrundlage.

»Weil sie alle Prinzesschen sind!« Mit einem ironischen kleinen Lächeln hebt Britta beide Hände und lässt sie wieder fallen.

»Und?«, fragt Till und sieht sich in dem Gartenlokal um.
»Wie findet ihr den Schuppen hier? Wäre das was Passendes?«

Passend für ein Event, wird Olga mitgeteilt, die nun erfährt, dass die kleine Gruppe in bestimmter Mission unterwegs
ist: Tills dreißigstem Geburtstag. Jede Menge Freunde werden
erwartet, die dann aus allen Teilen Deutschlands eingeflogen
kommen – Georgiens Hauptstadt ist hip geworden, da können
Prag oder Amsterdam nicht mehr mithalten!

»Ich finds süß«, sagt Britta, »seht mal die alte Bank da! Und
den Spiegel! Alles Vintage, oder?«

»So nen Spiegel habe ich letztes Jahr selbst gebaut«, sagt Till, »Rahmen schneiden, Goldlack drauf, ist nicht schwer.«

»Echt?« Bewundernd betrachtet Britta Till. »Gibt es eigentlich irgendwas, was du nicht kannst?«

Estragon-Limonade wird bestellt, Jonjoli-Salat (»Was isn das?« – »Weiß ich auch nicht, ich mag Überraschungen!«) und ein Dutzend der – Olga wohlbekannten – Khinkali, und während die Unterhaltung dahinläuft, denkt Olga, dass diese Begegnung das Beste ist, was ihr jetzt passieren konnte – die lockeren Witzchen, das unbekümmerte europäische Selbstbewusstsein, die aufblitzende Ironie wirken bekömmlich wie ein Magenbitter auf die lächellos stolzen Mienen von Pirosmanis Modellen und Onkel Gogis komplett humorfreien Patriotismus. Von Dankbarkeit durchdrungen beschließt sie, sich mit spielverderberischen Diäten zurückzuhalten.

Abgestiegen sind die drei in einer Pension ganz in der Nähe, die – man höre! – von einem Deutschen betrieben wird. Sogar deutsches Essen gibt es dort, und »sauber ist es wirklich«, nickt Britta. »Klischees wollen wir ja nicht bedienen«, setzt Erik freundlich hinzu, und Britta streckt ihm die Zunge heraus.

Globetrotter unterwegs tauschen sich aus, ganz unerwartet kommt die Frage nach Olgas Unterkunft also nicht. »Airbnb«, sagt sie betont forsch, und kämpft den Gewissenswurm nieder, der sie gerade wegen Verwandtschaftsverrats zwicken will.

»Ach? So richtig mit Anschluss und Babuschka im Nebenzimmer? Und das ist okay für dich?«

»Total okay«, versichert Olga, »es sind alle nett da.«

»Hey, das könnten wir nächstes Mal doch auch machen!«, sagt Britta zu dem zweifelnd blickenden Erik. »Mit so was ist man doch irgendwie viel mehr *drin* in so einem Land!«

Die Khinkali werden serviert. Olga ergreift eine Teigtasche an der gezwirbelten Spitze, dem *Nabel*, so wie es alle in ihrer Familie machen, um dann vorsichtig ein Stückchen abzubeißen und den Saft zu schlürfen. Als sie sieht, wie Erik seine Nudel mit dem Messer mitten durchschneidet, gibt es ihr einen Stich. Die Sauce! Wenn Taisia oder Mutter ihre Nudeln in das siedende Wasser lassen, tun sie es schweigend, damit *die Khinkali nicht erschrecken.* Damit – umhüllt von einem durch nichts verstörten Teig – das Fleisch sich in Ruhe vermählen kann mit Dill, Koriander, Knoblauch, Kümmel, rotem Pfeffer und Salz, bis der köstliche Saft entsteht, nach dem alle am Tisch, vom Erstklässler Sandro bis zu Olgas siebzigjähriger Großmutter, lechzen. Beim Anschneiden mit dem Messer geht der Saft verloren. Sollte sie Eric warnen? Aber ihr Widerwille gegen das Belehren erfasst sie ebenso wie eine unbändige Lust zuzubeißen, und gerade in dem Moment, wo sie es tut, tritt eine junge Frau von hinten an Till heran, hält ihm die Augen zu und bedeutet allen am Tisch mit lustigem Blick, sie bloß nicht zu verraten. Überrascht lässt Olga ihr Khinkali sinken, an der angebissenen Stelle tropft Saft heraus, auf ihrem Teller bildet sich eine blasse, grün-rot gesprenkelte Pfütze.

Till hat die beiden schlanken Handgelenke gefasst und sich die Hände vom Gesicht gezogen. Lächelnd besieht er die Innenflächen und drückt einen Kuss in jede. »Wer immer du bist, schöne Maid!«

Britta explodiert in einem Begeisterungsanfall. »Hast du uns doch noch gefunden, super, hätt ich jetzt gar nicht mehr mit gerechnet, ganz ehrlich!«

Alle lachen, auch die hinzugekommene junge Frau, eine strahlend junge Blondine mit Locken, die ihr wie frisch gehobelte Holzspäne auf die Schultern fallen. Madeleine heißt sie, man kennt sich aus der Pension, die eine Art Drehscheibe für die Jeunesse dorée aus Europa zu sein scheint. Sie späht auf ihre Armbanduhr. »Lang kann ich nicht, ich hab noch ein Date. Mit einem georgischen Dichter.« Für das letzte Wort hat sie ihre Stimme leicht gesenkt, anmutig flattern ihre Lider.

»Ein Dichter!« Britta ist beeindruckt.

Till bestellt Wein für alle und bekräftigt, dass seine Einladung für die Geburtstagsparty selbstverständlich für alle am Tisch gelte. Er winkt dem Kellner. Der Rotwein ist zu kalt.

»Den Wein richtig zu temperieren kriegen die hier irgendwie nicht hin«, sagt er nachsichtig.

»Und das ist etwas, was ich nicht verstehe«, erklärt Britta, »jetzt mal ganz ehrlich: Sind die nun ein Weinland oder nicht?«

»So richtig ausgeschlafen wirken sie insgesamt nicht. Ich winke hier schon bis zur Schulterlähmung, und der Kerl sieht nicht mal herüber.«

»Garçon!«, ruft Erik laut. »In Frankreich reagieren da alle drauf«, erläutert er zwinkernd.

»Kulturimperialist!«, sagt Britta mit strafendem Blick. »Wir sind hier nicht in Frankreich. Was reden die überhaupt in diesem Land? Irgendwie Russisch, oder? Jemand am Tisch, der Russisch spricht?«

»Dawai-dawai!«, sagt Till müde, Britta schüttelt bewundernd den Kopf: »Sag bloß, du kannst auch noch Russisch!«

Wenn Onkel Gogi das hören würde, denkt Olga amüsiert, der würde wahrscheinlich einen Herzanfall bekommen. Sie hat keine Ahnung, zu welcher Sprachgruppe Georgisch gehört, aber letztlich ist ihr diese Frage, wie allen am Tisch, herzlich egal.

»Wer weiß schon, ob die hier überhaupt eine Sprache haben«, bemerkt Till abschließend, »mir kommt es mehr wie eine Halskrankheit vor. Liegt vielleicht daran, dass sie ihre Rotweine zu kalt trinken.«

»Der Typ da drüben jedenfalls ist echt ne Nummer!«, bestätigt Erik. »Meint ihr, der hätte ein Mal hergeschaut? Echt, mich nervt das. Weil mich solche Trödler Lebenszeit kosten!«

»Dafür sieht er phänomenal aus«, erklärt Madeleine, greift nach dem letzten Khinkali und beißt hinein. »Findet ihr nicht? Der hat doch Augen wie ein junger Gott!«

»Der schläfrige Kerl da – ein Gott?« Erik ist belustigt.

»Aber ja! Doch!« Britta steht ihrer neuen Freundin bei. »Die Art, wie er den Kopf aufstützt und in die Ferne schaut. Nicht, dass ich irgendwas von so einem wollte, aber, ganz ehrlich, der hat was. Irgendwas … Sanftes.«

»Man nennt es *die stille Würde der Beschränktheit*«, erklärt Till mit leichtem Zucken der Mundwinkel. Als Britta und Madeleine in Lachen ausbrechen, hebt er entschuldigend die Schultern. »Ich weiß gar nicht mehr, wo ich das gelesen habe. Thomas Mann? Jedenfalls ewig her, vor meinem Dasein als Werbefuzzi.« Er hebt den Kopf und blickt einem großen, braunen Schmetterling hinterher, der sich auf einer Rosenblüte niederlässt, und Olga spürt, wie der leise Widerwille, der sich seit der Rede von der *Halskrankheit* in ihr regte, dabei ist, sich zu grundsätzlicher Antipathie auszuwachsen. Einen Moment lang überlegt sie, ob sie ihre Lüge mit dem Airbnb zurücknehmen soll. Wie fiele wohl die Reaktion aus, wenn sie sich als Spross von Menschen outete, die einem die Lebenszeit verkürzen und Weine falsch temperieren?

Aber Georgien und seine Bewohner haben bereits einen Anwalt gefunden. »Ich finde schon, dass es hier tolle Leute gibt«, beharrt Madeleine. Mit einem Anflug von Bockigkeit schiebt sie ihr kleines, eckiges Kinn vor. »Die Frauen hier auf den Straßen – bei denen ist alles tipptopp, von der Frisur bis zur Ferse. Kann ich noch was von dem Wein?«

»Was zwischen Ferse und Frisur steckt, fand ich bei Frauen eigentlich immer interessanter«, kontert Erik. Während er Madeleine einschenkt, kassiert er von Britta eine weitere herausgestreckte Zunge und legt rasch nach: »Ich spreche natürlich von den inneren Werten.«

Einen Moment lang wirkt die Heiterkeit am Tisch angestrengt, dann sorgt Till wieder für gute Stimmung. »Und? Soll ich den Schuppen jetzt mieten? Was sagt ihr?«

»Mit dieser Träne von Kellner?«, gibt Erik zu bedenken.

»Oder doch besser dieses *Tartine?* Ist halt französisch …«

»Kennt ihr das *Purpur?*«, erkundigt sich Madeleine. »Da war ich gestern. Blümchentapeten, jeder Tisch ein anderer Stil, überall Vasen voller Flieder, sogar auf der Toilette. Und so nen alten Pianisten haben sie auch, der sitzt da am Klavier – mit Hut! – und spielt *As time goes by.* Mega, echt!«

Till winkt noch einmal dem Kellner, der nun doch erwacht ist und herbeigeschlurft kommt. Es gibt ein kleines Hin und Her, weil er seine Rechnung schon fertig hat, und zwar als eine Summe für alle. »Wieso steht da *salad?* Ich hatte nur eins von diesen komischen Kinkerlitzchen!«, beschwert sich Britta, erntet Zustimmung von Madeleine und den Männern, und dann dauert es noch mal eine Weile, bis Erik dem verdatterten Kellner klargemacht hat, dass separates Zahlen gewünscht wird.

»Der Allerschnellste ist er wirklich nicht«, kommentiert Erik freundlich die Mühen des jungen Mannes, der nun auf seinem Zettel handschriftlich Ziffer für Ziffer korrigiert.

Diesmal streckt Britta keine Zunge heraus, sondern springt ihm bei. »Ich finde schon, dass man einen gewissen Standard verlangen kann. In der Hauptstadt! Oder? Was sagst du, Olga?«

Hat sie gerade ihr Gesicht verzogen? »Ja, kann man«, sagt sie mit kalter Stimme. Nein, sie wird diesen Leuten nichts über sich und ihre Familie erzählen – wozu?

»*Purpur*«, sagt Till. »Dann, ihr Lieben, lasst uns da doch noch vorbeischauen. In zwei Tagen findet das große Ereignis statt, höchste Zeit also für die letzten Beschlüsse. Du kommst doch noch mit, Frau Doktor Olga?«

»Tut mir leid«, lügt sie, diesmal ohne jeden Gewissensbiss, »aber ich bin schon verabredet.«

Eine Art Trauergesang erhebt sich, man will sie überreden mitzukommen, unbedingt braucht man ihre Meinung zu den diversen Edellokalen der Stadt, aber wenn es heute partout nicht geht, dann muss sie auf jeden Fall in zwei Tagen zu Tills Sause (»Es wird bacchantisch!«) kommen, man tauscht Telefonnummern aus, Olga nennt ihre deutsche Nummer (die hier meist stillgelegt ist, nur ein Mal am Tag legt sie die deutsche Karte ein, um Felix' SMS zu empfangen) und verspricht, sich alsbald auf sämtliche Messages hin zu melden.

An der Rustaweli Metro bei den Bushaltestellen trennen sich endgültig die Wege. Es gibt Armgefuchtel und Gedrücke. »Echt jetzt!«, sagt Britta, die ihr zum Abschied um den Hals fällt und vom Wein und den freundschaftlichen Gefühlen feuchte Augen bekommen hat. »Ganz ehrlich.« – »Hömma!«, sagt Madeleine, »lass uns noch mal solche Kinkerlitzchen zusammen essen, okay?« Die Männer begnügen sich mit einem Handschlag.

Dann trabt die Truppe davon zur Metro, während Olga, ohne weiter nachzudenken, den Bus zum Freiheitsplatz nimmt, verstört darüber, dass ihr nicht einmal im Nachhinein einfällt, wie sie diesen aufgeblasenen Wohlstandskindern den Kopf hätte waschen können. Je mehr sie nach einem Wort gegen die Ansprüche solcher Leute sucht, desto unsicherer wird sie. Richtig gemein war ja keiner, und ist es etwa nicht legitim, wenn man für sein Geld perfekte Ware wünscht, die Skier auf dem Taxidach, optimale Schneeverhältnisse, den perfekt trainierten Kellner? Schon wieder steht Jack ihr vor den Augen. Eine Sekunde lang, mit seiner Nickelbrille, dem listigen Blick. Damals im Zug – hatte er da nicht irgendetwas zu Selbstoptimierung gesagt?

Der Bus hält. Olga zwängt sich durch die gedrängt stehenden Passagiere und läuft weiter durch die Altstadt, überholt Menschen, die alle langsamer gehen als sie. Frauen mit frisch geföhntem Haar, mit Einkaufstüten, aus denen Frühlingszwiebeln ragen, Porree, Selleriestangen. Sie will noch nicht gleich zurück in die Lermontowstraße, setzt sich auf eine der Bänke unterhalb des heiligen Georg und genießt die Sonnenwärme auf dem Gesicht. In einem Eingang schräg gegenüber liegt reg-

los ein Hund und kühlt sich den Bauch auf dem Stein. Mittagsstunde. Der Puls der Stadt ist träger geworden.

ER IST KAUM aus dem Taxi gestiegen, da sieht er sie. Auf der
obersten Treppenstufe hinauf zur Ilia-Universität sitzt im Sonnenlicht mit glatten, langen Beinen seine Auftraggeberin, Medi
Malchus, und blinzelt ihm entgegen. »Alles gut bei dir?«

»Passt. Bei dir?«

»Ich hab eine Einladung für uns ergattert, von den Typen
aus unserem Quartier – im teuersten Lokal der Stadt. Was sagst
du jetzt?«

»Dass ich vor Glück außer mir bin. Hast du wirklich *teuerstes
Lokal der Stadt* gesagt?«

»Hä? Wieso nicht? Sag bloß, dir wäre irgendein bescheuerter
Fast-Food-Schuppen lieber!« Sie stülpt ihre Unterlippe vor.

Nun ja, woher soll sie Bescheid über seinen Geschmack wissen, sagt sich Jack. »Das werden schöne Schnösel sein, die so
was brauchen. Ist schon gut, nun sei nicht gleich böse!«

Er zieht sie am Ohr, sogleich quiekt Medi entzückt auf. »Es
sind Schnösel. Aber interessante. So, und jetzt bin ich ja mal
heftig gespannt auf … oh, guck mal da!« Sie deutet auf drei Verbotsschilder an der Eingangstür der Universität und lacht laut.
»Messer in der Uni verboten? Revolver auch? Warum hab ich
in diesem Land dauernd das Gefühl, dass ich in einem Comic
gelandet bin? Ist doch voll der Asterix hier, oder?«

»Mhm«, murmelt Jack abwesend. Gerade hat er auf seinem
Smartphone gesehen, dass eine Mail von Fotis eingegangen ist.

Lermontowstraße 13, schreibt er. *In der Altstadt, beim »Freiheitsplatz«. Telefonieren ist sinnlos, auf die georgischen Nummern kommt
dein Anruf nicht durch. Geh einfach hin, die werden sich alle freuen.
Grüß sie von mir, ich genieße hier mein super Leben ohne Aufsicht –
also, das Letzte sagst du natürlich nicht! Tschau, Fotis.*

»Und? Gehen wir zusammen hin?«

»Was?« Entgeistert schaut er Medi an.

»Zu diesem Geburtstagsdingens. Jetzt komm schon! Die wollen sogar eine Band einfliegen lassen, das wird mega! Und wenn dir die Leute zu schnöselig sind, dann schlägst du halt einen davon nieder. Du kennst mein Motto?«

»Dem Tod ins Auge sehen.« Jack nickt ergeben. »Von mir aus, wenn dein Herz so daran hängt.« Schließlich ist es ihre Reise, denkt er. Zumindest offiziell, und leider auch, was die Finanzen betrifft.

»Setzen wir uns?« Strahlend vor Zufriedenheit steuert sie eines der Plastiktischchen an, die auf der Balustrade des Universitätscafés stehen. »Hömma«, sagt sie, »interessanter als wir kann man eigentlich nicht verreisen, findest du nicht? Und wir beide, wir sind schon ein ganz spezielles Team!« Sie lächelt spöttisch. »Kein Nullachtfünfzehn.« Dann senkt sie ihre Schnute in den Cappuccino und taucht mit einem prächtigen Milchbärtchen wieder auf.

MEDI MALCHUS' REISE. Trotzdem seine Idee. Darauf gekommen ist er, als er mit der Recherche zu Medis Masterarbeit begonnen hat. *Die Adaption der Medea-Figur durch die deutsche Literatur.* Am ersten Tag fand er es beruhigend, wie oft schon die sagenhafte Figur der Medea Geist und Feder von deutschen Dichtern bewegt hatte. Bekannte Namen wie Heiner Müller, Elfriede Jelinek oder Hans Henny Jahnn, aber auch weniger bekannte waren darunter. Romane gab es, Dramen, ein Gedicht, eine Oper – Stoff genug für eine schöne, fette Masterarbeit.

Als er sich mit den Inhalten der Geschichten befasste, schwand sein Optimismus. Die schillernde Figur der Medea, schöne Zauberin, verlassene Geliebte, Giftmischerin und Kindsmörderin – in der modernen deutschen Literatur hatte man ihr fast immer die gleiche Rolle verpasst: als Kämpferin für die

Rechte der Frau, Anklägerin der Männer und ihrer Unfähigkeit zu lieben, als Symbolfigur für die Sexsklavin, die ein deutscher Spießbürger im exotischen Urlaubsland verführt, dann in seine Heimat verschleppt, um sie da systematisch zu entehren und zu entrechten. Entsprechend gab es Medea als Schwarze, Medea als Jüdin und eine Medea, die ihren Sohn tötet, um ihn von vornherein daran zu hindern, sich mit männlichen Missetaten zu beflecken. Sehr viel zu interpretieren blieb da nicht. Verdrossen las Jack sich durch die Inhaltsbeschreibungen, aber noch übellauniger stimmte ihn die vorhandene Sekundärliteratur. So viele junge Germanisten hatten sich also schon an dem Stoff abgearbeitet, und letztlich kam immer das Gleiche heraus. Mal feministisch, mal kritisch, mal strukturalistisch, ein paarmal auch nur dumm und schlampig. Sicher, es ging nicht um eine Doktorarbeit, für die ein wirklich neuer Ansatz erforderlich wäre, und vielleicht war Medis Professor ja auch schon zufrieden, wenn er die übliche durchschnittliche Studentenware zu lesen bekam – Einleitung, Hauptteil, Schluss, Literaturliste. Aber der Gedanke half nicht viel, weil er eben auch für eine Masterarbeit etwas Interessantes schreiben wollte, weil Jack selbst es war, der sich zu begeistern wünschte, und so trieb ihn die eigene Forscherlust an, weiterzurecherchieren, ob sich nicht doch noch etwas Originelles auftreiben ließ. Er fand sie: die wahrhaft *Neue Medea*. Keine feministisch verzweifelte deutsche Großstädterin, sondern eine Frau vom Schwarzen Meer, eine Georgierin, schön und temperamentvoll. Es handelte sich um den Roman eines georgischen Autors, der offenbar erst im Entstehen und noch nicht abgeschlossen war, aber das war ja gerade das Glück, auf diese Weise wäre er (beziehungsweise Madeleine Malchus) wirklich der/die Erste, der/die diese faszinierende Neuinterpretation unter die Lupe einer studentischen Masterarbeit nehmen würde. Sogar das Kriterium der *deutschen* Literatur war erfüllt, denn Tornike Futuridze, der Autor, schrieb –

wie schon eine andere große georgische Schriftstellerin – auf Deutsch.

Jack hatte keinen Zweifel, dass Medi die Notwendigkeit einsehen würde, dass er für ein Interview mit diesem Mann kurz nach Georgien flog. In der Tat reagierte sie auf seinen Vorschlag mit eben der vorhergesehenen Begeisterung. Zu begeistert, erkannte er, denn noch bevor er sie um einen Vorschuss bitten konnte, um Flug und Aufenthalt für sich bezahlen zu können, hatte sie schon zwei Tickets und ein Hotel gebucht. *(Eine Woche. Getrennte Zimmer – jetzt sag nicht, du hättest dir was anderes vorgestellt!)* Und nun kann er zusehen, wie er einen Besuch bei der Familie Evgenidis oder gar weitere Treffen mit Olga mit Medis Anspruch auf Begleitung und Entertainment unter einen Hut bringt. Heute hat er sie noch mit seinem Ausflug in eine Gemäldegalerie abschrecken können, was wohl vor allem deshalb gelang, weil sie die drei Schnösel aus ihrer Pension in irgendein Tifliser In-Lokal gelockt hatten. Wie er den nächsten Absprung schaffen soll, ist noch unklar. Aber nun steht ja zuerst Herr Futuridze auf dem Plan. Genauer gesagt, vor dreißig Minuten schon hätte der am verabredeten Ort erscheinen sollen, sein Handy scheint ausgeschaltet zu sein, es ist abzusehen, dass Medi, die gerade für einen dritten Cappuccino zum Selfservice der Cafeteria geeilt ist, demnächst zu quengeln anfangen wird.

Ebenda betritt die Terrasse ein hochgewachsener, dünner Mann mit romantisch langen, dunklen Locken und bernsteinfarbenen Augen. Ein Blick nach links, einer nach rechts, dann kommt er auf Jack zu.

»HABEN SIE DIE BETTELKINDER auf den Straßen gesehen? Die wilden Hunde? Haben Sie schon mal was von Frauenraub gehört? Inzwischen ist es verboten, aber passieren tut es immer noch. Ein Mädchen wird verschleppt und vergewaltigt. Und danach muss sie das – Entschuldigung! – Arschloch heiraten, das ihr das angetan hat. Die Eltern nehmen sie nicht mehr zurück, weil sie keine Jungfrau mehr ist, verbrannt für den Heiratsmarkt. *Das* ist die Wirklichkeit in diesem Land – alles andere nur Fassade, Touristenkitsch!« Tornike Futuridze senkt das Gesicht über seine Kaffeetasse, von der Seite kann man seine hellen Augen glühen sehen.

»Das ist ja ganz … unglaublich, was Sie da sagen!«, bemerkt Medi und lächelt ihr spöttisches Lächeln.

Sofort fährt der Mann neben ihr hoch: »Unglaublich? Kommen Sie mit mir, ich zeige Ihnen die andere Seite von Georgien! Eine Kusine von mir, sie hat jahrelang in Italien gelebt und sich da verliebt in einen Italiener. Der Vater war dagegen, sie sollte unbedingt einen Georgier heiraten, wegen der Kinder, die müssen orthodox erzogen werden. Da hat er den jungen Mann verfolgen lassen.«

»Wie? Was heißt verfolgen?« Medi nagt an ihrem Daumennagel.

»Er hat ihm Bewaffnete hinterhergeschickt. Das Mädchen hat sich dann von ihrem Freund getrennt. Es ist unglaublich!«

Tornike, der Zornige, denkt Jack – genau so, wie man sich einen jungen Dichter vorstellt. »Vielleicht kommen wir kurz zurück zu Ihrer Medea?«, lockt er vorsichtig. »Wird die denn nun ihre Kinder töten wie im Original oder haben Sie einen anderen Schluss vorgesehen?«

Tornike streicht sich mit langen Fingern durch die Locken und bedenkt Jack mit einem intensiven Blick. »Meine Medea ist eine moderne Frau«, erklärt er, »sie kämpft gegen Unterdrückung, gegen das Patriarchat … Aber sie hat damit natürlich keine Chance. Feministische Revolutionen sind in diesem Land vollkommen unmöglich! Wissen Sie, warum?«

Weil irgendwann böse Männer das schöne Matriarchat zerschlagen haben, denkt Jack ergeben und schielt kurz auf seinen

Stadtplan von Tiflis – wie lange braucht man wohl von hier bis zu diesem Freiheitsplatz?

»Weil die Kirche bei uns zu mächtig ist. Der Patriarch und seine Leute stellen sich gegen alles, was westlich oder modern ist. Vor kurzem hat ein vegetarisches Restaurant hier aufgemacht. Da sind Schlägertrupps vorbeigekommen, die haben die Gäste verprügelt und gezwungen, Fleisch zu essen. Sie hatten diese großen Würste dabei, hart wie Prügel, mit denen haben sie die Gäste geschlagen. Wer diese Banditen geschickt hat, war klar: unsere Heilige Kirche natürlich!«

»Ist nicht wahr!«, sagt Medi. Aus ihren Worten wird nicht ganz deutlich, wem ihre Bewunderung gilt, den georgischen Vegetariern oder ihren finsteren Widersachern mit den Salamiwaffen, aber die Art, wie gerade ihre Lider flattern, spricht eine umso deutlichere Sprache: Tornike, der Zornige, hat es geschafft, sie in seinen Bann zu ziehen.

Auch bei Jack ist Interesse erwacht. Wie immer Tornike seine Medea aufgebaut hat, allein das Ambiente dürfte durchaus Erstaunen wecken und neue Ansätze zur Interpretation bieten. »Kommt diese Überfallsache denn bei Ihnen vor?«, fragt er.

Tornike nickt grimmig. Wieder sieht er Jack mit einem langen, aufmerksamen Blick in die Augen. »Alles kommt vor bei mir. Schwule, Lesben, Transsexuelle. Die Kunst, freie Presse – alles, was hier gefährdet ist. Stellen Sie sich vor: Es gibt einen liberalen Radiosender in Tiflis, kürzlich hat unser Patriarch den Moderator verflucht und mit einem Bann belegt. Und wissen Sie, wie die Kirche hier gegen Homosexuelle predigt? Sie behaupten, sie vergewaltigen die Kinder, so hetzen sie die Leute auf!« Ein bitterer Zug hat sich um seinen Mund gelegt, und Jack kommt zum ersten Mal eine Ahnung, dass der Autor der *Neuen Medea* ein Betroffener ist, sein Leben unter der bösartigen Anklage mächtiger Kirchenleute führen und womöglich gut verstecken muss.

»Ich kann euch ein paar Ecken von Tiflis zeigen«, sagt Tornike mit gesenkter Stimme, wie nebenbei hat er ein in den Plural verkleidetes Du eingeführt, »wo Touristen nicht hinkommen. Die Wirklichkeit hinter der Fassade.«

»Super!« sagt Medi. »Total super! Das finde ich jetzt so was von spannend. Gehen wir mit Tornike? Äh? Jack?«

Unter diskret gesenkten Lidern lässt Tornike seinen Blick hin- und herfliegen. Von Medi zu Jack und wieder zurück.

Er fragt sich, in welchem Verhältnis wir zueinander stehen, denkt Jack, würde ich vielleicht auch tun an seiner Stelle. Innerlich seufzt er, er weiß, dass er im nächsten Moment eine zwiefache Enttäuschung auslösen wird. »Wirklich vielen Dank für das Angebot, nur gerade jetzt sollte ich …«

»Was?«, fragt Medi scharf. »Hast du einen Zahnarzttermin hier oder was?«

»… sollte ich meinem Gefühl nach den Roman gelesen haben, bevor ich das alles hier auf mich wirken lasse. Für einen unbelasteten Eindruck. Tornike, wäre es möglich, dass ich mir Ihren Text mal in Ruhe ansehe?«

»Bisher ist es noch ein Fragment.«

»Das macht gar nichts. Alles, was Sie geschrieben haben, ist interessant für mich – für uns.« Jack schaut Medi um Verzeihung heischend an.

Die hat offenbar beschlossen, ihn fortan zu ignorieren. Das Kinn auf die Faust gestützt, blickt sie kühl an ihm vorbei.

Tornike reagiert um etliches erwachsener, sogar charmant auf die neue Wendung. »Liebe Madeleine«, sagt er zu der in die Ferne stierenden Frau neben sich, »es wäre eine Ehre für mich, wenn ich Ihnen meine Stadt zeigen dürfte.« Falls er enttäuscht von Jacks Absage ist, so versteckt er es gut.

Medi löst sich aus ihrer Starre. »Einverstanden! *Du* wäre mir übrigens lieber. Und für meine Freunde …« – ein giftiger Blick zu Jack – »… heiße ich Medi.«

»Medi«, wiederholt Tornike. »Medi und Medea – ich bin sicher, dass du mich inspirieren wirst, Medi!« Ein Händedruck für Jack und das Versprechen, ihm gleich alles bisher Geschriebene per Mail zu schicken.

»Danke«, sagt Jack, in mehrfacher Hinsicht erleichtert, »danke für dein Vertrauen.«

7. TAISIAS SALON

ZURÜCK IN DER PENSION – Hemd wechseln! Hose? Geht noch. Den nackten Oberkörper voll zitternder Wassertropfen, fährt er sich mit dem Kamm durchs Haar, beäugt sich im Spiegel. Brille putzen! An der Tür fällt ihm ein, dass er ein Geschenk braucht – was überreicht man in diesem Land der Hausfrau? Flasche Wein? Er hätte Tornike fragen sollen – zu spät, außerdem hätte das bei Medi eine Kaskade von Fragen ausgelöst.

Zurück an der Rustaweli Avenue begrüßt ihn schweifwedelnd der Hund. Entweder hat er sein Quartier hier in der Nähe oder er hat an der Stelle auf ihn gewartet, wo er ihn ins Taxi steigen sah. »Jetzt nicht, Kumpel«, sagt Jack und krault ihm den Hals. Er stürzt sich in die U-Bahn, zwar kosten die Taxis hier nicht viel, aber dreimal am Tag dieselbe Strecke damit zurückzulegen fände er doch dekadent. In der rumpelnden Bahn kommt er endlich dazu, sich zu sammeln. Was soll er sagen, wenn … Mehrere Möglichkeiten gilt es durchzuspielen, also: wenn a) Olga ihm die Tür öffnet. Vielleicht so: *Prinzessin, siehst du jetzt ein, dass du mich nie mehr loswirst?* Im Falle von Starrköpfigkeit ihrerseits kann er ja nicht anders, als sich zu trollen; sollte sie aber lächeln (wird sie! wird sie!), ergibt sich alles Weitere von selbst. Wenn es b) ihr Vater ist? *Tach, Achilleas, alter Grieche! Stell dir vor, ich hab mich in deine Tochter verliebt, bin aber leider nicht orthodox, noch nicht mal Italiener – mit der Waffe würdest du mich aber trotzdem nicht verfolgen, oder?* Mögliche Reaktionen: a) Achilleas verhält sich pazifistisch, dann ergibt sich alles Weitere siehe oben, b) er zieht wirklich eine Pistole, dann … Aber nein, das wäre absurdes Theater, das ist komplett unmöglich. Letzte Variante: c) die Mutter. Die kann er sich nur nett (und ein wenig aufgeregt) vorstellen, so war sie immer zu ihm. Er seinerseits sollte schleunigst die Sache mit dem Professor klären, der er nicht ist. Auch wenn er nicht zum Handanhalten kommt. Nein, das hat er wirklich nicht vor, das wäre ja schon das nächste Missverständnis. Bloß, wieso ist er dann überhaupt in Tiflis? Als Tourist? Geschäftsreisender? Soll er das mit Tornikes Roman über die *Neue Medea* erzählen, also das ganze Fass öffnen und Verstörung riskieren, wenn er von seinen abschlusslosen Unijahren berichtet, von seinem Broterwerb als Ghost? Wird schwierig, aber hilft ja nichts! Gut, beschlossene Sache: Raus mit der Wahrheit über den sozialen Status.

Und raus aus der U-Bahn. Mit dem Stadtplan aus der Pension läuft er die kleineren Straßen ab, versucht sich durchzufragen. Hier versteht ihn niemand mehr, wenn er Englisch spricht. Er betritt ein winziges Lädchen mit Kisten voll Aprikosen, Kirschen, grünen Pflaumen, zeigt auf die Kirschen, bekommt ungefragt ein Kilo abgewogen, dann fragt er noch einmal sehr betont nach der *Ler-mon-tow*-Straße. Zeichnet mit dem Kugelschreiber der Ladenbesitzerin ein Haus auf die Papiertüte, malt die Zahl 13 dazu. Die Frau nickt, erhebt sich hinter der Kasse, nimmt ihn bei der Hand wie einen kleinen Jungen und führt ihn in den nächsten Hauseingang. Aus dem Sonnenschein hinein in die Dunkelheit eines fremden Hauses. Hier wohnt Olga? Die Frau weist mit dem Finger durch den Flur, wo ganz am Ende ein Funke Tageslicht durch die offen stehende Tür dringt. Folgsam durchquert er die dunkle Röhre, betritt einen Innenhof mit sandigem Boden. Überall klettern Weinreben die Balkone hoch. Verdattert sieht er sich um. Hier?

Noch halb im Dunkel des Hauseingangs, den er gerade hinter sich gelassen hat, steht eine Frau. Im scharfen Kontrast von Licht und Dunkel nimmt er sie erst als Silhouette wahr, um gleich darauf zu wissen, wer das ist. Diese geraden Schultern, das kurz geschnittene Haar … Noch ein Schritt auf den Sandboden des Hofs, dann kommt sie in Farbe auf ihn zu: Olga Evgenidou. Sie trägt Jeans und ein graues Hemd, und nie hat sie schöner ausgesehen als hier und jetzt. Welcher Fall ist jetzt eingetreten? Der, in dem sie ihn aus einer Wohnung schmeißt? Hier stehen sie zum Glück ja unter freiem Himmel, aber auch aus einem Hof kann man rausfliegen, der Gedanke liegt nahe, wenn einem so ein aufrecht gewachsener Erzengel gegenübersteht, Herrgott, jetzt weiß er nicht mehr, wie er weitermachen soll …

Der Erzengel lässt seine dunkel bewimperten Lider auf und nieder flattern. »Jack?«, fragt Olga. Es klingt ungläubig, als sei sie soeben aus einem Traum erwacht.

SIE SPÜRT IHR Gesicht glühen. Ist sie rot geworden? »Warst du das heute Morgen?«, fragt sie töricht, während eine riesige, herzerdrückende Freudenwelle sie überschwemmt. »Ich dachte, ich hätte dich irgendwo auf der Straße gesehen«, komplettiert sie ihre Frage, er muss sie ja für völlig überkandidelt halten, wie sie daherredet.

»Mir gings genauso«, sagt er, »aber hier kommt es mir sowieso dauernd vor, als kämest du gleich um die Ecke. Wie geht es dir, Olga?«

Er kommt einen Schritt näher auf sie zu, in der Hand hat er eine Plastiktüte, durch die dunkelrot die runden Körper von Kirschen schimmern. Hastig stopft sie die Kunstpostkarte mit der aufgedruckten Giraffe in ihre Gesäßtasche (wahrscheinlich genau das Richtige für Jack, aber ebendieses Bild von Pirosmani hat sie ja schon anderweitig vergeben). Ihre linke Hand steckt noch in der Tasche, da hat er wie zufällig ihre rechte ergriffen und dreht und wendet sie. »Hey! Immer noch kein Ring! Und ich hatte schon Sorge, hier hätte dich einer geschnappt!«

»Du bist ja verrückt!« Rasch entzieht sie ihm die Hand und sendet einen kurzen Blick hinauf zu den verglasten Veranden der Häuserfront. Wenn da jetzt Taisia steht und hinuntersieht? Oder Mutter!

»Wie hast du hierhergefunden?«, fragt sie, erleichtert, dass die Hitze in ihrem Gesicht zu weichen scheint.

»Du weißt doch, ich hab meine Spione überall.«

Die Begeisterung von vorhin steht ihm noch in den Augen, aber der Tonfall ist lockerer geworden. Gut so. »Alles klar«, nickt sie, »ich glaub, einen aus deiner Truppe kenne ich.«

»Hier wohnst du in Tiflis? Ein leicht beängstigendes Entree habt ihr da!« Er weist auf die Türöffnung hinter ihr mit dem langen, düsteren Flur.

»Bisschen wie ein Geburtskanal«, stimmt sie zu und späht wieder hoch zu den Glasveranden.

»Ist irgendwas? Du schaust so ein wenig … besorgt.«

»Ich bin heute Morgen aus dem Haus gegangen, ohne mich in aller Form abzumelden. Jetzt gibt es sicher erst mal Gegacker an der Wohnungtür, du kennst ja meine Mutter inzwischen.«

»Und nun kommst du auch noch in Begleitung heim! Also, wenn du Schwierigkeiten bekommst – ich kann mich vor dich werfen und deine Ehre verteidigen. Oder soll ich dich vom Fleck weg entführen? Gehen wir gleich auf und davon?«

»Du spinnst ja! Los, komm rein!«

Nebeneinander betreten sie das Treppenhaus zu Taisias Wohnung, kaum ist die Tür hinter ihnen zugeschlagen, fasst er sie um die Taille und küsst sie kurz und fest auf die Wange.

»Hey!«

»Was denn? Nur zur Begrüßung – komm, die andere Wange auch!«

Sie fasst ihn an der Hüfte und stemmt ihn weg von sich. »Wir sind nicht in Italien. In Georgien wird nur eine Wange geküsst!«

177

»Echt?«

»Echt.«

Es sind die Treppenstufen, sagt sie sich, während sie die drei Stockwerke hinaufsteigen. Deswegen klopft das Herz so stark. Aber bis sie oben angekommen ist und auf die Türglocke drückt, muss sie sich eingestehen, dass es doch wieder seine verdammte Stimme war, die Kooperation von Stimmlippen, Stimmband, *Glottis* und *Musculus vocalis* in seinem Kehlkopf, die dieses Getrommel in ihr auslöst. Oder liegt es an der auf einmal hochschleichenden Furcht vor dem bevorstehenden Zusammenstoß? Wie viele Tanten, Kusinen und Nachbarinnen sitzen heute in der Küche? Wie werden sie den unerwarteten Besucher aus Deutschland aufnehmen?

»Ich sag allen, dass du ein Freund von Fotis bist«, erklärt sie hastig, da geht auch schon die Tür auf, die Mutter steht vor ihr, und noch ehe sie ein Wort für Olga hat, fällt sie Jack um den Hals.

»Wie kommt? Wie kommt? So große Überraschung! So Freude!« Sie wischt sich die Augen.

»Hoffentlich passt es euch überhaupt«, sagt Jack und überreicht ihr seine Kirschen.

»Aber du bist der Gast!«, erklärt Chrysanthi. »Für unsere Leute die Gäste immer gut passt. Wir mögen die Gäste.«

DASS SIE JACK MÖGEN, ist untertrieben. Nach der Umarmung durch Achilleas, nach dem Wortschwall, mit dem ihr Chrysanthi diesen Gast vorgestellt hat, bittet Taisia ihre in der Küche versammelten Besucher heraus in den Gang, das eigentliche Wohnzimmer eines georgischen Haushalts mit Couch, Sesseln, Fernsehgerät. Im Halbkreis umstehen sie hier den Gast aus Deutschland, der von einer Dame zur anderen schreitet, eine jede mit Handkuss begrüßt und mit der Hand auf dem Herzen eine Verbeugung andeutet. Alle scheinen sie hingerissen von

Jack – Tante Keti und ihre Schwägerin Lali, eine blondierte Matrone, drei Kusinen – eine Nona und zwei Ninos, allen dreien hängt das lange schwarze Haar bis zu den Hüften, alle drei tragen sie ihre Hakennasen mit Stolz. Die zwei Ninos sind schlank wie Tannen, Nona hat einen zarten Fettring um die Hüften ausgebildet, aber Nona ist auch schon seit zwei Jahren verheiratet und kann ein Baby vorweisen. Alle zappeln sie vor Zuneigung, Wonne, Neugier, acht angeregte, lach- und plauderlustige Frauen, der einzige Mann im Raum neben dem Gast ist Olgas Vater.

Jack, das ist die Neuerscheinung aus Deutschland, ein Faszinosum. Und dann trägt er sogar noch zu Stolz und Ehre Georgiens bei, da er auf Georgisch grüßt – *»Gamardschoba!«* –, was das Entzücken nur noch steigert. Natürlich fragt da niemand, wo Olga sich den halben Tag herumgetrieben hat.

Das kommt noch, sagt sie sich, und die Unruhe lässt sie nicht los, sie kennt ihre Mutter. Oder tut sie ihr gerade unrecht, sollte sie sich zusammenreißen und die ganze Szenerie vor sich einfach nett finden? Das Lächeln, die glänzenden Augen?

Die Einzige, die nicht lächelt, ist Taisia. An der Unterlippe kauend steht sie im Hintergrund und murmelt etwas. »Wo ist das Ding? Lieber Gott, wo hab ich es hingetan?«

»Steh nicht da wie ein Stock, biete dem Gast was an!«, flüstert die Mutter Olga ins Ohr.

Gereizt fährt Olga herum. »Ist das mein Haus hier? Außerdem sieht er nicht aus, als ob er gleich verhungert!«

Schon marschiert die Mutter in die Küche, wo auf dem Tisch noch Lalis Mitbringsel liegt, eine Bonbonniere mit zuckrigen weißen Pralinen – Raffaello, der letzte Schrei unter der Damenwelt von Tiflis. »Tschäk, nehmst du bitte diese!«

Nach kurzem Nein-danke-doch-bitte-Gefecht beißt der Gast in eine der kokosflockigen, zuckersüßen Pralinen, interessiert beobachtet von Keti, Lali, Nino, Nino und Nona.

Taisia ist in der Küche verschwunden. Vom Flur aus ist zu hören, wie sie Dinge verrückt, Schubladen aufreißt, Töpfe hochhebt, den Vorhang zur Seite zieht. »Wo ist das verdammte Ding, mein Gott?«

»Was suchst du denn, Tante?«, ruft Olga.

»Den Schlüssel zum Salon. Hast du eine Idee, wo er sein könnte?«

»Hör auf zu suchen, Tochter!«, rät die Großmutter. »Was verloren ist, ist verloren. Gott weiß schon, welche Dinge wir nicht finden sollen.«

Taisias Kopf erscheint in der Türöffnung, auf ihrem Gesicht leuchten rote Flecke. Nona und die beiden Ninos begeben sich in die Küche, während der Vater Jack mit der Bildergalerie auf Gogis Fernsehapparat im Gang unterhält: Großvater Fotis auf einem steigenden Pferd, Gogi in jungen Jahren auf einem Motorrad, Gogis Eltern unter blühenden Obstbäumen, Sandro im Clownskostüm. Dazu zwei Versionen des Drachentöters Georg, einmal auf Holz gemalt, das andere Mal in einer gestickten Version, und über allem an der Wand groß die Fahne Georgiens: rotes Kreuz auf weißem Grund und in jedem Quadrat vier kleinere rote Kreuze.

Nino, Nino und Nona kehren zurück aus der Küche, sie drehen die Kissen auf dem Diwan um, graben ihre Finger in die Ritzen der Polster, während sich in der Küche Taisia am Rande eines Nervenzusammenbruchs befindet. »Das verstehe ich nicht, überall haben wir gesucht!«, stöhnt sie.

»Lass den Schlüssel, wenn Gott ihn versteckt!«, wiederholt die Großmutter.

Die ganze Zeit hat Olga stumm inmitten all der Geschäftigkeit gestanden. Nun geht sie langsam auf die Küche zu und schaut über Ketis mächtige Schultern hinweg auf den Balkon. In einer Ecke zwischen etlichen Sukkulenten ragt aus seinem Topf ein fleischiger Kaktus. Hat sie gerade eine Eingebung? So wie es ihr manchmal bei einem Patienten ergeht, wenn sie sich von einer Sekunde auf die andere sicher über die Diagnose ist? Olga nimmt eine Gabel vom Küchentisch, betritt den Balkon, wühlt mit der Gabel in dem schmalen Erdrand um die Pflanze und zieht etwas Längliches, von schwarzen Erdkrümeln und Wurzeln Bedecktes hervor.

»Jaa!«, stöhnt Taisia beglückt. Genau da hat sie den Schlüssel einst vergraben: im Topf ihrer *Königin der Nacht*.

Jetzt aber! Schlüssel säubern, die Salontür entriegeln und hinein mit Putzeimer und Besen und Lappen. Und auftragen, was Taisia in Windeseile herbeizaubert: ein flatterndes schneeweißes Tischtuch aus dem Schrank und den Korb mit den frischen Brotfladen; Sulguni-Käse und geräucherten Käse aus der Kühlkammer; Salat aus flink zurechtgeschnittenen Tomaten mit Walnusssauce; Salat aus eingelegten Pimpernussblüten, marinierte Knoblauchknollen, Gurken und Paprika; gerollte Auberginenscheiben mit Walnuss und Frischkäse, Spinat-Pkhali – rubinrot glühen auf der grünen Paste die Kerne des Granatapfels; direkt vom Herd das aufgewärmte Brathuhn in Knoblauchsauce und das Rindfleisch mit Dill und Mirabellensauce.

Achilleas trägt Flaschen mit schaumigem Traubensaft herbei; aus einem der großen Wein-Ballons hat er eine Karaffe Kindzmarauli abgefüllt. »War geliebter Wein von Josip Stalin«, sagt er mit zufriedener Stimme.

Ganz zuletzt wird das Madonna-Geschirr aus seinem gläsernen Sarg befreit, feucht abgewischt und am Tisch angeordnet: hauchfeines weißes Porzellan mit vergoldeten Henkeln, Rändern und Aufsätzen, die Teller und die Frontseiten der Tassen und Kannen bemalt mit galanten Schäfer-Szenen aus dem Rokoko.

Und dann ist es so weit: Der so lange verschlossene Salon steht offen für den Gast, Taisias Schatzkammer, ihr Stolz, ihre Freude und das eingelöste Versprechen ihres Mannes, das er ihr nach vollzogenem Raub geben musste: dass sie einen Salon bekäme, wie ihn in ganz Tiflis keine Zweite besitzt. Das Mobiliar in weißem Schleiflack, die geschwungenen Konturen verziert mit Goldrändern. Wie in einem Königsschloss steht in der Mitte der ovale Tisch, um ihn herum zwölf weiße Stühle. Rote Samtportieren säumen das bodentiefe Fenster (der Staub dämpft die Farbe ein wenig), über alldem funkeln die Kristalle eines riesigen Lüsters, und an der Wand steht wie ein eingeschüchtertes Tier ein kleines weißes Piano.

»Bravo Taisia, hat sie Suprá für uns gemacht!«, lobt der Vater.

»Was ist das?«, fragt Jack.

»Essen wie für Zar«, antwortet der Vater. »Für unser beste Freunde«, setzt er hinzu, lachend, mit ehrlichem Wohlgefallen.

»Ein Salon«, sagt Olga leise, die die Frage umfassender verstanden hat, »das ist bei uns ein Wohnzimmer, in dem niemand wohnt.«

Jack bekommt den Ehrenstuhl in der Mitte, die Mutter nimmt zu seiner Linken Platz und weist Olga an, sich rechts neben Jack zu setzen. Als Dolmetscher, vermutet Olga, in der Funktion ist es ja zweckmäßig, wenn sie ihr Ohr nah am Mund des Fremdlings hat.

»Sag ihm, es tut mir leid, dass ich nur so wenige und einfache Sachen anbieten kann!«, bittet die vor Stolz glänzende Taisia, während sie Jacks Teller belädt.

Der Vater ist aufgestanden mit dem Glas in der Hand. Todernst spricht er zuerst in pontischer Sprache: »Gäste, liebe Gäste, was wäre eine Mahlzeit ohne euch? Schaut, ohne Gast schmeckt doch sogar das Brot uns bitter und der Wein! Wie soll ohne Gast uns die Sonne denn scheinen? Ohne Gast wird sie keinen erwärmen, und der Tag bleibt düster und grau ...« Er wiederholt die Sprüche in weniger geschmeidigem Deutsch.

Olga sieht zu Boden, während der Vater seinen Text zu Ende radebrecht. Was wird Jack sich zu alldem denken? Und was geht eigentlich in all diesen Frauen vor – was begeistert sie wirklich an Jack? Dass er aus Deutschland kommt, dem Traumland für qualitativ hochwertige Medizin, Autos und Porzellanware (auch wenn es mit dem Wetter und der Moral dort nicht ganz so prächtig stehen soll)? Oder ist all das echt und ehrlich gemeint, die liebevollen Gesten, mit denen sie ihm die Platten und Schüsseln zuschieben, die Trinksprüche, die Fragen nach seinen persönlichen Lebensumständen?

»Auf seine lieben Eltern – oh, schon tot alle beide? Auf die seligen Toten!«

»Hat er Geschwister? Frag ihn das, Olga! – Einen Bruder hat er? Trinken wir auf den Bruder, Gott segne ihn!«

»Auf das Flugzeug, das ihn hierhergebracht hat!«

Immer wieder füllt Achilleas die Gläser, alle bis auf Olga, die sich an Traubensaft hält, trinken sie Wein.

»Herrlich!«, lobt Jack, nachdem er von ihrem Glas gekostet hat. »Und auch noch selbst gemacht? Kompliment!«

»Taisia lässt zu viel Zucker drin«, kritisiert die Großmutter. »Ich mache meinen nicht so süß – da trinken die Leute mehr!«

Sofort fallen Keti und Lali mit Ideen zu eigenen Rezepturen ein, der Lärmpegel steigt, die Teetassen klirren.

»Was sagen sie?«, fragt Jack.

»Sie fragen, was du hier in Georgien machst«, erklärt Olga kühn und mit neu erwachtem Respekt vor der Macht eines Dolmetschers. Tatsächlich hat niemand bisher nach dem Grund für Jacks Reise gefragt, nur sie selbst würde es gern wissen.

»Mhm.« Jack drückt sich das Kinn in die Handfläche. »Sagen wir, ich bin … auf so einer Art Dienstreise hier.«

»Dienstreise? Und das soll ich dir abnehmen?«

»Olga, Olga, was bist du nur immer so negativ?«

»Was sagt er, Mädchen?«, fragt Tante Keti.

»Dass Georgien ihm gut gefällt.«

183

»Einen guten Geschmack hat er! Dass er nur bald wieder den Weg zu uns findet!«

»Morgen!«, summt Chrysanthi auf Deutsch. »Alle unsere Familie macht Fahren zum Bolnisi! Tschäk, kommst du mit! Das ist sehr schöner Platz!«

Jack schaut von Chrysanthi zu Olga. »Danke!«, sagt er. »Das ist ja nett! Ja klar, natürlich, danke!«

Hat Jack einen Moment zu lang auf das Piano geschaut? Schon folgt die Frage, ob er spielen kann. Fünf Sekunden später hat er den Deckel aufgeschlagen und streicht einmal mit der Hand über die Tastatur. Natürlich ist das Instrument verstimmt.

»Macht nichts!«, versichert das erwartungsvolle Publikum.

Jack schlägt einen Akkord an, die verrutschten Halbtöne quäken, tapfer hält er mit seiner Stimme dagegen. Es wird still im Salon.

»*Georgia!*«, singt Jack, die Augen auf die Tasten gesenkt (und mit einer vibrierenden Soul-Stimme fast wie Ray Charles). »*Georgia, the whole day through …*«

»*Sakartvelo*«, wispert Nona, »auf Englisch heißt unser Land *Georgia!*« Die beiden Ninos stützen ihr Kinn auf die Fäuste und lassen keinen Blick von dem schlaksigen Pianisten, der mit geschlossenen Augen die Schultern von links nach rechts schwingen lässt, während das Piano jeweils zwei Töne lang klingt wie erwartet und als Nächstes einen grauenhaft verzogenen Ton von sich gibt.

»*Georgia on my m-i-i-ind!*« Jack blickt über die Schulter zu Olga.

Lali lässt einen Teelöffel fallen, mitten hinein in die nächste Zeile klimpert er auf dem Boden.

»*Other arms reach out to me, other eyes smile tenderly …*«

»Ein Mann kommt«, flüstert Lali.

»Nein, nur wenn ein Messer runterfällt, nicht bei einem Löffel!«, kontert Nona.

»Pscht!«, macht Keti. »Der Mann ist schon da!«

Olga spürt einen gewissen Schluckzwang: *other arms, other eyes* – unvorstellbar ist das ja nicht: ein weißer Arm, der sich um Jacks Hals schlingt, ein Paar sehnsüchtig blickende blaue Augen. Klar wird es Frauen geben, die diesen Mann anhimmeln – bei solch einer Stimme, die zugleich zärtlich und leidenschaftlich klingt.

Als hätte er ihre Gedanken gelesen, vollendet Jack ihr immer noch in die Augen blickend die Strophe (und entsetzlich dröhnt dazu ein falsches b):

»Still in peaceful dreams I see the ro-a-a-ad leads back to you.«

Nie hat ein Applaus herzlicher geklungen, alle Blicke folgen Jack, als er zurück an seinen Platz zwischen Mutter und Tochter geht. Die gefüllten Gläser werden erhoben. Auf Jack, den Gast. Auf die Mutter, den Vater, die ihm diese Stimme schenkten! Auf Georgia-Georgien!

»Und auf die«, schließt Tante Keti ihren Toast mit Unschuldsmiene an, »die dem Pallikar den Koffer gepackt hat.«

»Was meint sie?«

»Sie will herausfinden, ob du noch zu haben bist«, sagt Olga trocken. Gleich darauf vollzieht sich eine Art Wunder: Olga versteht Georgisch. Zumindest die nächsten drei Wörter.

»Germanuli«, sagt die Mutter. »Universiteti. Propesori.«

»Hör auf!«, zischt sie. Am liebsten würde sie ihrer Mutter unter dem Tisch auf den Fuß treten. Denn schon bildet sich in Tante Ketis Blick ein Ausdruck größter Erkenntnis – die auf der Stelle weitergetuschelt wird, und nun blicken alle Frauen mit diesem Ausdruck auf Jack, und Olga kann ihnen ansehen, was sie denken: Ach, *das* ist er also, der geheime Bräutigam aus Deutschland. Schau an, schau an! Der Professor von der Universität, tatsächlich, da sitzt er ja!

Unbekümmert sprudelt die Mutter weiter, Olga streckt ihr Bein aus unter dem Tisch, verzweifelt merkt sie, dass der Weg zu lang, das Bein zu kurz ist, die Mutter plappert weiter, sie schwitzt vor Glück, auf ihrer Nase glänzen kleine Schweißtropfen.

Vor ihr auf dem Tisch steht das Glas mit Traubensaft. Ohne nachzudenken, fasst Olga es am Stiel, beugt sich nach vorn und schüttet alles, was darin ist, in einem großen Schwung der Mutter auf die Brust. Wunderbar schnell breitet sich auf dem elfenbeinfarbenen Stoff ein riesiger Tintenfleck in der Form von Afrika aus, wird größer und größer.

»Wie leid mir das tut!«, sagt Olga finster. Sie ist aufgesprungen, fasst ihre Mutter an der Hand und zieht sie hoch. »Komm mit ins Badezimmer! Ich helfe dir!«

In der Tür stoßen sie fast zusammen mit Gogi, der − offenbar von Taisia instruiert − von seinem Spaziergang nach Hause geeilt ist und den mit Anzug, Hemd und Fliege herausgeputzten Sandro in den Salon führt.

Während sie ihre um Fassung ringende Mutter hinausschiebt, bekommt Olga noch mit, wie der Onkel sich, breitbeinig vor dem Gast stehend, in der Rolle des freundlichen Inquisitors gefällt. Georgien also zum ersten Mal? Und was besichtigt? Aha, Tiflis, das sei ja nun nicht gerade das ganze Land! Swanetiens Berge, der Kaz'begi, die Weinregion Kachetien − schon gehört davon? Ja, ja, das kleine Georgien ist größer, als man denkt!

»WIE KANNST DU es wagen? Die eigene Mutter beleidigen! Vor allen …!«

»Wie kommst du darauf, Jack als meinen Verehrer vorzustellen?«

»Wie redest du mit mir? Wasch dir den Mund mit Rosenwasser, bevor du mit mir sprichst!«

»Hör auf! Ich hab genau verstanden, was du denen erzählt hast. Dass dieser Mann wegen mir zu euch kommt, dass er um mich wirbt.«

»Ich habe gar nichts gesagt, du fantasierst!«

»*Universiteti. Propesori* – das heißt doch, dass er der Professor ist, der uns in München dauernd besucht, oder?«

»Na und? Das tut er doch auch!« Chrysanthi hat sich die Bluse ausgezogen, der BH hat offenbar nichts abbekommen.

»Mutter!« Olga spürt, wie ihr das Blut im Kopf pulsiert. Am liebsten würde sie ihre Mutter noch einmal mit irgendetwas übergießen, sie bei den Schultern fassen und schütteln. Sie weiß, dass sie sich irgendwie beruhigen muss, nimmt die Bluse, formt das befleckte Stoffteil mit der Faust zu einer Art Ballon und hält den unter das fließende Wasser. Der dünne Strom aus dem Wasserhahn färbt sich rot. Was regt sie sich eigentlich so auf? In zwei Wochen sind sie wieder zu Hause. Ein paar alte und junge Damen in Tiflis glauben, dass Jack um ihre Hand anhält – und? Kann ihr doch egal sein, was all die Ketis und Lalis hier über sie denken. In zwei Wochen wird sie wieder ihrem Beruf nachgehen und keinen Gedanken mehr an Georgien verschwenden. Schon wird die Farbe im Wasserstrahl blasser. In zwei Wochen wird übrigens auch Felix wieder anfangen, sie um einen Umzug nach München zu bitten, wird endlich ihre Eltern kennen lernen wollen. Und dann, wenn nach all dem hoffnungsvollen Getratsche um »Tschäk« plötzlich ein ganz anderer erscheint, dürfte über ihrer Mutter wohl der Himmel einstürzen. Der Wasserstrahl ist klar jetzt. Olga dreht den Hahn zu. Immer noch pocht die Wut in ihr, mit einiger Mühe zwingt sie sich zu einem gelassenen Ton. »Mutter, ich bitte dich nur um das eine: Erzähl nicht dauernd, dass ich in Deutschland einen Bräutigam habe. Versprichst du mir das?«

Chrysanthi gibt keine Antwort. Verstockt starrt sie auf die Düsen von Taisias luxuriösem Whirlpool.

»Mutter!« Schon wieder kommt ihr die Beherrschung abhanden, Olga klatscht die Bluse auf die glänzend weiße Emaille. »Mutter, ich verlasse die Familie, ich trenne mich von dir, wenn du so etwas noch einmal tust!«

Chrysanthis Kinn beginnt zu zittern. »Mach das nur, mach das«, sagt sie weinerlich. »Wie sagt man? Eine Mutter ernährt wohl zehn Kinder, aber zehn Kinder nicht eine Mutter!« Auf einmal ist der Pfeifton beim Atmen wieder da.

»Du hast zwei Kinder, keine zehn!«

»Warum … mein Gott … warum hast du mir so eine Tochter gegeben? Wie hab ich das verdient?« Sie greift sich an den Hals.

»Keine Ahnung, irgendwas wirst du schon angestellt haben!«

Mit dieser Grobheit hat die Mutter nicht gerechnet, die Hand sinkt ihr herab, in stummer Empörung sieht sie ihre Tochter an.

Olga bleibt ungerührt. »Es ist mein Ernst. Du siehst mich nie wieder, wenn so etwas noch einmal passiert. Keinen Ton mehr über Verlobungen und deutsche oder russische Pallikaren! Da, zieh das an, so im BH kannst du nicht rausgehen!« Sie nimmt eins ihrer einfarbigen T-Shirts von der über dem Whirlpool gespannten Leine und stopft es der Mutter in die Hand.

AUF DEM FLUR herrscht Aufbruchsstimmung. Wangen werden geküsst, Dankesworte ausgetauscht.

Achilleas und Gogi stehen beieinander, jeder den Arm auf der Schulter des anderen, und diskutieren den Belegplan von Gogis Mercedes. Wie viele Personen passen letztendlich in den Fünfsitzer? Sieben? Acht? Gogi wird nicht mitkommen, weil er Dienst hat. Soll dann Achilleas ans Steuer? Oder gleich Jack, der Supergast? Ganz recht ist das dem Autobesitzer nicht, man sieht es ihm an, aber der Gastgeberstolz hat ihn wie alle anderen schon fest im Klammergriff. Gravitätisch nickend erkundigt er sich, ob Jack einen internationalen Führerschein besitzt – immerhin vertritt Gogi das Gesetz in diesem Land.

Sandro hat genug von seinem Status als stummer Zuhörer, er streift sich den linken Schuh ab, den rechten, dann die

Strümpfe. »*Me war Tarzani* – Ich bin Tarzan!«, ruft er herausfordernd. Zusammen mit der abgerissenen Fliege pfeffert er seine textile Ausbeute auf den Gast. Der fängt alles in der Luft und lässt es mit einem Taschenspielertrick verschwinden. Sandro fallen fast die Augen aus dem Kopf. Taisia ruft ihren Sohn zu sich. Gerade als Sandro davondüsen will, schnappt ihn sich Gogi, hält ihn fest und drückt ihm, von Vaterstolz erfüllt, die Hände auf die schmalen Schultern. »Ein bisschen zu klein für sein Alter«, lässt er übersetzen, während Sandro dem Ausländer drohende Blicke zuschießt.

»Aber nein«, sagt Jack liebenswürdig, »außerdem wächst sich das ja immer aus. Ich war als Kind auch mehr der Hänfling.«

Gogi mustert Jack kurz von der Seite. »Mhm«, macht er in wenig ermutigendem Ton.

»Hat mich deine Mutter den anderen gerade als deutscher Professor vorgestellt?«, fragt Jack Olga an der Tür.

»Pscht!« Olga sieht sich nach Taisia um, die noch irgendwo im Dämmer des langen Flurs umhergeht und Salatplatten und -schüsseln zurück in die Küche verfrachtet.

»Olga, glaub mir, ich wollte deine Eltern aufklären. Genau heute. Aber mit den vielen Leuten …«

»Dieses Haus gibt es nicht ohne viele Leute.«

»Morgen auf dem Ausflug, da finde ich eine Gelegenheit.«

»Du willst wirklich mitkommen?«

»Natürlich! Du nicht?«

Sie spürt, wie sie rot wird. »Mir bleibt ja keine Wahl«, lügt sie, »als deine Dolmetscherin.«

Das Licht im Hausflur lässt Jacks Brillengläser kurz aufblitzen, dann ist er davon.

»Es wird ein Familienausflug, sonst nichts«, sagt Olga stumm, während sie sich, schon im Nachthemd, im Halbdunkel die Haare bürstet. »Nichts, was dich beunruhigen müsste.« Sie spricht zu der Zeichnung auf der Kunstpostkarte, zu Baby Felix, der sie vom Nachttisch aus, an die Leselampe gelehnt, beobachtet. Leicht beunruhigt beobachtet, scheint es ihr. »Alles andere wäre ja lächerlich«, beteuert Olga, »die Leute hier sind nur einfach so – furchtbar überschwänglich. Entweder sie erschießen einen oder sie überschlagen sich vor Gastfreundschaft. Salome hat mir erzählt, dass sie manchmal auf den nächsten Bus wartet, wenn sie sieht, dass eine Freundin einsteigt, damit sie der nicht die Fahrkarte bezahlen muss, wo sie doch eh kaum Geld hat. So sind die hier, verstehst du?«

Versteht das Baby? Olga reißt sich die Bürste durch ihr Haar. Die feineren Härchen sträuben sich, stehen auf und knistern, ein blauer Funke glüht auf in der Dunkelheit.

Aber so viel zu verstehen gibt es doch gar nicht. Sie machen morgen eine Landpartie, Jack bekommt die Heimatstadt ihres Vaters gezeigt. Harmloser geht es nicht. Olga legt die Bürste auf den Nachttisch, steigt in ihr Bett und zieht sich die Decke über die elektrisierten Haare.

»Das ist jetzt nicht dein Ernst!«

»Sonst hätte ich es nicht gesagt.«

»Und wo gehts hin, wenn ich fragen darf?«

»Bolnisi. Unspektakulärer Ort. Ich zeig dir dann die Fotos.«

»So?« Medi wirft Jack über den Tisch im Lokal ihres Quartiers einen gehässigen Blick zu. »Dass ich das Ganze hier bezahle, hast du schon vergessen? Dass wir hier beide wegen *meiner* Arbeit hergeflogen sind?«

»Komm, Medi, das mit dem Geld musste jetzt nicht sein! Und ich *bin* zum Arbeiten da. Tornike schreibt über eine moderne Georgierin – da muss ich doch die Gelegenheit wahrnehmen, etwas von diesem Land mitzukriegen!«

»Was für eine Gelegenheit?«

»Ich kann morgen einen Ausflug aufs Land machen.«

»Gut! Ich komme mit!«

»Nein, du bleibst hier und besichtigst mit Tornike die Stadt. Der Kontakt zu ihm ist wichtig. Tornike ist der Dichter, je näher wir zu ihm stehen, desto besser kann ich über sein Werk schreiben. Wie war es denn überhaupt heute? Komm, schau nicht so, morgen Abend bin ich ja schon wieder zurück.« Er greift über den Tisch und tätschelt ihr kurz die Hand.

Sie hebt die Lider und sendet ihm einen finsteren Blick. »Die moderne Georgierin – ist die eigentlich auch dabei bei deiner Landpartie morgen?«

»Nein! Doch! Hör mal, ich glaube, ich sollte dir mal erklären, was ein Privatleben ist und dass es dich wirklich nichts angeht, mit wem ich …«

»Ich bin aber davon ausgegangen, dass das unser Trip ist!«

»Ist es auch, Medi. Aber hey, das ist doch nicht nur irgendein Trip, wir sind hier, um die Umgebung wahrzunehmen. Und so viel Zeit haben wir auch nicht! Da ist Arbeitsteilung angesagt. Morgen treffen wir uns dann wieder zu dritt mit Tornike, okay?«

Medi hat ihren Blick gesenkt und schweigt.

»Komm schon, tut mir leid, ich versteh ja, dass du enttäuscht bist. Aber ich habe hier eben …« Jack bricht ab.

Medi hat zu sprechen begonnen. Leise, sehr leise sagt sie: *»Und schnitt das Herz ihm aus – und warf es in das grüne Meer, das jetzt – zum Blut sich wandelte und stille wurde.«* Sie spricht mit rhythmischen Pausen und Betonungen, offenbar deklamiert sie etwas aus einem Buch, das sie halb vom Tischtuch verborgen auf ihrem Schoß hält.

»Was soll das bitte?«

»Und schnitt vom Rumpf die Hände und spaltete – sie nach der Zahl der Finger und warf die Stücke – ins rotgeronnene Meer.« Mit jedem Vers, jedem Wort ist ihre Stimme lauter und bedrohlicher geworden.

»Hä? Soll mir das jetzt Angst machen?«

»*Und schnitt – vom toten Rumpf die Füße und spaltete – sie nach der Zehen Zahl und schnitt, schnitt ab – den Kopf vom Hals, riss Zunge aus – abtrennte Ohren, Nase, Kinn …*« Medi hält inne, leckt sich die Lippen, dann fährt sie mit flüsternder Stimme fort: »*Und Augen riss sie aus dem Leichnam – warf das Zerstückte in das Meer.*«

Jack starrt sie an.

Medi senkt ihre Schultern, ihr Gesicht entspannt sich, sie lächelt süß wie ein Kätzchen, zieht das Buch unter der Tischdecke hervor und legt es ihm vor die Nase. »Die *Medea* von Hans Henny Jahnn. Hab ich in deinem Reisegepäck gefunden.«

»Du warst in meinem Zimmer … an meinem Gepäck?«

»Nur ganz kurz. Was soll ich machen, wenn du mich so lange allein lässt und mir langweilig wird?«

»Und der Auftritt jetzt? Was wolltest du mir damit sagen?«

»Dir sagen? Gar nichts. Ich finds nur toll, wie der Mann eine eifersüchtige Frau beschreiben kann.«

»Madeleine Malchus – hat man dir schon mal erklärt, dass du einen Knall hast?«

Sie zuckt die Achseln. Dann erhebt sie sich, wandert um den Tisch herum, küsst ihn federleicht auf die Schläfe und geht mit schwingenden Schritten aus dem Speiseraum. Das Buch hat sie auf dem Tisch liegen lassen.

8. TIERE

»SIE HAT DAS EINGEFÄDELT! Damit sie gut dasteht. Es geht ihr nur um sich, sich, sich!« Olga schreitet die Treppe in der Lermontowstraße hinab. Jack folgt ihr, er sieht nur ihren Rücken, aber ihm kommt es vor, als könne er ihre Wut auch noch von hinten erkennen. An den hochgezogenen Schultern, dem dicken, schwarzen Haar, das ihr bei jedem Schritt über den Nacken wischt. Sie gehen eine Seitenstraße hinab. Irgendwo da unten hat Gogi sein Auto geparkt. Olga marschiert dahin mit finsterem Gesicht, die Fäuste in den Hosentaschen. »Und sag bloß nicht noch mal, dass meine Mutter eine nette alte Dame ist! Hast du sie gerade gesehen, wie sie alle manipuliert?«

Noch kann er sein Glück kaum fassen – selbst wenn die Szene vorhin wirklich kalkulierter Theaterdonner gewesen sein sollte – für ihn hat es Früchte getragen! Nein, nein, diese Mutter wird er immer verteidigen!

»Jetzt komm schon«, sagt er in seinem sanftesten Ton, »den Hund hat sie ja wohl nicht dressiert. Der hat auf eigene Regie gebissen, oder?«

»Der Hund ist was anderes«, gibt sie zu. »Aber alles drum herum: ihr Schwächezustand, die Hustenanfälle – immer gerade rechtzeitig, damit keiner widersprechen kann! – Da, das Auto.« Sie zeigt auf einen silbergrauen Mercedes. »Fährst du?« Noch ehe er antworten kann, hat sie ihm die Autoschlüssel zugeworfen.

Natürlich hatten alle sich aufgeregt: Ein Hund hatte den kleinen Sandro gebissen, keine schlimme Verletzung, aber die Tollwutgefahr! Schrie Sandros Mutter. Und ein wirksames Antiserum gab es in ganz Tiflis nicht mehr. Verkündete Olgas Vater telefonisch, der – unterwegs beim Einkaufen – sofort verständigt und ins städtische Impfzentrum abkommandiert worden war. Nur noch chinesischen Import, also vermutlich Fake-Ware. Sollte man Sandro trotzdem in die Klinik bringen? Fragten alle Olga, die das brüllende, zappelnde Opfer mit einem Wort zur Ruhe brachte, seinen Unterarm mit einer Lupe untersuchte, Erkundigungen über den Hund einzog – junger Labrador, laut Besitzer geimpft, vor kurzem entführt und gegen Lösegeld wieder zurückgebracht –, um schließlich, übersetzt von der reizenden Kusine Salome, ihr medizinisches Urteil zu verkünden: Es seien zwei blaue Flecken zu sehen, die Haut unverletzt, die Gefahr einer Blutvergiftung durch ein unsicheres Serum wesentlich größer als eine unwahrscheinliche Infizierung mit Tollwut. Der Hund sei wohl traumatisiert wegen der Entführung, daher der Biss. Allmählich kehrte Ruhe ein. Sandro erhielt einen Placeboverband aus einer Windel und rannte nach einem scheuen Blick auf die neue Autorität im Haus davon. Während Olga erklärte, sie würde in der Wohnung bleiben, um ihn weiter zu beobachten, nähme also an dem geplanten Ausflug nicht teil.

Die ganze Szene spielte sich in der Küche ab, einem Raum, den Jack zum ersten Mal betrat und der sich zu dem gestrigen Salon mit seinem Glanz und seinen lächelnden Menschen in etwa so verhielt wie in der Gastronomie das verrauchte Hinterzimmer zum schmucken Speisesaal. Und wie die Billardspieler an ihren Tischen waren die versammelten Frauen darin mit zu ernsthaften Dingen beschäftigt gewesen, um ihn mit der Aufmerksamkeit zu begrüßen, die sie gestern an den Tag gelegt hatten. Alles drehte sich um den kleinen Sandro. Die Einzige, die keine Augen für den Patienten hatte, war Olgas Mutter, die schräg auf einem Küchenstuhl hing, schwer atmend, die Finger im Ausschnitt ihrer Bluse, als müsse sie sich alles Beengende vom Leib reißen.

Auf Olgas Ansage hin jedoch, sie könne nicht mit nach

Bolnisi fahren, richtete sie sich plötzlich auf und begann ein längeres Lamento, ab und zu unterbrochen von ihrer Schwägerin, von Olga und zwischendrin auch vom eigenen Räuspern und Husten, das so plötzlich einsetzte, wie Sandros Gebrüll sich hatte stoppen lassen. Dass Jack, der Gast, unbedingt seinen Ausflug haben müsse, übersetzte Salome. Gogi hätte seinen Wagen schon vor die Tür gestellt, den Autoschlüssel bereitgelegt. Für die Tanten in Bolnisi lägen Geschenke auf dem Buffet. Und noch einmal: Jack, Gast, Gastfreundschaft und Schande. »Bei uns sagt man, *der Gastgeber soll dem Gast ein Esel sein*«, erläuterte Salome lächelnd, während Chrysanthi weiter mit der Hand an ihrem Blusenstoff zerrte und keines der vorgebrachten Gegenargumente gelten lassen wollte. Dass man weder den Weg noch den Wagen kenne, dass Olga und Jack beide kein Georgisch sprächen, dass man doch wenigstens auf den Vater warten oder die Großmutter mitnehmen sollte, dass Olga, die Medizinerin, jetzt im Haus doch nützlicher sei als auf Reisen.

Lag es daran, dass sie Chrysanthis Gejammer nicht mehr ertragen konnten, oder war es der Glaube an die Heiligkeit des Gastes? Jedenfalls stimmten Sandros Mutter und Schwester Chrysanthi zu: Bolnisi sei nur ein, zwei Fahrstunden entfernt, das Haus der beiden Tanten wegen seiner Lage, wegen seines auffälligen grünen Tors leicht zu erkennen, und schlussendlich sei es sinnlos, auf Achilleas zu warten, denn der werde vielleicht ebenso wie die Großmutter hier gebraucht – bei diesen Worten griff Chrysanthi sich an die Kehle und röchelte »Tschäk. Machst du das Fahre zum Bolnisi …« Ein Hustenanfall unterbrach sie. Die Großmutter befeuchtete eine zweite Windel und legte sie ihrer Schwiegertochter auf die Stirn.

Der Anblick ihrer Mutter, die wie ein Kriegsopfer mit weißem Kopfverband vor ihr lag, schien für Olga den Ausschlag zu geben. Wortlos ergriff sie Jacke, Tasche und den bereitgelegten Umschlag für die unbekannte Verwandtschaft und stürzte mit der Zornesfalte aus der Wohnung, die auch jetzt, neben ihm auf dem Beifahrersitz, noch nicht verschwunden ist.

Das Wilde, das aus ihr sprüht, er hat es schon ein-, zweimal erlebt und ist zuversichtlich, dass er damit zurechtkommt. Nur muss er momentan auch noch auf die georgischen Verkehrsteilnehmer achten, die Ampeln, Zebrastreifen oder Fahrbahnspuren anders interpretieren, als er es gewohnt ist.

Ein Blick zur Seite bestätigt ihm, dass weiterhin Deeskalation angesagt ist. »Hier am Fluss geht es entlang, oder?«, fragt er scheinbar unbeteiligt.

»Ja. Pass bloß auf, hier sind ausschließlich Verrückte unterwegs.«

»Hab ich im Griff. Entspann dich.«

»*Entspann dich*, sagt er! Im Kamikazekrieg!«

»Schau, ein Denkmal! Ist das nicht König Wachtang?« Mit einem vom Lenkrad gelösten Finger zeigt Jack auf die Skulptur eines Herrschers, der riesengroß und schwer auf seinem Steinpferd sitzt, während sich blitzartig ein ramponierter Mercedes vor ihnen in die Kolonne fädelt.

»Und wer soll das sein?«

»Er hat Tiflis gegründet. Sagt man.«

»Tolle Leistung. Herzlichen Dank, Wachtang!«

Urplötzlich hat sich der schäumende Verkehr zu einem Stau zusammengeschoben. Jack schaltet in den Leerlauf und betätigt versuchsweise die Hebel im Auto. »Klimaanlage … Licht – okay, da wackelt was … Oh!« Er hat das Radio eingeschaltet, aus dem Lautsprecher jault überlaut ein georgischer Popsänger.

Olga zuckt zusammen.

Er schaltet das Radio wieder aus und den Scheibenwischer ein. Begleitet vom Knarren der beiden Gummiblätter rutschen sie zwischen den vielen anderen Autos ein paar Meter weiter, vorbei an den gemauerten Kuppeldächern von Tbilisis Schwefelbädern, dann stockt der Verkehr wieder.

»Wenn das so weitergeht, sind wir um Mitternacht wieder zurück«, murrt Olga.

»Würde mir nichts ausmachen«, erklärt Jack fröhlich und merkt zu spät, dass es genau sein optimistischer Tonfall ist, der sie auf die Palme bringt.

»Dir nicht – wie auch?! Hast du dir mal überlegt, warum meine Mutter das Ganze eingefädelt hat? Sie rechnet doch genau mit dieser Situation! Mann und Frau für Stunden allein unterwegs. Weißt du, was das in diesem Land bedeutet?«

»Dass die beiden einen Ausflug machen?«

»Scherzkeks. So etwas passiert hier nur mit Zustimmung der Eltern. Also sind die beiden entweder offiziell verlobt oder er entführt sie gerade. Bim, bam, in jedem Fall läuten demnächst die Hochzeitsglocken.«

»Ist das mit dem Entführen nicht längst verboten?«

»Meine Kusine sagt, es passiert immer noch. Und dass all so was von Eltern kommt, die die Tochter unbedingt verheiratet sehen wollen. Na, und jetzt schau uns an: zu zweit allein den halben Tag unterwegs im Auto. Inzwischen sitzt die ganze Familie beisammen und rechnet aus, was als Nächstes passiert.«

»Kann man denen nicht erklären, dass das in Deutschland anders ist? Da sitzen schließlich die merkwürdigsten Paare nebeneinander im Auto, ohne dass sie gleich zum Altar gehen. Ein Mann und sein Schäferhund, zum Beispiel.«

»Uh! Sag nicht so was! Mein Onkel fragt sich sowieso, ob in Deutschland nicht lauter Sodomiten herumlaufen.«

Ein Witz liegt ihm auf den Lippen, über sich, wie er als deutscher Schäferhund verkleidet Olga entführt, aber er beherrscht sich. Auch weil ihm bewusst ist, dass er sich schon die ganze Zeit um eine Frage herumdrückt. Zu Olgas Mutter, ihrem schweißüberströmten Gesicht, dem seltsamen Husten. Sehr viel weiß er nicht über Krankheiten, nur dass es genug hinterfotzige darunter gibt, die sich harmlos geben, bis auf einmal doch der Tod da ist und als Nächstes Arzt, Totenschein, Bestattungsunternehmer, Leichenschmaus mit gierig blickenden Verwandten. Und das Schlimmste erst danach: die Nächte, aus denen du mit einem Schrei erwachst.

»Hör zu«, sagt er, »ich werde zusehen, dass wir so schnell wie möglich wieder zurück sind. Ich verspreche es dir. Okay? Zweitens, dein Zorn, Olga, in allen Ehren, aber dass mich der Zustand deiner Mutter nicht beeindruckt hat, könnte ich jetzt auch nicht sagen.«

Olga schnaubt durch die Nase. »Na, siehst du! Genau das wollte sie.«

»Ist doch egal, was sie wollte, *ich* möchte dir sagen …«

»Was gibt es da zu sagen? Was soll der Quatsch? Für meine Mutter geht gerade ihr glühendster Wunsch in Erfüllung. Sie hat allen, die sie in der Stadt kennt, von einem heiratswilligen Professor erzählt, der ihr die Türen einrennt wegen mir. Und jetzt eben kompromittiert sich die überfällige Tochter mit diesem Mann. Reicht dir das nicht?«

»Wie kommt sie auf heiratswillig?« Die Frage ist ihm herausgerutscht, eine Art instinktive Reaktion. Sein Erwachsenenleben lang hat er solche Rückzugsgesten geübt, wie ein Judoka trainiert, den erwarteten Tritt gegen die Eier abzuwehren.

»Olga?«

Keine Antwort. Dann sagt sie nach einer Zeit, die so lange dauert, wie zehn Meter in der Rushhour von Georgiens Hauptstadt: »Das musst du sie selbst fragen.«

Soll er weitere zehn Meter verstreichen lassen? Nur kommen sie jetzt gar nicht mehr vom Fleck, keinen Millimeter. »Hör zu«, sagt er, »nur ganz kurz! Das Einzige, was ich momentan will, ist verhindern, dass du dich irgendwann so richtig schön unglücklich machst.« Er ist die Aufrichtigkeit selbst. Er hat *momentan* gesagt.

»Werd mal deutlicher! Worum geht es?«

»Um das Sterben von Eltern.«

»Ach.«

Hat sie sich gerade beruhigt?

»Du sprichst von deiner Mutter?«, fragt sie. Und hat wirklich die Stimme gesenkt.

Er schüttelt den Kopf. Eigentlich wäre es egal, ob seine Geschichte von der Mutter oder vom Vater handelt, Olga denkt ja nach wie vor, dass beide tot sind. Bloß käme er sich gleich wieder wie der kalte Schuft von vor zwei Jahren vor, als den er sich inzwischen sieht, wenn er auch nur eine Silbe an der Geschichte verschöbe. »Mein Vater«, sagt er, »das war ein großer Schweiger. Wenn der seinen Mund aufgemacht hat, dann höchstens, um einen Witz anzubringen. Wahrscheinlich hat deshalb keiner darauf geachtet, als er plötzlich komische Sachen gesagt hat. Mich *Isidor* genannt und so was. Aber man hätte doch etwas merken können. Eine Kaffeetasse, die aus der Hand fällt; ein Augenlid, das runterhängt. Und er war halt immer allein. Einmal im Monat bin ich rausgefahren zu ihm, lustig war es nicht neben dem stummen Mann. Ich war jedes Mal froh, wenn ich wieder gehen konnte. ›Bis zum nächsten Mal‹, habe ich gesagt. Dann hat ihn sein Bierlieferant in der Gaststube gefunden auf dem Boden – er war Wirt, weißt du, hatte eine kleine Kneipe. Schlaganfall, geplatztes Ringgefäß im Kopf. Wenigstens ein schnelles Ende haben alle gesagt, ich auch. Sag ich sogar jetzt noch. Aber lieber wäre mir, ich könnte sagen, dass ich bei ihm war. Oder was für ihn gemacht hätte. Wer tot ist, ist tot. Für den kann man nichts mehr machen.«

Sie schaut auf ihre Knie.

»Olga? Ich wollte nicht …«

Sie schüttelt den Kopf, ihre Wimpern flattern. »Oh Gott, nein. Entschuldige dich nicht! Ich hab nicht daran gedacht, dass dich das alles auch betreffen könnte.«

»Schon gut. Es sollte keine Grabrede werden.« Er schaltet

in den ersten Gang. Langsam schiebt der Verkehr sich wieder voran.

»Ich weiß selbst nicht, woran ich mit ihr bin«, sagt Olga zögernd. »Bis jetzt habe ich immer gedacht, ich wäre ganz gut in Diagnostik. Es war schon ein paarmal bei uns auf Station so, dass ich als Einzige … egal. Aber bei meiner Mutter bin ich hin- und hergerissen. Erst denke ich: Schlimm! Man muss was tun! Und dann kommt mir alles wieder gespielt vor. Nicht mal Hypochondrie, sondern gleich reines Theater!« Sie beugt sich ein wenig vor, umklammert ihre Knie. Links von ihnen glitzert der Fluss, der Verkehr hat abgenommen, sie nähern sich der Stadtgrenze.

»*Dienstreise*«, sagt sie unvermittelt, »das hast du dir für meine Mutter einfallen lassen. Jetzt sag mal, warum du wirklich nach Georgien gekommen bist!«

»Aber das weißt du doch.« Er wendet ihr das Gesicht zu, schaut ihr in die Augen und sagt diesmal wirklich vollkommen ehrlich: »Ich möchte da sein, wo du bist.«

Ist sie rot geworden? »Da, vorn rechts!«, sagt sie hastig. »Siehst du das Schild?«

Fast wäre er seinem Vordermann aufgefahren. In letzter Sekunde reißt er das Lenkrad herum.

Sie haben die Stadt verlassen, zu beiden Seiten der Straße breiten sich satte Wiesen aus, am Horizont schimmert smaragdgrün ein Weinberg in der Sonne.

Er kurbelt das Wagenfenster herunter. »So ein schönes Land!«, sagt er. »Ich hab sofort gewusst, dass ich hier leben könnte.«

»Du spinnst ja. Du hast keine Ahnung.«

»Stimmt, hab ich nicht. Aber das Land ist trotzdem wunderbar. Sieh doch nur da draußen!« Er zeigt nach links, wo auf dem grünen Gras eine weiße Stute mit ihrem Fohlen weidet. Es gibt keinen Zaun, nicht einmal angebunden sind die Tiere.

»Und du würdest nichts von zu Hause vermissen?«

»Vermissen? Was sollte ich vermissen?«

»Na, unsere Art, die Zivilisation, dass man sich so ein bisschen an Verkehrsregeln hält zum Beispiel.«

Er lacht. »Bestimmt nicht. Aber jetzt sag du noch mal: Das kann doch gar nicht sein, dass dich diese Landschaft kaltlässt!«

»Die Natur ist okay«, gibt sie zu. »Vom Auto aus.«

»Immer eine negative Antwort parat! Ein bisschen kommst du mir vor wie der Geist, der stets verneint, weißt du das, Olga?« Eigentlich mag er das ja. Alles Denken beginnt mit einem Nein – wer hat das noch mal gesagt? Im Übrigen hat er vorhin die Richtung vorgegeben mit seinem Nein in Heiratsfragen. »Was ist eigentlich so schwer daran, einen Satz zu beginnen mit *Ich mag?* Versuchs mal, sprich mir nach: *Ich, Olga Evgenidou, mag …*«

»Du würdest nicht so reden, wenn du aus einer Familie kämest, wo es den ganzen Tag um Gefühle geht, wo dauernd alle schreien, dass sie sich lieben oder hassen!«

»Aber es wird doch auch in deinem Leben Dinge geben, die du so richtig magst, oder nicht?«

»Wie für dich Dinge, die du absolut nicht magst?«

Ob es für ihn etwas gibt, das er nicht mag? Zumindest unter der Kategorie Mensch fällt ihm gleich eine ganze Kompanie ein: der Wein-Pauli; ein Philosophie-Professor, der seine Studenten zur Schnecke machte; der aktuelle Präsident der Vereinigten Staaten und der Fasan, die beiden Letzten unbekannterweise. Eine unangenehme Sekunde lang steht ihm Medi vor Augen mit ihrer Eifersuchtstirade gestern. Ob Olga eine so aggressive Eifersucht kennt? Kann er sich nicht vorstellen, Olga ist die personifizierte Vernunft. »Wie kommst du auf diese Frage?«, sagt er. »Ich bin ein Philanthrop, der Welt und allen Dingen zugewandt. Das halte ich nur gut versteckt unter einer Maske von Düsternis, damit niemand um mich herum ahnt, was für ein netter Kerl ich bin.«

»Aha. Dann erzähl mal. Wen oder was magst du so richtig?«

»Abgemacht«, sagt er listig. »Eine Vorliebe aus meinem Katalog gegen eine von deiner Liste. Ganz spontan, ohne nachzudenken.«

»Okay. Aber du fängst an!«

»Hey, ich war doch schon dran!«

»Aber du hast die größere Auswahl. Ich meine, hundert Studienfächer oder wie viele waren es? Dann eine Reihe von Liebschaften …«

»Eine Reihe von Liebschaften? Wie kommst du darauf?«

»Das fragst du? Jetzt erklär mir nicht, dass du die Monogamie vertrittst! Dass du lebst wie ein Mönch, kann ich mir auch nicht vorstellen …«

»Olga, ich schwöre! Also gut, es gab ein paar. Aber seit ich dich kenne, sitze ich den ganzen Tag nur in meiner Klause und schreibe heilige Texte ab. Mit Goldstift!«

Sie lacht.

Er grinst zu ihr hinüber und überlegt, ob das jetzt die Gelegenheit wäre, ihre Hand zu ergreifen und kurz zu streicheln, aber schon spricht sie wieder. »Es hieß spontan, ohne nachzudenken. Also, fang an!«

»Na gut: deutsche Vorsilben.«

»Hast du *Vorsilben* gesagt?«

»Ich finde die lustig. Man kann sich was mixen damit.«

»Klingt, als sprächst du von Cocktails.«

»Genau. Einem Bedeutungscocktail. Grundsubstanz – ein Verb, dem hängst du eine winzig kleine Silbe vorn dran, quasi Likörglasgröße, und schon schmeckt es anders oder hat die Farbe gewechselt. Weil du dich dann nicht mehr nur *kleidest* oder den Tisch *deckst*, sondern dich *ver*kleidest gerade oder – Decke drüber! – was *ver*deckt hast. Und dann – Zauberstab! – macht die nächste Silbe deine Zutat wieder weg. Nur drei Buchstaben, und schon bist du *ent*kleidet. Oder Amerika – Decke weg! – wird *ent*deckt. Flasche *ver*korkt, plopp, schon wieder *ent*korkt. Und damit gehe ich zurück zu unseren beiden Helden auf der Landstraße. Ist es wahr? *Entf*ührt er sie gerade? Oder hätte am Ende sie Lust darauf, jemanden zu *ver*führen? Den sympathischen jungen Mann am Steuer zum Beispiel? So, und jetzt bist du dran!«

»Ich? Nein, das ist doch Blödsinn …«

»Du hast es versprochen. Los! *Ich, Olga, mag …*«

»Jack! Pass auf, da vorn!«

Von den Feldwegen links und rechts drängen auf einmal Schafe auf die Straße. Zuerst sind es nur fünf oder sechs, dann werden es mehr und gleich darauf noch mehr, sie strömen nur so heraus aus den Feldwegen mit ihren bimmelnden Glocken, schon haben sie die ganze Straße eingenommen, eine wogende, grauweiße Barriere. Schon wieder muss Jack den Motor abstellen. Immer größer werden die Herden. Hunderte wolliger Tiere drängen sich aneinander, dazwischen springen Ziegen mit dunklem Fell und teuflischen gelben Augen. Von irgendwoher sind Männer dazugekommen. Magere Kerle, dunkel verbrannt von der Sonne, einige von ihnen zu Pferd, ausgerüstet mit Satteltaschen, Lassos und langen Peitschen. Fasziniert sieht Jack zu, wie sie ihre Peitschen durch die Luft zischen lassen. Nie vorher hat er Menschen gesehen, die so grimmig, ernst und wild ihre Arbeit tun. Sie wirken, als würden sie nachts und bei jeder Witterung bei ihren Tieren unter freiem Himmel schlafen. Am Rande der Herden schreiten majestätisch die Helfer der Viehtreiber – riesige Hunde, alle mit dichtem Fell wie Bären –, den meisten hat man Ohren und Rute kupiert, bei einem ist noch der Draht zu sehen, mit dem das gestutzte Körperteil abgebunden wurde.

»Sieht aus wie ein Almauftrieb«, sagt Jack. Er würde jetzt wirklich sehr gern ihre Hand halten. Der Wunsch ist wie noch einmal frisch erwacht, als sie seinen Namen ausgesprochen hat.

Ein überraschendes Geschenk. Er selbst sagt ihren Namen die ganze Zeit, sooft sich die Gelegenheit bietet.

»Ich hab davon gehört. Im Mai bringen sie die Tiere in die Berge.«

Durch das offene Fenster dringt der von den vielen Klauen und Hufen aufgewirbelte Staub in den Wagen.

»Sieh mal, jetzt kommen die Kühe!«, sagt Olga.

Wieder eine ganze Herde, braune, schwarze und helle Tiere, sie wirken kleiner als die, die er aus Bayern kennt, wendiger, mit schlanken, blassen Eutern.

»Weißt du, dass die Kühe hier klettern können wie die Ziegen?«, sagt Olga. »Hat mir Salome erzählt.«

Eine braune Kuh ist stehen geblieben, interessiert schaut sie durch das Autofenster. Sie hat blonde Ohren, und oben zwischen den Hörnern wächst ihr ein blonder Schopf.

»Ist die schön! Die Schönste von allen.«

»Ja.«

Sie sprechen nicht mehr, betrachten nur die Kuh, die schaut zurück aus aufmerksamen Augen. Bis Olga das Schweigen plötzlich bricht. »Ich mag Kühe«, sagt sie.

Er hat nicht mehr damit gerechnet, dass sie auf seinen hintersinnigen Vorschlag eingeht, jetzt wird ihm warm vor Freude, aber er sagt nichts darauf, er will den Zauber des Moments nicht brechen.

Die Kuh hat genug gesehen und schreitet weiter mit schaukelndem Haupt, reiht sich ein zwischen die anderen. Ein paar Esel laufen vorbei, ein Trüppchen Pferde.

Olga räuspert sich. »Kennst du eigentlich Leute, die sich ärgern, weil sie glauben, dass man ihnen was von ihrer *Lebenszeit* nimmt?«

Ja, kennt er. Das sind die Leute mit Lebensplanung: Ausbildung zum Bankkaufmann, finanzstarker Schwiegervater, Investition in das Radsportgeschäft. Weh dem, der solchen Menschen eine Minute klaut! Sein Bruder kann das auch nicht ab, der ist ein natürlicher Meister dieser untertänigen Form des Maulens. »Klar«, sagt er.

»Und wie findest du die?«

»Bescheuert.«

»Ich auch!«

Beide lachen kurz. Dann sitzen sie wieder da in Gogis Mercedes, den Schafe, Kühe, Pferde umspülen wie schäumendes Wasser einen Felsen. Sie sitzen und schweigen. Als gäbe es keine Worte mehr, schweigen sie, auch als es wieder weitergeht. Bis der Ortseingang von Bolnisi auftaucht, ein Schild mit lateinischen und georgischen Buchstaben zeigt es an. Der erste Hof hat ein meergrün gestrichenes Metalltor.

Jack parkt den Wagen am Straßenrand. Er hat das Gefühl, als würde in der nächsten Sekunde etwas jäh zu Ende gehen, wie ein Film, ein Musikstück, das mittendrin abreißt. Dabei hätte er noch einiges anzumerken, und rasch müsste es auch gehen, denn gleich beginnt schon das nächste Stück. »Olga, was ich dich fragen wollte …«

»Ja?«

Ihre dunklen Augen, das gesund glänzende, dichte Haar! »Bist du eigentlich jemals eifersüchtig?«

»Ob ich was bin?«

»Eifersüchtig. Weil ich gerade die Geschichte von Medea lese. Die hatte ein echtes Talent zur Eifersucht. Und Kolchis – das liegt hier ja gleich um die Ecke …«

Sie lacht, schüttelt den Kopf, dass die Haare fliegen.

»Was denkst du bloß immer? Bloß weil ich hier geboren bin? Ich bin aber keine von hier. Ich bin so deutsch wie ein Bamberger Hörnchen. Hast du schon mal eine eifersüchtige Kartoffel gesehen? Und jetzt los, wir haben doch gesagt, dass wir uns beeilen.«

War sie das, die von Beeilung gesprochen hat? Aber wieso soll man diesen schönen Ort gleich wieder verlassen, wo die Sonne auf den akkurat beschnittenen Rosen glänzt, auf dem schwarzen Gefieder eines Hahns, auf seinen im Staub badenden Hennen? Auch auf Jacks Gesicht tanzen die Sonnenkringel von den Ohren hinüber bis zu seiner kecken kurzen Nase.

»Esst, esst«, sagen die Tanten und zeigen auf den Tisch voller Gurken, Käse, Tomaten und Brot; serviert auf gröberem Geschirr als Taisias Madonna-Service. Der Tisch mit seinen Speisen gefällt Olga, die Hühner gefallen ihr, die Rosen und am meisten die beiden uralten Tanten: Elene, die Ältere, wie sie beim Sprechen vier letzte Zähne zeigt, und Ana mit dem weißen Tuch, das ihr schräg über dem sonnenverbrannten Gesichtchen sitzt.

»Und jetzt wohnt ihr für immer in Deutschland«, sagen sie, schütteln die Köpfe und erzählen von den Deutschen, die früher Bolnisi bewohnt haben, bevor sie von Stalin deportiert wurden. »Wenn die Deutschen geschlachtet haben, haben sie alles von der Sau verwertet, auch den Kopf und die Füße, das waren gute Leute!«, lobt Ana.

»Am Sonntag haben die Männer schwarze Hüte getragen«, bestätigt Elene und hält sich schüchtern eine Hand vor den Mund. »Ach, so viele haben hier einmal gelebt und sind gegangen. Zuletzt unsere Nachbarn, die Kalifatidis, dein Vater und deine Großmutter kannten sie gut. Die sind jetzt in Thessaloniki. Sie waren Griechen wie wir, Christenmenschen. Aber stellt euch vor, sie haben nicht unser Pontisch gesprochen, sondern Türkisch ...«

Wie wunderbar ist das Haus, durch das sie geführt werden. Was für eine geheimnisvoll anmutende Architektur! Immer je zwei Schlafzimmer liegen hintereinander, getrennt nur durch bodentiefe Glasfenster und -türen, davor bauschen sich weiße Vorhänge, fein wie Brautschleier, im Wind. Und der Garten!

Die Beete voller Auberginen, Paprika, Lauchzwiebeln, Koriander und grünem Knoblauch. Bäume, an denen winzige unreife Kirschen hängen, andere mit Strängen voller Beeren, dunkel glänzend und genoppt wie Brombeeren, aber dreimal so lang.

»*Tuta*«, sagt Ana und pflückt eine Handvoll für die Besucher, sie schmecken süßlich wie Zuckerwasser.

»Maulbeeren?«, rätselt Olga. Wie anders ist hier die Stimmung als im Heimatdorf der Mutter.

»Wie schaffen sie das nur zu zweit?«, fragt Jack Olga und deutet auf den Gemüsegarten, die Obstbäume, das Haus, den Hühnerstall.

Elene lächelt bescheiden auf Olgas Frage, während Ana sachlich berichtet, wie sie Jahr um Jahr gemeinsam umgraben, Bäume beschneiden, Weinreben biegen, ernten, Saft einkochen, Saucen, Kompotte und Gelees. »Gott hilft«, endet sie, »aber manchmal beten wir schon, dass er uns einmal einen Mann vorbeischickt.«

»Sie leben von hundertzwanzig Euro«, übersetzt Olga aus dem Pontischen, »die Hälfte davon ist Anas Rente, den Rest schickt Elenes Sohn aus Kanada. Ich glaub, die beiden haben nie etwas Böses im Leben getan.«

Sie können ja noch nicht einmal denken, dass andere etwas Unpassendes tun. Im ersten Moment, als sie ihr Tor einen Spaltbreit geöffnet und hindurchgespäht hatten, haben sie geglaubt, die alte Olga, ihre Schwägerin, stünde davor mit ihrem Mann Fotis. Und auch jetzt beim Teetrinken kommt ihnen kein Zweifel am moralisch einwandfreien Lebenswandel der jungen Verwandten.

»Hast du Kinderchen, Olga?«, fragt Ana in Umkehrung der üblichen Reihenfolge, und als Olga verneint, seufzt sie zuerst »Gott wird helfen!«, bevor die Frage folgt: »Wie lange ist es denn her, dass du geheiratet hast?«

»Ich bin nicht verheiratet«, sagt Olga, wie so oft in diesem

Land, und setzt zu ihrer eigenen Überraschung hinzu: »Aber verlobt.« Wieso sollte sie zwei so alte Frauen mit ihren europäischen Sitten schockieren.

»Ach! Mein Christus, meine Allheilige! Gesundheit! Dass eure Liebe bleiben soll!«, ruft Ana. »Gott segne euch beide, dich und deinen Pallikar!«, stimmt Elene ein und tätschelt Jack die Wange.

Eine Sekunde lang, in der blauen Luft dieses Gartens, hält Olga diese Worte fest, eine Leichtigkeit durchströmt sie, so als habe sich plötzlich ein Gürtel gelöst, der ihr bisher den Leib zusammengeschnürt und das Atmen schwer gemacht hat.

Fast gleichzeitig rufen die Tanten: »Und deine Eltern? Deine Großmutter? Sie kommen doch auch noch, damit wir alle zusammen auf euer Glück anstoßen?«

»Nein, nein, der neben mir ist es nicht. Mein Verlobter ist ein anderer. Er lebt in Deutschland.«

»Worum geht es?«, fragt Jack.

»Um Felix«, sagt Olga zu Jack. Etwas in ihrem Inneren fängt an zu schmerzen. Mit dem zuletzt Gesagten ist die Wirklichkeit zurückgekehrt, gleich werden die Farben von Gras und Blumen matter, als hätte sich eine Wolke vor die Sonne geschoben und den Himmel verdüstert. Noch zehn Tage bis zur Rückreise nach Deutschland, dann wird Olga ihren Eltern den Mann präsentieren, der ihr täglich seine kurzen Nachrichten schickt, der in München gerade die Fertigstellung ihrer gemeinsamen Wohnung überwacht. Das ist die graue Wirklichkeit, und nichts steckt darin, was sie nicht selbst beschlossen hätte.

»Aber wer ist dann der da?«, fragt Elene scheu und hält sich wieder die Hand vor die vier Zähne in ihrem Mund.

»Ein Freund der Familie«, sagt Olga, »er wollte Georgien sehen. Ein Tourist.« Ganz nüchtern betrachtet ist das sogar die Wahrheit, merkt sie, jedenfalls hat Jack offiziell mehr mit ihren Eltern zu tun als mit ihr. Und dies und die Erkenntnis, dass sie sowieso keinerlei Recht auf ihn hat, betrüben sie noch mehr. Sie setzt ihre Teetasse so ungeschickt auf den Tisch, dass sie gegen eine andere stößt und das Porzellan klirrt.

»Ein Tourist.« Die Tanten sind beeindruckt.

»Sollten wir nicht langsam losfahren?«, fragt Jack und zeigt ihr das Ziffernblatt seiner Armbanduhr.

Sie weiß, dass er im Moment der Vernünftigere von ihnen beiden ist, trotzdem würde sie ihm gern widersprechen. Aber dann reißt sie sich wieder zusammen und ruft sich in Erinnerung, dass sie selbst es war, die auf eine zügige Heimreise gedrängt hat, und dass ihnen, wenn sie nicht bald aufbrechen, eine Fahrt in der Dunkelheit bevorsteht, auf einer holprigen georgischen Landstraße und mit einem Wagen, an dem das Vorderlicht defekt ist.

Der Abschied dauert eine Weile wegen der eingeforderten Versprechungen, noch einmal mit den Eltern und der Großmutter zu kommen, auch wegen der Aufregung, als Ana den Umschlag mit Lari-Scheinen, den Olga heimlich unter die Tischdecke geschoben hat, entdeckt und nicht annehmen will. Und weil Elene ihnen noch den Weg beschreiben muss, einen sehr kurzen Weg, der sie an dem Haus vorbeiführen würde, in dem Olgas Vater als junger, unverheirateter Mann gewohnt hat.

»Da vorn links immer weiter, bis ans Ende. Jetzt leben Bauern aus Aserbaidschan in dem Haus, die Griechen sind ja alle weggegangen.«

»Sollen wir?«, fragt Jack.

»Nur eine Minute«, sagt sie etwas zu hastig, »nur für ein Foto.«

»Geht mit Gott!«, sagt Ana und tätschelt erst Olgas Wange, dann Jacks Hand. »So ein guter Junge, der Pallikar aus Deutschland. Sag ihm, ich wünsche ihm eine schöne Braut!«

»Was möchte sie?«

»Sie wünscht uns eine gute Heimreise«, sagt Olga, verschluckt sich, hustet und spürt eine heiße Flamme Hass in sich auflodern. Hass auf die ihr unbekannte und vollkommen fiktive künftige Braut. Nein, denkt sie, das muss ich jetzt nicht übersetzen, das wäre zu viel verlangt.

STIMMUNGEN GLEICHEN DEN Farben des Himmels. Auch in der Atmosphäre braucht es nur wenige Wassertropfen, damit die Lichtstreuung sich ändert und sich ein gläsernes Azurblau in Tintenschwärze wandelt. Er kennt das von sich selbst und ist es gewohnt, gelegentliche Anfälle von Verzweiflung mit sich selbst auszumachen. Dass auch Olgas Gemüt Schwankungen unterworfen ist, hat er heute zum ersten Mal erlebt: die souveräne, kühle Ärztin zuerst, dann rot vor Zorn wie ein entflammter Morgenhimmel, später im Garten ihrer Großtanten eine weiche, nachdenkliche Olga. Zuletzt, im Elternhaus ihres Vaters, ist sie von einer Rührung erfasst worden, die ihn beinahe selbst zum Heulen gebracht hätte.

»Nein … nein … Das ist jetzt zu viel«, stammelte sie, als der neue Besitzer, ein schnauzbärtiger Aseri, ein Holzpferdchen mit echtem Schweifhaar aus einer Truhe zog, um es ihr zu schenken. Sie hätten das Spielzeug hier gefunden, erklärte er, und für ihre Kinder benutzt. Er entschuldigte sich sogar dafür, und bestürzt, fast erschrocken, gab sie das Pferdchen zurück. »Um Gottes willen! Er soll es für seine Kinder nehmen, sag ihm das!«

Nach Georgisch, Pontisch und Russisch ist, was der Aseri spricht, für Jack das vierte Idiom in diesem Land, immerhin eins, in dem er sich ansatzweise auskennt. Spät, aber doch bewährt sich jetzt sein Seminar bei den Turkologen vor vier Jahren.

Das Haus muss einmal prächtig ausgesehen haben mit der breiten Treppe, die zu der halb verglasten Veranda emporführt, den geschnitzten Holzsprossen in Fenstern und Türen, einem riesigen, mit Schindeln gedeckten Dach. Jetzt ist vom Holz die weiße Farbe abgeblättert, das Dach teilweise geflickt mit Platten aus Wellblech, und um das ganze Anwesen wuchert hohes Gras. Die aserische Familie, bestehend aus Vater, Mutter, Großmutter und sechs Kindern, hatte auf der Treppe gesessen und Gemüse geputzt, als er den Mercedes in ihren Hof lenkte. Nachdem Jack ihr Anliegen erklärt hatte, führte der Mann sie durch das Haus, vom gemauerten Gewölbekeller mit Batterien von Gläsern in allen Größen, in denen grün und rot das Eingelegte aus dem Garten leuchtete, bis zu den Schlafräumen im ersten Stock, wo sie die gleiche Anordnung der Räume wie im Haus der Tanten vorfanden.

»Wieso haben sie hier überall zwei Schlafzimmer hintereinander?«, fragte Olga. »Und diese riesigen Glasfenster dazwischen?«

»Die Fenster braucht es für den hinteren Raum«, dolmetschte er die Erklärung des Aseri. »Der hat keine Fenster. Es ist verboten, dort welche zu setzen, weil sie auf den Hof der Nachbarn zeigen würden. Dahin darf man nicht hinuntersehen.«

»Sag mal, wo hast du eigentlich deren Sprache gelernt?«

»Es ist Türkisch, die Aseri sprechen das auch.«

»Du kannst Türkisch?«

»Nicht wirklich.«

Sie saßen mit der Familie zusammen auf den Stufen der Veranda und tranken Tee, den eine der Töchter zusammen mit Kirschgelee auf einem Tablett brachte. Immer wieder entfernte sich die Hausfrau, kehrte zurück, wischte sich die nassen Hände an ihrer Schürze ab und lächelte sonnig. »Sie muss gleich wieder in den Stall«, erklärte der Mann, »unsere Kuh hat gekalbt.«

»Ich weiß gar nichts über dieses Haus«, murmelt Olga. »Haben sie es verkauft oder wurde es ihnen weggenommen? Übersetz das nicht! Wer weiß, was damals passiert ist.«

»Olga, wir müssen«, sagte Jack zum zweiten Mal an diesem

211

Tag, halb verwundert darüber, dass eine solche Aufforderung nicht von ihr kam. Diese sanfte, in sich gekehrte Olga schien keine Tageszeiten mehr zu kennen.

Sie schossen ein Foto mit der Familie vor dem Haus, dem kleinsten Jungen wurde dafür mit der Schürze der Oma über das Gesicht gerubbelt, dann startete er den Motor. Und nun, da sie an einem strahlenden georgischen Nachmittag losfahren, holpernd, über den mit Grasbüscheln bewachsenen Feldweg, wird ihm erst klar, dass dies vielleicht der einzige Tag in seinem Leben gewesen ist, an dem er die ganze Zeit mit Olga allein war, und er denkt, was heute alles nicht passiert ist und deshalb wohl nie mehr im Leben passieren wird: Er hätte ihre Hand halten können, ihre Lider küssen, sie um die Taille fassen, hoch in die Luft heben und dabei ihren Bauch an seine Brust drücken. War nicht dieser Tag eine Wundertüte voller Gelegenheiten? So viel Glück hätte er sich herausfischen können und hat es versäumt. Jetzt ist es sein Gemütshimmel, der sich bewölkt. Ob Olga ähnliche Gedanken hegt? Mit diesem versonnenen Ausdruck, der ihr schon seit Stunden auf dem Gesicht liegt, mit ihrer schönen Hand am Kinn? Oder denkt sie die ganze Zeit an ihren Vater, an dessen Kindheit in einem unbekannten alten Haus in Georgien? Er späht zu ihr hinüber.

Olga hat keinen versonnenen Blick, eher entgeistert schaut sie in den Rückspiegel. »Da! Sieh mal!«, sagt sie.

Auf dem Feldweg läuft ihnen fuchtelnd der aserische Vater hinterher. Er ruft etwas. Jack kurbelt das Fenster herunter.

»Was ist los?«

»Irgendein Problem«, sagt er und legt den Rückwärtsgang ein. »Ich glaube mit ihrer Kuh.«

9. DIE MACHT DER NATUR

DIE KUH LIEGT in einem Unterstand halb auf der Seite, beinahe elegant hat sie ein Hinterbein über das andere gelegt. Neben ihr stakst auf steckendünnen Beinen das Kälbchen, das braune, lockige Fell noch nass vom Fruchtwasser. Jetzt stemmt das Muttertier die Vorderbeine in den Boden, langsam erhebt es sich, beugt sich hinab und beginnt ihr Kalb zu lecken.

Die Geburt selbst ist vorüber – er kann sich vorstellen, wie sie ablief, er war öfter dabei, wenn der Nachbar des Vaters Nachwuchs im Stall bekam, später noch öfter im Praktikum mit dem Tierarzt, den er über Land begleitete. Er kennt das: die Mühen der Kuh, den Anblick, wenn das Gesicht des Kalbs schon hinter der hellen Fruchtblase schimmert, die fein geschnittenen Klauen fromm daruntergebettet; den Moment, wenn mit der letzten Wehe das Kalb herausgleitet, umspült von einem Schwall Fruchtwasser.

Bei dieser Kuh stimmt etwas nicht, er sieht es an den besorgten Augen ihres Besitzers, und jetzt, als die Kuh einen Schritt zur Seite macht und ihm ihr Hinterteil zuwendet, weiß er, was ihr passiert ist: Dunkelrot ragt aus der ohnehin schon geröteten Vulva ein faustgroßes Stück Gewebe. Die Wehen beherrschen die Kuh immer noch. »Sie presst weiter«, sagt er.

Auch der Besitzer der Kuh sagt etwas, was Jack erst nach ein paar Sekunden versteht.

»Veterinär?«, fragt er ihn. »Doktor?«

Der andere macht eine Gebärde des Telefonierens.

»Wann?« Jack zeigt auf seine Uhr, der Mann zuckt mit den Achseln. Die Besorgnis in seinem Gesicht wandelt sich in Verzweiflung. Er hat damit gerechnet, dass vielleicht die beiden Reisenden aus Europa Hilfe bringen, wird Jack klar. Einmal, nur ein einziges Mal, hat er bei so einem Fall assistiert. Eine Kuh hatte gekalbt, dann spielten ihre Hormone verrückt und gaukelten ihr vor, dass die Geburt noch im Gange sei. Der Tierarzt war rechtzeitig gekommen, alles ging gut aus. Hinterher aber hat er ihm von einer anderen Kuh erzählt, die sich in der halben Stunde, bis er an Ort und Stelle war, halb tot vor Schmerzen, fast die ganze Gebärmutter aus dem Leib gepresst hatte. Eine zottige, schleimbedeckte Blase, riesengroß, wie das Kälbchen selbst. Der Veterinär konnte nicht mehr tun, als die Kuh einzuschläfern. Und wie war es bei der, die sie gerettet haben? Was, verdammt noch mal, hatte der Tierarzt gemacht?

»*Uterusprolaps*«, stellt Olga mehr fest, als zu fragen. »Jod. Und eine Spritze gegen die Schmerzen.«

»Hat der Tierarzt hoffentlich dabei.«

Sie schüttelt den Kopf. »Bis der hier ist, kann es schon zu spät sein. Erst mal …«, sie runzelt die Stirn. »Die Kuh wird weiterpressen, das muss man stoppen. Wasser! Destilliertes Wasser! Was heißt Wasser auf Türkisch? Und Salz?«

»*Su!*«, sagt er zu dem Aseri. »Salz … *tuz!*« Stimmt das überhaupt?

Die Kuh vor ihnen macht einen weiteren taumelnden Schritt, der Aseri läuft zu ihr und fasst sie am Kopf. Richtig! Man muss verhindern, dass sie herumläuft und die Gebärmutter irgendwo verletzt oder gar darauf tritt. Bruchstückhaft kehrt die Erinnerung zurück.

Die Frau geht schon los in Richtung ihres Hauses, Olga läuft neben ihr. »So viel wie möglich!«, ruft er Olga hinterher. »Und einen Schöpfer!« Olga hat natürlich recht, es wäre destilliertes Wasser notwendig, aber das müssen sie sich wohl genauso schenken wie das Desinfektionsmittel. Er zieht sich das

Hemd über den Kopf. Der Aseri legt der Kuh einen Strick um den Hals. Jack nickt und merkt, dass ihm in der Anspannung kein einziges türkisches Wort mehr einfällt. »Genau«, sagt er auf Deutsch, »halt sie fest.«

Eine Plastikwanne voll Wasser, es schwappt leicht über, ein paar Grashalme schaukeln auf der Oberfläche. Wasser, Seife und eine Packung Salz. Er fängt an, sich ausgiebig die Hände zu waschen.

Wie viel Salz? Keine Ahnung. Wie viel Salz hat Meerwasser? Drei Gramm auf einen Liter? Besser keine Unsicherheit zeigen, die Situation ist angespannt genug. Er schüttet alles Salz ins Wasser und rührt um. Wird schon ungefähr stimmen.

Unruhig tritt die Kuh hin und her, die Frau geht nach vorn und hält den Kopf auf der anderen Seite.

»Machst du das mit dem Schöpfer?«, bittet er Olga, umfasst die Gebärmutter mit beiden Händen und hält sie. Sie fühlt sich kalt und feucht an und baumelt jetzt auf Kürbisgröße angewachsen aus ihr heraus.

Olga erscheint wieder so gefasst wie heute Morgen bei ihrem ersten Patienten, gleichmäßig schöpft sie einen Becher Wasser nach dem anderen aus der Wanne und übergießt damit das Gewebe, während er den schwabbelnden, von blutigen Schlieren überzogenen Tragesack von allen Seiten wäscht, hin und her dreht, jede Falte, jedes Bläschen säubert. Noch ein Wasserguss, noch einer. Gerade als er glaubt, sie seien mit der Waschung am Ende, hebt die Kuh den Schweif, und ein Schwall grüner Kot ergießt sich aus ihr. Dann schlägt sie heftig mit dem Schweif. Jetzt ist alles verschmiert, auch sein Hals, seine Schulter, Gesicht und Arm haben etwas abbekommen.

Er könnte fluchen, dass er daran nicht gedacht hat. »Äh!«, grunzt er und blinzelt.

Die Frau verlässt ihren Posten am Kopf der Kuh, sie läuft zu ihnen, zwischen Olga und ihm stehend hat sie jetzt den

Schweif an seinem Ende gefasst und hält ihn straff zur Seite, damit er nicht wieder Schmutz verteilen kann. Die Gebärmutter ist ein weiteres Stück herausgerutscht. Jetzt hängt sie halb kalbsgroß aus der Vulva. Stur beginnt Olga wieder Wasser zu schöpfen, übergießt damit erst Jacks verschmutzten Körper, dann das Hinterteil der Kuh. Er wäscht, gleitet mit den Fingern in alle Falten und Vertiefungen. Mit beiden Händen umfasst er den schweren Sack, hebt ihn hoch, das schwabbelnde, feuchte Gewebe lässt sich kaum halten, immer wieder entgleitet es ihm.

»Warte, warte«, sagt Olga, die sich jetzt die Ärmel hochgekrempelt hat und die Hände einseift. Vier Handteller versuchen nun, den Tragesack zu fassen und in die Vagina zurückzuschieben. Immer wenn er meint, er hätte schon ein Stück geschafft, kippt wieder etwas zurück nach draußen.

Wie viel Zeit ist verstrichen? Auf einmal gelingt es, ein Drittel hineinzuschieben, nein zwei Drittel sind schon verstaut, er kann es kaum glauben, wie auf einmal alles leichter geht, dann – wie durch einen Sog – flutscht auch der Rest zurück in den Leib der Kuh.

»Es ist noch nicht richtig drin, oder?«, fragt Olga keuchend. Auf ihrer Oberlippe stehen Schweißtropfen.

»Ja«, knurrt er. Der Tierarzt damals hat seine Faust benutzt, erinnert er sich. Auf keinen Fall die Finger, Finger sind spitz und gefährlich. Er ballt seine Hand zur Faust und schiebt sie dem Tragesack hinterher, bis sein Arm bis über den Ellbogen im Leib der Kuh verschwindet. Während die Kuh brüllt und sich windet und nach hinten zu treten versucht. Sie muss schreckliche Schmerzen haben. Was gäbe er für eine Spritze mit schmerzstillenden Mitteln! Als er seinen Arm zurückziehen will, folgt ihm das Gewebe, und die Angst packt ihn, dass alle Mühen umsonst gewesen sind. Wieder drückt er den Uterus zurück ins Innere des Tiers. Und die gepeinigte Kuh fängt an, dagegenzupressen. Jack hat das Gefühl, dass sein Arm in einem Schraubstock steckt und zerquetscht wird. Hat *er* aufgestöhnt? Oder war das die Kuh?

»Jack?«, fragt Olga.

»Wir habens gleich«, sagt er und fühlt trotz der Schmerzen eine große Freude. Weil sie das Wichtigste fast geschafft haben. Weil er spüren kann, wie sich das Gewebe im Bauchraum ausbreitet. Sehr langsam zieht er seinen Arm zurück. »Einen langen Schal«, sagt er zu Olga und zu dem Aseri gleichzeitig. »Oder Verbandszeug. Irgend so was.«

»Schal«, wiederholt Olga und läuft mit der Frau ins Haus. Sie kehren zurück mit einem großen Laken, das die Männer in Streifen reißen. Zusammen verschnüren er und der Aseri die Kuh zwischen den Beinen, an Bauch und Hinterteil, bis sie verpackt ist wie ein Postpaket.

»Das drückt ihr auf die Blase«, erklärt er. »Wenn wir Glück haben, lässt sie Wasser, dann hat sie mehr Platz im Bauch.«

»Das funktioniert?«

»Hoffe ich. Es ist Physik. Oder einfach Natur.«

Olga streichelt die Kuh am Widerrist. »Na?«, sagt sie. »Tust du uns den Gefallen?« Die Kuh stampft auf. Auf einmal streckt sie sich, stellt die Hinterbeine weit auseinander. In heißem Strahl schießt Urin aus ihr.

»Veterinär?«, fragt Jack noch einmal den Aseri, der wieder mit den Achseln zuckt. Es ist klar, dass die Kuh noch nicht außer Gefahr ist.

»Oh Gott!«, sagt Olga. »Dein Arm!«

Als er den Kopf wendet, sieht er, dass sein Ober- und Unterarm stark geschwollen und gerötet sind. Bald werden sich überall prächtige Hämatome bilden.

»Jetzt ist es schon fast dunkel«, sagt er und kommt sich gleich darauf töricht vor.

»Fahren geht nicht mehr«, bestätigt Olga.

Er wartet darauf, dass sie ihr Handy nimmt und bei ihren Verwandten anruft, aber sie tut nichts dergleichen.

Der Aseri macht einen Schritt von der Kuh weg, klopft Jack auf die Schulter. »*Burada*«, sagt er und zeigt auf das Haus, das einmal Olgas Familie gehört hat und jetzt durch welche weltpolitischen Umstände auch immer seines ist.

»Du hast denen gesagt, dass wir verheiratet sind?«

»Was sonst? Ein Mann und eine Frau allein unterwegs. Du hast doch selbst …«

»Ja, ja, ja. Leise! Die gehen gerade zu Bett, oder?«

Hinter ihnen – getrennt durch Glas, Holz und zwei bodenlange Vorhänge aus weißem Stoff – schnäuzt sich jemand. Etwas Schweres rutscht auf Laminat. Gemurmelte Worte aus dem Mund der Frau, ein paar Silben folgen aus der Kehle des Mannes. Ihre Gastgeber rüsten sich zur Nacht, im ferneren Hintergrund des Hauses ertönt noch ein leises Getrappel von Kinderfüßen. Sechs Kinder – alle Zimmer im alten Haus der Evgenidis bis auf eines sind belegt.

Gastfreundlich haben die Eltern ihr eigenes Schlafzimmer zur Verfügung gestellt mit zwei getrennt voneinander an den Wänden stehenden Betten und einem Perserteppich-Imitat dazwischen als einzigem Mobiliar. Sie selbst haben sich in das Zimmer dahinter zurückgezogen, eins jener lichtlosen Zimmer, wie es sie hier in offenbar jedem Haus gibt.

»Welches Bett willst du?«

»Egal. Das hier?«

»Pscht. Leise.«

»Brauchst du noch was? Wasser?«

»Nein, nein.« Sie kann nur hauchen. Weil die Nähe des Ehepaars im anderen Zimmer sie hemmt, weil sie allein mit Jack hier drinnen ist. Eine Nacht mit ihm in einem Raum steht bevor, etwas, das sie sich seit dem Nachmittag gewünscht hat wie nichts sonst auf der Welt. Und jetzt weiß sie nicht, ob sie es noch ein zweites Mal schaffen wird, still neben ihm zu liegen, den Bauch angespannt und im Rest des Körpers, von der Kopfhaut bis zu den Sohlen, nichts als Verlangen. Auch damals in Bonn hat sie die ganze Nacht lang kaum atmen können.

Freilich – sie hätte die Lage wenden können, sie hätte es in der Hand gehabt, als der Tierarzt, der dann doch noch kam, mit der Familie und ihnen beim Essen zusammensaß. Gestockte Eier mit Zwiebeln und in Milch gekochten Reis gab es und dazu eine Unterhaltung, die alle verstanden, weil der englischsprachige Veterinär alles dolmetschte: den Respekt vor Jacks Können, Umsicht und Geschick, die Fragen zum Leben in Deutschland, Geschichten über Kühe und Kalbungen, Anekdoten über die Straßen in Georgien. Alle sahen sie noch einmal nach der Kuh. Die schien den Vorfall überstanden zu haben, leckte ihr Kalb und ließ es trinken, dem Tierarzt war nur die Nachsorge mit Jod, Spritze, Nadel und Faden geblieben. Er war Georgier aus Tiflis, mit seinem Jeep gekommen und erbot sich, Jack und Olga auf dem Heimweg mitzunehmen.

Da hatte sie abgelehnt. Denn wie sonst sollte Onkel Gogi seinen Wagen zurückbekommen? Nein, der Mercedes musste unbedingt bei Tageslicht nach Hause gefahren werden! War nicht eins der Vorderlichter kaputt? Alle verstanden ihre Argumente, breiteten die Arme aus, lachten: Oh ja, georgische Autos, georgische Straßen – das ist kein Deutschland hier! Wie glatt geschliffen ihr auf einmal die Worte aus dem Mund kamen. Dabei waren sie nicht einmal so blank gelogen wie der Satz, dass sie bereits mit ihren Leuten in Tiflis telefoniert hätte, dass niemand sich Sorgen machen würde. Gelogen, aber die Rettung, Olga wusste genau, dass Gogi und ihr Vater Himmel und Hölle in Bewegung setzen würden, um die Tochter davor zu bewahren, die Nacht in einem fremden Haus zu verbringen,

219

zusammen auch noch mit einem Kerl, der zumindest nicht offiziell mit ihr verlobt war.

Alle sind informiert, alles ist wohl geordnet, log sie und schaute dabei nur dem Tierarzt ins Gesicht, nicht Jack. Jack musste klar sein, dass das nicht stimmte, und sie wusste nicht, ob er Schlüsse daraus zog, nur dass die Luft von all den Geheimnissen zu zittern begann.

»Schlafen?«, flüstert Jack von dem Bett aus, auf dem er sitzt.

»Ja«, flüstert sie und weiß noch nicht, wie und wo oder ob überhaupt sie sich von ihrem durchgeschwitzten Hemd trennen soll.

Noch ein lautes Räuspern aus dem Zimmer hinter dem ihren, dann geht dort das Licht aus. Umso härter bescheint auf einmal die Glühbirne der Deckenlampe in ihrem Raum die goldenen Tagesdecken auf den beiden Betten, das Muster des abgetretenen falschen Perserteppichs und ihre beiden Körper. Die sich durch die hellen Vorhänge als Silhouetten gut sichtbar für das aserbaidschanische Ehepaar hinter ihnen abzeichnen dürften. Gerade wird es ihr klar.

»Mach das Licht aus!«, zischt sie und erschrickt, als es gleich darauf wirklich stockdunkel um sie wird. Hier auf dem Land gibt es nichts mehr, was die Nacht erhellt, keine Straßenlaterne, kein Lichtkegel vorbeifahrender Autos. Und ruhig ist es, so still, dass sie hören kann, wie Jack den Reißverschluss seiner Hose löst, wie der harte Jeansstoff seine Beine hinuntergleitet, wie er die Beinteile über seine Füße rupft.

Sie setzt sich aufs Bett, zieht sich das Hemd über den Kopf. Sie hat vergessen, ob sie weiße oder schwarze Unterwäsche trägt, sie sieht nichts mehr, weder ihren BH noch den Mann, der jetzt vielleicht schon auf dem Bett gegenüber liegt, trotzdem weiß sie genau, dass seine Unterlippe breiter ist als die Oberlippe und dass er viereckige Fingernägel hat. Auf der Autofahrt heute gab es so viele Gelegenheiten, ihn verstohlen zu betrachten. Besonders beim Rückwärtsfahren, wenn sein rechter Arm auf ihrer Rückenlehne ruhte, sein Gesicht ihr zugewandt war, aber die Augen in den Rückspiegel blickten. Ein paarmal ist es ihr dabei gelungen, einen Makel zu entdecken: Ein Schneidezahn sitzt einen Millimeter verschoben hinter dem anderen. Gleich hatte wilder Triumph sie erfasst – siehe, wie unvollkommen er ist, dieser Mensch! Und ist nicht sein linkes Auge kleiner als das rechte? Doch schon löste sich ihre Freude wieder auf, als sie erkannte, dass es kein Entkommen für sie gab, weil sie seine Fehler schon genauso liebt wie alles, was so unübersehbar schön an ihm ist, und wieder wurden die Trommelschläge in ihr lauter.

Die Kuh hatte ihr eine Atempause verschafft. Ihr schmerzerfülltes Brüllen, das herumirrende Kälbchen, die besorgten Besitzer – das alles funktionierte wie die Notglocke im Krankenhaus, die sie zurück zur Besinnung klingelte. Aber noch mitten in der konzentrierten intraoperativen Phase des Notfalls ist das Verlangen zurückgekehrt. Sie hat es bemerkt, als sie sich mit derselben Seife wusch, die er benutzt hatte, und sie die Freude darüber spürte, dass den weißen Schaum zuvor seine Hände berührt hatten.

Jetzt noch kann sie die Freude und die Erregung spüren. Furchtbar schwer geht ihr Atem, während sie auf dem Bett sitzt, die Hände um ihre nackten Knie geschlungen. Zwei Gedanken – Felix mit seiner Mutter in Kiel und die Frage, ob Jack ein Kondom dabeihat. Beide steigen auf, ziehen vorbei und verglühen gleich wieder wie Funken in der Nacht. Sie stellt die Füße auf den Boden, macht einen tastenden Schritt, noch einen – es ist absolut unmöglich zu hören, ob sie Geräusche verursacht, so laut klingt das Brausen in ihren Ohren. Hat Jack sich bewegt? Ein Wort gesagt? Ihre Finger wandern durch die Dunkelheit, sie ertastet eine Decke und darunter etwas, was Jacks Brust sein muss. Schlagartig kehrt ihr Gehör zurück.

»Olga. Was machst du?«, flüstert er. Er richtet sich auf, fasst eine ihrer Hände und drückt sie fest.

Ich will dich, denkt sie, erinnert sich daran, was sie heute über seine Vorlieben erfahren hat, und flüstert, als sie die Decke von seiner Brust, seinem Unterleib zieht und darunterschlüpft: »Etwas mit einer Vorsilbe. Ich entdecke dich.«

10. WHAT'S IN A NAME?

OBWOHL ER DIESE NACHT nicht geschlafen hat, fühlt er sich frisch. Dann, als er den Motor starten will, findet er kaum die Ritze für den Zündschlüssel. »Verdammt«, sagt er leise und entschuldigt sich gleich darauf peinlich berührt. Jetzt denkt sie noch, er wäre einer von denen, die in der Welt herumvögeln und am nächsten Morgen den wilden Mann rauskehren, um der Frau den Abschied leichter zu machen. Eine Gähnattacke, auch das noch, überkommt ihn, als hätte eine fremde Macht seine Kinnlade, Kiefer und sein seltsam dazu knisterndes Trommelfell in ihrer Gewalt. »Tschuldigung!«

»Soll ich lieber ans Steuer?« Sie klingt sachlich, als wäre sie auf Dienstfahrt mit einem Kollegen.

»Ich fahr nicht in den Graben, hab keine Angst!«

Seit sie im Morgengrauen aus seinem Bett gehuscht ist – sein Laken um ihren nackten Leib –, ist eine neue Scheu zwischen ihnen entstanden, an der er heruminterpretiert. Will sie zurücknehmen, was geschehen ist? Aber zurücknehmen lässt sich doch nur, was gesagt wurde. Und sie haben nicht gesprochen. Nicht ein einziges Wort. Unhörbar sind sie gewesen, fast haben sie aufgehört zu atmen. Eine Minute gab es, und er kann sich nicht vorstellen, diese Minute jemals zu vergessen, da haben sie vollkommen ruhig auf dem zerwühlten Laken gelegen. Becken an Becken, die Arme um die Schultern des anderen, Stirn an Stirn, der Lufthauch aus beider Münder im gleichen Takt. Es war ein Gefühl, wie er es sonst nur vor einem gelungenen Gemälde kennt – nackt, schön, pulsierend. Will sie diese Minute zurücknehmen? Oder fragt sie sich umgekehrt, welche

Bedeutung er dieser Nacht beimisst, und wagt nicht, es anzusprechen? Sieht sie deshalb dauernd aus dem Seitenfenster statt zu ihm herüber?

»Olga, hör mal«, sagt er. Er richtet sich so gerade wie möglich in seinem Sitz auf und spricht schnell, als gälte es, einen Parcours unliebsamer Themen hinter sich zu bringen. »Wenn wir in Tiflis sind, das machen wir zusammen. Ich komme mit dir in die Wohnung, ich gebe deinem Onkel die Autoschlüssel und erkläre, warum wir gestern Abend nicht mehr zurückkonnten.« Er weiß, dass er das tun muss, er verlangt es von sich selbst. Gleichzeitig hat er nicht die geringste Ahnung, was Olgas Vater, Mutter, Onkel, Tante als Nächstes von ihm erwarten. Einen Heiratsantrag? Dass er niederkniet und einen Ring aus der Tasche zieht? Welchen Ring? Er hat keinen. Und dann? Was könnte schlimmstenfalls passieren? Dass dieser Polizist, der vor Konservativismus und Familienstolz platzende Onkel, auf ihn anlegt? Schon entsteht in Jacks Kopf die Bleistiftskizze eines tobenden dicken Mannes in Uniform, der mit der Dienstpistole auf einen dünnen Mann mit Brille zielt. Oder bleibt alles in zivilisierten Grenzen? Wie auch immer, er kann Olga da nicht allein lassen, das wäre wenig ritterlich. Er ist natürlich kein Ritter, nur Jack Jennerwein, der erfundene Nachfahr eines auf unfaire Weise erschossenen Wilderers, aber auch solche Leute haben ihre Ehre.

»Es wird niemand in der Wohnung sein. Heute heiratet eine von meinen Kusinen. Jetzt dürften alle schon auf dem Weg zur Kirche sein.«

»Die Tochter ist die ganze Nacht weg, und deine Eltern gehen zur Kirche? Die sind doch sicher inzwischen vor Sorge halb tot! Und der Onkel? Meinst du nicht, dass der allein wegen seines Wagens nervös wird?« Er selbst wird es auch gerade, merkt er. Dass er daran nicht gedacht hat! Möglicherweise sind sie seit gestern schon zur Fahndung ausgeschrieben und werden demnächst von einer Barrikade aus Polizeiautos aufgehalten?

»Ich habe meiner Kusine geschrieben, dass wir uns bei den Tanten verquatscht und bei ihnen übernachtet hätten. Unter Aufsicht also.« Sie kurbelt das Fenster hoch, es ist kühler geworden.

»Aber hast du nicht gesagt, hier genügt es, wenn zwei allein im Auto unterwegs sind …?«

Sie zuckt mit den Achseln, sieht wieder aus dem Fenster, wo das Grün heute nicht smaragden, eher petrolfarben wirkt. Ihm bleibt – mitten im Gähnen – der Mund offen stehen: Will sie wirklich die ganze Fahrt über so tun, als wäre heute Nacht gar nichts passiert in jenem gläsernen Raum?

Schon spricht sie weiter in ihrem sachlichen Tonfall. »Du hast gestern übrigens etwas sehr Richtiges gesagt. Ich darf das mit dem Zustand meiner Mutter nicht länger ignorieren. Sie muss in eine Klinik und sich richtig durchchecken lassen. Sobald wir wieder in München sind, gehe ich das an.«

»Und du meinst, du kriegst sie so weit?« Irgendetwas muss er sagen, damit das Gespräch nicht gleich wieder erstirbt.

»Ich werde mit meinem Vater reden. Wenn wir sie zu zweit in die Zange nehmen, sollte es klappen.«

»Mhm.«

»Was denkst du dazu?«

»Dass es richtig ist.« Findet er wirklich und fragt sich gleichzeitig immer noch, ob die Mutter jetzt dafür herhalten muss, dass andere Dinge unausgesprochen bleiben. Und ob er weiter auf einen passenden Moment warten oder sie ohne Vorwarnung mit seiner Frage konfrontieren soll.

Die Wolken über ihnen sind grau geworden, träge beginnt es zu tröpfeln.

»Ist dir kalt?« Er klingt reichlich hilflos.

»Nein.« Sie lächelt, entblößt einen weißen Eckzahn, dann sagt sie leise: »Ich freu mich …« Über die letzte Nacht, über das beiderseitige Entdecken! Hoffnung und Glückseligkeit wollen

ihn durchströmen, doch da komplettiert sie ihren Satz schon
mit: »… dass es der Kuh wieder gut geht.«

Erst die Mutter, nun die Kuh! Was kommt als Nächstes? Das
Wetter im Kaukasus?

»Weißt du, was ich glaube?«

»Sags mir!«

»Dass du einen guten Tierarzt abgeben würdest.«

»Ich bin aber kein Tierarzt.«

»Ich sag ja – du *wärest* kein schlechter.«

»Heißt das, du willst mir nahelegen, dass ich zurück an die
Uni gehe und Tiermedizin studiere?«

»Jetzt, wo du es sagst – eine schlechte Idee fände ich es
nicht.«

»Und so als Tierarzt würde ich dann auch endlich mal was
darstellen. Was Besseres als mit meiner Arbeit als Ghost?«

»Besser? Keine Ahnung. Sinnvoller schon.«

»*Sinnvoll* – genau! Das ist das Zauberwort!« Ein altbekannter
Missmut überkommt ihn, normalerweise bricht er bei Zumu-
tungen dieser Art das Gespräch ab, schnappt sich seinen Zeichenblock, hebt, wenn ihn jemand anredet, gerade noch mal
eine Braue.

»He! Sei doch nicht gleich so empfindlich!«

»Ist schon wieder gut.« Ist es nicht. Das sind exakt die Klei-
nigkeiten, die zwischen ihm und dem geregelten Leben stehen. Ein abgeschlossenes Studium der Tiermedizin wäre also
genehm? Was noch? Gemeinschaftspraxis mit dem auf Klein-
tiere spezialisierten Kollegen? Haus, Volkswagen, Familienhund?
Bei seinem Bruder ist es in etwa so gelaufen. Der hat jetzt, worauf Leute wie er stolz sein können: sein Geschäftchen, Freunde
aus der richtigen Partei, eine Frau, die ihm mit selbstzufrie-
dener Miene abwechselnd die Wange tätschelt oder eine Fluse
vom Jackett zupft.

Er weiß selbst, wie ungerecht seine Gedanken sind. Olga

ist kein Weibchen wie seine Schwägerin. Olga braucht keinen, der sie durchs Leben trägt. Sie wird Ärztin, sicher eine außergewöhnlich gute, was soll das Gift, das er gerade in ihre Richtung versprüht? »Entschuldige bitte!«, sagt er. »Ich weiß auch nicht, warum ich so gereizt bin. Wahrscheinlich der Schlafmangel.« Er lacht unbeholfen, weil er jetzt doch noch angesprochen hat, was sie so offensichtlich ruhen lassen will. Er aber nicht, denkt er zum wiederholten Mal. Wieso soll er gerade das ruhen lassen, was er wissen möchte? Er sieht es doch schon kommen: Wieder werden sich ihre Wege trennen, wieder ohne ein deutliches Wort zum nächsten Wiedersehen, die Ruhe, die ihm dann bleibt, wird eine große Ähnlichkeit mit der von Quecksilber haben.

Der Regen ist stärker geworden. Die Tropfen prasseln lauter und lauter auf das Wagendach, als würde sich ein voll besetzter Konzertsaal in einen rasenden Applaus hineinsteigern.

»Olga! Ich will was wissen!« Er schreit an gegen den Regenbeifall.

»Was?«, schreit sie zurück.

»Ich möchte wissen, was ich für dich bin.«

»Was du bist?«

»Was ich *für dich* bin seit heute Nacht.«

»Ich denke, ich sollte mit Felix sprechen.«

»Was?!«

»Ich werde ihm sagen, dass da was war zwischen uns.«

Er späht durch die Wasserstrudel auf der Windschutzscheibe, zieht den Wagen nach rechts und hält an. Sein erster Gedanke: Sie macht Schluss mit Felix. Das heißt, er soll den Fasan ersetzen. Aber wie soll das gehen? Er ist kein Weißkittel, kein wohlgelaunter Wohlverdienender, er ist nicht der geeignete Typ, um niederzuknien und Ringe aus dem Sack zu ziehen. Wie verrückt knarren und knattern die zerfledderten Scheibenwischer.

»Wieso willst du das tun?«, fragt er beunruhigt.

»Wir sind so gut wie verlobt. Was denkst du denn? Dass ich zu ihm gehe und so tue, als wäre gar nichts passiert hier?«

Also ist der Fasan inzwischen zum Verlobten aufgestiegen! Und niemand da, der etwas von ihm, Jack, erwartet. Ring, gebeugtes Knie, Hochzeitszylinder auf dem Haupt – alles nur Chimären. Auf die erste, kleinwinzige (dennoch schäbige) Erleichterung folgt der Stich der Erkenntnis über Felix, den Favoriten.

»Und ich?«, beharrt er trotzig. »Bin ich gar nichts für dich?«

Sie antwortet nicht, drückt sich abwechselnd die oberen und die unteren Schneidezähne in die Lippen.

Er könnte sie fragen, ob diese Nacht denn ohne Bedeutung für sie gewesen und warum sie überhaupt in sein Bett gekommen ist. Das Letzte wäre eine Anklage, das Erste eine Art Nachruf auf sich selbst. Warum, warum zum Teufel nennt sie den Fasan ihren Verlobten? Was soll das überhaupt sein, ein Verlobter? Genau genommen weniger als ein Freund. Jedenfalls noch kein Gatte, nicht mal ein Bräutigam. Eine winzige Spalte tut sich auf im Mauerwerk. Er sieht auf Olgas Hände, sie hält sie zwei Zentimeter über ihren Knien und presst und knetet sie abwechselnd. Wenn er ihre Vorstellungen zu Verlobungen und deren lebenslangen Folgen niederreiten will, müsste er als Nächstes das Thema freie Liebe ins Spiel bringen. Ob Olga darüber schon einmal nachgedacht hat? Wahrscheinlich nicht, aber einmal ist immer das erste Mal. »Woher kommt eigentlich dieser Drang zur Unfreiheit?«, beginnt er kühn. »Wieso wollen alle Leute immer gleich heiraten? Was ist so toll daran? Kannst du mir das erklären?«

»Wer sagt denn, dass Heiraten toll ist? Es macht etwas fest, das vorher locker war.«

»Fest. Fest! Aber das ist reiner Selbstbetrug! Als ob es auf der Welt etwas Festes gäbe! Alles bewegt sich doch dauernd, alles fließt. Heraklit hat das gesagt. Hey, das war einer von euch, ein alter Grieche!«

»Alles fließt, ja. Genau deswegen möchte ich ja einen Anker haben. Im Übrigen will ich nicht einfach drauflosheiraten, ich will *Felix* heiraten.«

»Damit du van Saan heißt statt Evgenidou??«

»Erfasst!«

Mit dem Nachlassen des Regens ist er leiser geworden. Jetzt schreit er wieder. »Aber weißt du denn nicht, dass du den herrlichsten Namen überhaupt hast? *Evgenidou* – das bedeutet *die mit den guten Genen!*« Auf einmal kippt ihm die Stimme weg, ein neuer Zwang zu gähnen ergreift seine Kiefermuskeln, und sein verzweifelter Abwehrversuch mündet in Räuspern und Husten, vor Anstrengung steigt ihm das Wasser in die Augen.

Jetzt schreit auch Olga: »Hör auf! Hör sofort auf damit! Weißt du nicht, wie schwer du es mir machst?« Auch in ihren Augen stehen Tränen. Mit der einen Hand klammert sie sich an den Griff der Beifahrertür, die andere streckt sie nach ihm aus, fasst sein Kinn, seine Wange, dabei beißt sie sich wieder fest auf die Lippen. »Du Idiot!«, schluchzt sie. »Ich kann doch diese Nacht nie mehr vergessen! Und jetzt frag ich mich dauernd, was ich ihm damit angetan habe und mir selbst auch!« Aus ihrer Kehle dringt eine Art Krächzlaut, als kämpfe sie einen Schmerz nieder. »Damals in meinem Zimmer in Bonn«, fährt sie fort, immer noch die Hände ineinander pressend und verschränkend, »du hast gesagt, dass ich warten soll mit dem Heiraten, dass ich auf einen Adler warten soll. Und ich – ich wäre doch am liebsten gleich mit dir losgeflogen. Hast du das nicht gemerkt? Ich wollte wirklich! Bloß wohin? Ha? Wohin?! Adler haben Nester irgendwo. Und du? Du sagst, dass alles fließt!« Die Tränen laufen ihr über die Wangen, zornig wischt sie sie weg. »Ich schaffe das nicht, wenn es dich bloß im freien Flug gibt …« In ihrem Gesicht haben sich Partien verschoben, ihre Lippen sind dunkelrot geworden wie Schattenmorellen.

Er will etwas sagen. Er sollte etwas sagen. Wenigstens, dass Adler keine Nester, sondern Horste bewohnen.

Sie wehrt jedes weitere Wort mit einem Kopfschütteln ab. Dann atmet sie aus, beruhigt sich, ihre Stimme festigt sich. »Ich bin so bescheuert!«, sagt sie. »Dass ich mir sogar noch Sorgen um dich mache! Du musst nur einmal niesen, schon mach ich mir Sorgen und frag mich, ob du überhaupt jemals was Richtiges isst, weil man bei dir ja alle Rippen zählen kann, ehrlich, Adler sehen anders aus!« Sie hebt ihm ihr Gesicht entgegen, als wollte sie ihn auf den Mund küssen, ihre Augen sind verschwollen, wie von Bienen gestochen. Aber dann wendet sie das Gesicht wieder ab, auch ihre Hand zieht sie zurück, und eine Pyramide aus Hoffnungen und Wünschen in ihm bricht zusammen.

»Fahren wir?«, fragt sie mit einer Stimme, in der ein letzter Schluchzer zittert.

Durch die Wasserschlieren auf der Windschutzscheibe nimmt er verschwommen eine Schafherde wahr. Sie muss schon die ganze Zeit auf der Wiese neben ihnen gestanden haben. Brav ducken sich die Tiere aneinander, Kopf an Kopf. Auf einem Stein in eine grüne Plastikplane gewickelt sitzt der Hirte. Den Hut tief ins Gesicht gezogen, schaut er zu Boden. Ob dieser Mann Pläne hat, die er verfolgt? Jack kommt es vor, als hätte es nie vorher einen fatalistischeren Anblick gegeben.

»Fahren wir«, bestätigt er, und Olga schaut aus ihren geschwollenen Sehschlitzen wieder geradeaus.

Kurz vor Tiflis zieht sie ihr Handy hervor, wechselt die SIM-Karte, stochert auf der Tastatur herum. Alles wortlos.

In der Stadt sind die Straßen trocken. Er parkt schräg den Bürgersteig hinauf, so wie es hier alle machen, sie steigen aus und stehen sich gegenüber.

»Gibst du mir die Wagenschlüssel?«

»Die gebe ich deinem Onkel in die Hand.«

»Ich hab dir gesagt, es ist keiner da, alle sind auf der Hochzeit.«

»Dann komme ich mit auf diese Hochzeit.«

»Hör auf, ich schaff das allein.«

»Ich habe gesagt, ich gehe mit dir und …«

»Nein. Bitte!«

Sie sieht ihn so müde und traurig an, dass er die Waffen streckt. »Olga …«, bringt er gerade noch heraus, da hat sie ihm schon die Schlüssel aus der Hand genommen.

»Ich melde mich«, sagt sie und ist gleich darauf in dem Hauseingang neben dem Obstgeschäft verschwunden.

EIN PAAR SCHRITTE geht er auf und ab, dann dreht er sich um und schlägt mit der Faust einmal auf das von Tropfen gesprenkelte Dach des Mercedes. Ob er es schafft, etwas Sinnvolles zusammenzusetzen aus dem Kaleidoskop von Selbstvorwürfen, gebrüllten Anschuldigungen und Resten moralischer Selbstverteidigung? Mit verschränkten Armen lehnt er sich gegen den Wagen, schließt die Augen und lässt eine Reihe von Bildern an sich vorbeiziehen: Olga – mit Ankerkette am Bein. Olga – und neben ihr ein Mann im weißen Kittel. Olga – selbst in Weiß gekleidet mit einem Stethoskop um den Hals. Er macht die Augen wieder auf. So ein Stethoskop ist ja nichts Schlimmes. Es könnte sich immerhin um seinen eigenen Leib handeln, den sie damit nach Hustengeräuschen abhört. Hat sie nicht eben erklärt, dass sie hie und da seine Rippen zählt? Er wandert um das Auto, hält vor dem Wagen daneben und zeichnet mit dem Zeigefinger einen großen Anker in die Staubschicht auf der Motorhaube, daneben ein M wie von dieser Burger-Fast-Food-Kette. Denn es ist ja nicht so, dass er Medi Malchus komplett vergessen hätte, in Abständen denkt er durchaus daran, dass diese Frau seit über vierundzwanzig Stunden nichts von ihm gehört hat, dass sie heute Abend mit ihm auf dieses Hipsterfest wollte, und er fragt sich, welches Ausmaß ihr Zorn bisher angenommen hat. Wer weiß, vielleicht empfängt sie ihn ja mit einem Kranz züngelnder Schlangen auf dem Haupt? Er zeichnet eine sich windende Schlange. Diese fixe Idee von Olga mit den einsilbigen Namen. Ja, verdammt, er ist nicht blöd, er weiß, dass der Name *van Saan* auch für sie nichts weiter bedeutet als eine Metapher. Dennoch kommt es ihm auf einmal so vor, als habe Jennerwein einfach zwei Silben zu viel. Gottverdammte Scheiß-Namen! Was ist schon ein Name?! *What's in a name?* Shakespeare war das, in seiner Balkonszene lässt er es Romeo sagen, der die angebetete Julia, erschrocken über den Namen der feindlichen Familie – seinen Namen –, beschwichtigen will. Oder war es doch Julia, die in ihrer Großherzigkeit weiß, wie unwichtig ein Name ist?

Wieder sieht er Olgas tränenüberströmtes Gesicht vor sich, und es krampft ihm das Herz zusammen. Da wünscht sich eine schöne junge Frau nichts anderes als ein Band, damit sie sich beim gemeinsamen Fliegen nicht verlieren, und was macht er? Doziert über freie Liebe und Heraklit – ist das zu fassen?! »Ich bin so ein Idiot«, murmelt er. Am liebsten würde er es hinausschreien: »Idiot!« Eine Gruppe älterer Frauen kommt laut schwatzend vorbei. Vor dem Obstgeschäft machen sie Halt, die Ladenbesitzerin tritt heraus, wiegt grüne Pflaumen ab.

Er reißt sich zusammen. Fährt sich mit der Hand über das Gesicht. Noch ist nichts entschieden. Eine Chance wird sie ihm doch noch geben? Er kämpft gegen den nächsten Gähn-Impuls, reißt die Augen weit auf und zwinkert. Da, aus dem Hausflur gegenüber muss sie irgendwann heraustreten, sie wollte auf diese Hochzeit, also muss sie.

Die Ladenbesitzerin sitzt jetzt auf einem Stuhl auf der Straße und strickt. Wieder lehnt er sich gegen den Mercedes und heftet seinen Blick auf die schräge Schattenlinie, die den Hausflur jenseits der Straße scharf in zwei Dreiecke teilt, ein schwarzes, ein weißes.

AUF DEM BETT liegt, was Salome aus ihren Beständen für Olga ausgewählt hat: ein langes, mattgold glänzendes Kleid aus Satin, Sandaletten, ein Collier aus großzügig verzweigten Korallen, Lederhandtasche. Alles, was die schönheitsbewusste junge Frau in Georgien für einen festlichen Abend braucht, Parfüm-Flakon und Lippenstift stehen neben dem Schminkspiegel aufrecht wie startbereite Raketen. Daneben Salome, geschmückt, geschminkt und wesentlich gelassener als Olga, die kaum einen Anfang findet.

»Salome, jetzt weiß ich nicht mehr, was ich machen soll.«

»Möchtest du duschen? So viel Zeit ist schon. Sobald du fertig bist, rufe ich uns ein Taxi.«

»Mein Freund ist da. Hier in Tiflis.«

»Dein Freund? Du meinst Jack? Aber das weiß ich doch.«

»Nicht Jack, ein anderer.«

»Moment mal, es sind zwei?«

»Nein! Einer nur. Felix heißt er. Nächsten Monat wollen wir zusammenziehen. Er ist für das Wochenende hergeflogen, will mich überraschen, schreibt er. Und jetzt wartet er seit gestern auf mich in seinem Hotel. Gerade hab ich seine Nachricht gelesen.«

»Oh. Aber wissen denn deine Eltern von dem?«

»Sie haben keine Ahnung. Salome! Ich kann ihn doch nicht dort sitzen lassen, er fragt sich schon, warum ich mich die ganze Zeit nicht melde. Aber wenn ich jetzt nicht auf der Hochzeit auftauche, dreht meine Mutter bestimmt vollkommen durch.« Olga schlägt sich die Arme um die Schultern. »Meinst du, ich kann ihn einfach mit auf diese Hochzeit schleppen?«

Falls Salome schockiert ist, lässt sie sich nichts anmerken. Doch die Entschiedenheit, mit der sie den Kopf schüttelt, lässt keinen Zweifel offen. »Das geht auf keinen Fall! Seit gestern spricht deine Mutter von nichts anderem, als dass du dich schon in Deutschland mit Jack verlobt hast.«

»Ich mich verlobt? Mit Jack?! Ist sie verrückt geworden?«
Die hohen Wellen von Mitleid und Sympathie, die Olgas Seele
gestern geflutet haben, ebben ab. Was bleibt, ist ein vages Gefühl von Ungläubigkeit. Hat die Mutter das wirklich getan?
Nachdem ihr die Tochter damit gedroht hat, die Familie zu
verlassen? Aber es muss stimmen, so etwas erwächst doch nicht
aus Salomes Fantasie! »Das hat sie sich ausgedacht, damit sie vor
euch gut dasteht! Das ist so … erbärmlich!« Olga schlägt sich
die Hände vor das Gesicht. »Wie kann sie bloß?! Ich komme
mir wie eine Bigamistin vor!«

»Weil du wirklich schon heimlich verlobt bist.« Salome kon-
statiert es voll Mitgefühl, aber die Faszination für den romantischen Aspekt an der Geschichte ist ihr auch anzusehen.

»Nein! Ich bin nicht heimlich verlobt, es ist so eine Art …
Zwischenzustand. In Deutschland läuft das doch ganz anders.
Ich werde einfach mit dem Mann zusammenziehen, das steht
schon seit Wochen fest. Das Ganze ist ein Fall für das Einwoh-
nermeldeamt, nicht für die Familie, so wie bei euch. Und was
soll ich jetzt machen? Hier Hochzeit, da Hotelzimmer. Ich
kann mich doch nicht zweiteilen!«

Salome denkt nach. Dann schüttelt sie den Kopf. »Die
Hochzeit bleibt ein Problem. Wenn du da jetzt mit einem
zweiten Kerl auftauchst, geht mitten auf dem Fest eine Bombe
hoch – *vai me!* Nein, das können wir der Kusine nicht antun.«

»Verdammt, Salo, ich kann doch Felix nicht bis zu seinem
Abflug morgen früh im Hotel sitzen lassen!« Olga ist selbst
überrascht davon, wie schnell der Kummer, der ihr vorhin im
Wagen neben Jack noch das Herz zerfressen hat, umschlagen
konnte in dieses Gemisch aus Wut, Angst und Ratlosigkeit. Immerhin – Salome hat von *wir* gesprochen. Aus dem Bodensatz
von Chaos und Verzweiflung sprießt ein winziges Hoffnungs-
pflänzchen und reckt sich Salome entgegen.

Die seufzt, dann setzt sie sich neben Olga aufs Bett, nimmt

ihre Hand und drückt sie. »Du machst Sachen! Ich dachte, in Deutschland seid ihr alle immer so vernünftig?«

»Nicht, wenn man Evgenidou heißt«, sagt Olga und bringt gerade noch ein schiefes Lächeln zustande. »Chaos schaffen kann ich offenbar. Bloß das Aufräumen kriege ich nicht hin. Salo, bitte! Hast du nicht eine Idee?« Jetzt bettelt sie also. Sie, die coole Ärztin aus Deutschland, bettelt ihre Kusine an, die ihr vor wenigen Tagen noch so bemitleidenswert erschien.

Salome stülpt die Unterlippe vor. »Okay. Wie heißt der andere?«

»Van Saan. Felix van Saan.«

»Hotel? Wo ist er abgestiegen?«

Olga tippt auf ihrem Handy herum. »*Hotel Tbilisi*. Kennst du das?«

»Das ist auf der anderen Seite vom Fluss. Beim Marjanishvili-Theater.« Jetzt tippt Salome auf die winzige Tastatur. »Warte, ich schreibe schnell meiner Mutter, dass ich später … So, jetzt zu deinem Felix. Hast du vielleicht ein Foto von ihm? … Oh, sieht gut aus!« Ein weiterer Blick auf ihr Handy, und das Schmunzeln auf ihrem Gesicht gefriert.

»Was ist los?«

»Die Kavallerie. Unsere beiden Väter holen dich hier ab. Sie sind schon auf dem Weg.«

»Heißt: Ich muss mich beeilen?«

»Hör zu. Mach dich fertig, so schnell wie möglich. Ich hole deinen Felix ab und bringe ihn mit auf die Hochzeit, eine passende Geschichte denke ich mir unterwegs aus, jedenfalls bist du aus der Schusslinie, mach dir keine Sorgen. Ich fahre sofort los.« Und schon ist Salome aus der Wohnung.

Olga ist nicht ganz so fix damit, sich die Hose, das Hemd abzustreifen. Unter der Dusche kommt das Wasser erst eiskalt aus dem Schlauch, dann verbrüht sie sich fast. So lange, bis sie die Wassertemperatur richtig eingestellt hat, steht sie in einer

Ecke der Wanne und steigt wie der Tanzbär auf der glühenden Metallplatte von einem Fuß auf den anderen.

Wie anders war es gestern Abend im Badezimmer der aserbaidschanischen Familie, als sie sich in einer von vielen gelben Rissen überzogenen Badewanne mit dem Plastikschöpfer immer wieder mit Wasser übergossen hat. Auch da hatte die Nervosität sie beherrscht, aber mitten durch ihre Aufregung zuckte auch eine köstliche Freude. Sie hatte ja nicht ahnen können, wie dunkel die Nacht tatsächlich würde, sie war davon ausgegangen, dass Jack diesen Körper zu Gesicht bekäme, ihre Oberschenkel, für deren Mächtigkeit sie sich schämt; die seit der letzten Rasur schon wieder sprießenden schwarzen Härchen über der Scham, ihre Brüste, schattig und prall wie Auberginen. Und dann hat Jack sie einzig mit seinen Händen entdeckt. Beide sind sie einander unsichtbar geblieben. Umso mehr hat sie dafür gespürt: seine breiten, trockenen Handflächen, ein schnelles, kurzes Zünglein, die glatte Haut seines Geschlechtsteils, wenig Haar auf seiner Brust, eine tiefe Narbe am rechten Knie. Schon wieder flackert das Begehren in ihr auf, ungestillt, heißer als all die Zeit zuvor.

Es wird aber zu keiner weiteren Nacht mit Jack kommen, mahnt sie sich, während sie sich mit geschlossenen Augen unter dem heißen Wasserstrahl dreht. Weil es Felix gibt. Und weil Jack Jack ist. Jack ist einer von denen, die ihre Großmutter *Pallikaren* nennt. Männer, denen man nicht zu nahe treten sollte, weil sie es sind, die erobern wollen. Und weiterziehen, sobald die Festung gefallen ist. Zu Großmutters Zeiten fiel die Festung mit der Verlobung, so ging die Frau kein Risiko ein, weil nun der Pallikar am Haken zappelte, ein Jahr später schlug ihn der Ehestand in Ketten, wer ausbrechen wollte, den traf das grausame Gesetz jener alten Gesellschaft. Solche Finten lehnt Olga ab, die Vorstellung, einen Mann einfangen zu wollen, ist absurd. Also bleibt ihr nur die Einsicht, dass es gefährlich ist, das Herz an einen Pallikar zu hängen. Im Moment hat es übrigens wenig Sinn, sich auf Jack zu konzentrieren – gleich werden drei andere Männer aufmarschieren. Sporenklirrend die beiden Väter. Felix in Zivil natürlich.

Sie dreht das Wasser ab, wickelt sich in ein großes Handtuch, frottiert sich die Haare und rechnet die jüngste Vergangenheit gegen die nächste Zukunft auf. Aus Felix' Sicht. Seit gestern ist er in Tiflis, hat mehrmals vergeblich versucht, sie zu erreichen, und wird sich gefragt haben, was los ist. Ist er verärgert? Unvorstellbar, sie hat ihn nie anders als gut gelaunt erlebt. Aber natürlich hat er jedes Recht, von ihr zu erfahren, wo sie sich die letzte Nacht über aufgehalten hat. Falls sie es ihm erzählt, heute noch, kann sie dann wirklich erwarten, dass er seinen Gleichmut bewahrt? Auch über die nächsten Stunden hinweg und noch weiter, bis sie alle wieder in Deutschland sind? Und wieso fällt ihr jetzt auch noch die Hobbymalerin ein?

Gerade als sie den letzten mit Stoff überzogenen Knopf an Salomes Kleid schließt, geht die Wohnungstür, und sie hört die Stimmen der Väter.

»Komme sofort!«, ruft sie gespielt munter, schlüpft in die Sandaletten, verhaspelt sich peinliche Minuten in den Lederriemen. Dann stellt sie sich nach Seife duftend, das Haar straff nach hinten frisiert den beiden Männern. Keiner der beiden sieht ihr in die Augen. Gogis Gesicht ist rot angelaufen, so viel kann sie im schummrigen Licht der Diele erkennen.

»Tut mir leid, dass es später geworden ist, Papá«, sagt Olga unsicher, während sie nach draußen gehen.

Der Vater antwortet nicht.

»Papá?«

Wieder keine Reaktion. Gogi wandert um sein Auto herum, besieht es sich mit verengten Augen von allen Seiten, dann öffnet er nur für sich selbst die Fahrertür und drückt aufs Gas, kaum dass sie eingestiegen sind. In ungutem Schweigen geht es durch die Altstadt. An einer Zufahrtsstraße behindert ein schräg geparkter Wagen die Weiterfahrt, Gogi stoppt jäh, stößt gleich darauf einen Wutschrei aus und steigt so stark aufs Gaspedal, dass der Wagen losschießt und zu schlingern anfängt. Er reißt das Steuer herum, lenkt an der Kolonne vor ihm vorbei auf die Gegenfahrbahn, wo er wie ein verrückt gewordener Rennfahrer voranrast. Ein Bus kommt ihnen entgegen. Die hinten sitzende Olga drückt es in die Rücklehne, mit weißen Knöcheln klammert sie sich an ihren Sitz. In letzter Sekunde gleitet Gogi wieder zurück in seine Spur, der Bus dröhnt vorüber.

Der Vater sagt etwas zu Gogi. Dass seine Stimme leise klingt, ist normal, auch dass er mit dem Onkel Georgisch spricht, es wäre kindisch, sich daran zu stören. Nur dass er keine Silbe für die geliebte Tochter hat, ist neu. Zum ersten Mal steht ihr Vater nicht auf ihrer Seite.

»GANZ EINFACH, ich stelle ihn als *meinen* Begleiter vor«, sagt Salome auf Deutsch, gleich darauf beugt sie sich nach vorn und instruiert den Taxifahrer mit einem Schwall georgischer Worte.

»Dann wirst du es sein, die Schwierigkeiten kriegt«, stellt Jack fest, froh darüber, dass er gerade noch rechtzeitig aus seinem Sekundenschlaf erwacht ist, um zu bemerken, wie Olgas Kusine aus dem schattigen Flur ins Sonnenlicht trat und in das wartende Taxi schlüpfte. Drei Schritte und dreiundsechzig Worte später hat er neben ihr auf dem Rücksitz Platz nehmen dürfen und wurde über die neuesten Entwicklungen in Kenntnis gesetzt.

»Ach, ich winde mich schon wieder irgendwie heraus«, erklärt Salome voll Zuversicht. »Ich habe meiner Mutter eine Nachricht geschickt, dass ich für eine Kollegin einspringen muss. Dass ein deutscher Diplomat frisch eingetroffen ist und ich ihn durch die Stadt führen soll.«

»Ein deutscher Diplomat?!«

»So was kommt in meinem Leben öfter vor.«

»Okay. Aber der … Mensch ist doch jetzt hierhergereist, weil er Olga sehen wollte.«

»Er kriegt ja, was er will. Ich fahre gleich mit ihm in das Lokal, wo alle sind. Der Familie sage ich, dass es ihm unangenehm war, mich aus der Feier zu reißen. Außerdem – kann doch sein, dass so ein Ausländer eine georgische Hochzeit interessant findet. Und ihm werde ich erklären, dass es vor all den Verwandten zu früh wäre, wenn er gleich mit Beziehung und Olga und Heiraten loslegt. Von Zusammenziehen ganz zu schweigen. Dass bei uns so etwas schön langsam eingefädelt sein will, deshalb … Was ist los? Du schaust so?«

»Nichts, nichts, sprich weiter!«

»Hör zu, es ist ein Provisorium, aus der Not geboren, wenn du eine bessere Idee hast – der Plan lässt sich noch ändern.«

»Ist das da vorn schon sein Hotel? Warte … Kennst du diesen Mann eigentlich?«

»Nein. Du?«

»Auch nicht. Und du glaubst, mit all diesen Finten und Vorgaben wird er den ganzen Abend über die Finger von Olga lassen? Ich meine, er ist doch nur wegen ihr hierhergeflogen!«

»Lieber Gott, was weiß denn ich? Vielleicht hat er sich vorgestellt, dass er heute schön offiziell um ihre Hand anhält? Alles, was ich tun kann, ist erst mal, Olgas Eltern zu beruhigen. Ich will, dass wir die Hochzeit ohne Knall hinter uns bringen. Die Brautleute sind schließlich meine Verwandten, mein Vater ist mit dem Tamada befreundet.«

»Dem was?«

»Wirst du bei uns noch öfter sehen, ist selbsterklärend. Noch was? Der Typ wartet sicher schon in der Lobby auf mich.« Salome öffnet die Wagentür und setzt einen Fuß hinaus.

»Warte! Eins noch: Ich komme mit auf die Hochzeit!«

»Oh!« Salome sinkt zurück auf den Sitz. »Das geht nicht!«

»Es muss gehen!«

»Wie stellst du dir das vor? Ich kann doch nicht mit einem Bus voll deutscher Männer da aufkreuzen. Die Plätze in dem Lokal sind abgezählt, das Hochzeitsmenü ... Es wird schwierig genug, diesen Felix da einzuschleusen.«

»Ich brauch keinen Sitzplatz, ich kann stehen.«

»Mann! Es geht nicht!«

»Ich komme mit!«

Salome seufzt laut und hält sich die Hand vor die Augen. Der Taxifahrer wirft ihr einen Blick zu, fragt etwas.

»Liebe Salome! Bitte!«

Sie antwortet dem Fahrer, dann schaut sie Jack an, tippt sich mit dem Zeigefinger gegen das Kinn und beginnt, laut zu überlegen. »Vielleicht später, wenn das Essen vorbei ist, wenn alle schon getrunken haben ...«

»Also, ich komme mit?«

»Puhhh ...!« Sie bläst die Backen auf und lässt in knatternden kleinen Schüben die Luft heraus.

»Ich versprech dir, es wird keinen Skandal geben.«

»Weißt du, dass allein dein Aufzug schon für einen Skandal reicht?« Mit gerunzelter Stirn mustert Salome ihn in seiner Jeans, den nur oberflächlich ausgewaschenen Blut-, Schweiß- und Kotflecken in seinem Hemd. »Gut, wir machen es so: Unterwegs setze ich dich bei meinem Cousin ab, der kümmert sich um dich und bringt dich später ins Lokal!«

»Salome! Du bist meine Heldin! Und keine Angst, ich werde brav sein.«

»Musst du auch. Sonst killt dich mein Vater. Oder der von Olga.«

In ihrem Festkleid, das Handy am Ohr, läuft Salome auf das Gebäude aus rotem Backstein zu, vor dem das Taxi geparkt hat. Ein livrierter Portier öffnet ihr das Portal.

HAT ER NOCH ZEIT für einen Plan? Wenn Jack zu beten verstünde, würde er es jetzt in diesem Taxi vielleicht tun: Plan, Plan, Plan … komm herbei, entfalte dich! Aber welchen Plan kann es geben, wenn er noch nicht einmal weiß, wie der Fasan aussieht? So wie der mehrfach von ihm gezeichnete Hühnervogel ja wohl nicht.

In der Tat nicht – durch die geöffnete Wagentür schlüpft ein rothaariger, gut proportionierter Mann im Straßenanzug. »Hello«, lacht er freundlich.

»Hello«, knurrt Jack und kann nicht verhindern, dass sein Blick auf die entspannt auf den Knien ruhenden Hände des anderen fällt. Hat der sich etwa die Nägel poliert? Jack drückt den Rücken in die Sitzpolster und fragt sich, ob ihm der säuberliche Fasan die letzten vierundzwanzig Stunden ansehen oder anriechen kann: den Kampf mit der hormonell verwirrten Kuh, die gesamte Biochemie der vergangenen Nacht.

»Darf ich vorstellen?«, sagt Salome, ganz die professionelle Begleiterin. »Jakob Jennerwein – Felix van Saan.«

Die gepflegte Hand von Herrn van Saan umschließt kraftvoll die seine. »Und was führt Sie nach Tiflis?«, fragt sein unwissender Nebenbuhler, geschmeidig ins Deutsche wechselnd.

»Ich seh mich um«, antwortet Jack ausweichend, dann präzisiert er, einer Eingebung folgend, »im Weingeschäft.« Vielleicht weiß der Weißkittel ja davon, dass die Glücksritter aus Europa auf georgische Weine spitz sind. Wenn nicht – auch egal. Mit gerunzelter Stirn und sekundenkurz mustert er den anderen noch einmal. Meine Güte, an dem stimmt ja alles – diese Muskeln unter dem Anzugstoff, das entspannte Lächeln, die blauen Augen, groß wie bei einem Heupferd. »Und Sie?«, fragt er nicht ohne leichte Aggressivität.

»Erst mal geht's auf eine Hochzeit.«

»Ah ja, die Kusine, die heiratet.«

»Ach! Sind Sie etwa auch eingeladen?«

Salome steckt vom Beifahrersitz ihren Kopf nach hinten. »Jakob ist ein alter Freund unserer Familie«, erläutert sie mit unschuldigem Lächeln. »Er weiß schon lange von Tikas Hochzeit.«

»Ach so«, sagt der Fasan, jetzt doch leicht verunsichert, was Jack mit grimmiger Freude erfüllt.

Bis er Salome in die Augen sieht und seinen Vorstoß bereut. Keinen Skandal, ermahnt er sich, so wars versprochen. »Und?«, fragt er, um einen konzilianten Ton bemüht. »Wie sind Sie auf die Idee gekommen, Georgien zu bereisen? Ist ja gerade ziemlich im Trend, nicht?« Die Frage gefällt ihm, sie hat genau die richtige Mischung aus Höflichkeit und Herablassung.

»Eigentlich habe ich recht private Gründe«, erklärt der Fasan ungeniert. »Allerdings hat man mich gerade ein wenig umdirigiert.« Er lacht amüsiert.

Kann das wahr sein?! Der Fasan hat Humor? Ist er möglicherweise sogar nett? Die ganze Zeit hatte Jack ein kaltes Arschloch vor Augen, in Aussehen und Gehabe ein Abbild des Mediziners, der damals mit spürbarem Desinteresse den Totenschein für den in seiner Wirtsstube liegenden Vater ausgestellt hatte.

»Ich soll da gleich als einer präsentiert werden, der ich nicht bin«, setzt der Fasan hinzu. »Scheint eine Art georgischer Sitte zu sein. Zwischen Brautwerber und künftigen Schwiegereltern.«

Bei den letzten Worten platzt ein Hustenanfall aus Jack.

Besorgt dreht Salome sich wieder zu ihnen um. Er versucht, ihr zwischen Keuchen und Krächzen ein beruhigendes Zwinkersignal zu übermitteln, muss aber einsehen, dass seine Botschaft unter den gegebenen Umständen nicht zu entschlüsseln ist.

»Ist was?«, fragt der Fasan.

»Geht schon wieder«, sagt Jack nach einem letzten langen Räuspern. »Auf irgendwas hier reagiere ich allergisch.«

»Heuschnupfen?«

»Hab ich geniest oder gehustet?« *Herr Doktor*, setzt er in Gedanken hinzu. Irgendwohin muss er ja seine Bitterkeit loswerden.

»Wie bitte?«

»Ich weiß, das ist nicht mein Kompetenzgebiet. Aber rein symptomatisch müsste man ja wohl von Heu*husten* sprechen!«

Erneut erntet er zwei lange Blicke, einen von dem Mann neben sich, den anderen sendet ihm Olgas Kusine. Jack presst die Lippen aufeinander und nickt Salome zu. Und dann wird kein Wort mehr gesprochen, bis das Taxi vor einer Reihe von Hochhäusern im Sowjetstil anhält.

Ein düsteres Treppenhaus. Er folgt Salome die schartigen Stufen einer Betontreppe hinauf. Klopfzeichen an einer Tür aus Eisenmetall. Georgisches Hin und Her mit dem Kerl, der wohl Salomes Cousin ist, jedenfalls küsst er sie auf die Wange. Jack bekommt stumm, aber mit sonnigem Lächeln die Hand geschüttelt und den Weg ins Badezimmer gewiesen, wo Handtücher und frische Klamotten bereitliegen. Als er geduscht und in einem ungewohnt weit geschnittenen grauen Anzug wieder herauskommt, fläzt sich der Cousin rauchend vor dem Fernseher. Aufmunternd klopft er mit der Hand auf das Sofapolster neben sich, als wolle er einen Pudel zum Sprung animieren. »*Sit down*«, sagt er. »*We have lots of time.*«

»Du vielleicht«, sagt Jack.

»Ah?«

»Nichts. *Nothing. It's okay.*« Was soll er auch sonst sagen.

243

11. ZICKZACK

DIE MÄNNLICHEN HOCHZEITSGÄSTE tragen fast alle Sakko, die Frauen Abendkleid, bei einigen ist unter dem schimmernden Blond ein schwarzer Haaransatz sichtbar. Aus der Tiefe des Saals winkt Taisia von einem der im Halbrund aufgestellten Tische. Als Olga näher kommt, hebt ihre Mutter langsam den Kopf und sendet ihr einen Blick, geladen mit Schmerz und Drohung. »Wo warst du?!«, stößt sie hervor.

»Da, wo du mich hingeschickt hast«, antwortet Olga kühl, während sie sich auf den freien Platz neben sie setzt, »auf dem Land.« Noch vor zwei Stunden hätte sie beim Anblick der leidenden Mutter Mitleid erfasst. Nun kommt es ihr vor, als seien ihr ein paar Nervenbahnen durchtrennt worden, als sei das Mitgefühl taub geworden. Gut so! Mutters wirksamste Waffe ist außer Kraft gesetzt.

»Schämst du dich gar nicht?«, erkundigt sich die Mutter.

Und du?, würde Olga am liebsten zurückfragen, aber der Pfeifton einer akustischen Rückkopplung erspart ihr die Antwort. Ein rundlicher Herr mit Halbglatze ist vor die Tribüne getreten, auf der die Musiker mit ihren Instrumenten stehen. Er hält sich ein Mikrofon vor den Mund und spricht laut und mit pathetischer Empörung, einen Zeigefinder rhythmisch zum Himmel reckend, als wollte er Blitz und Donner herabrufen. Hinter ihm hält ein Kellner ein überdimensioniertes Trinkhorn in der Hand, das ein zweiter in hohem Bogen mit Rotwein füllt. Seinem geröteten Gesicht nach ist dies nicht der erste Toast, den der Redner ausbringt.

»So schön, was er sagt!«, flüstert Taisia ergriffen. »Wir haben

Glück, er ist ein berühmter Tamada, sogar unser Präsident holt ihn sich für seine Bankette!«

»*Gaumardschos!*«, schreit der Tamada in sein Mikrofon.

»*Gaumardschos!*«, antwortet es aus dem Saal, es klingt wie Kriegsgeschrei.

Hingebungsvoll leert der Tamada sein Horn und dreht es um zum Beweis: Jawohl, kein Tropfen mehr drin.

Olga hat an ihrem Glas nur gerochen und versucht es jetzt auf dem mit Geschirr überladenen Tisch abzustellen. So viele Teller und Platten, so viel Huhn und Rindsgulasch und Walnusssauce und Pflaumensauce, und zwischen die Schalen mit grünen und roten Pasten zwängen sich noch Vasen voll gebleichter Straußenfedern.

Genau eineinhalb Stunden ist es her, dass Salome zu dem Hotel an der Rustaweli Avenue aufgebrochen ist. Es kann nicht mehr lange dauern, bis sie zusammen mit Felix auf der Hochzeit eintrifft. Dann findet das große Kennenlernen statt zwischen dem Mann aus Norddeutschland und ihren Eltern und Verwandten, die sich linkisch als echte Griechen vorstellen werden, obwohl sie hier im Kaukasus geboren sind, in einer Welt, über deren Sitten Olga bis heute nicht viel weiß. Außer dass man sich für Hochzeiten in erstaunliche Gewänder hüllt, literweise Wein trinkt und für die Trinksprüche einen tobenden Zeremonienmeister braucht. Ob Felix im Anzug kommt? Unwahrscheinlich bei einem Wochenendtrip nach Tiflis.

»Wir trinken auf die, die nicht mehr mit uns auf der Erde sind«, seufzt Taisia, »auf unsere Toten.« Sie wischt sich eine Träne aus dem Augenwinkel, während sie ihr Weinglas einem der livrierten Mädchen hinhält, die an jedem Tisch Wein nachgießen. Dann verändert sich ihr Gesichtsausdruck. Sie fasst Olga an der Schulter und beäugt das Fädchen, das unter der Achsel verräterisch aus der aufgeplatzten Naht hängt. »Hast du irgendwas zum Nähen dabei?«, fragt sie Chrysanthi über das

245

Gläsergeklirr hinweg. Die runzelt die Stirn, sieht sich kurz um, dann zieht sie Olgas Schulter ruckzuck zu sich und beißt mit den Schneidezähnen den Faden ab.

Mit einem heftigen Ruck wendet die überrumpelte Olga sich ab. Sie hat das Gefühl, dass sie gleich in einer Art nervösem Lachanfall explodieren wird. Was, wenn ihre Mutter als Nächstes einen Rußfleck in ihrem Gesicht wahrnimmt? Ob sie ihr dann mit Spucke auf dem Zeigefinger die Wange berubbeln wird? Am besten noch in Gegenwart von Felix?

Der Saal verdunkelt sich, Scheinwerfer lenken die Blicke auf eine Empore, wo sich an ihrem pompös geschmückten Tisch das Brautpaar gegenübersteht. Schwarz und wie für einen Feldzug gekleidet der Bräutigam mit Patronengurt, Säbel und glänzenden Lederstiefeln; die Braut strahlt in europäisch zivilem Weiß. Zu den Klängen einer sentimentalen Musik, von abwechselnd grünen und blauen Lichtspots betastet und von zwei Trauzeugen unterstützt, schieben sie sich gegenseitig die Ringe an die Finger. Im Saal tost der Applaus. Dann weist ihnen eine Lichtspur den Weg nach unten, eine Flöte und ein Akkordeon stimmen eine traditionelle georgische Weise an, die Braut gleitet wie auf Rollen und sich unaufhörlich drehend über das Parkett. Sie hat die Arme weit ausgebreitet, graziös bewegt sie die Handgelenke, während der Bräutigam sie mit angewinkelten Armen und federnden Beinen umspringt wie ein schwarzer Schwan, der sein schneeweißes Weibchen umbalzt.

»Siehst du das, Olga?«, flüstert Taisia. »So geht unser Hochzeitstanz, Tika hat extra Unterricht dafür genommen. Gefällt es dir?«

»Ja, Tante«, sagt Olga und späht an dem tanzenden Paar vorbei zur Tür, in der doch jetzt jeden Moment der Mann erscheinen müsste, den außer ihr niemand hier kennt. Der an ihren Tisch schreiten, die Eltern und Verwandten begrüßen wird. Ob er wenigstens ein weißes Hemd anhat? Ob er sie gewohnheitsmäßig mit einem Kuss begrüßen möchte? Ihr wird kalt, sie reibt sich die Schultern.

Erneut spricht der Tamada, reckt den Zeigefinger, leert das Trinkhorn. »*Gaumardschos!*«, schreit er.

»*Gaumardschos – dschos – dschos!*«, antwortet brüllend der Saal.

»Das war für uns *Dedas*«, erklärt Taisia. »Für die Mütter. Für alle schönen Frauen, die uns auf diese Welt gebracht haben.« Sie betastet ihre Frisur, dann küsst sie Sandro, der in Anzug und Krawatte neben ihr sitzt, auf den Kopf.

Wieder wird es dunkel, wieder weisen weiße und blaue Lichtfinger zur Empore, wo das Brautpaar jetzt die Hochzeitstorte anschneidet, ein vierstöckiges Ereignis in Weiß, auf dem sich grüne Efeublätter aus Marzipan ranken. Ritterlich führt der Bräutigam seiner Braut die Hand mit dem riesigen Messer darin. Dann füttert er sie, beseligt schließt die Braut die Augen.

»Ach, wie sie sich lieben!«, sagt Taisia. »Kannst du auch gut sehen, Olga? Sollen wir die Plätze tauschen?«

»Ich sehe sie, Tante«, sagt Olga, meint aber nicht das Brautpaar, sondern den stattlichen rothaarigen Mann in dunkler Hose, Sakko und tadellos weißem Hemd, der an Salomes Seite durch den Saal auf sie zukommt, an ihren Tisch tritt, wo er vorgestellt wird, Hände schüttelt, ihrem Vater, der Großmutter, Onkel Gogi, der weltmännisch »Welcome!« sagt, auch Sandro, der seinen Kopf wegdreht, Tante Taisia und Mutter. Dann steht er vor ihr, lächelt ihr direkt in die Augen.

»Meine Kusine Olga«, sagt Salome auf Deutsch. »Olga, das ist Felix van Saan von der deutschen Botschaft.«

»Ich bin entzückt!«, erklärt Felix augenzwinkernd.

Stumm reicht Olga ihm die Hand, fühlt den vertrauten Druck und sagt sich zum Optimismus entschlossen, dass das Schmierentheater hier vielleicht sogar die einzige Möglichkeit ist, ihre zwei getrennten Welten zu verbinden. Und dass vielleicht doch noch alles gut gehen könnte – wenn nur zwei Dinge nicht passiert wären. Wenn nicht ihre Mutter die Verlobung mit dem falschen Professor herausposaunt hätte. Wenn sie selbst sich sicher wäre, dass sie die letzte Nacht vergessen könnte. Sie strafft ihre Schultern, presst die Hände ineinander.

Acht Stühle stehen um jeden Tisch. Ein neunter Stuhl wird zwischen Olga und Salome platziert. Darauf thront nun Felix, gutaussehend, frisch rasiert. Er scheint nicht im mindesten nervös, prostet allen am Tisch zu und lehnt sich entspannt zurück, um das Geschehen vor sich auf dem Parkett zu betrachten, wo eine Formation hübscher Mädchen in Tracht auf Zehenspitzen herbeigetrippelt kommt. Langbezopft und lächelnd breiten sie die Hände aus, als wollten sie jeden im Saal in den Arm nehmen, sie wiegen sich in den Hüften, anmutig, versunken in die Musik, in den eigenen Liebreiz.

»Hallo, Schatz!«, murmelt Felix und stupst Olga leicht an. Sie wendet das Gesicht, sieht, dass er ihr zulächelt, und lächelt verkrampft zurück. Wie viel von ihrer Familie hat Felix eigentlich zur Kenntnis genommen? Hat er die abgearbeiteten Hände und den deprimierten Ausdruck im Gesicht ihres Vaters entdeckt? Die misstrauische Miene ihrer Mutter? Hat er überhaupt verstanden, wer wer ist? Oder hält er am Ende Gogi für ihren Vater? Noch weiß sie nicht, auf welches Drehbuch sich Salome mit ihm verständigt hat und wie viel Schauspielkunst von ihr selbst erwartet wird. Sie spürt den Blick ihrer Mutter auf sich und dreht trotzig den Kopf ganz Felix zu, mustert ihn unverhohlen und registriert überrascht ihre eigene Verwunderung. Hatte er eigentlich schon immer so starke Kieferknochen? Und dieses Kinn – wie aus Eisen! Auf einmal kommt ihr sein Gesicht übertrieben schnittig vor. Wie bei einem Preisboxer, denkt sie verstört und fragt sich, wo die Freude bleibt, die sie bei diesem Wiedersehen doch überkommen müsste.

Kusshände werfend treten die Mädchen ab, sechs junge

Männer mit Schild und Schwert marschieren auf. Zu Trommelschlägen und einer quäkenden Flöte laufen die Kämpfer aufeinander zu, kreuzen ihre Klingen, springen hoch in die Luft, landen akrobatisch in der Hocke, wo sie sich wie Kreisel rasend um sich selbst drehen. Funken sprühen auf, wenn die Schwerter auf die Schilde krachen.

Bravorufe ertönen, Pfiffe. Sogar die ewig beschäftigte Salome sieht von ihrem Handy auf und applaudiert, ihre weißen Schultern, ihr Dekolleté leuchten. Inzwischen weiß Olga, was es mit diesem hellen Schimmer auf sich hat: Alles schwarze Haar am Körper entfernt die Kusine sich mit heißem Wachs, alles, was bleibt, die feinsten, unsichtbaren Härchen, werden mit Blondierungsmittel behandelt. Der Effekt ist hinreißend. Allerdings ist sich Salome selbst nicht sicher, inwieweit sie sich damit an ihrer Gesundheit vergeht.

Felix lächelt leise, flüstert Olga etwas zu.

Sie hat nicht verstanden. »Was?«

»Find ich ja sensationell das alles!«

»Dein Ernst?« Sie kann es nicht glauben. Felix *gefällt* das alles hier? Der von Pathos erfüllte Tamada, die kriegerischen Trinksprüche, der als Räuberhauptmann verkleidete Bräutigam?

»Scheint ein leidenschaftliches Völkchen zu sein«, wiederholt Felix hörbar fasziniert, »deine Landsleute. Die kämpfen ja, als ginge es um Leben und Tod!«

»Es ist nur Theater.«

»Natürlich ist es nur Theater.«

Hat ihre Mutter gerade verstanden, worüber gesprochen wurde? Hat sie mitbekommen, dass Felix, der angebliche Diplomat, sie duzt?

Wieder ergreift der Tamada das Mikrofon. Mit inzwischen heiserer Stimme deklamiert er eine Ballade. »Über Königin Tamars Grab«, sagt Salome und verdreht die Augen. »Mein Gott, das dauert jetzt zwanzig Minuten!«

»Pschscht!«, zischt Taisia. Wie alle anderen der mehrheitlich älteren Generation lauscht sie dem dröhnenden Vortrag hingebungsvoll. Die Jüngeren verbergen ihre Ungeduld kaum noch, genervt schauen sie auf ihre Handys.

Noch während der Tamada sein »*Gaumardschos*« ruft und der Saal antwortet, ist einer der Musiker zu ihrem Tisch gekommen und neigt sein Ohr herab zu Felix. Von der anderen Seite wedelt Gogi großzügig mit einem Geldschein. Offenbar hat man Felix zum Ehrengast erkoren, der einen Musikwunsch äußern darf.

»Na dann!«, sagt er munter zu Olga und ergreift ihre linke Hand. »Darf ich bitten, mein schönes Fräulein?«

Jetzt hat sie eine Sekunde zu lang gezögert. Während auf der Bühne das Schlagzeug losprasselt, hat von der rechten Seite ihre Mutter die Hand ausgefahren. Heftig kneift sie sie durch den Satin von Salomes Kleid in den Oberschenkel. »*Let's twist again!*«, brüllt der Sänger ins Mikrofon. Das jüngere Publikum wirft die Handys auf den Tisch, ein paar Stühle fallen um, als alle sich auf die Tanzfläche stürzen.

»Mit dem größten Vergnügen!«, schreit Olga wütend, schüttelt sich aus dem Zangengriff der Mutter und lässt alles hinter sich, die Eltern, Onkel und Tante, das ganze Georgien, blondiert oder Natur. Sie tritt Felix auf den Fuß, so eilig hat sie es. Auf dem Parkett lassen die Jüngeren vor Freude und Ausgelassenheit außer sich die Hüften kreisen, rudern mit den Armen. Bei Olga ist es die Wut, die sie von Felix wegschleudert und zurück gegen seine Brust prallen lässt. Sie zischt auf vor Zorn, zeigt die Zähne und hört, wie Felix durch den Lärm der Musik laut und fröhlich singt »… *like we did last summer*«, sieht, wie er sie mit einem strahlenden Blick bedenkt. Der Song ist ein Twist, Felix tanzt dazu Rock 'n' Roll, was man eben in einer Kieler Tanzschule so lernt. Recht so, Hauptsache rasant. »Du bist so was von sexy!«, schreit er. »Georgien hat eine tolle

Wirkung auf ...« Das letzte Wort hört sie nicht mehr, sie ist wieder in einer Außendrehung, spürt nur noch vier Finger von Felix in ihrer linken und in der rechten auf einmal eine andere Hand, und als sie sich dahin dreht, liegt sie an der Brust von Jack.

Vor Schreck wäre sie fast gestürzt, mit beiden Armen hält Jack sie im Gleichgewicht und drückt sie dabei fest an seine Schultern, Bauch und Hüfte. »Bayerischer Dreher«, entschuldigt er sich, »einziger Tanz, den ich kann«, und tatsächlich dreht er sich mit ihr, dreht sich und dreht sich, in einem irren Tempo dreht er sie und sich selbst wie einen einzigen Körper durch die zuckenden Schultern und kickenden Beine der anderen Tänzer. Diskolicht hat eingesetzt. Im Sekundentakt flammen aus dem Sepiabraun des Saals weiße und grüne Licht-Rechtecke auf, in denen Hände, nackte Arme und Schultern sichtbar werden.

»Bist du verrückt?«, schreit sie. »Was machst du hier?«

Sie hätte noch mehr Fragen, zum Beispiel, wie er hierhergefunden hat und was das für ein bescheuerter Anzug ist, in dem er ihr vorkommt wie ein Clown in seinem zu weiten Kostüm, außerdem will sie sich nach Felix umsehen, sie müsste es zumindest. Aber es ist nicht Felix' lächelndes Gesicht, in das sie in der nächsten Schwindel erregenden Rechtsdrehung und durch das Lichtgewitter der Scheinwerfer blickt, sondern das ihrer Mutter. Noch schlimmer: Durch all die ausgelassen Tanzenden – inzwischen haben sich ein paar junge Männer den martialisch gekleideten Bräutigam geschnappt und werfen ihn juchzend in die Höhe – schleppt sich auf ihren Stock gestützt auch die Großmutter auf die Stelle zu, wo Olga in einer letzten Drehung erstarrt an Jacks Brust liegt und sogar noch durch den absurd steifen Anzugstoff sein Herz hören kann.

»Komm mit!«, befiehlt die Mutter in vielen Sprachen, sie sagt *dawai* auf Russisch, *chamán* auf Pontisch und noch *éla* und *t'samodi* und andere Wörter. Olga versteht nichts davon und

251

gleichzeitig alles, die ganze Suada – zu Schande, Sünde, Krankheit und Katastrophe. Ein Vater, der nicht mehr mit der Tochter spricht; eine Mutter, die sie verfolgt wie der Polizist den Verbrecher; eine Großmutter, die ihr beistehen will und der sie das Schlimmste ersparen sollte. Olga löst sich aus Jacks Armen und folgt der Mutter durch die Tanzenden zu der Schwingtür am Ende des Saals, wo sich die Toiletten befinden.

IMMER NOCH VIBRIERT ihr Körper von den Beats. Die jetzt schwach durch die Tür der Damentoilette dringen, lauter werden, wenn die Tür sich öffnet, abklingen, wenn sie wieder zugeht. Es gibt nur zwei verschließbare Kabinen, im Vorraum stehen zusammengepfercht wartende Frauen. Zwei Matronen in schwarzen Kleidern, die sich mit Bambusfächern *made in China* Luft zufächeln; eine jüngere, die sich mit konzentrierter Miene vor dem Spiegel den Lippenstift nachzieht; eine Mutter, die laut mahnend die klebrigen Finger ihres protestierenden Kleinkinds unter dem aufgedrehten Wasserhahn rubbelt.

»Eine Schamlose bist du!«, kreischt Olgas Mutter zwischen all den Frauen im Raum. »Schande bringst du über uns! Mit dem einen … hurst du in der Nacht herum!« Sie japst, auf ihrer Nase glänzt der Schweiß.

»Und du?«, schreit Olga zurück. »Du erzählst Lügen über mich, dass ich mich verlobt hätte! Wie kannst du nur?!«

Das Mädchen vor dem Spiegel hat aufgehört, sich zu bemalen, mit dem Lippenstift in der Luft steht sie vor dem Spiegel; auch die ihr Kind säubernde Mutter verharrt mitten in der Bewegung. Alle Gespräche sind verstummt, nur noch das Gurgeln des laufenden Wassers ist zu hören.

»Und dann kommt gleich der Nächste daher und darf dich auch noch befingern!«

»Jawohl, darf er, alle dürfen, ich lade herzlich ein!«

»Weil du eine Hure geworden bist! Eine Hure! Das bist du!«

Einer der schwarz gekleideten Damen fällt vor Schreck der Fächer aus der Hand. Die Mutter hat auf Pontisch geschrien, aber dieses eine Wort verstehen alle: *Putana*.

Olga merkt, dass sie zu zittern angefangen hat. Krampfhaft versucht sie, ihre Nerven irgendwie zusammenzuhalten. Anstatt zurückzuschreien, sollte sie die Mutter beruhigen. Nur wie?

Die Mutter kreischt weiter und noch lauter, unterbrochen jetzt von Japsen und diesem seltsamen Pfeifton aus ihrer Kehle: »Närrin! *Palála!* Wer wird dich noch heiraten? *Argaichare! Dschandaba!*« Sie wechselt zwischen den Sprachen, keuchend. »*Schen m'omikvdi* – ich verfluche …« Der Satz bleibt unvollendet, mit einem Mal wird ihr Gesicht weiß wie Nudelteig, die Knie knicken ihr ein, mit dem Unterarm schlägt sie schwer auf das Waschbecken, dann rutscht ihr Körper nach unten, aufgehalten von den Hüften und Beinen der anderen Frauen in dem engen Raum. Nur den Kopf hat nichts gestützt, mit einem dumpfen Geräusch schlägt er auf die Fliesen.

»*Vai me!*«, kreischt eine der Frauen auf.

Olga stößt die am nächsten Stehende beiseite, sinkt neben ihrer Mutter auf die Knie, tätschelt das bleiche, schweißnasse Gesicht. »Eine Decke!« Sie zeigt auf die schwarze Strickjacke einer Frau, die hat schon verstanden, windet sich aus den Ärmeln. Stabile Seitenlage, denkt Olga, bettet den Kopf der Mutter auf die Jacke, dreht sie mit fliegenden Fingern auf die Seite, legt ein Bein über das andere. Einen Arzt braucht sie. Einen Arzt! Sie weiß nicht, wie das Wort auf Georgisch heißt, aber dass wenigstens ein Arzt draußen im Saal ist, das weiß sie.

Als sie die Tür öffnet, wollen gerade zwei junge Mädchen eintreten, erstarren, schlagen sich die Hände vor den Mund.

Olga läuft in den Saal zurück, quer über die Tanzfläche, vorbei an der Tribüne der Musikanten, von wo gerade die Musik neu einsetzt, diesmal mit einem georgischen Lied, was Pfiffe und Johlen bei den Tänzern hervorruft. Arme werden ausgebreitet, Füße stampfen auf den Boden. Olga drängt sich durch die Tanzenden. In einer Ecke sieht sie ihren Vater und den Onkel zusammen mit Jack. Reden die drei miteinander? Felix sitzt wieder an seinem Platz neben Salome, nascht Trauben aus einem Pokal und hört mit belustigtem Gesichtsausdruck einem angesoffenen Kerl zu, der wortreich um seine Bekanntschaft wirbt: »*My name is Giwi. Means George. Call me George! I am George from Georgia, Georgian George, understand?*«

»Felix!«, schreit Olga. »Meine Mutter! Sie ist … hat …«

Er springt auf und folgt ihr.

In der Toilette knien mehrere Frauen auf dem Boden um die bleiche Chrysanthi, fächeln ihr Luft zu, tätscheln ihr die Wange. Auch die Großmutter steht jetzt auf ihren Stock gestützt in dem engen Raum und spricht mit den anderen.

»Frau Evgenidou!«, ruft Felix sehr laut und sehr munter klingend, während er auf die Knie geht und der reglosen Frau den Puls fühlt. »Können Sie mich hören? Sehen Sie mich?«

Chrysanthis Lider flattern. »Wer sind Sie?«, fragt sie.

»Ein deutscher Arzt. Sie hatten einen Schwächeanfall. Ich denke, wir bringen Sie am besten nach Hause. Und dann rasch nach Deutschland in eine Klinik. Dort können wir uns besser um Sie kümmern. Sind Sie damit einverstanden?«

»Wer … sind Sie?« Sie atmet mit Anstrengung.

Felix stützt ihr den Kopf und studiert ihre Pupillen. »Hol deinen Vater«, sagt er zu Olga, »und ruf einen Krankenwagen!«

»Wer sind Sie?«, wiederholt Chrysanthi.

»Ich bin der Verlobte Ihrer Tochter.«

Olga ist schon an der Tür, sie hört gerade noch, wie ihre Mutter aufatmet. »Ja«, sagt sie, »fahren wir nach Deutschland.«

Einen Sturm hat Jack wohl erwartet, aber nicht, dass er von der Mutter ausgelöst wird. Einerlei – wenn er jemals etwas von den Sitten dieses Landes verstanden hat, dann gibt es in seiner Lage nur zwei Möglichkeiten: a) die Braut entführen – hat er vorhin versucht, na ja, eher als Scherz, b) vor den Vater treten mit demütig gesenktem Haupt (Ring später nachreichen).

Immer noch tobt um ihn die entfesselte Tanzlust der jugendlichen Hochzeitsgäste, plärrt der Sänger. Er fühlt sich wie entzweigerissen. Wohin jetzt zuerst? Zu Achilleas? Hinter Olga her? Gerade noch kann er sehen, wie sie und ihre Mutter durch eine Tür schreiten, es dürfte die zur Damentoilette sein. Gut, da hat er sowieso nichts verloren, erste Frage schon entschieden. Wo ist der Rest der Familie, wo der Vater? Zwischen zuckenden Schultern sieht er den Umriss des fröhlichen Fasans, wie er sich auf die Tischreihen zubewegt. Ah, da vorn! Das sind sie ja alle! Der dicke Onkel. Neben ihm der graue Schopf von Achilleas. Jack schlängelt sich durch die Tanzenden, bei jeder Bewegung schlottert der verfluchte Anzug, zu dem man ihn verdonnert hat, er muss die Arme anheben, damit die Handgelenke frei werden.

Geschafft. Er steht am Tisch direkt vor Olgas Vater, dem Herrscher über ihr Schicksal, dem Befehlshaber über die nächsten Sekunden, ach was: Jahrzehnte.

»Achilleas«, sagt Jack in bittendem Tonfall, vielleicht aber gerade passend zu den Herzklopfen erzeugenden Klängen der georgischen Weise, die die Musiker anstimmen, bloß kommt er nicht mehr an gegen die jetzt erst richtig aufbrüllende Freude der Tänzer, ihre stampfenden Füße, Pfiffe, klatschenden Hände.

»Achilleas!«, schreit er.

Endlich. Der Vater hebt die schwarz umränderten Augen und schaut ihn an, als hätte er ihn noch nie gesehen. Nein, als laste ein Fluch auf ihm – oder was sonst bedeutet dieser bittere Blick? Wie seltsam, dass er zum ersten Mal wirklich Olgas Augen in diesem Gesicht erkennt. Die dunkle Iris – riesig wie bei einer Christus-Ikone und genau in der Mitte des weiß leuchtenden Augapfels.

Achilleas Evgenidis erhebt sich, eigenartig groß wirken seine aus den Ärmeln ragenden Hände. Auf seiner Stirn haben sich zwei senkrechte Gräben gebildet, Zornesfalten, links und rechts davon wölben sich die Brauen mit ihren ineinander verzwirbelten weißen und schwarzen Haaren. So sieht ein afghanischer Warlord aus. Ein Kriegsgott aus dem Olymp.

»Achilleas …«

»Kommst du!«, gebietet der Mann, der einmal sein guter Freund war, mit rauer Stimme. »Kommst du zu draußen!« Drei rasche Schritte, schon ist er um den Tisch und stößt ihn gleich darauf wütend vor sich her. Er ist nicht allein, neben ihm geht der Onkel, auch er mit grimmigem Gesicht, und Jack kann hören, wie er, während sie zu dritt durch die Arme schwenkenden und verzückt johlenden Tanzenden zum Ausgang drängen, laut und erregt auf seinen Schwager einredet. Gibt es Maßnahmen, die zur Besänftigung geeignet wären? Aber die beiden wirken nicht, als wären sie Worten gegenüber empfänglich.

Tür auf. Gleißendes Tageslicht. Ein Mäuerchen aus Beton, gegen das er gestoßen wird, er will sich das Becken reiben und erstarrt mitten in der Bewegung, weil er sieht, was der vor Wut bebende georgische Polizist jetzt begleitet von einem bösen kehligen Laut seinem griechischen Schwager in die Hand drückt – es ist ein kurzes schwarzes Eisenstück, es ist eine Pistole, ja, so nennt man das auch.

Er glaubt es noch nicht, Jack kann nicht glauben, was er sieht. »Achilleas …«, fängt er wieder an und weiß das nächste Wort nicht. Das kann doch nicht sein, dass ihm gerade jetzt alle Worte im Mund vertrocknet sind!

Achilleas knurrt etwas in einer Sprache, die Jack nicht versteht. Sowieso kann er nur den Kopf schütteln, jetzt, da die Worte weg sind für immer.

Das nächste versteht er doch wieder: »Bringst du Schande in meine Familia!«

Nein!, will er schreien, ich mach doch gerade alles wieder gut! Aber die Worte sind nur in seinem Gehirn. Da, wohin Achilleas gleich schießen wird, er hat die Pistole schon in Höhe seiner Nasenwurzel gehoben, die Augen verengt.

»Machst du nicht meine Olga unglücklich!«, befiehlt er und zielt jetzt wirklich, und dieser Name endlich öffnet die Schleuse oben in Jacks Kopf. Wie auf einer Rutschbahn sausen ihm die Worte in den Mund hinunter und von da ins Freie: »Olga ist nicht unglücklich! Ich mach sie glücklich! Ich bin der Einzige, der das kann, glaub mir, Achilleas!«, schreit er. Ein einziger Strom an Beschwörung, unmöglich zu verstehen, und Achilleas zielt immer noch.

Nichts verstanden hat jedenfalls der Schwager, der jetzt eine scharfkantige Silbe ausspuckt. Worauf Achilleas den Kopf schüttelt und sich zu dem Polizisten umdreht, die Pistole in seiner Hand schwankt leicht.

Jack könnte sie ihm aus der Hand schlagen und tut es nicht, es käme ihm völlig sinnlos vor. Die Schultern, die er die ganze Zeit angespannt hatte, jetzt spürt er es erst, fallen ihm herab, er fühlt sich schwach wie ein Lamm im Winter und sagt mit heiserer Stimme: »Glaub es oder glaub es nicht, Achilleas – ich will deine Olga heiraten, ich liebe sie. Von ganzem Herzen liebe ich sie.«

Sie stehen sich gegenüber, starr, beiden zittert das Kinn.

»Willst du mich jetzt totschießen?«, fragt Jack.

Keine Antwort.

»Willst du mich erschießen? Achilleas!«

Noch eine Sekunde, die verstreicht. Dann stöhnt Achilleas auf und legt, ohne seinen Schwager anzusehen, mit gestrecktem Arm die Pistole in dessen Hand. Er stöhnt noch einmal laut, es klingt, als würde ein Löwe gähnen. Dann macht er einen Schritt auf Jack zu und legt ihm beide Hände auf die Schultern. »Will die Olga auch?«, fragt er mit rauer Stimme.

»Ich glaub schon«, sagt Jack. »Ich hoffe es, ich frag sie gleich.«
Jetzt liegen sie einander in den Armen. Jack hat nicht gewusst, wie viel Luft in ihm ist, so viel wie er gerade ausatmet. Sie pressen die Oberkörper aneinander, Achilleas will nicht mehr loslassen. Dann spürt Jack, dass sein Hals nass wird, und versteht, dass Achilleas Zeit braucht, bis die Tränen bei ihm wieder versiegt sind, weil so ein nasses Männergesicht ja wirklich niemand sehen muss.

Fest drückt Jack diesen Mann an sich, den er immer gernhatte und jetzt komischerweise noch lieber hat, nickt mit dem Kopf gegen das Ohr des anderen. Alles ist gut jetzt, alles ist gut.

EINE KULISSE tanzender Menschen. Mit stolz ausgebreiteten Armen bewegen sie sich, mit flinken, wirbelnden Schritten. Ein verschwitzter Mann läuft in Hockstellung mit einer Filmkamera um die Tänzer und filmt die Füße, Kinder hopsen um die Beine der Großen, drei Freunde tanzen umschlungen und mit seligem Lächeln, jeder ein volles Weinglas in der Hand.

Im Vordergrund liegt mit blauen Lidern Chrysanthi auf einer Trage, die Sanitäter um sie sind damit beschäftigt, das Fahrgestell aufzubocken. Abgeschirmt wird die Szenerie durch einen dichten Kreis von Frauen. Die Zeuginnen aus dem Vorraum der Damentoilette sind darunter, Großmutter, Taisia und Salome und viele nie gesehene Frauen und junge Mädchen. Sie umstehen die halb bewusstlose Frau, beugen sich herab zu der Liegenden, sprechen mit ihr, küssen sie auf die Wange, zwei Mädchen haben sich umarmt und wiegen einander, die Tränen laufen ihnen übers Gesicht. Alles wogt und bewegt sich, und mittendrin ragt wie ein Turm der fremde Ehrengast empor – Felix van Saan –, vor einer halben Stunde noch ein unbekannter deutscher Diplomat, seit zehn Minuten aufgestiegen zum lebensrettenden Arzt, und nun, als sei er das immer schon gewesen, ihr offizieller Verlobter. Er hat den Kopf über sein

Handy gebeugt; steif wie bei einer Bürste spreizt sich das karottenrote Kraushaar darauf.

»Sieht gut aus mit Fliegern!«, ruft er ihr zu. »Morgen früh haben wir deine Mutter schon bei uns in der Klinik!«

Ob sein Vater ihm dieses Haar vererbt hat? Ob Felix selbst es weitergeben wird an einen Sohn, der zwischen ihnen aufwächst und selbst wieder Arzt wird? Olga sieht eine Kette rothaariger Männer im weißen Kittel, alle gleichmäßig temperiert, sorgenfrei und kompetent. Die Schläfen werden ihr heiß.

Salome tritt zu ihr, legt ihr den Arm um die Schulter. »Und?«, fragt sie leise. Ein wenig unbeholfen wischt sie sich über das Gesicht und beißt sich auf die Lippen.

»Gut, alles gut«, antwortet Olga. »Wein doch nicht! Bitte!«

»Nein«, flüstert Salome und lächelt mit feuchten Augen. »Nur weil jetzt alles so schnell geht. Okay, traurig bin ich schon.«

Ich auch, denkt Olga überrascht. Jetzt, da so hastig die Rückreise beschlossen wird, erscheint ihr die gesamte Szenerie vor sich auf einmal wie von einem warmen Licht angestrahlt: die immer froh gelaunte, tapfere Salome, die Festgäste im Saal, wie selig sie sich dem Tanz hingeben, laute Pfiffe ausstoßend, Tücher schwenkend, wie leidenschaftlich diese Menschen trauern können, wie viel Mitleid alle für die arme Chrysanthi zeigen, wie gern man sich hier berührt, küsst, lacht oder weint, so viele aufflackernde Feuer – wem immer ein Stück Seele abgefroren war, in diesem Land würde es wiederbelebt werden, behaucht und aufgetaut.

»Die Männer kommen!« Taisia reckt sich, um das Gewühl der Tanzenden zu überblicken.

Olga kann den Onkel sehen, hinter ihm das Gesicht ihres Vaters. Gleich ist die Familie komplett, sie will sich der Mutter und den Sanitätern zuwenden, dann erst sieht sie, wer zwischen den beiden Männern geht, auf wessen Schulter die Hand ihres

Vaters liegt: Jack! Nein, das geht nicht, dass ihre Mutter nach all der Aufregung jetzt noch diesen anderen sieht, den von ihr selbst erkorenen falschen Verlobten. Sie löst sich von der Trage, kämpft sich durch die artistisch springenden Tänzer.

»Olga!« Jack fasst nach ihrer Hand, zieht sie zu sich, während ihr Vater jetzt erst die Sanitäter in ihren roten Trachten, seine wie aufgebahrt daliegende Frau bemerkt und sich erschrocken einen Weg durch die Reihen der Umstehenden bahnt.

»Olga, hör zu! Ich hab nachgedacht. Weil du gestern gesagt hast, dass du einen Anker willst. Also, wenn du es dir so sehr wünschst, dann machen wir das mit dem Heiraten, ich wär dabei. Gleich oder später, das kannst du entscheiden.«

»Was redest du da?« Sie ist sich nicht sicher, ob sie ihn richtig verstanden hat.

»Ich hatte gewisse Einsichten. Vergiss alles, was ich über Heraklit gesagt habe. Dein Vater würde sich übrigens auch freuen.«

»Mein Vater?« Olga dreht sich um. Der Vater steht zwischen den Sanitätern, die Mutters Trage verdecken, gleich werden sie sie zur Tür hinausschieben.

»Olga! Was erwartest du? Was soll ich machen? Niederknien?«

Das letzte Wort wirkt wie ein Alarmsignal. Jäh zieht sie ihre Hand zurück. »Bloß nicht! Wir sind mitten im Aufbruch, wir fliegen heim nach Deutschland. Felix …«, sie stockt, dann verbessert sie sich, »mein Verlobter sucht gerade nach Flügen.«

»Warte!«, sagt Jack. »Warte, warte! Wieso Deutschland? Und seit wann ist er hier in Georgien dein Verlobter?«

»Seit ein paar Minuten.«

»Hat er mit deiner Mutter geredet? Wo ist sie? Ich rede auch mit ihr. Ich weiß, dass sie …«

»Auf keinen Fall!« Mehr und mehr weicht das Glücksgefühl, das sie eben noch erfüllt hat, als sie sich mit ihm durch den Saal drehte, das vorhin wiederkehren wollte mit dem Klang seiner

Stimme. »Sag mal, spinnst du? Soll ich mich alle fünf Minuten umverloben? Und meiner Mutter einen Geist präsentieren? Oder hast du dir seit gestern einen richtigen Beruf zugelegt?«

»Herrgott, Olga! Ist das mit dem Beruf wirklich so wichtig?«

Olga geht einen Schritt zurück, betrachtet ihn mit verengten Augen. In dem viel zu großen Anzug wirkt er wie ein Tramp. Er hat die Hände an seine Hüften gelegt, den schlaksigen Oberkörper leicht vorgeneigt. Seine typische Haltung, gleichzeitig aufmerksam und entspannt. Sie kennt ihn. Und diese Art von ihm, ein Angebot zu unterbreiten, kennt sie auch. So also sieht seine Version eines Ankers aus? Nun ja, das ist eben Jack – was hat sie denn erwartet? Dass er seit heute Morgen ein Haus gebaut, einen Baum gepflanzt hat?

»Olga!«, ruft Felix und wedelt mit der erhobenen Hand. »In sechs Stunden! Flughafen …«

Seine Stimme geht unter in dem anschwellenden Gesang von der Bühne. Zu Balalaikaklängen knödelt der Sänger dramatisch und entschlossen los: *Otschi Tschornije.* Nach den ersten Takten hat das Publikum den Gassenhauer aus Russland erkannt, empört dreht die patriotische Hälfte der Paare ab und verlässt die Tanzfläche. Gleich wird durch die entstehenden Lücken die zum Aufbruch drängende Gruppe ihrer Familie zu sehen sein. Gleich werden sich weitere Leute um sie scharen, weinen, Fragen stellen und gute Wünsche loswerden wollen.

»Ich muss gehen.«

»Olga!«, sagt Jack. »Du brichst dir doch gerade selbst das Herz.« Er macht einen Schritt auf sie zu, auf seinen Brillengläsern zwinkert ein Lichtschimmer.

»Lass mal alles mit Herz aus dem Spiel«, sagt sie, »und schalt dein Gehirn ein! Du willst jetzt also plötzlich heiraten? Und wie hast du dir das vorgestellt? Kannst du mir sagen, wo wir leben würden? War nicht gestern von einem Nest die Rede? Und? Irgendwo einen Strohhalm dafür gefunden?« Sie hat immer geglaubt, dass die Reden von Sicherheit und Dach über dem Kopf typische Glaubenssätze ihrer Mutter wären, aber gerade merkt sie, dass das ihr eigenes Credo ist. Die Sätze gehören ganz und gar ihr.

»Mein Gott, Olga!«, ruft er. »Wichtig ist doch nur, dass wir zusammen sind, ich finde schon irgendwas ...«

»*Irgendwas?*« In ihren Ohren ist ein Brausen, wie von einem irre rotierenden Ventilator. Ich gehe, denkt sie, wendet sich ab, hört noch einmal seine Stimme:

»Ja, irgendwas! Was soll ich deiner Ansicht nach denn ansteuern? Die Karriere von deinem Weißkittel? Wenn du auf so was stehst – nein danke, so ein Überflieger bin ich nicht, werd ich auch nie!«

Das Brausen in ihren Ohren hat ausgesetzt, sie bleibt stehen, lässt die Schultern sinken. Das Letzte kann sie nicht unerwidert lassen. Noch einmal dreht sie sich zu ihm um: »Du redest solchen Blödsinn, weißt du das? Du kannst zeichnen, Klavier spielen, Kühe behandeln, Türkisch sprechen. Du weißt mehr als die meisten Menschen, die ich kenne. Aber alles bei dir steht auf Sand. So viele Talente hast du! Und machst gar nichts daraus.«

Auf der Bühne schluchzt unbeirrt der Sänger über rätselhafte, schwarze Augen und die Flammen der Liebe, die Familie mitsamt den Sanitätern hat den Ausgang schon erreicht, Felix hält die Tür für alle auf, winkt ihr: »Olga? Was ist?«

»Tschüss, Jack«, sagt sie leise, er dürfte es nicht mehr gehört haben, sie hat es im Gehen gesagt, den Blick auf Felix gerichtet.

NACH SEINEM SPRUCH über Felix hat Jack damit gerechnet, dass sie ihm eine schmiert, und war schon kurz davor, ihr eine Wange hinzuhalten. Und jetzt ist sie so leise gegangen. Olga, die gibt es doch sonst nur in Fortissimo – und jetzt dieses Pianpiano? Es passt nicht zu ihr. Bei ihm passt übrigens auch einiges nicht. Weil er doch normalerweise immer einen Ausweg findet,

Licht am Tunnelende und so weiter. Nur vorhin, als Olga sich umgedreht hat, das hatte so was vom letzten Fünklein am Horizont, bevor die Sonne auf einmal weg ist.

Das kann aber nicht sein, sagt er sich, während er von dem Hochzeitshotel hinab in die Stadt marschiert. Das kann nicht sein, nichts ist endgültig. *Nichts ist endgültig*, sagt er sich im Takt seiner Schritte, *nichts-ist-nichts-ist-nichts-ist* … So richtig hilft es nicht. Wenn er wenigstens wüsste, was passiert ist! Diesen Krankenwagen hat er noch mitbekommen und dass der Kerl, den Olga ihren Verlobten nennt, da eingestiegen ist. Dann sind sie alle abgefahren. Wenn er die Großmutter noch hätte fragen können – die hat ihm als Einzige noch einmal in die Augen geschaut, aber nur einen Moment lang, bevor sie das Haupt wieder senkte und auf den Krankenwagen zustapfte.

Die ganze Zeit geht er bergab. Hinter ihm ragt wie eine Rakete die Figur der Mutter Georgiens in die Höhe, ein Monsterweib mit ihren gewaltig gewölbten Aluminiumbrüsten, der Schale Wein für die Freunde in der einen Blechhand und dem Schwert in der anderen für die Feinde. Vor ihm liegt das alte Viertel Sololaki, der Fluss mit der geschwungenen blauen Brücke. In den ersten Tagen hat ihn auf jedem Meter das Malerische dieser Stadt angesprungen. All die Schätze, die es zu zeichnen gäbe: die schlafende Katze auf dem Autodach, die geflochtenen Handbesen, die Schnüre von in Traubensaft gebadeten Walnüssen. Tiflis – eine Märchenstadt voll steinernen Schnörkelwerks an den Häuserfassaden, voll geheimnisvoller Balkone aus geschnitztem Holz und Rosen, die sich emporranken an rot lackierten Türen. Hier ist Olga geboren, hier irgendwo ist sie als kleines Mädchen herumgehopst. Wenn er ihr da begegnet wäre – er hätte sie schon als Kind geliebt, das weiß er, er weiß sogar, wie sie ausgesehen haben muss: mager, braun gebrannt, mit aufgeschlagenen Knien, zwei Zöpfen und ihren riesigen dunklen Augen.

Fast wäre er gegen das Gefährt gelaufen, das mitten auf dem Bürgersteig parkt. Ein schwarzer SUV mit getönten Scheiben, davon gibt es hier jede Menge, wahrscheinlich Besitz irgendeines Oligarchen, die sind hier nach der Wende ja von überall herbeigekrochen, aus alten Seilschaften, Räuberbanden oder gleich aus dem Gefängnis.

Mit finsterer Miene geht er weiter. Es stimmt schon, dass man sich nicht blenden lassen soll. Auch in dieser Stadt wirken Dummheit, Geld und Macht hübsch zusammen. Was hat ihm Tornike über die Taten der Kirche erzählt? Und säumen hier nicht überall sakrale Bauten die Wege? Da links zum Beispiel – die Sioni-Kathedrale mit ihren wabenartigen Anbauten. Gerade legt die Abendsonne einen sanften Rotschimmer auf den hellen Tuffstein, lieblich sieht das aus, dabei weiß doch jeder, wie ruppig hier die Priester den Verstand ihrer Gläubigen frisieren. Oder woher kommt der ganze Wahn mit Verlobung und Nestbau und Keimzelle bilden? *Sitz des orthodoxen Patriarchats von Georgien* steht auf dem nächsten prachtvollen Gebäude – bitte sehr! Vielleicht wäre die Geschichte mit Olga und ihm anders ausgegangen, wenn man ihr junges Gehirn nicht dem Geschützdonner der christlich-orthodoxen Moral ausgesetzt hätte? Übrigens hat sich das georgische Patriarchat verbarrikadiert hinter einem schweren schwarzen Metalltor, aus dessen Relief sich zwei gewaltige geflügelte Engel erheben, bereit, ein junges Paar aus dem Paradies zu vertreiben. Ist nicht genau das typisch für die ganze Stadt?

Ihn hat Tiflis ja auch schon durcheinandergebracht. War er das heute mit dem Heiratsantrag? Jakob Jennerwein und heiraten – ist doch lachhaft! Er kickt die Blechdose von sich, die ihm einladend in den Weg gekullert ist. All das süße Eiapopeia um Liebe und Treue ist hohl, das sind nur Chimären, so wie ganz Tiflis nichts als die Kulisse für ein großes Theater darstellt. Wie zur Bestätigung steht er plötzlich vor dem absurdesten

Bauwerk, das er je gesehen hat – als habe ein Kleinkind Bauklötzchen schief aufeinandergestapelt, mit hellen und dunklen Ziegeln, bunt bemalten Kacheln, einer goldblitzenden großen Uhr, neigt sich das Türmchen vor ihm zur Seite. Nach allen Regeln der Statik müsste so etwas schon längst zusammengebrochen sein, doch nein, nur durch einen Stahlpfeiler seitlich gestützt ruht der Turm auf der Erde, fest und stabil wie ein Elefantenfuß. Wer baut denn so was? *Marionettentheater*, liest er auf dem Schild am Eingang, *Rezo Gabriadze, Intendant*. Bitte sehr, ein Künstler, auch hier wieder Kulisse, Theater, schöner Schein, nichts von Bestand! Dann fällt ihm ein, dass er gerade einen Kollegen beschimpft, wenn er sich überhaupt selbst einen Beruf zusprechen möchte, dann doch den des brotlosen Künstlers. Nein, nein, sie passt schon, Olgas letzte Beschuldigung: *Alles bei dir steht auf Sand.*

Er will weitergehen, bleibt stehen und legt sich eine Hand vor die Augen, wischt das Feuchte weg. Seine Geschichte mit Olga ist zu Ende. Und er ist ein harter Hund. Noch einmal wischt er sich über das Gesicht.

Es fängt an zu dämmern. Einen Moment lang weiß er nicht mehr, wie er den Weg zur Pension finden soll, dann fällt es ihm wieder ein. Er muss umdrehen zum Fluss und dann nach Norden abbiegen, da liegt irgendwo im Gewirr der kleineren Straßen das Haus, in dem er mit Medi abgestiegen ist. Medi. Wie lange hat die nun auf ihn gewartet? Zwei Tage und eine Nacht, er kann sich ihre Laune vorstellen. Was steht ihm da heute noch bevor? Sollte Medi es mit der Mutter Georgiens halten, wird es wohl kaum das Gläschen Wein sein, das sie für ihn bereithält. Aber gut, nachdem er heute zuerst seinen Rivalen kennen lernen durfte und dann in den Lauf von Gogis Pistole geblickt hat, wird er den Zornesausbruch einer beleidigten Frau auch noch überstehen. Medi ist übrigens Medi, keine Medea. Und wer weiß, vielleicht hat sie ja auch auf dieser Superfete gestern das

Geburtstagskind erobert und zieht mit dem jetzt um die Häuser? Zutrauen würde er es ihr.

VOR DER GELB gestrichenen Hauswand der Pension, gleich am Eingang, liegt schlafend der Hund, erkennt sofort seinen Schritt und springt hoch, umkreist ihn schweifwedelnd.

»Hey!«, sagt Jack.

Der Hund schnappt nach seiner Hand, als er sie beim dritten Versuch erreicht, leckt er sie begeistert.

»Pass auf, du!«, sagt Jack. »So viel Anhänglichkeit – ist doch die reine Verschwendung.«

Der Hund glaubt ihm nicht. Mit schief gelegtem Kopf und leuchtenden Augen sieht er hoch zu ihm.

Jack drückt ihn sachte mit der Hand beiseite und öffnet das Tor zum Gartenrestaurant der Pension. Es ist spät geworden, die Dunkelheit liegt schon über der Stadt, über den Sträuchern und Bänken, aber vielleicht bekommt er ja noch ein kühles Bier, bevor er an die Zimmertür seiner Auftraggeberin klopft.

Da, wo die Tische und Bänke stehen, flammt ein Licht auf, erlischt gleich wieder, aber der kurze Schein hat ihm gereicht, um zu sehen, was er sehen sollte: Medi, die draußen in der Dunkelheit hockt, allein, vor sich eine Batterie von Flaschen und mehrere Gläser in verschiedenen Größen.

»Oha!«, sagt er, ohne zu überlegen. »Machst du auf Geisterstunde?«

Keine Antwort. Wieder zischt die kleine Flamme an ihrem Feuerzeug hoch. Er versucht, ihren Gesichtsausdruck zu erkennen, bevor das Licht wieder ausgeht, aber dieses Mal behält sie den Daumen auf dem Reibrädchen, lässt es los und wieder hochschnappen, ein Blitzlichtgewitter en miniature.

Er setzt sich auf die Bank ihr gegenüber, studiert ihre Auswahl an Getränken. Zwei Weinflaschen, beide halb leer, etliche Biere und ein Fläschchen mit durchsichtiger Flüssigkeit, anscheinend Tschatscha, der georgische Schnaps. »Nicht schlecht«, sagt er. »Du trinkst dich gerade durch die Alkoholpalette des Landes, ja?«

»Möchtest du auch?«

»Wenn das Bier kalt ist.«

Sie greift unter den Tisch, zieht eine Flasche hervor und schnalzt mit ihrem Feuerzeug den Kronkorken davon.

Erstaunliche Medi, denkt er, erstaunlich cool. Kein Geschrei, keine Fragen. »Wie war es gestern auf dem Geburtstagsfest?«, fragt er vorsichtig. So wie es aussieht, gibt es vielleicht wirklich eine Chance, dass er mit derlei Geplänkel durchkommt. Was sollte eine ernsthafte Aussprache jetzt auch bringen? Auch wenn Medi kerzengerade auf ihrer Bank sitzt und artikulieren kann, ohne zu lallen – nach dem ganzen Durcheinander an Bier, Wein und Schnaps muss sie einfach betrunken sein. Er wird dieses Bier mit ihr im nächtlichen Biergarten austrinken und sie dann zu ihrem Zimmer führen.

»Ein Riesenscheiß!«, sagt sie mit plötzlich rauer Stimme.

»Hör mal, ich muss mich bei dir entschuldigen. Ich weiß, ich hätte …«

»Ich hab denen gesagt, dass ich mich besaufen möchte, und was bringen sie mir? Einen läppischen Cocktail! Hast recht gehabt …«

»Recht? Womit?«

»Sinn Schnösel alle, richtige Scheißschnösel … Keiner von den' hat i-rnwie Format, weißu?« Sie hat jetzt doch begonnen, mit der Zunge anzustoßen. »So was wie du … Ich hab gesuch…, na? Un eins-swei-drei – wieder nix dabei …« Sie hickst und starrt ihn aus geweiteten Augen an. »Hömma! Weißu, was wir jetzt machen?«

»Wir gehen ins Bett.« Er hat mit Bestimmtheit sprechen wollen, kaum ist der Satz heraus, erschrickt er über die ungewollte Zweideutigkeit seines Satzes, stellt seine Flasche hart auf den Tisch und erhebt sich. Bloß keine falschen Hoffnungen entstehen lassen! »Hopp! Du springst jetzt in dein Bettchen und schläfst.«

Auch Medi hat sich erhoben. Ihre Hände umklammern die Tischkante, die Augen flackern. »Wenn du Schiss has, bleibste da. Ich nich, ich seh mich mal ... bisschen um.« Sie wandert um den Tisch herum, fängt an zu laufen, stolpert, fängt sich wieder und läuft auf das Gartentor zu. Ehe er begriffen hat, was sie vorhat, hat sie die Tür geöffnet und läuft mit einem schrillen Jauchzer hinaus auf die Straße.

Von bösen Ahnungen erfüllt, stürzt er ihr hinterher, aber kaum ist er am Tor, springt freudig hechelnd und wedelnd der Hund an ihm hoch, dreht sich wie ein Kreisel vor ihm. Jack stolpert, als er seinen Annäherungsversuchen ausweichen will. Und da vorn läuft Medi nun mitten auf der Straße mit ausgebreiteten Armen und trällernd wie ein glückliches kleines Kind. Gott sei Dank ist wenig los in diesem Viertel, denkt er und erschrickt im selben Moment, weil er sieht, dass sie hinunterläuft zur Merab-Kostava-Straße, wo jetzt ein Wagen nach dem anderen um die Ecke schießt, besetzt mit georgischen Heldenfahrern in Feierlaune. »Bleib stehen!«, brüllt er.

»Juhuuu!«, jubelt Medi zurück und springt direkt auf die Fahrbahn, dem nächsten Auto entgegen.

Er setzt ihr hinterher, bei jedem Sprung hüpft der Hund begeistert an ihm hoch, die Pfoten abwechselnd auf seine Hüfte oder seine Knie gerichtet.

Medi hat die erste Spur unbeschadet hinter sich gelassen und steht strahlend und lachend auf der Gegenfahrbahn, wo gerade die nächste Kolonne heranbraust.

Jack packt den Hund am Nackenfell und stürzt hinterher, läuft einem Auto fast an die Stoßstange, erschrocken tritt der Fahrer auf die Bremse, dann hat Jack Medi mit der anderen Hand erfasst. Ein übles Geräusch, ein Schlag gegen sein Knie,

Blech kracht auf Knochen, Medis schneeweiß gewordenes Gesicht. Jetzt sind sie drüben auf der anderen Seite, kauern auf
dem löchrigen Pflaster des Bürgersteigs. Die Autos fahren weiter, als sei nichts geschehen, immer neue Kolonnen, ein endlo-
ses Band aus Licht, Glas und Metall.

»Mensch, Medi!«, keucht er. »Was machst du da? Wir hätten
tot sein können, alle drei!«

Sie lässt den Kopf hängen. Dann drückt sie sich fest gegen
ihn, bohrt ihre Stirn in seine Schulter. Auf seiner anderen Seite
kauert hechelnd der Hund.

»Ich wollte …«, sie schnieft.

»… dem Tod ins Auge sehen«, nickt er und versucht seinen
Atem zu beruhigen. »Aber das ist doch Quatsch! Lass so was
sein!«

»Nur wegen dir …« Sie hat zu schluchzen angefangen. »Ich
hab noch nie … noch nie einen so ge… ge… wie dich. Hab
sofort gewusst: Du bist es! Und dann lässt du mich …«

»… einfach hängen.« Er beißt die Zähne zusammen. »Du
hast recht, ich entschuldige mich, Medi, war eine Sauerei von
mir. Komm, gehen wir in die Pension!« Er will aufstehen und
spürt jetzt erst, dass sein Knie doch einiges abbekommen hat.
Der Schmerz sticht hinunter bis zur Ferse, unwillkürlich stöhnt
er auf.

»Was ist los?«, fragt sie erschrocken. »Ist dir was passiert?«

»Weiß noch nicht, wird sich zeigen. So, auf jetzt mit dir!«

Hand in Hand überqueren sie wieder die Straße, humpelnd
und vorsichtig nach links und rechts schauend, mit hoffnungsvollem Blick läuft der Hund neben ihnen her. Am Eingang zur
Pension nimmt er artig Platz, als wollte er seine Eignung zum
Familientier beweisen.

Vor ihrer Zimmertür zieht Jack seine Hand zurück. »Gute
Nacht, Medi.«

Ihre tränenfeucht schimmernden Augen. Die wie bei einem

269

Kind rot verschmierten Lippen. »Du hast dich in deine moderne Georgierin verliebt? Ist es das?«

»Pass auf, wenn du willst, machen wir unseren Vertrag rückgängig. Das Geld für die Reise erstatte ich dir, sobald ich welches habe.«

Zitternd schüttelt sie den Kopf. »Nein, schreib weiter! Aber ich … Hömma, könnten wir nicht doch was miteinander haben? So … eine lockere Beziehung wenigstens?« Erstaunlich, wie nüchtern sie wieder ist. Doch als sie ihm ihren Mund entgegenhält, schwappt ihm überdeutlich der Dunst von Wein und Schnaps entgegen.

Er schüttelt den Kopf. »Glaub mir, Medi, ich würde dich unglücklich machen.«

»Nein! Du bist meine Liebe! Das weiß ich!«

»Es geht nicht, tut mir leid.«

»Aber wieso nicht? Ich akzeptier auch deine Georgierin! Wieso würdest du mich unglücklich machen? Versteh ich nicht!«

Er schiebt sie sanft in ihr Zimmer, greift nach der Türklinke. »Weil du was Festes brauchst«, sagt er, »einen Zuverlässigen. Bei mir ist alles bloß auf Sand gebaut.« Dann schließt er die Tür hinter ihr, wartet eine Sekunde, geht wieder hinaus ins Freie und kauert sich neben den Hund auf die Schwelle.

Morgen früh muss er hier fort sein. Wohin mit ihm? In seinem Knie pocht der Schmerz. Eine unklare Vorstellung bildet sich in seinem Gehirn, ein paar bunte Bilderfetzen schieben sich ineinander. Der Hund stößt einen zufriedenen Seufzer aus und bettet die Schnauze auf Jacks Oberschenkel. Jack nimmt sein Handy heraus und wählt die Nummer von Tornike. »Kannst du ein Auto auftreiben?«, fragt er ohne Umschweife. »Es ist nicht so weit, in einem halben Tag wärest du hin und wieder zurück.«

Er lauscht Tornike, der jetzt Georgisch spricht, in einem unbekannten, fernen Hintergrund hallen seine Worte.

»Wirklich? Toll. Ich danke dir! Noch etwas, Tornike: Ein Hund müsste auch mit in den Wagen. Geht das? Und einen Strick bräuchte ich noch. Nein, ich häng mich nicht auf, keine Sorge!«

Ist das die Wahrheit? Darauf schwören könnte er nicht.

12. SCHWIEGERMÜTTER

»DAS IST JA SCHRECKLICH, Hamed! Und es lässt sich gar nichts mehr einrenken? Ich meine – solche Trennungen hattet ihr beide doch schon öfter …« Das Handy an ihr Ohr gepresst, schaut Olga der Frau hinter dem Tresen zu, wie sie zwischen Mikrowelle und Kaffeemaschine hin- und herflitzt. Olga weiß, wie müde ihr Versuch einer Aufmunterung eben klang. Nun ja, seit wann wäre sie auch Expertin in Beziehungsfragen?

»Nein, dieses Mal ist es endgültig. Corinna hat einen Neuen.« Am anderen Ende der Telefonleitung ist ein künstliches Lachen zu hören.

»Oh. Das ist natürlich … Ach, Mann! Obwohl – hatte sie nicht früher auch schon mal …?«

»Ja, aber das war eine Eintagsfliege, Bürohengst in irgendeiner Handelskette, während *der* jetzt …«

Olga kann sich denken, was als Nächstes kommt, und nimmt ihrem Freund das beschämende Geständnis ab: »Der andere ist auch Mediziner, richtig?«

»Oberarzt in der Chirurgie.« Wieder lacht Hamed kurz, diesmal klingt es bitter. »Bei uns hier in Bonn, ab und zu begegnen wir uns.«

Ihr Telefon zwischen Ohr und Schulter geklemmt, nimmt Olga hastig das gefüllte Tässchen entgegen, legt ihr abgezähltes Geld auf den Tresen und nickt der Dame dahinter ein stummes *Danke* zu. Dann wandert sie mit ihrem Kaffee hinaus auf den breiten Gang des Klinikums, wo man durch die Fenster auf den mit trostlos grauen Lamellen verzierten Nachbartrakt blickt. »Mensch, Hamed! Was für ein Elend!«

Wieder lacht er. »Tja, lief schon mal besser … Was gibt es bei dir Neues? Hast du dich endlich eingelebt in Großhadern?«

»Na ja, Monsterbetrieb halt. Noch größer als Bonn. Aber die Gynäkologie hier ist wirklich interessant.« Sie spricht betont schwungvoll, als könne sie Hamed so aus dem Loch ziehen, in dem er zappelt.

»Freut mich«, antwortet er lustlos. »Und deine Mutter?«

Jetzt wäre Olga dran mit Seufzen, sie reißt sich zusammen. »Ein Rätsel – weiterhin. Die Ärzte hier geben sich alle unglaublich viel Mühe mit ihr, Felix sieht auch wirklich jedem auf die Finger, kannst du dir ja vorstellen. Aber niemand findet irgendetwas. Seit vier Monaten geht das jetzt so, eine Untersuchung nach der anderen: Laborwerte, Ultraschall, EKG, EEG, Kernspin … Nichts. Sie wird nach Hause geschickt, nach zwei Wochen klappt sie wieder zusammen, kriegt keine Luft, hat Panikattacken. Mein Vater ruft den Notarzt, der liefert sie wieder hier ein, und alles beginnt von vorn …« Olga kann das nicht mit Sicherheit sagen, aber ihrem Eindruck nach zeigen die behandelnden Ärzte wie das Pflegepersonal inzwischen gewisse Ermüdungserscheinungen, wenn Chrysanthi Evgenidou wieder auf Station erscheint. Eine Patientin mit flatterndem Puls und krächzender Stimme, zitternd, verängstigt, kaum in der Lage, die an sie gestellten Fragen zu beantworten, was mehr an der Aufregung als an ihren brüchigen Deutschkenntnissen liegt. Jedes Mal wieder rollt eine Welle an Untersuchungen an, zum Teil wiederholen sich die Prozesse: Man nimmt Blut ab, misst die Temperatur, röntgt die Lunge, schallt die Lymphknoten, nimmt elektrische Signale im Schädel auf. Jedes Mal negativer Befund, im Entlassungsbrief steht die Empfehlung, die Patientin möge ihren *Zustand weiter beobachten*. Vielleicht wäre es für alle leichter, wenn sie von der Aufnahme gleich auf die jeweilige Station käme, zur Radiologie oder zum Internisten, oder wenn der Notdienst sie in eine andere Münchener Klinik brächte. Aber Großhadern ist im Münchener Westen einfach das nächste Krankenhaus, und Felix hat bei der Aufnahme verfügt und mit seinem Chef vereinbart, dass diese Frau jedes Mal gleich ihm selbst vorgestellt wird. Immerhin wird sie demnächst irgendwann seine Schwiegermutter.

»Dieses Pfeifgeräusch«, setzt Hamed wieder an, »wann hörst du das eigentlich? Wenn sie aus- oder wenn sie einatmet?«

»Das ist es ja: sowohl als auch!«

»Hm.« Hamed verstummt.

Olga kann durch das Telefon spüren, wie sich sein Kummer verkleinert, pulverisiert wird wie Pfefferkörner im Mörser. Die Besinnung auf seine Profession bewirkt das, anderen beizustehen hilft einem selbst über den Berg. Gerade hat sie es bei sich selbst gespürt, als sie versucht hat, Hamed zu trösten.

»Vielleicht braucht deine Mutter ja auch nur einen anderen Typ Mediziner. Oder ein frisches Paar Augen. Was ist mit eurem Landsmann? Zu dem hatte sie doch immer Vertrauen?«

»Diamantidis? Was soll der denn in seinem Wohnzimmer noch herausfinden, wenn eine ganze Uniklinik mit ihren Experten und Geräten nichts entdeckt? Übrigens sagt er das selber auch, wir haben ihn schon gefragt.«

»Vielleicht sollte *ich* mal nach München kommen?«

»Du meinst zu uns nach Hause? Und dann küsst du meiner Mutter die Hand? So auf türkische Art? Du weißt, was eine traditionsbewusste Griechin über deine Landsleute denkt?« Bei aller Verzweiflung muss Olga jetzt doch lächeln. Sie geht den Gang auf und ab, um sie herum wandern Patienten in ihren Morgenröcken, an ihrer Seite, wie dürre Schatten, die rollbaren Galgen, an denen Infusionsbeutel herabhängen.

»Also, Lunge wurde geröntgt?«, fragt Hamed unbeirrt weiter. »Epilepsie ausgeschlossen? Was ist mit Asthma?«

»Hamed! Alles wurde untersucht, alles! Ich weiß nicht, was

man noch machen könnte!« Sie hat fast gebellt und bricht ab, weil sie spürt, dass sie kurz davor ist loszuschluchzen.

»Olga?«

»Was – *Olga?* Meiner Mutter geht es schlecht, und ich kann nichts tun! Stell dir das Szenario vor: Eine Frau, seit vier Monaten krankgeschrieben, sitzt zu Hause und wartet auf den nächsten Anfall. Jeder kann sehen, wie die Panik in ihr wächst. Das sind Todesängste, sie glaubt jedes Mal, sie muss ersticken! Inzwischen ruft sie ständig nach mir, mal soll ich am Abend noch vorbeikommen, mal mittags … Ich will ja auch gern, aber ich kann doch nicht dauernd zwischen Felix' Wohnung, der Klinik und meinen Eltern hin- und hersausen.« Sie hat zu zittern begonnen, während sie spricht, die Tränen laufen ihr über das Gesicht, über die Hand, die das Telefon hält.

»Du kannst das nicht alles allein stemmen, Olga!« Hameds besorgte Stimme. »Was ist mit deiner Familie? Da gibts doch einen Bruder! Und dein Vater? Kann der nichts machen?«

»Ach, Hamed! Mein Vater geht ja selbst langsam zugrunde damit. Spricht noch weniger als sonst, zieht sich immer mehr zurück. Ich kann dabei zusehen, wie er depressiv wird. Und Fotis – der macht gerade seinen Motorradführerschein, hat den Kopf sonst wo. Na ja, und Oma mit ihren siebzig Jahren …« Einatmen. Ausatmen. Schultern straffen. Besser? Sie hofft, dass ihre Stimme sich frisch, klar und entschlossen anhört, als sie weiterspricht. »Weißt du, was ich mir inzwischen überlege? Dass ich mein PJ abbreche und einfach für eine Weile zurück zu meinen Eltern ziehe.«

»Olga! Bist du verrückt geworden? Du hast nur noch drei Monate bis zu deinem Abschluss. Wenn du jetzt aussetzt, verlierst du ein ganzes Jahr!«

»Und? Scheiß auf das Jahr! Scheiß auf den Abschluss! Ich weiß gar nicht, ob ich überhaupt noch Ärztin werden soll! Ich habe absolut keine Ahnung, was meiner Mutter fehlen könnte, hörst du? Mir ist einfach alles … alles *Gefühl* für Diagnosen abhandengekommen. Inzwischen könnte ich jedes Mal, wenn wieder ein negativer Befund daherkommt, zu schreien anfangen. Sieht das nach Kompetenz aus? Also, ich glaube nicht, dass der Medizin viel verloren geht, wenn ich hier meine Sachen packe. Vielleicht reicht es ja zu einem Job im Pflegebereich.« Obwohl sie nicht laut gesprochen hat, hat Olga das Gefühl, dass alle auf dem Gang dahinschlurfenden Patienten auf einmal stehen geblieben sind und sie interessiert anstarren – eine Medizinerin, die sich für ungeeignet hält, soso, das gibt es also auch?

»Du glaubst, du wirst keine gute Ärztin, weil dir zu deiner Mutter gerade nichts mehr einfällt?«

»Gerade ist gut! Seit vier Monaten …«

»Ja, ja, ja, warte mal!«

Eine Pause entsteht. Olga hat das Gefühl, dass Hamed gerade an das Gleiche denkt wie sie, an ihr Selbstbewusstsein in Bonner Zeiten, speziell, wenn es um Diagnosen ging.

»Hör mal zu, Olga!«, sagt Hamed. »Dieses Wochenende schaffe ich es nicht mehr, das nächste kann ich mir frei halten. Dann würde ich Samstagmittag bei deiner Familie vor der Tür stehen. Lässt du mich rein? Und schickst mir deine Adresse? Und dann reden wir mal richtig miteinander.«

»Du und ich? Oder du und meine Mutter – die Erbfeinde?« Gleichzeitig muss sie schniefen und lachen.

»Sowohl als auch. Abgemacht?«

Ein kleines Trüppchen kommt den Gang entlang, vier Besucher und ein Mann im Rollstuhl, an dem fast alles unter weißen Verbänden steckt: Schädel, Brust, eines der Beine. An der Rückenlehne seines Rollstuhls ist ein herzförmiger silberner Luftballon mit der Aufschrift *Werd scho wieder wern!* befestigt. Er schwebt über der ganzen Gruppe wie ein frisch aufgeblasener Segensspruch. Wahrscheinlich nur eine Botschaft vom Oktoberfest.

»Abgemacht!« Olga seufzt. Obwohl sich an ihrer Situation nichts geändert hat, fühlt sie sich doch ein wenig besser. Wie lange telefoniert sie jetzt eigentlich schon mit Hamed? Sie wirft einen kurzen Blick auf ihre Armbanduhr und erschrickt. »Lass uns morgen weitersprechen, Hamed, ja? Ich muss los. Ela erwartet mich.«

»Ela?«

»Felix' Mutter.«

»Hieß die nicht Gertrud oder so ähnlich?«

»Ich erklärs dir morgen, okay? Und Kopf hoch, Hamed – morgen heulst du dich erst mal richtig bei mir aus, ja?«

In ihrem Spind steckt das lange Kleid, das sie sich für heute Abend zurechtgelegt hat, aber zum Umziehen bleibt ihr jetzt keine Zeit mehr. Olga stellt ihre Tasse in das Geschirrregal der Cafeteria und läuft vorbei an Geschäften, in denen man bunte Taschen kaufen kann, Snacks, Perücken, Zeitschriften; das Porträt einer Frau auf einem der Titelbilder lässt sie kurz stutzen, von irgendwoher kennt sie dieses Augenpaar, *Eileiterschwangerschaft*, liest sie, *gerade noch dem Tod entronnen ...*, dann läuft sie die Treppe hinunter zum Ausgang, vorbei an der riesigen blauen Skulptur eines Mannes im Eingangsbereich, hinaus und vorbei an Platanen und Birken, deren Laub der viel zu warme September schon gelb verfärbt hat, bis zur U-Bahn. Wenn nicht die nächste wegen der vielen Oktoberfestbesucher überfüllt ist, schafft sie es noch rechtzeitig zur Oper.

AUF DER VON DER ABENDSONNE beleuchteten Treppe hoch zur Bayerischen Staatsoper steht zwischen zwei Säulen eine zierliche Dame und tippt auf ihr Handy ein. Sie trägt weite dunkle Hosen und ein geripptes schwarzes Lederjäckchen. Das kostspielig verstrubbelt wirkende Haar ist blendend weiß, was einen eindrucksvollen Kontrast zu ihrem gebräunten Gesicht bewirkt. Aus der Entfernung ist es ein junges Gesicht, erst wer

näher kommt, erkennt die sorgfältig in Schuss gehaltenen Fält-
chen um Augenpartie und Lippen. Gabriela van Saan, nach ihrem Wunsch Ela genannt. Als sie Olga kommen sieht, steckt sie
ihr Handy weg und lächelt ihr entgegen, wobei zwei Reihen
makellos gepflegter weißer Zähne sichtbar werden.

»Meine Liebe!« Ela van Saan zieht Olga leicht an sich und
haucht einen Kuss über ihre Schulter hinweg in die Abendluft.
»Wie gut du wieder aussiehst!«

»Hallo, Ela«, sagt Olga, die ihre zukünftige Schwiegermutter
inzwischen weit weniger beängstigend findet als bei ihrer ersten
Begegnung in Kiel. Tatsächlich verlaufen Gespräche mit ihr in
einem angenehm zwanglosen Plauderton, und noch nie wurde
von Olga verlangt, sich zur Qualität von Elas Zeichnungen und
Aquarellen zu äußern. Ela ist allem Anschein nach eine ver-
trägliche Frau, dem Gatten freundschaftlich verbunden, ihrem
Sohn mit immer noch derselben Bewunderung und Hingabe
zugetan wie einst nach der Entbindung, und die zugewachsene
Schwiegertochter findet sie *mehr als passabel – deine Olga ist ein*
Geschenk, womit hast du so was nur verdient?! So lauteten jedenfalls
ihre Worte, mit denen sie, begleitet von einem liebevollen Rip-
penstoß, Felix das letzte Mal begrüßt hat.

»Ich weiß nicht, wo der Junge wieder bleibt. Lass uns rein-
gehen, sonst verpassen wir noch die Ouvertüre, sein Ticket hat
er ja.« Ela hakt sich bei Olga unter, gemeinsam schreiten sie
neben all den anderen edel gekleideten Besuchern die letzten
Stufen zum Eingang hinauf, werden von der Platzanweiserin
nach oben in den dritten Rang geschickt, wo sie drei mit rotem
Samt bezogene Klappsessel (gute Plätze!) erwarten.

Ela verrenkt sich den Hals, um Ausschau nach ihrem Sohn
zu halten. Aus dem Orchestergraben sind die Musiker beim
Stimmen ihrer Instrumente zu hören: der wiederkehrende kla-
gende Ton einer Oboe, brummelnde Streicher, dazwischen ki-
chert eine Klarinette eine wilde Tonfolge auf und ab. Sachte

verdunkelt sich der Saal, von unsichtbaren Händen wird der riesige, funkelnde Kristalllüster in der Mitte des Raums nach oben gezogen. Ela nickt Olga zu. Applaus setzt ein, der Dirigent betritt sein Pult. In ebendem Moment schrauben sich einer nach dem anderen die Operngäste links von ihnen von ihren Sesseln. Entschuldigungen flüsternd und in Seitenstellung drückt sich Felix an ihnen vorbei – im schwarzen Anzug, die Schuhe spiegelblank poliert.

»Hallo, Schatz!« Er beugt sich herab zu Olga und küsst erst sie auf den Mund, dann sinkt sein Oberkörper noch weiter nach unten – Ela hat ihm beide Hände entgegengestreckt –, er ergreift sie und küsst erst die linke, dann die rechte Hand. »Guten Abend, schöne Frau!«

»Pscht!«, macht Ela, dabei streicht sie ihm zärtlich mit dem Handrücken über die Wange, während Felix sich zwischen den beiden Frauen niederlässt.

Verstohlen wischt Olga sich mit der Hand über den Mund. Unten hebt der Dirigent den Taktstock – die Ouvertüre zur *Verkauften Braut* beginnt. Mit hurtig geführten Bögen, frechen Bläsern, jubelnden Violinen und einer bedrohlich klingenden Pauke. Eine Musik voller Schwung, dazwischen weich und zärtlich. Schön, denkt Olga, die keine Zeit hatte, sich vorher noch mit dieser Oper und Smetana, dem Komponisten, zu befassen und auf ein anspruchsvolles Ereignis voll interpretationsbedürftiger Dissonanzen gefasst war. Ein wenig Anspannung fällt von ihr ab. Neben ihr flüstert Felix mit seiner Mutter, gleich darauf zwinkert er ihr zu.

Olga lächelt zurück, wendet den Kopf wieder der Bühne zu, und da es außer einer Silhouette von Menschen in der Reihe vor ihr noch nichts zu sehen gibt und da sie weiß, dass auch Felix und Ela jetzt mit konzentrierten Mienen nach vorn blicken, gestattet sie sich aus den Augenwinkeln noch einmal eine Seitenansicht von Felix. Die Umrisse seiner Hände. So vertraut

279

inzwischen, dass sie sogar im Halbdunkel noch ahnt, wie weiß und sauber geschrubbt sie sind. Sein Kinn mit dem Grübchen, der markante Kiefer – bis zu den Ohren setzt sich die knochige Linie fort. Wenn er älter ist und Haare verliert, wird er aussehen wie der hölzerne Nussknacker, den sie als Kind bei Nachbarn bewundert hatte.

»Ist was, Schatz?«, flüstert Felix.

Olga fährt leicht zusammen. »Nichts, nichts«, haucht sie. Gerade ist ihr wieder eingefallen, woher sie das Gesicht vorhin auf dem Titelblatt der Zeitung kannte: Es ist die Patientin aus der Bonner Notaufnahme, derentwegen sie damals den Gynäkologen um Hilfe gebeten hatte. Einen Moment sieht sie die junge Frau vollständig klar vor sich, den zitternden Schmerz in ihrem Gesicht, und auch jenes Gefühl ist wieder da, das ihr so deutlich sagte, dass der Fall gravierender sei, als die Kollegin geglaubt hatte. Vielleicht ist sie ja doch keine so schlechte Diagnostikerin. Und ja, nun, da sie langsam wieder ruhiger wird, muss sie ihrem Freund recht geben. Jetzt einfach aufzugeben wäre unüberlegt. Ihre letzte Prüfung wenigstens sollte sie hinter sich bringen. Danach kann sie immer noch entscheiden, ob sie sich zutraut, als Ärztin zu arbeiten. Die andere Hälfte ihres Planes aber, die muss sie in die Tat umsetzen, und zwar sofort, das duldet keinen Aufschub. Wer weiß, wie lange ihrer Mutter noch bleibt? Noch an diesem Wochenende wird Olga ihre Sachen packen und zurück in die Wohnung ihrer Eltern ziehen. Also Felix' Wohnung verlassen, in die sie vor sechs Wochen erst mitsamt ihren Büchern und Klamotten eingezogen ist, für die sie zusammen mit Felix die Badezimmerfliesen ausgesucht hat, den Stoff für die Vorhänge … Wie wird er reagieren, wenn sie ihn mit dieser Nachricht konfrontiert? Verstohlen späht sie wieder nach rechts. Im nächsten Moment spürt sie, dass auch er den Kopf gewendet hat und zu ihr herübersieht. Unwillkürlich verzieht sie den Mund zu einem Beru-

280

higungslächeln und schaut dann angestrengt wieder nach vorn zu dem sich im Takt wiegenden Dirigenten. Es ist ja nur für eine Weile, plappert sie lautlos vor sich hin, als spräche sie schon wirklich mit dem Mann, der nichts ahnend neben ihr auf seinem Klappstuhl sitzt. Ich will ja nicht gleich unsere Beziehung auflösen, nur – vorläufig – die gemeinsame Wohnung, *no need to worry, baby!*

Noch einmal lässt der Dirigent seinen Stab schwungvoll nach oben zucken, dann senkt er ihn, die Musik verklingt, der Bühnenvorhang öffnet sich. Vor der Kulisse einer Dorfschenke tanzt und singt eine beschwingte Gesellschaft. Männer und Frauen in bunten Fantasietrachten, mit Stiefelchen und üppigen blonden Perücken. Felix neigt sich zu ihr und flüstert ihr etwas ins Ohr.

»Was?«

»Sie freuen sich, dass sie noch ledig sind. *Die Ehe ist Gefangenschaft, die gold'ne Freiheit lebe hoch!*«

»Aha, danke.« Der Chor singt auf Tschechisch, Felix weiß anscheinend die deutsche Übersetzung auswendig. Wieder zwinkert er ihr zu, als teilten sie beide ein Geheimnis vor dem Rest der Opernbesucher, ein diskretes Wissen über Smetana oder den Stand der Ledigen. Olga lächelt betont beglückt zurück, ohne sagen zu können, was an der Szene so lustig wäre.

Ein Paar betritt die Bühne: Maršenka und Jenik, leidenschaftlich singen sie einander an.

»Sie lieben sich«, flüstert Felix.

»Okay.« Die Szenerie ist eigentlich offensichtlich.

»Jetzt sagt sie ihm, dass ihre Eltern sie mit einem fremden Mann verheiraten wollen.«

»Okay.«

»Siehst du die zwei Alten da? Das sind die Eltern!«

Während Vater und Mutter auf der Bühne von ihren Sorgen singen (und Felix getreulich weiterübersetzt von leeren Kassen und einer Tochter, die die miserable Lage durch eine gute Partie verbessern könnte), ziehen in Olgas Gedächtnis Bilder aus dem letzten Sommer auf, die allesamt peinliche Parallelen zu dem Geschehen auf der Bühne aufweisen: das Dorf T'sintskaro mit seinen Steinhaufen und die ländliche Kulisse da vorn, die in armseligen Kleidern steckenden Eltern von Maršenka und ihre eigenen Leute, wie sie Rabatten nachjagen und über Telefonrechnungen verzweifeln, die Bühnen-Mutter, die ihrer Tochter einen reichen Bräutigam zuschustern möchte, und Chrysanthi, die für ihre fünfzehnjährige Tochter einen ins Haus ließ, der *Computer gelernt* hat und dessen Name *Chatzizachariadis* lautete. Und hinter all den Bildern lauert wie ein dunkler Grundakkord der Gedanke an das bevorstehende Gespräch mit Felix.

Ela beugt sich über Felix hinweg zu Olga und flüstert: »So war das damals wohl wirklich in dieser Gegend.«

Damals. In dieser Gegend. Böhmen, oder? Was würde Ela sagen, wenn sie von der Brautschau erführe, die man ihrer künftigen Schwiegertochter zugemutet hat? Nicht *damals*, sondern vor zwölf Jahren, und zwar hier, in dieser Stadt?

Ein neuer Sänger (»der Heiratsvermittler«, flüstert Felix) tritt auf und preist den unbekannten reichen Bräutigam Wašek, der sich gleich darauf als ungeschlachter Dummkopf präsentiert, der in allem täppisch seiner Mutter folgt.

Ich habs verstanden!, denkt Olga entnervt, während Felix ihr weiter seine Erklärungen ins Ohr flüstert. Die *Verkaufte Braut* scheint eine klassische Liebeskomödie zum Thema *Frau zwischen zwei Männern* zu sein. Hier Mr. Right, der gutaussehende Jenik, und da der Tölpel Wašek als Mr. Wrong. Zehn Minuten noch bis zur Pause – Maršenka reicht Mr. Wrong die Hand, die beiden singen ein Duett.

»Sie verloben sich«, flüstert Felix, und Olga merkt jetzt, dass sie die ganze Zeit schon die Schultern hochzieht. Weil sie eine Schreckensbotschaft erwartet oder dass Felix sie aufs Ohr küssen und einen Hörsturz auslösen könnte? Einatmen. Ausatmen. Schultern runter.

Applaus. Vorhang. Pause. »Eis?«, fragt Felix in beide Richtungen.

»Eigenartig!«, sagt Ela. Sie steht mit Olga an einem Tischchen, während Felix sich in die Schlange vor der Operntheke eingereiht hat. »Ist das hier üblich, dass die Leute so verkleidet in die Oper gehen?«

Tatsächlich sind im Foyer etliche Frauen in langen Dirndlkleidern mit spitzenbesetzten weißen Blüschen und schillernden Schürzen in Altrosa oder Gold zu sehen.

»Was die Bayern so für Traditionen haben …«, sagt Ela und zieht die rechte Braue hoch. »Ah, ich danke dir, mein Lieber!«

Felix ist zurückgekehrt und stellt drei Glasschalen Vanilleeis mit heißen Himbeeren auf das Tischchen. »So, meine Damen, Ihre Meinung bitte zur Oper!«

Olga schiebt sich einen Löffel Eis in den Mund und versucht Fett und Zucker zu ignorieren, die gleich ihr Schadenswerk an ihr vollbringen werden. Andererseits ist es sicher klug, Ela bei Musikkritik den Vortritt zu lassen, da kommt ein voller Mund gerade recht.

»Wenn du mich fragst – schöne Musik. Und die Sänger sind wirklich sehr präsent! Oder? Was sagt ihr?« Ela fragt demokratisch nach beiden Seiten hin.

Olga hebt die Achseln.

»Also doch was für die Verdi-Freundin!« Felix nickt zufrieden.

»Aber ja!«, erklärt Ela mit Überzeugung. Dann an Olga gewandt: »Weißt du, nichts schweißt Mutter und Sohn enger zusammen als eine gemeinsame Opposition gegen den Dritten im Bund. Weißt du noch?« Sie schaut kurz zu Felix, legt den Kopf in den Nacken und knödelt verhalten los: *»Leb wohl, du kühnes, herrliches Kind …«* Offenbar parodiert sie einen – was

ist das? Heldentenor? »Sein Vater …«, mit einer einseitig hochgezogenen Braue weist Ela auf Felix, »… ist Richard Wagner
verfallen. Inzwischen sind wir davon erlöst, nach Bayreuth zu
den Festspielen zu fahren. Aber jeden Sommer legt er unbarm-
herzig die alten Platten auf mit Wotan und Walhalla.« Ela malt
mit dem Löffel eine bedeutungsvolle Welle in die Luft und ki-
chert nachsichtig. »Wenn man es genau bedenkt, wäre allein der
Tannhäuser schon ein Scheidungsgrund!«

Felix grinst über das ganze Gesicht.

Olga bemüht sich, mit vollem Mund zu lächeln. Als sie Anfang Juni Felix' Eltern in Kiel besucht haben, hat sie seinen Vater als einschläfernd milden alten Herrn kennen gelernt.

»Freut mich, dass es euch gefällt!«, sagt Felix. »Ich war mir
erst nicht ganz sicher mit meiner Wahl.«

Die Theaterklingel ruft zum letzten Akt. Diesmal zeigt die
Kulisse ein Zirkuszelt, vor dem nun rasch sich alle Verwicklun-
gen auflösen: Mr. Right und Mr. Wrong haben als Halbbrüder
denselben reichen Vater. Als Jenik den Vertrag mit dem Heirats-
makler unterzeichnete, hat er seine Braut also nicht verkauft,
sondern sich selbst zugeschustert. Obwohl sich dieser Twist
schon vor der Pause deutlich abgezeichnet hat, hält Felix an
seiner Rolle als Flüsterdolmetscher fest. Jedes Mal, wenn Olga
seinen Atem an ihrem Hals spürt, muss sie sich zusammenreißen, um nicht den Kopf wegzudrehen oder *Ich bin nicht blöd* zu
zischen.

Zuletzt liegen sich Maršenka und Jenik singend in den Armen, während der gelackmeierte Wašek in einem Bärenkostüm
über die Bühne taumelt und Jeniks Vater dem verliebten Paar
seinen Segen gibt.

»Ende gut, alles gut«, flüstert ihr Felix ins Ohr.

Olga starrt auf die Bühne. Die Eltern der Maršenka scheinen ihren Mr. Right ja richtig zu schätzen. Das sieht bei ihrer
Mutter nun allerdings anders aus. Chrysanthi Evgenidou gibt

es zwar nicht zu, sie behauptet, froh zu sein, dass Olga demnächst verheiratet ist, und wird nicht müde, am Telefon den Verwandten in Tiflis gegenüber den *Doktor* zu erwähnen, der ihre Tochter zur Braut erwählt hat. Aber sobald sie den leibhaftigen Herrn van Saan erblickt, legt sich ein misstrauischer Zug auf ihr Gesicht. Sie gibt vor, sie könne ihn schlecht verstehen, und wünscht, dass Olga oder Fotis übersetzen. Keine Spur von der Begeisterung, die sie bei Jack gezeigt hat. Woran das liegt, weiß Olga nicht. Felix hat sich Chrysanthi gegenüber niemals unzugänglich oder arrogant gezeigt, im Gegenteil, er strahlt, wenn er sie im Krankenhaus sieht. Vielleicht ist es ja das, denkt Olga, vielleicht assoziiert sie mit Felix dauerhaft den Geruch von Jod und Desinfektionsmitteln? Und bei Jack den Duft von Schaschliki und Wein? Vielleicht hat sie auch in Jack von Anfang an *einen von uns* gesehen, den Draufgänger-Pallikar, leichtsinnig und sanguinisch wie die Georgier und ihre pontischen Verwandten? Wenn Olga es recht bedenkt, passt Jack tatsächlich ganz gut dahin, in den südlichen Kaukasus. Laut Salome, mit der sie einmal im Monat skypt, ist er all die Zeit, von Mai bis jetzt, in Georgien geblieben, lebt irgendwo auf dem Land, wo er offenbar irgendeinen Tagelöhnerjob aufgetrieben hat. Sie darf nicht allzu lange an ihn denken, sonst schnürt ihr die Erinnerung die Kehle zu. Felix ist übrigens – anders als Jack – noch nie im Hause ihrer Eltern aufgetaucht, na gut, er sieht die neue Verwandtschaft ja oft genug in der Klinik.

»Ende gut, alles gut«, wiederholt Felix etwas lauter.

»Was?«

»Es gibt ein Happy End!«

»Bist du sicher?«

»Na, sieh doch hin!«

»Zu spät, sie verbeugen sich schon.«

»Sag mal – hast du irgendwas?«

»Entschuldige. Bin ein bisschen durch den Wind.« Zerknirscht drückt Olga Felix' Hand.

Er erwidert den Druck. »Vielleicht war ja Föhn heute.«

Olga nickt, von Dankbarkeit erfüllt.

»Ein Weinchen noch bei uns?«, fragt Felix, während er seiner Mutter in die Jacke hilft.

»Wenn es dir recht ist, Olga?«, erklärt Ela strahlend.

»Natürlich«, beteuert Olga, die im Geiste immer noch mit Wortfindungsfragen zu ihrem bevorstehenden Auszug beschäftigt ist. Gut, dann gibt es jetzt doch noch ein wenig Aufschub, bis Ela gegangen ist. Und dann wird sie klarstellen, dass der Beschluss, zu ihren Eltern zu ziehen, eine reine Sachnotwendigkeit ist, der ihre Beziehung mit Felix auf keinen Fall gefährdet, überdies zeitlich befristet ist und so weiter und so weiter. Es graut ihr vor dieser Aussprache. Aber sie muss sein. Heute noch.

IN DER WOHNUNG im Lehel, die Felix gekauft und hat renovieren lassen, gehen Küche, Essbereich und Wohnzimmer ineinander über. Nur eine Stufe aus gebürstetem Eichenholz markiert die Grenze zwischen der Welt der Nahrungszubereitung und -aufnahme und der jener puren Behaglichkeit, wie sie von Parkettböden, mit Kelims bezogenen Sofas und einem offenen Kamin ausgeht. Mit dem honigsanften Licht von vier Stehlampen – nacheinander knipst Felix sie alle an – und den großformatigen gerahmten Fotos an den Wänden (Bilder vom Meer, von Booten) ist der große Raum wie eine einzige Antithese zum steifen georgisch-griechischen Salon.

»Weißwein wäre okay?«, ruft Felix hinüber zu seiner Mutter, die sich gerade in Strümpfen auf einem der beiden Sofas ausstreckt. Vergnügt entkorkt er vor dem Kühlschrank eine Flasche kalten Riesling, während Olga drei Gläser aus einem der Schrankfächer holt.

»Die hier?«, fragt sie.

Felix wirft einen kurzen Blick darauf. »Bitte nicht! Das sind die für Rotwein! Nimm die da, die mit dem hohen Stiel, ja! Die Riedel-Gläser! Und könntest du vielleicht noch die Tomaten da schneiden, ich mach uns rasch einen kleinen Happen … hm-hm-hm … Mozzarella ist ja auch noch da …« Er summt leise. »Ela! Erinnerst du dich an die letzte *Aida* in Verona?«, ruft er über die Schulter. »Mit dem Platzregen?«

Ela stößt ein kurzes, heiseres Lachen aus. »Wo alle Panik bekamen und der Elefant durchgegangen ist?«

Olga trägt das Tablett mit Gläsern und Flasche – Achtung, Stufe! – hinab zu Ela und stellt es auf dem marokkanischen Tischchen vor ihr ab. Zurück im Küchenbereich wäscht sie die Tomaten und zerschneidet sie mit einem scharfen Messer. Mutter und Sohn waren also bei einer Verdi-Freiluft-Aufführung in Italien. Hat sie das richtig verstanden? Beigetragen zum Operngenuss haben eine Massenpanik und ein die Ränge stürmender Elefant? Sie ist gerade fertig, als Felix mit Schwung seine Platte voll aufgeschnittenem Büffelkäse und Basilikumblättchen von der Anrichte auf den Tisch verlädt. Beinahe wären sie mit ihren Stirnen zusammengestoßen.

»Prachtvoll!«, lobt Felix, gleich darauf verdüstert sich seine Miene. »Du hast sie *geviertelt?* Aber die müssen doch in Scheiben …«

»Shit!« Schuldbewusst blickt Olga auf das Gemetzel in ihrer Schüssel. »Tut mir leid, ich war in Gedanken.«

»Lass mal sehen, vielleicht kann man ja noch was retten … Ach, Mensch!« Mit gerunzelter Stirn müht Felix sich an den Tomaten ab, roter Saft fließt ihm über die Hände, das Ergebnis ist nicht überzeugend. »Na schön«, seufzt er resigniert und kippt Balsamico und Olivenöl über den misslungenen Salat.

Olga betrachtet seine Bemühungen mit einem Gefühl wachsenden Unbehagens. Sie spürt, wie enttäuscht er ist. Weil

sie das Verona-Feeling zerstört hat, das er Ela mit der italieni-
schen Vorspeise servieren wollte? *Unser* Verdi, *unser* Elefant und
voilà – *unser* Mozzarella mit Tomate! Oder rührt die Verärge-
rung von seinem allem zugrunde liegenden ästhetischen Anspruch, den sie hier nicht erfüllt hat? Felix liebt Dinge mehr als
Menschen, denkt Olga, erschrocken über diese Erkenntnis.

Ela hat sich wieder aufrecht hingesetzt und reibt sich die
Schultern. »Das sieht ja herrlich aus!«

»Ist dir kalt?«, fragt Felix besorgt. »Soll ich den Kamin an-
heizen?«

»Wo denkst du hin, im September! So verfroren bin ich auch
nicht. Aber wenn du einen Schal für mich hättest, Olga?«

Olga geht zurück in den – Achtung, Stufe! – Küchenbereich
und von dort über den langen Flur ans andere Ende der Wohnung, wo das Schlafzimmer liegt. Mit zugeschnürter Kehle, sie
weiß selbst nicht, was sie so bedrückt. Ungefähr kann sie sich
vorstellen, worüber Felix und Ela in diesem Moment reden –
über Smetana und Böhmen, über die Temperatur des Rieslings
und die verschiedenen Möglichkeiten, Tomaten zu schneiden.
Gleichzeitig mag sie sich absolut nicht vorstellen, dass jemand
wirklich über all diese Dinge sprechen sollte.

Im Schlafzimmer ist es kalt wie nach einem Schneesturm.
Sie macht kein Licht an. Ihre Schals hängen im Kleiderschrank,
sie holt einen davon heraus, dann setzt sie sich auf das Bett. Es
ist wie der Schrank aus Kirschholz, groß, quadratisch, mit einer
einzigen rückenfreundlichen Matratze. Gleich daneben, hinter einem hüfthohen Mäuerchen, steht ein zweites, schmaleres
Bett. Felix hat es für sich selbst aufstellen lassen, für den Fall,
dass einer von beiden es vorziehen sollte, getrennt vom anderen
zu schlafen. Bis jetzt ist das noch nie vorgekommen. Sie liegen
zusammen in dem großen Bett, auch Liebe wird gemacht darin,
abends ruhen Olgas Armbanduhr und der schmale Verlobungs-
ring aus Platin auf dem Nachtschränkchen auf der rechten Seite.

Als Felix sie gefragt hat, auf welcher Seite sie lieber schlafen möchte, hat sie spontan auf diese Hälfte gezeigt. Sie schläft gern mit dem Kopf auf den rechten Arm gebettet. Wenn sie in dieser Haltung die Augen öffnet, schaut sie auf eine weiße Wand. Vier Monate zuvor in Bolnisi hat sie sich in das linke der beiden Betten gelegt. Wäre die Nacht hell genug gewesen, wäre ihr Blick auf Jack gefallen, auf seine Schultern oder sein Gesicht. Auch damals hat sie nicht überlegen müssen. Sie wusste, sie wollte diesen Mann ansehen, über so etwas muss man doch nicht nachdenken! Zum zweiten Mal heute rinnen ihr die Tränen über das Gesicht, sie wischt sie mit dem Schal ab, zerknüllt ihn und lässt ihn auf den Boden fallen.

Jetzt weiß sie, woher die Unruhe in ihr rührt. All ihren Überlegungen heute hat ein letzter kurzer Satz gefehlt. Der besagt, dass es in Wahrheit keine Trennung auf Zeit ist, die ansteht. Dass ihre Beziehung zu Felix gar nicht in Gefahr geraten kann, weil sie schon beendet ist. Oder? Aber ich liebe ihn doch, denkt sie gequält. Ich würde ihn gern lieben, wirklich! Ich kriegs nur nicht hin. In quälender Deutlichkeit sieht sie sein Gesicht vor sich, die sich scharf abzeichnenden Knochen unter der Haut, das sternförmige Grübchen. Das ist Felix, der nichts dafür kann, dass sie sich den Mund abwischen will, nachdem er sie geküsst hat, er kann nichts dafür, dass ihr seine Lippen so feucht und kalt vorkommen, dass er im Stehen den Oberkörper nach hinten legt und den Kopf nach vorn. Dass seine Stimme nichts in ihr zum Vibrieren bringt. An Felix ist überhaupt nichts Schlechtes, er ist einfach – Felix. Und Jack ist Jack.

Olga steht auf, nimmt Kopfkissen und Decke von ihrer Seite und wirft sie über das Mäuerchen auf das zweite Bett, direkt auf die nackte Matratze. Dann fischt sie einen neuen Schal aus dem Schrank und geht durch den dunklen Flur zurück.

Im Wohnbereich, auf dem Boden rund um die beiden Sofas, glühen in Messinghaltern kleine Lichter, Kerzenstumpen, die Felix angezündet hat. Er kauert auf einem der Sofas, den Körper Ela zugewandt, das Kinn auf die gefalteten Hände gestützt. In genau der gleichen Haltung sitzt Ela ihm gegenüber. Wie zwei Spielkarten, die ein Häuschen bilden, haben sie sich einander zugeneigt, als würde jeder fallen ohne den anderen.

»Nein!«, sagt Ela. »Aber wie konnte das denn passieren?«

»Woher soll ich das wissen?« Felix Stimme klingt gequält.

»Wahrscheinlich beim Umzug hierher. Anders kann ich es mir wirklich nicht erklären.«

»Ein unersetzlicher Verlust. Aus Silber war es, ja?«

»Weißgold. Und richtig fein ziseliert.«

»Ja, ich erinnere mich. Von Boucheron. Dein Großvater hat es machen lassen, nicht? So ein süßes, kleines Ding!«

»Ich weiß nicht, ob ich überhaupt je wieder Kapern essen möchte ohne das Löffelchen.«

Ela seufzt aus tiefstem Herzen. Dann sieht sie Olga. »Da bist du ja, meine Liebe. Komm, setz dich zu mir!« Sie klopft mit der Hand auf den Platz neben sich auf dem Sofa.

Olga hat warten wollen, bis Ela gegangen ist, um dann so vorsichtig und taktvoll wie möglich mit Felix zu sprechen. Aber menschlicher ist es wohl, noch eine Nacht vergehen zu lassen – der grausame Verlust des Löffelchens belastet den Abend schon genug. »Mein Vater hat angerufen«, sagt sie, »ich soll nach Hause kommen, irgendetwas ist wieder mit Mutter.«

»Mhm«, brummt Felix, »jetzt habe ich schon Wein getrunken …«

»Mach dir keine Sorgen, ich komme zurecht.« Olga schlüpft in Schuhe und Anorak. Den Rest wird sie morgen abholen. Nach der Aussprache.

»Sag *Gute Besserung* von uns!«, ruft ihr Ela hinterher.

290

13. MEDEAS ENDE

VON EINER SEKUNDE auf die andere ist das Geschrei da, hell vor Verzweiflung, mehr gekrächzt als gegackert. Unmittelbar darauf setzt Bellen ein. Jack springt auf von seinem Laptop und stürzt auf den Balkon, er weiß, was gleich passiert.

Unten im Hühnergehege hat Elene den kreischenden Hahn gepackt und wirft ihn auf den Hackstock. Wild vor Jagdlust springt der Hund am Gehege hoch, das Drahtgeflecht zittert unter seinen Pfoten.

»Argo! Aus!«, schreit Jack.

Schon saust das Beil herab. Auf dem Hackstock wird geflattert, dann rast der Hahn braun und kopflos eine letzte Runde. Elene folgt ihm bis zu der Stelle, wo er zusammengebrochen ist, greift nach ihm und hält ihn an den Krallen hoch. Sie ruft etwas auf Georgisch.

»Zu spät«, murmelt Jack. Er hat geahnt, dass geschlachtet würde, und sich innerlich dafür gerüstet, den Frauen die Tat abzunehmen. Gestern hat er Elene und Ana in gebrochenem Georgisch über den bevorstehenden Besuch informiert. Ein Gast! Aus der Hauptstadt! Für die Schwestern stand fest, dass dafür Fleisch auf den Teller muss.

Jack läuft hinunter in den Hof, nimmt den Topf mit brodelndem Wasser vom Herd der Außenküche und trägt ihn zu Elene, die mit traurigem Gesicht auf ihrem Hocker sitzt. Auf der Schürze über ihren Knien liegt schlaff, mit blutigem Kragen, der tote Hahn, ein Tier, das sie jeden Tag gefüttert hat.

Argo nähert sich schweifwedelnd, begeistert vom Blutgeruch und von Jacks Anwesenheit. »Lass das!«, befiehlt Jack, als der Hund den toten Hahn beschnüffeln will. Zweifelnd sieht Argo zu ihm hoch. Sein linkes Ohr kippt exakt an der Linie, wo das Schwarze ins Weiße übergeht.

»Morgen«, sagt Jack und zeigt auf das Hühnergehege, »morgen repariere ich das.« Das dünne Geflecht aus Hasendraht ist eingesunken, die hölzernen Pfosten halten kaum noch stand.

Elene nickt, obwohl er Deutsch gesprochen hat. Eigentlich hätte es keine Worte gebraucht, er hat sie nur benutzt, weil er so an Worte gewöhnt ist. Sein Leben lang hat er all seine Habe damit erobert und bezahlt. Hier in Bolnisi gilt diese Währung nicht mehr. Bis auf wenige Mails, die er in einem Hotel der Stadt empfängt, lebt er in einer Art sprachlichen Klausur. Ein wenig Georgisch hat er zwar gelernt, doch nach wie vor bilden Gesten die Brücke, über die er sich mit den Schwestern verständigt. Gesten und das Wissen über alles Notwendige, das sie verbindet: Essen, Trinken, Schlafen; Brot herstellen, Brennholz, Kochgut. Sein angeschlagenes Knie, das Ana mit einer angerührten Salbe kuriert hat.

Er macht sich nützlich, es ist seine Rechtfertigung dafür, hier einfach so leben zu dürfen. An seinem ersten Tag hat er weiße und grüne Farbe gekauft und zu streichen angefangen: Wände, Außenmauern, das Metalltor. Es war eine kopflose Aktion, die Frauen lachten. Nach und nach fiel ihm erst auf, wofür es den Mann brauchte, den die Schwestern sich von ihrem Gott erbeten hatten: Die hölzerne Treppe zum Balkon ist morsch, eine Stufe ganz durchgebrochen. Er hat das verfaulte Holz entfernt, Stützbretter und Stufen zurechtgesägt und vernagelt und einzelne Verstrebungen für den Handlauf neu gebaut und verdübelt. Brennholz hackt er jeden zweiten Tag, und im Gemüsegarten ist immer etwas zu tun: Unkraut jäten, wässern (frühmorgens, wenn weniger verdunsten kann). Im Juni hat er beschlossen, sich dem Übel des Plumpsklos zu stellen. Mit jedem heißen Tag ist der Gestank aus dem offenen Klosett grausiger geworden, tagsüber kreisen die Schmeißfliegen über dem Loch. Er ist mit Eimer und Schaufel losmarschiert, weil er glaubte, er müsse die Sickergrube ausheben. Die Schwestern kannten eine andere Lösung. Als er begriff, was sie wollten, riss er das ganze Häuschen mitsamt hölzernem Thron darin ab, schüttete Kalk über das Loch und grub ein paar Meter weiter eine neue Grube. Darin versenkte er die neu zusammengenagelte Kiste, setzte das Klosett darauf, fügte die Bretter wieder zusammen und warf den Aushub auf die alte Grube. Die ganze Zeit umkreist von Argo, der ganz entrückt war vom Duft menschlicher Exkremente. Die Schwestern missbilligten das. »Ksch!«, zischte Ana, als Argo an ihr hochspringen wollte, sie stampfte mit dem Fuß, fast sah es aus, als wolle sie ihn treten.

Dass er mit einem Hund am Strick ankam, hat die beiden alten Damen irritiert, das spürte er gleich. Auch dass die georgische Gastfreundschaft ihre zwei Seiten hat: Ihm hat sie Einlass in dieses Haus verschafft, den zwei Schwestern hingegen eine Art Recht auf Erziehung ihres Gastes. Jack soll dies und jenes essen, Frauenarbeit wie Abspülen darf er nicht verrichten, und mittags soll er schlafen – darauf bestehen sie. Nie hat Jack etwas mehr verblüfft als der Generalston, mit dem Ana ihn am ersten Tag zur Mittagsstunde zu Bett schickte. Und Hunde – die hält man zum Jagen oder Wachen. Ein Hund, der das Haus betritt? *Vai me!* Dass dieser hier auf den Hinterpfoten tanzen und auf Befehl heulen kann, amüsiert die Schwestern, aber an ihrer Meinung ändert es nichts: Hund ist Hund, also irgendetwas zwischen Schießgewehr und Lärmmaschine. Jack hat sich gefügt und für Argo einen Unterstand im Hof gebaut. Argo – er hat ihm den Namen des Schiffs gegeben, mit dem der Grieche Jason nach Kolchis aufbrach, um das Goldene Vlies zu erobern, und dabei selbst erobert wurde (auf Zeit jedenfalls) von der schönen, heilkundigen Königstochter Medea.

Elene hält einen Finger ins Wasser, dann taucht sie den toten Hahn hinein und schwenkt ihn einige Male hin und her, bevor sie mit dem Rupfen beginnt. Zuerst einzeln, dann büschelweise segeln die ausgerissenen Federn und Daunen in den Eimer zu ihren Füßen. Sie brummelt etwas, Jack versteht, ergibt sich in die Gesetze und wandert zurück in sein Zimmer, um den Mittagsschläfer zumindest zu mimen. Argo folgt ihm bis zur Treppe, dann gähnt er und trottet zu dem verschlissenen Teppichstück, das Jack ihm an die Hauswand gelegt hat.

Im Zimmer stehen die zwei üblichen Betten und ein Schrank. Auf den Laken liegt noch sein Laptop mit der geöffneten Datei zur Medea-Masterarbeit. Er starrt auf die zwei Absätze, die er zuvor geschrieben hat, und schüttelt den Kopf. Der ganze bisherige Hauptteil der Arbeit taugt nichts, und er weiß, woran das liegt. Aber zurück kann er nicht mehr, und vorn geht es auch nicht weiter.

Im Juli, kurz vor der größten Hitze, ist er zehn Tage lang durch das Land gefahren, hat sich schneebedeckte Berge angesehen und das sanft glänzende Schwarze Meer. In Sarpi ist er ausgereist – der georgische Grenzer stempelte ihm ein grünes Emblem in seinen Pass, sein türkischer Kollege ein rotes. Nach einem Kaffee auf der türkischen Seite ist er erneut eingereist, drei weitere Monate in Georgien waren ihm auf diese Weise sicher. Zurück fuhr er nicht mit den halbwegs sicheren Bussen, sondern, um Geld zu sparen, wie die meisten Georgier mit Marschrutni, Kleintransportern, deren Fahrer durchweg eine mörderische Unerschrockenheit an den Tag legen. Auf der Reise fühlte er sich wie einer, der sich eine neue Welt erobert, er hat die Grußworte der Leute übernommen, die Flüche, ihre Gangart. Er hat gelernt, als Mann beim Trinken das Glas vollständig zu leeren, Toasts auszusprechen und dass man ganz um den Tisch herumgehen muss, wenn man mit einer Frau anstoßen will. Die Zeit in München – wie weit lag die jetzt zurück!

Sogar über seine ersten Tage in Tiflis legte sich langsam der Nebel des Vergessens, und der schreckliche Kummer um seinen Verlust fühlte sich nicht mehr so scharf an, wurde zu einem gedämpften Schmerz, wie bei einer Beule. Und dann, zurück in Bolnisi, fand er in seiner Korrespondenz eine Mail vor, mit der er nicht gerechnet hätte.

Die Sache ist die, schrieb Medi, *dass ich absolut keinen Bock darauf habe, mich lange mit meinem Vater zu streiten. Er hat mir die Pistole auf die Brust gesetzt, wenn ich nicht bald meinen Abschluss hätte, schmeißt er mich raus. Na ja, um es kurz zu machen, ich hab ihm gesagt, dass ich meine Arbeit schon abgegeben habe und im Herbst zur Prüfung antrete. Deswegen wäre es supertoll, wenn du mir demnächst dieses Medea-Ding zuschickst, damit ich es meinem Prof weiterleiten kann. Momentan bin ich mit einem irren Typen in Rumänien unterwegs, Emil heißt er, ein Truck-Fahrer, du musst ihn unbedingt kennen lernen. Also, ich verlass mich auf dich. LG Medi.*
PS: Den Rest vom Geld habe ich dir schon auf dein Konto überwiesen. Wo bist du überhaupt gerade? Immer noch in Georgien?

Dann ist er also – wenn Medis Ansage stimmt – finanzkräftig geworden. Sehr schön! Dafür drückt jetzt eine andere Last auf seiner Seele: Wie soll er eine Masterarbeit zu einem neuen Medea-Roman fertigstellen, wenn dessen Verfasser das Gesamtmanuskript einfach nicht herausrückt?

Jack hat Tornike mehrmals angerufen und ihm die Situation geschildert: Alle Vorarbeit sei erledigt, die Sekundärliteratur unter Dach und Fach, nur die inhaltliche Zusammenfassung und Auswertung des Romans fehlten – also der wichtigste Teil –, weil Jack den letzten Akt des Dramas immer noch nicht kennt. Darauf erklärte Tornike stets dasselbe: Dass der Roman sein literarisches Vermächtnis sei, die *Summa* all seines Denkens, sein Kind quasi, also bitte, wer gibt schon das eigene Baby leichtfertig in fremde Hände? Zudem gelte es einzelne Szenen zu schleifen, mit der Figur des Jason sei er auch noch nicht zufrieden. Mit jedem Telefonat klang seine Stimme verstörter, gestern befürchtete Jack schon halb, einen Weinkrampf auszulösen. Eine Freundin fiel Jack ein, eine seiner alten Affären, die erfreulich friedlich zu Ende gegangen war, Leonie, die Verlagslektorin. Gerade große Schriftsteller befiele kurz vor Abgabe ihres Textes oft so eine Panik, hatte sie ihm erzählt und dass es wichtig sei, sie in dieser Phase pfleglich zu behandeln.

Es hilft also nichts, Jack muss Tornike in die Augen sehen, ihm aufmunternd die Schulter drücken, vielleicht sogar die Hand. Um keine Fluchtinstinkte auszulösen, beschloss Jack, nicht nach Tiflis zu fahren, sondern Tornike nach Bolnisi zu locken. Er sei in Nöten, erklärte Jack. Welche Nöte? Das könne er am Telefon nicht sagen. Kann er in der Tat nicht, aber etwas wird ihm schon einfallen, sobald er Tornike vor dem Tor stehen sieht. Er wusste, dass Tornike kommen würde, Tornike ist ein Treuer, Hilferufe ziehen ihn an wie andere Leute die Aussicht auf einen Batzen Geld. Und auch wenn Jack nicht erwartet, dass sein Autor heute mitsamt fertigem Manuskript erscheint – egal. Bei Wein und Brot wird er schon aus ihm herauskitzeln, wie die *Neue Medea* nun endet: als göttliche Rächerin oder menschlich schwach, gekränkt und gebrochen.

Die letzten Kapitel jedenfalls, die Jack aufs Geratewohl dazu geschrieben hat, sind Mist, das ist ihm klar. Weg damit? *Ihre Änderungen werden gelöscht*, warnt ihn das Schreibprogramm. Sollen sie doch, düng, schon ist die Datei geschlossen, auf dem Bildschirm erscheint das Foto, das er an jenem Tag von der aserischen Großfamilie vor dem alten Haus der Evgenidis geschossen hat. Olga steht in der zweiten Reihe.

Es ist die einzige Fotografie, die er von ihr besitzt. Weil sie sich zu dem Jungen vor ihr hinunterbeugt, ist ihr Gesicht nicht zu sehen. Trotzdem studiert er wie jeden Tag das Bild und fragt sich, was es hinter dem schwarzen Halbmond ihres Haars zu sehen gäbe. Lacht sie? Sie war doch glücklich an jenem Tag? Wie immer folgt auf diese Frage die Erinnerung an die schöne Kuh, wie sie vor ihrem Wagen stand und durch das Fenster schaute, und an Olgas Lächeln. Doch, sie war glücklich an dem Tag, dass bei ihm alles auf Sand gebaut sei, hat sie erst später gesagt. Diesen einen Moment aber hatten sie und die Nacht danach, und ewig wird er jene blondgelockte Kuh dafür preisen, dass sie Olga lächeln ließ.

Seit dreieinhalb Monaten streicht Jack in Georgien Wände, wässert Knoblauch und Auberginen, baut Klosetts und Treppenstufen. Bei dem Sand unter seinen Sohlen bleibt es sicher trotzdem. Und das mit Olga ist eben vorbei.

Khinkali, Tomaten, Wein und Tschatscha – die Nachbarn sind »nach dem Essen« gekommen, aber der Tisch steht natürlich noch voll mit Schüsseln, Tellern, Gläsern.

»Nun sag mir deine Sorge, Jack!«, fordert Tornike ihn auf.

Einer der Nachbarn, Irakli Kokhodze, hat eine Ziehharmonika mitgebracht. Er wohnt Zaun an Zaun mit den Schwestern, er ist es, der seit einigen Jahren für sie ihren Weinberg bestellt. Alles, was rot in den Gläsern und Karaffen am Tisch leuchtet, hat er geerntet und gepresst.

»Ich bin dein Freund«, erinnert Tornike. »Sag schon!«

»Na ja, es geht um …« Jacks Blick bleibt an seinem gefüllten Glas hängen. Vor ein paar Monaten war das doch tatsächlich eine Art Vorhaben gewesen. »Tornike, ich kenne einen Weinhändler in Deutschland. Wenn man mit dem ins Geschäft käme, dann könnten Ana und Elene vielleicht ein bisschen Geld machen – und ich auch. So als Zwischenhändler, verstehst du?«

Am Tisch beginnen sie zu singen. Altstimmen, Tenor und Bass fügen sich zu einem Chor, erst leise, dann anschwellend.

Tornike summt die Melodie mit. »*Suliko!*«, sagt er verträumt. »*Weinend klagt ich oft mein Herzeleid!* – Kennst du das Lied?« Dann besinnt er sich. »Weingeschäft – das machen jetzt aber schon viele. Auch Ausländer. Weißt du, dass in diesem Land seit siebentausend Jahren Wein angebaut wird? Und jetzt kommen Europäer daher und erklären uns, was eine Rebe ist. Und machen ihr Business damit. Fair ist das nicht.«

Hat Tornike recht? Ja. Leicht beschämt beschließt Jack, seine Idee wieder zu begraben. Verdammt, sind die Europäer eigentlich immer nur als Räuber in dieses Land gekommen? Wenn man mit dem Griechen Jason beginnt: Ja. Der wollte das Goldene Vlies stehlen. Und nun soll er selbst sich da auch einreihen? Nein, zu den cleveren Burschen, die mit ihren Marketingtricks den Leuten hier das Weingeschäft aus der Hand nehmen, will er nicht gehören.

Tornike scheint ihm den Gedanken nicht übel zu nehmen, er widmet sich bereits einer anderen Frage. »Wein kann auch ein Problem sein, weißt du. Weil man dem bei uns einfach nirgendwo auskommt! Keine Hochzeit, Taufe, Beerdigung, kein Suprá ohne Wein.« Er weist auf den Tisch. »Sobald der Tamada aufsteht, musst du mitmachen. Wie viel Wein ich im Leben schon getrunken habe – *vai me!* Sogar bei Meetings, auf Konferenzen – dauernd sollst du trinken.«

»Verstehe. Sag mal, Tornike, was ganz anderes …« *Behutsam!*, warnt Jack sich selbst, *geh behutsam vor!*

»Ich wollte, ich hätte so eine Weinglasattrappe …«

»Lieber Tornike, wir sollten baldmöglichst …« *Behutsam!*

»… und dann denken die anderen: Mann, der trinkt ja wie ein Löwe, während …«

»Tornike! Wann bekomme ich das Ende von deinem Roman zu lesen?!«

»Was?«

»Die *Neue Medea!* Wie geht sie aus? Wie bei Euripides? Serviert sie Jason die eigenen Kinder im Topf?«

»Nein … ähm … also … nein.«

»Das heißt, deine Medea schlachtet die Kinder nicht?«

»Nein! Ich meine …«

»Also, sie bringt sie doch um?«

Die Ziehharmonika lässt einen lang gezogenen, zärtlichen Akkord erklingen, den der Chor summend begleitet. Tornike schlägt sich die langen, edlen Hände vor das Gesicht.

»Du weißt nicht, wie dein Roman ausgeht? Ist es so?«

Das Gesicht verborgen, nickt Tornike, eine lange dunkle Locke zittert vor seiner Stirn. »Schreibblockade«, stöhnt er.

Jack beißt sich auf die Lippen, zerknirscht darüber, für einen Moment die Beherrschung verloren zu haben. »Was … was hattest du eigentlich vor mit deinem Werk?«, fragt er so sanft wie möglich. »Möchtest du, dass der Roman veröffentlicht wird? Und wo? In Deutschland? Immerhin hast du ihn auf Deutsch geschrieben.«

Ein Trinkspruch wird ausgebracht. Tornike ermannt sich, steht auf und stößt mit allen an. Dann setzt er sich wieder.

»Du wolltest Geld damit verdienen?«, bohrt Jack – *behutsam!* – nach. »Es soll sich verkaufen lassen?«

»Meinst du denn, das ginge? Schlecht wäre es nicht.«

»Okay. Warte, warte!« *Was hat Leonie damals erzählt? Wenn ein Buch Leser anziehen soll, dann darf die Heldin … darf die Heldin …* »Du hast eine Heldin, Tornike. Das ist schon mal gut!«

»Ja?« Eine schwache Hoffnung bebt in Tornikes Stimme.

»Die meisten Leser in Deutschland sind Frauen. Deshalb.« *Deshalb? Seltsam eigentlich, aber das waren Leonies Worte.* »Die wollen sich mit der Heldin identifizieren.«

»Identifizieren? Mit einer Zauberin?«

»Ich weiß auch nicht genau, wie das gehen soll, jedenfalls sollte die Heldin nichts tun, was sie unsympathisch macht.«

»Aber Medea – die kann doch gar nicht unsympathisch sein! Wie kommst du denn auf so was?!«

»Wenn sie ihre Kinder killt, ist sie es schon.« Jack seufzt.
Euripides schien diese Probleme noch nicht gekannt zu haben.

»Ja, soll sie denn gar nichts machen? Einfach zusehen, wie
Jason sie betrügt? Ich bitte dich! Sie ist Georgierin!«

»Dass sie nichts macht, geht auch nicht. Die Leserinnen mögen keine passiven Helden. Also, das wenigstens versteh ich.«

»Mann!«

»Ja, schwierig, ein echter Widerspruch.« Jack greift nach der
Karaffe vor sich und schenkt Tornike und sich die Gläser voll.
Als er einen Schluck nimmt, überrascht ihn der Geschmack.
Das ist kein Wein. Von außen sieht die Flüssigkeit genauso
aus wie in den anderen Karaffen. »Weißt du, Tornike, was ich
glaube? Wenn man mit einer Sache absolut nicht weiterkommt,
dann sollte man sie vielleicht einfach umdrehen.«

»Was meinst du damit?«

»Dass du aus einer Tragödie eine Komödie machst. Versuchs
mal!« Hat er das gerade gesagt? Geht so etwas überhaupt? Andererseits – lebt er nicht seit Jahren nach ebendiesem Motto?

»Aber dann … dann …« Tornike kaut an seiner Unterlippe.
»Dann müsste ich ja alles umschreiben. Das ist schrecklich!
Noch ein Jahr Arbeit.« Neue Hoffnungslosigkeit erfasst ihn.

Argo, der die ganze Zeit neben Jack am Boden gesessen hat,
trabt zu Tornike und schmiegt sich an dessen Beine.

»Ksch! *T'sadi!*« Tornike stampft mit dem Fuß auf.

»Er tut gar nichts, du kennst ihn doch schon.«

»Aber es ist ungewöhnlich. Ein Hund am Tisch.«

»Überall ist irgendwas ungewöhnlich«, sagt Jack, während er
Argo am Halsband zu sich zerrt.

»Ich weiß, bei euch dürfen Hunde alles«, sagt Tornike
durchaus friedlich. »Vielleicht sollte ich aus Jason einfach einen
Deutschen Schäferhund machen?«

»Und aus Medea einen Dackel? Denk an die weiblichen Leser!«

»Aus Medea wird … nein, auch Quatsch. Oder – warte mal! Bis jetzt ist mein Jason ja Bildhauer. Erinnerst du dich?«

»Klar, er baut diese Riesenmonster aus Marmor.«

»Wenn er stattdessen kleine Figürchen machen würde. Aus Ton … dann könnte Medea zwei davon nehmen, es wären seine Meisterwerke natürlich, und die …«

»… mit einem Hammer zu Staub zerbröseln.«

»Und das serviert sie ihm dann in der Füllung von …« Tornike zeigt auf die Schüssel, in der in etwas Siedewasser ein paar letzte, erschlaffte Khinkali ruhen.

»Eure Khinkali kennt keiner in Deutschland«, warnt Jack.

»Noch nicht!« Tornikes helle Augen glühen vor Siegesgewissheit.

Irakli hat ein neues Lied angestimmt. Dieses Mal singen er und Ana im Duett mit ungeheurer Inbrunst, die Augen vor Schmerz und Seligkeit halb geschlossen. Auch die anderen, obwohl sie weitersprechen, trinken und essen, legen immer wieder den Kopf zurück, schließen die Augen. In dünnen Tönen spielt die Ziehharmonika, und Tornike setzt ein mit einer klaren Tenorstimme: *»Sakartvelo Lamazo …«*

»Was war das?«, fragt Jack, als das Lied beendet ist.

»*Sakartvelo* – das ist unser Name für Georgien. *Wo gibt es ein Land wie dich? Deine Platanen, deine zärtlichen Weidenbäume …«*

Tornike, der Zornige – hat er nicht bei ihrer ersten Begegnung geflucht auf sein rückständiges Land? Und jetzt bekommt er feuchte Augen, wenn er über die Heimat spricht?

Heimat ist ein Begriff, bei dem Jack sich unbehaglich fühlt. Aus Geschmacksgründen, wegen Edelweiß-Souvenirs und Filmen mit Alpenglühen. Tätowierte Glatzköpfe, die *Deutschland den Deutschen* grölen, während sie Flüchtlingsheime anzünden, haben seine Skepsis nicht gerade gemildert. Natürlich liegt ein Teil seines Unbehagens auch an dem Haus an der Donau, hinter dessen Mauern nicht nur schöne Dinge geschehen sind. Er selbst, das hat er früh gewusst, braucht keine Heimat. Die singenden Georgier am Tisch versteht er trotzdem. Wer würde ein solches Land nicht lieben, wo es ein Meer gibt und Palmen, hohe Berge, Weizenfelder, Wassermelonen und in den Wäldern Bären und Nachtigallen? Doch, hier zu leben wäre eine echte Option. Die Tanten haben mehrmals deutlich gemacht, dass er bleiben kann, solange er will, und Bolnisi gefällt ihm. Bloß war es ja nie sein Ziel, sich irgendwo einzuwurzeln. Olga geht es in dieser Frage anders, das weiß er. Aber der hat man auch die Wurzeln viel zu früh gekappt, bis heute tappt sie ja herum auf der Suche nach einer Heimat. Na schön, inzwischen hat sie wohl ihren Fasan geheiratet und ihr Nest mit ihm bezogen. Er seufzt.

»Was ist, mein Freund?«, fragt Tornike.

»Ich denke, ich werde bald nach Hause zurückfahren.« Jack nimmt sein Glas, schaukelt die rote Flüssigkeit darin. Es ist Traubensaft, etwas zu süß für seinen Geschmack.

Saft, kein Wein. Wenn Jason nun das Goldene Vlies an seinem Eichbaum hätte hängen lassen. Sich nur ein Härchen davon gegönnt hätte – wäre das vertretbar gewesen? Kein Wein, nur die Vorstufe davon? »Hör mal, Tornike …«

»Ja?«

»Weißt du, wie man es hinkriegt, dass so ein herrlicher Traubensaft etwas weniger süß schmeckt?«

»Ich denke, man müsste früher ernten, wahrscheinlich jetzt, im September. Soll ich die Tanten und Onkel hier fragen?«

»Bitte. Und sag ihnen, dass ich auf sie trinken möchte. Auf Ana und Elene und alle ihre Nachbarn, auf diesen Tisch, auf die Ziehharmonika und auf den Hahn, den wir gegessen haben.«

Jack erhebt sich mit seinem Glas, und während Tornike übersetzt, denkt er an das Waldstück hinter dem Haus an der Donau. Wie er als Bub darin Steine und Moos gesammelt hat. Nein, das ist nicht die Art Wald, in dem Nachtigallen schlagen. Und die Leute in der Wirtsstube drinnen bringen keine Trinksprüche aus zum Wein, die knurren sich an beim Schnaps. Ein halbes Jahr lang hat jetzt niemand mehr dort nach dem Rechten gesehen.

Lachend stoßen die Georgier mit ihm an, das mit dem Hahn hat ihnen gefallen. Na ja, ein paar Witze bringt er schon noch zustande. Aber das, wozu er Tornike vorhin geraten hat, die Komödie mit Happy End und großem Glück, das wird er in seinem Leben wohl nicht mehr schaffen. Was bleibt dann? Jack Jennerwein als tragischer Held? Bei der Vorstellung stößt er unwillkürlich ein kurzes Lachen aus, es klingt wie Husten. Nein, so wichtig nimmt er sich auch wieder nicht, hat er nie getan. Eine Idee hat er halt wieder mal, mehr nicht.

DIE GANZE STRECKE vom Klinikum Großhadern bis zum Waldfriedhof, fast fünf Kilometer, ist Olga zu Fuß gegangen. Wegen des schönen Septemberwetters, aber mehr noch, weil ihr nicht ganz wohl ist bei dem, was bevorsteht, und sie eigentlich schon bereut, dass sie sich überhaupt darauf eingelassen hat.

Gestern, nachdem Chrysanthi Evgenidou wieder einmal ins Klinikum verbracht wurde, hat Olga einen Anruf von Felix erhalten. Einen sehr sachlichen Anruf, man hätte meinen können, dass zwei einander gleichgültige Ärzte ein Fachgespräch führten. Die Quintessenz war seine Empfehlung, das Herz der Mutter auf mögliche, durch die dauernden Panikattacken entstandene Schäden untersuchen zu lassen. Einen Kardiologen habe er schon bei der Hand, erklärte Felix, und dass – durch seine Intervention – sicher kurzfristig ein Termin möglich sei, am besten gleich anderntags. Damit, beziehungsweise nach Olgas kurzer Dankesrede, wäre das Gespräch eigentlich beendet gewesen, wenn Felix sie nicht um ein Treffen gebeten hätte (*ganz kurz, nur auf einen Kaffee*). Olga hatte Nein gesagt, Felix sofort höfliches Verständnis bekundet und gleich darauf seine

Bitte wiederholt. Ja, es sei ihm klar, wann eine Beziehung zu Ende ist. Aber ebendeshalb könne man doch jetzt auch *einfach mal wieder miteinander reden*. Auf *neutralem Boden*. Er jedenfalls wolle nichts weiter, als ihr Verhältnis *normalisieren*. Weniger wegen seiner vorgebrachten Argumente als aus Pflichtgefühl sagte Olga schließlich zu, das ungute Gefühl allerdings hat sie seither nicht verlassen.

Vor knapp zwei Wochen hat sie sich von Felix getrennt, und bis heute kann Olga nicht einordnen, was an jenem Morgen nach dem Opernbesuch geschehen ist. Sie hatte Felix in seiner Wohnung im Badezimmer angetroffen, mit nacktem Oberkörper, ein Handtuch um die Lenden, das Gesicht voller Rasierschaum. Sofort ergriff sie heftiges Schuldbewusstsein. Da stand dieser Mann einen Meter vor ihr – nichts ahnend, vertrauensvoll und schutzlos in seiner Nacktheit. Sie dagegen kam wie ein Aggressor daher, gepanzert in ihrem schwarzen Lederrock, bewaffnet mit einer Sporttasche, in die sie gleich ihre Sachen packen würde. »Hallo«, sagte sie beklommen.

»Mmmlll«, antwortete Felix und zog die Rasierklinge in einem Strich von rechten Ohr bis zum Kinn.

Olga wurde schwindelig, sie lehnte sich an den Türrahmen. Die ganze Nacht hatte sie überlegt, wie sich ihr Beschluss am sanftesten aussprechen ließe, und dann rollten ihr die Worte so rasch und hässlich aus dem Mund, dass sie selbst darüber erschrak. »Felix, hör zu. Ich kann nicht mit dir leben. Ich gehe weg.«

Felix blickte konzentriert auf sein Spiegelbild und strich den nächsten Schaumstreifen von seiner Wange. Nicht ein Gesichtsmuskel, der gezuckt hätte.

»Es tut mir leid«, sagte Olga kläglich, »ich weiß das auch erst seit gestern.« Sie machte eine Pause, als immer noch keine Erwiderung folgte, setzte sie hinzu: »Ich geh schnell packen.« Sie spürte etwas Bitteres im Mund, fast hätte sie an seiner Stelle ge-

304

weint über die fürchterliche Ungerechtigkeit, die sie ihm antat. Doch dann erlöste er sie doch durch eine Antwort:

»Das tust du nicht!«, sagte Felix. »Untersteh dich!«

Diese despotische Stimme kannte sie nicht. Verwirrt sah Olga zu, wie er sich weiterhin rasierte, als sei nichts geschehen, nichts gesprochen worden. Dabei war doch alles gesagt! Sie ging den Flur hinab erst ins Wohnzimmer, pflückte ihren Laptop vom Tisch, ein paar Bücher aus dem Regal. Noch ein paar Schritte bis ins Schlafzimmer zum Schrank. Mit Wäsche, Hosen und Röcken über dem Arm ging sie zurück zum Wohnzimmer und traf dort in der Mitte des Raums auf Felix.

Immer noch trug er nichts als sein Badetuch um den Leib gewickelt, in der einen Hand hielt er sein Rasiermesser, mit der anderen hatte er ein Buch aus ihrer halb gepackten Tasche gefischt. »Den Pschyrembel willst du auch noch?«, fragte er, das Gesicht böse verzogen.

»Aber … den hast du mir doch … geschenkt«, stammelte Olga. Noch nie hatte sie Felix so wütend gesehen.

»Unter der Voraussetzung, dass du und ich hier zusammenwohnen. Geht das in deinen Schädel? Das ist das *Klinische Wörterbuch*. Das war für uns beide! Für zwei Ärzte, die zusammenleben. Was glaubst du eigentlich …« Er brach ab, knallte das quaderförmige Buch auf den Tisch und zückte sein Rasiermesser. »Aber wenn du gehen willst, bitte sehr, nimm deine Hälfte mit! Hier hast du …!« Mit einem Ratsch hatte er einen zentimeterdicken Bund Blätter herausgetrennt. »Das …«, er warf damit nach ihr, »… ist für dich!« – Olga wich zur Seite, das Papier klatschte auf den Holzboden. »Und das … und das!« Klappernd landeten die leeren Buchdeckel zu Olgas Füßen. »Zufrieden?«

Der Auftritt fühlte sich so absurd an, dass Olga sich einen Moment lang wieder in der Oper glaubte, nur dass sie jetzt selbst auf der Bühne stand und der Mann ihr gegenüber, ihr

305

ehemaliger Verlobter, außer Rand und Band war. Sie wusste, dass sie diesen Raum so rasch wie möglich verlassen musste, schritt beherzt hinweg über den zerfetzten Pschyrembel und auf Felix zu, nahm die Tasche auf mit gespieltem Gleichmut und ging weiter Richtung Flur. Würde er sie gehen lassen? Schon hörte sie seine Schritte hinter sich. Sollte sie laufen?

An der Tür holte er sie ein, fasste sie um die Taille, sie spürte seinen Atem im Gesicht. Sein Ausdruck hatte sich verändert. »Es tut mir leid, Olga! Bitte! Bleib, Olga, bitte bleib! Tu uns das nicht an!«

Der rasche Stimmungswechsel beunruhigte sie fast noch mehr als die eigentlich lächerliche Szene mit dem Rasiermesser vorhin. Was käme als Nächstes? Das Herz schlug ihr bis zum Hals, aber sie schaffte es, seine Hände wegzuschieben. »Ich ruf dich an«, versprach sie, als sie durch die Tür ins Treppenhaus trat.

Und nun liegt da vorn das kleine Café, in das er sie gebeten hat. Felix sitzt an einem Tischchen am Bürgersteig und schaut auf sein Handy, und Olga denkt, wie leicht es jetzt wäre, sich hinter dem Wartehäuschen der Bushaltestelle zu verstecken, ihn von da aus anzurufen und sich unter irgendeinem Vorwand davonzustehlen. Doch sie widersteht der Versuchung, geht auf ihn zu und räuspert sich, als sie vor ihm steht.

Felix springt auf. »Olga! Gut siehst du aus!« Er geht um den Tisch herum und rückt ihr den Stuhl zurecht, ganz der Alte. Nur etwas blasser im Gesicht. Und über der Oberlippe steht ein schmaler Streifen Bartstoppeln, ein stilistischer Neubeginn.

Der Kaffee wird gebracht, sie rühren in ihren Tassen.

»Wie geht es deiner Mutter heute?«

»Besser, ich sehe sie gleich bei deinem Kardiologen. Danke übrigens noch mal für die Vermittlung.«

»Keine Ursache. Hör zu, Olga … ich wollte mich entschuldigen wegen … du weißt schon, und na ja, das hier ist für dich.«

Er schiebt eine Papiertüte über den Tisch, der grüne Umschlag des *Klinischen Wörterbuchs* ragt daraus hervor.

»Ist schon in Ordnung«, sagt Olga. »Danke, Felix.«

Eifrig beugt er sich nach vorn. »Wirklich? Verzeihst du mir meinen Auftritt?«

»Ja, natürlich.«

»Das ist gut! Das erleichtert mich.« Er nimmt einen Schluck Kaffee, ein dunkler Tropfen bleibt an den Bartstoppeln hängen und schlängelt sich hinunter bis zum Mundwinkel. »Da wäre nur … Olga, bitte, lass mich das wissen, ich vergeh sonst vor Unruhe: Gibt es … ich meine, hast du einen anderen?«

»Wie bitte?«

»Es könnte doch sein, schließlich bist du eine wahnsinnig attraktive Frau …«

»Felix, lass das, bitte!«

»Schon gut, ich sag nichts weiter. Ich frage mich nur, was für ein Mann das wohl ist, der dich derart umkrempeln kann.« Er nimmt den Kaffeelöffel und klopft damit rhythmisch auf die Untertasse. »Ist es dieser geschniegelte Oberarzt bei den Dermatologen? Der Polospieler? Ich frage ja nur!«

»Und was würdest du tun, wenn ich Ja sagte? Dich mit ihm duellieren?«

»Ich will es einfach wissen! Ich finde, ich habe ein Recht darauf!«

Am liebsten würde sie ihm den Löffel aus der Hand reißen, um damit einmal heftig gegen seine Stirn zu klopfen. Sie reißt sich zusammen und winkt der Bedienung. »Okay, ich gehe jetzt.«

»Olga! Wir waren ein richtig gutes Paar, weißt du das?«

Die Kellnerin ist an den Tisch getreten, Olga wühlt in ihrer Tasche nach dem Geldbeutel.

»Um Gottes willen, warte!« Felix hält der jungen Frau einen Geldschein hin. Dann bedeckt er die Augen mit seiner Hand.

Olga beißt sich auf die Lippen. »Felix, es tut mir leid.«

»Und es kann wirklich nicht mehr so werden wie früher? Schließlich ...«, ein schiefes Lächeln erscheint auf seinem Gesicht, »... ist das Löffelchen ja auch wieder aufgetaucht.«

»Nein! Dieses silberne Ding für deine Kapern? Das freut mich!« Sie freut sich wirklich, alles, was seine Laune hebt, ist gut, dennoch würde sie nun wirklich gern gehen.

»Danke. Ich hatte es in Watte gepackt in den Schieber für die Dokumente gelegt. Zwischen Reisepass und Testament.«

»Du besitzt ein Testament? Felix! Du bist doch noch nicht alt!« Das stimmt und stimmt nicht. Als sie ihn jetzt anschaut, sieht sie einen Moment lang nicht den netten Felix, der ihr so vertraut war, sondern einen Unbekannten, einen viel älteren, ehrgeizigen Mann mit harten Gesichtszügen.

»Na ja. Ich bin einfach gern auf alles vorbereitet.«

»Verstehe. Nun, Hauptsache, das Löffelchen ist wieder da.«

Lächelnd greift er über den Tisch nach ihrer Hand. Olga fasst sie, drückt sie kurz, lässt sie wieder los. »Da kommt mein Bus. Mach's gut, Felix! Und danke für den Kaffee!«

»Auf Wiedersehen, Olga.«

Erst als sie im Bus sitzt, stellt Olga fest, dass die Zeit jetzt doch knapp wird, dass sie sich um zehn Minuten verspäten wird, eine Schlampigkeit, die ihr verhasst ist. Umso mehr, da sie womöglich mit dem Kardiologen sprechen muss, bei dem die Mutter und die Großmutter sie erwarten.

IM WARTEBEREICH DER ARZTPRAXIS sitzt als einzige Person die Mutter, schon im Mantel, zugeknöpft in jeder Hinsicht und mit ihrer üblichen Anklage im Blick. Immer noch besser als Wehleidigkeit, denkt Olga resigniert. Und viel besser als Panik und Erschöpfung. Die Großmutter steht am Tresen und konzentriert sich auf die Assistentin dahinter, eine schlanke Brünette mit Hornbrille, die der alten Frau einen Termin mitteilt.

Dafür beißt sie jede Silbe extra ab und spuckt sie ihr entgegen. In Überlautstärke und mit eigentümlichem Satzbau. »Ers – ter – No – vem – ber! Sie – wieder – Ter – min – hier!«

Dann spricht die Großmutter, und Olga erkennt beinahe ihre Stimme nicht, weil die alte Frau eine Sprache gebraucht, die sie aus ihrem Mund noch nie gehört hat. »Wir andere Doktor gä-che«, sagt sie. »Entschuldige Sie. Ich will nicht Sie tsu …«

»Wie bitte?«

»Ich will nicht Sie tsu na-che träte.«

Die Assistentin verzieht den Mund. »Sie? Sie können mir gar nicht zu nahe treten«, sagt sie. Erst dann nimmt sie Olga wahr. Als hätte man einen Schalter in ihr umgelegt, ändern sich Sprechweise und Stimmlage. »WasgannichfürSieduun?«

»Nichts«, sagt Olga, um eine gleichgültige Miene bemüht, während sie noch ganz erschüttert ist von der Arroganz dieser Schnepfe. Auch von dem auf wunderbare Weise erlangten neuen Status der Großmutter. »Ich hole meine Leute ab. Oder doch – den Arzt hier würde ich gern sprechen.«

Es stellt sich heraus, dass der »Herr Doktor« das Haus schon verlassen hat. Es ist Freitag Spätnachmittag, also bitte.

Den ganzen Weg nach Hause fiebert Olga darauf, alles über den geheimnisvollen Spracherwerb der Großmutter zu erfahren, nur ist zuerst natürlich die Patientin dran. Die sich allerdings mit Antworten zurückhält. Auf die Frage, was denn nun untersucht wurde, erklärt Chrysanthi barsch, dass dieser Arzt noch weniger wisse als die anderen in der Klinik. Gab es ein EKG? Schulterzucken. Am Hals der Mutter glänzen Reste von getrocknetem Gel für den Ultraschall. Stand etwa ein Verdacht auf *Carotisstenose* an? Nicht abwegig, aber haben die in der Klinik die Halsschlagader nicht schon geschallt? »Mutter! Was hat der Arzt denn gesagt?«

»Nichts.«

Ist dieser Arzt einer von denen, die den Blick nicht von ihrem Monitor lösen können? Oder hat Chrysanthi einfach ihre Antipathie gegen Felix auf diesen Mann übertragen? Anyway, gegen die Bockigkeit der Mutter kommt sie nicht an, Olga ist froh, als sie zu Hause sind und die Mutter im Bett liegt.

In der Küche sitzt in einem Flecken Oktoberlicht die Groß-mutter, alles an ihr sieht aus wie immer: das straff gekämmte schwarze Haar, die helle Linie des Mittelscheitels, die Kette mit den Goldstücken um ihren Hals. Olga schlüpft auf den Stuhl neben sie, atemlos vor Neugier. »Oma! Du hast ja vorhin Deutsch gesprochen!«

»Die hat mich gefragt, was ich mit deiner Mutter zu tun habe.«

»Und? Was hast du geantwortet?«

Die Großmutter räuspert sich, bevor sie ins Deutsche wech-selt: »Ich bin ... von diese Frau ... die schwie-rige Mutter.«

»Ach, Oma!« Olga lacht leise, dann beißt sie sich auf die Lippen. »Zeig mir, wie du Deutsch gelernt hast!«

Die Großmutter zieht einen kleinen Notizblock hervor. Die Blätter sind dicht beschrieben mit den blütenförmigen Zeichen des georgischen Alphabets.

»Sind das deutsche Wörter? Und du hast sie mit deiner Schrift geschrieben?«

Die Großmutter nickt. »Ich habe zugehört. Beim Fernsehen oder wenn du und Fotis telefoniert habt. Dann habe ich aufge-schrieben, wie man das spricht und was es bedeutet.«

Olga überkommt ein leichter Schwindel, als wäre sie mit ihrer Großmutter in einer zu schnell eingestellten Drehtür un-terwegs, die sie von einer Epoche zur anderen befördert: vom homerischen Zeitalter in die Neuzeit. Erst der uralte griechi-sche Dialekt und nun modernes Deutsch. Eigentlich verdient es dieser Moment, gefeiert zu werden. »Weißt du was, Oma? Trinken wir beide einen Tschatscha. Auf deine neue Sprache! Was meinst du?«

»Nicht den Tschatscha. Hol die Flasche mit Taisias Schnaps. Der schmeckt besser.«

Es ist das erste harte Getränk in Olgas Leben. Sie hat damit gerechnet, dass ihr der Alkohol den Schlund verbrennen wird, aber nun gleitet ihr der Selbstgebrannte süß und sanft die Kehle hinab, ein Aroma von Walnuss und Honig bleibt auf der Zunge.

»Auf dich, Oma! Du bist die Größte.«

»Ah, nein! So schwer ist das nicht. Alles geht – mit Gottes Hilfe.« Aber das listige Funkeln in ihren Augen lässt keinen Zweifel daran, dass die alte Olga sich notfalls auch ohne göttlichen Beistand an ihr Projekt gewagt hätte.

Olga legt den Kopf auf die gefalteten Hände und sieht der Großmutter von unten herauf ins Gesicht. »In Georgien hast du mir mal erzählt, dass in unserer Familie die Frauen die Starken sind.«

»Bei den Evgenidis ist das so, ja. Und bei den Kapetanidis, das ist mein Stamm. Die Kapitäne, so heißen wir!«

»Jetzt sag mal, was damals eigentlich mit Tante Taisia passiert ist! In T'sintskaro hast du so eine Andeutung gemacht. Dass es eine Geschichte dazu gibt, wie sie geraubt wurde.«

»Soso, hab ich das?« Die Großmutter schaukelt ihr Glas in der Hand. »Und jetzt willst du die Geschichte hören? Dann schenk mir noch mal ein. Dir auch, mein Würzelchen! Heute trinken wir beide – Enkelin und Großmutter!«

Die Gläser klingen, wieder spürt Olga das sanfte Brennen, die Süße auf der Zunge. »Ich höre«, sagt sie.

»Meine Taisia ist geraubt worden, das stimmt. Aber dass man sie entführt, das war ihre Idee! *Sie* hat den Georgier gewollt, den Gogi. Er wollte sie schon auch, aber sein Vater hätte es nicht erlaubt, weil unsere Familie ihm nicht reich genug war. Da hat sie ihm gesagt, dass er sie entführen soll.«

»*Was* hat sie gemacht?«

»Taisia hat Gogi genau erklärt, wo sie auf ihn warten wird.

An der Sowieso-Ecke, verstehst du? Er ist mit seinem Motorrad gekommen, sie ist hinten draufgesprungen und mit ihm zu irgendeiner Hütte gefahren. Nach drei Tagen waren sie zurück und haben allen gesagt, dass sie jetzt verheiratet sind.«

»Ist das wahr? Aber ihr habt doch immer erzählt, wie er sie aufs Motorrad gerissen hat?«

»Das war die Geschichte für die Nachbarn. Ich weiß nicht, wer das damals wirklich geglaubt hat. Denk mal nach! Mit dem Motorrad – wie soll das gehen? Um eine Frau zu rauben, braucht man ein Auto. Und drei Freunde, die sie hineinziehen.«

»Du lieber Gott, ich habe immer geglaubt …«

»Weißt du, wie schlecht die Zeiten damals waren? Eine richtige Hochzeit hätten sie niemals bezahlen können. So haben sie zusammenleben können und noch Geld gespart dazu.«

»Für Taisias Salon?« Olga muss laut auflachen. Tante Taisia und Onkel Gogi – dieses traditionelle Paar. Dann senkt sie den Kopf. »Oma, weißt du was? Ich denke, bei mir … da wird das nichts mehr mit dem Heiraten.«

»Sprich nicht so! Gott allein weiß, was mit uns geschieht.«

»Nein, ich werde eine alte Jungfer und einfach immer weiter bei euch leben. Ich darf doch, Oma?«

»Olga, mein Engel, mein Diamant!« Die Großmutter legt Olga zwei Finger unter das Kinn und hebt es an, um ihr in die Augen zu sehen. »Jetzt sag mir, der Pallikar, der uns besucht hat, der wäre der Richtige gewesen, oder?«

Olga sieht zu Boden. »Das ist vorbei.«

»Wirklich?«

»Ja! Mein Gott, wie oft habe ich den jetzt weggeschickt? In Bonn. München. Tiflis. Drei Mal.« Sie will nicht darüber reden. Wenn sie seinen Namen sagt, wird der Schmerz noch größer. Sie will keinen Schmerz mehr spüren, das geht über ihre Kräfte. Und sie braucht Kräfte, für die Mutter, die jedes Vertrauen in die Ärzte verloren hat. Wenigstens ist ihr wieder eingefallen, wer morgen vor der Tür stehen wollte: der Erzfeind! Und dass sie immer noch keine Erklärung für diesen Besuch hat.

Aber dann ist die Idee auf einmal da, herabgeschwebt wie eine Schneeflocke im Traum. »Oma, die Tanten in Bolnisi haben mir von Nachbarn erzählt, die Griechen waren, aber Türkisch gesprochen haben. Weißt du was über die?«

»Urum-Leute, so heißen die. Ja, die haben untereinander Türkisch gesprochen, aber Christen waren sie genau wie wir. Ich hab gesehen, wie die Eliso mit dem Daumen ein Kreuzzeichen aufs Brot gemalt hat, bevor sie es angeschnitten hat.«

»Kannst du dich an ihren Namen erinnern? Die Tanten haben so was gesagt wie, warte mal … Sultanidis?«

»Kalifatidis haben sie geheißen. Die sind 1990 weggegangen, als die Unruhen angefangen haben. Wozu willst du das wissen?«

AM NÄCHSTEN TAG sitzt Olga wieder in der Küche. Mit der Großmutter, dem Vater und Fotis. Gesprochen wird dieses Mal nicht. Alle lauschen hinüber zum Salon, hinter dessen Tür die Mutter mit dem Besuch sitzt. Kein Laut dringt heraus. Oder? War das ein leises Murmeln? Doch – Hameds Stimme! Olga strafft den Rücken. Und jetzt? Lachen! Chrysanthi hat gelacht! Olga, die Großmutter und Fotis sehen sich mit großen Augen an. Der Vater schaut auf die Tischplatte.

Etwa eine Stunde zuvor hat Olga Hamed unten an der Haustür abgefangen und mit seiner kurzfristig festgelegten Biografie vertraut gemacht: »Ilias Kalifatidis, so heißt du. Kannst du dir das merken? Sprich es nach!«

»Ilias Kalifatidis, okay. Wieso Ilias?«

»Weil es ein Prophetenname ist. Du bist doch nach Mohamed benannt, oder? Mohamed war ein Prophet, Ilias auch. Deshalb. In jeder Lüge muss ein Körnchen Wahrheit stecken, sonst glaubt man selbst nicht dran. Und du kommst aus …?«

»Köln.«

»Ja, da bist du geboren, hört man auch, okay, meine Mutter vielleicht nicht. Aber deine Herkunft liegt in … na?«

»Bullerbü. Nein! Quatsch! Sag noch mal!«

»Bolnisi. Bol – ni – si! Und wir sind Kollegen, und du wolltest mal Guten Tag sagen, na ja, der Rest stimmt ja. Wie willst du sie begrüßen? Nicht auf die türkische Art, bitte!«

»Olga! Entspann dich! Ich kann gut mit älteren Damen.«

Sie hat Hamed hereingebeten, vorgestellt und in den Salon geführt. Die Mutter, im Schlafzimmer informiert über diesen Besuch, war auf einmal von mädchenhafter Nervosität erfüllt und ließ sich Kamm und Spiegel bringen, bevor sie aufstand, um den jungen Mann zu begrüßen. Sobald das Gespräch sich seinem geheimen Anlass zuwandte (»Frau Chrysanthi, Ihre Olga hat erzählt, es gäbe ein kleines Problem mit Ihrer Gesundheit.« – »Oh, ist aber große Problem! Ach, Muttergottes, weiß ich gar nicht, wo anfangen …«), verließ Olga den Raum.

Und nun sitzt sie da mit dem Rest der Familie und fragt sich, was dieser Besuch bringen kann. Eine kleine Aufheiterung doch wenigstens? Hamed mit seinem Charme kann so was. Oder? Doch, jetzt ist es deutlich zu hören: Chrysanthis Glöckchenlachen. Auch Hamed lacht (eine kürzere Tonleiter). Dann wieder Gemurmel. Als die Tür aufgeht, sind Chrysanthis Grüße an Ilias-Hameds Mutter zu hören.

»Und?«, fragt Olga, als sie ihren Freund die Treppe hinunterbegleitet. »Jetzt sag schon!«

»Deine Mama, die hatte Riesenangst zu ersticken.«

»Ich weiß. Und hast du eine Idee, was ihr fehlen könnte?«

»Ich glaube, ja. Der Name wird dir nicht viel sagen, ich kenn ihn auch erst seit kurzem: *Vocal Cord Dysfunction*. Als du gesagt hast, dass das Pfeifen beim Ein- und Ausatmen auftritt, da habe ich was geahnt. Weil Asthma doch Geräusche beim Einatmen macht. Und mit einem Tumor an der Schilddrüse hörst du was beim Ausatmen, richtig?«

314

Olga nickt. Bei *Tumor* und *Schilddrüse* ist ihr sofort wieder kalt und hässlich die alte Angst in den Nacken gekrochen.

»Das hier könnte gut eine Art Krampf in den Stimmbändern sein. An sich harmlos, aber wer einmal so eine Erstickungsattacke erlebt hat, hat seinen Schreck weg. Dann ist es bald die Angst allein, die den nächsten Anfall auslöst. Ein Hustenreiz oder eine kleine Aufregung genügen schon. Und das Schlimmste, was den Leuten passieren kann, ist, dass man sie nicht ernst nimmt und als Hypochonder abstempelt. Weißt du, wie happy deine Mama war, als ich ihr gesagt habe, dass sie an einer wirklichen Krankheit leidet, die einen Namen hat?«

»Und du bist dir sicher mit der Diagnose?«

»Ziemlich. Auf meine Frage, wann ihr das zum ersten Mal passiert ist, hat sie gesagt: in der Nacht. Würde gut zu *Reflux* passen, das ist nämlich häufig der Auslöser für diese Sache. Und als sie beschrieben hat, was bei diesen Attacken passiert, hat sie mit den Händen zum Hals gedeutet – auch ein Indikator. Bei Asthma hätte sie Richtung Brust gezeigt.«

»Das heißt, wir kriegen sie hin?«

»Sie ist achtundvierzig. Doch, doch, das wird schon!«

»Mensch, Hamed! Weißt du, wie mich das gerade erleichtert? Scheiße, komm mal her!« Sie kann es kaum glauben, fasst ihn am Nacken und küsst ihn auf die Nase, da, wo sie am breitesten ist. »Gibt es eine Therapie?«

»Das Wichtigste ist erst mal, dass sie ihre Angst los ist. Davor, dass sie was Schlimmes hat oder keiner sie ernst nimmt. Sie muss sich abregen können. Und sonst … na ja, Ernährung wäre ein Thema wegen *Reflux*. Isst sie gern Fettes? Süßes?«

»Was fragst du da? Was isst denn deine Mama so?«

Hamed lacht. »Also, stell ihr eine Diät zusammen. Und Bewegung. Sie kommt mir vor, als wäre sie seit Wochen kaum aus dem Bett gekommen.«

»Bewegung … hm.«

»Sie muss ja nicht gleich bei den Skispringern starten.«

»Nordic Walking? Was meinst du?«

»Das klingt nicht schlecht.«

Sie stehen im Halbdunkel ihres Hausflurs, wo es wie immer nach Erbsensuppe riecht, wo die Briefkästen Beulen haben. Mit einem Freund wie dem da, denkt Olga, vielleicht braucht man dann die ganze Scheiß-Liebe nicht. Sie seufzt aus tiefster Seele.

»Mensch, Hamed! Was bin ich froh jetzt!«

»Wirklich?« Er fasst sie an den Schultern und stemmt sie etwas weg von sich, um ihr Gesicht zu studieren. »Für echtes Glück fehlt mir da so ein gewisses Funkeln in deinen Augen!«

»Hä? Ich muss doch nicht gleich zu funkeln anfangen, wenn ich mich freue. Was für ein Funkeln überhaupt?«

»Dasselbe, das sich eingestellt hat, wenn du von deinem Jack gesprochen hast. Was ist eigentlich aus dem geworden?«

Olga zuckt mit den Achseln. »Der treibt sich immer noch in Georgien herum. Und es ist längst vorbei, das wars schon, bevor ich mich von Felix getrennt habe – kein Grund zur Verzweiflung, Lauf der Welt eben. He! Du hast doch auch gerade eine Trennung hinter dir! So was passiert eben.« Zur Sehnsucht sagt sie nichts, die kennt er ja selbst.

»Bei Corinna und mir, das war was anderes. Ich hab ihr nicht gefallen. Das Einzige, was sie an mir mochte, war, dass ich Arzt bin. Ihr beide, ihr gefallt euch, er dir und du ihm. Hab ich gesehen, mit diesen meinen Augen!«

»Mit deinen Augen, aha. Und jetzt? Was soll ich deiner Meinung nach tun? Ihn in Georgien aufspüren? Nur habe ich momentan andere Sorgen. Meine Mutter …«

»Ah-ah!«, unterbricht sie Hamed. »Wegen deiner Mutter musst du dich nicht als Krankenpflegerin verbunkern! Deine Leute schaffen das schon. Also, schau mal wieder in der Welt vorbei! Steht das nicht in eurer Bibel, dass es nicht gut ist, wenn der Mensch allein ist?«

»Hey! Seit wann bist du mein Erziehungsberechtigter?« Aber dann sieht sie den Kummer in seinem Gesicht und versteht, dass er die ganze Zeit zur Hälfte wenigstens über sich selbst gesprochen hat. »Wann geht dein Zug, Hamed? Komm, laufen wir noch eine Runde durch den Park und reden! Aber nicht über Herzschmerz! Reden wir über was Schönes!«

»Über mich, meinst du?«

»Das hätte ich jetzt nicht besser ausdrücken können.«

14. ALTE NAMEN

ER GEHT DEN FLUSS entlang. Neben ihm läuft mit kreisender Rute Argo, der Ast, den er quer im Maul trägt, ist länger als er selbst. Jetzt im Oktober haben die Bäume am Ufer so wenig Laub, dass man die Donau sehen kann, ihr dunkelblaues Glänzen. Manchmal wühlt ein Wirbel darin. Von der Anlegestelle am anderen Ufer hallen die Fetzen einer Ansage herüber. Er wendet an der Staatsgrenze und geht zurück zu dem Wiesenstück, wo er gestern das Schild aufgerichtet hat.

Gasthaus – Biergarten steht darauf. Darunter zwei Löwen, das Emblem der Brauerei, die schon den Vater beliefert hat. Bei denen bleibt er, das Bier ist okay, die Konditionen sind es auch. Überhaupt ist er hier der Herr, das Anwesen gehört ihm. Keine Pacht, keine Kredite, keine Abhängigkeiten. Für große Hüpfer reicht es natürlich nicht, aber er hat ja eh fast alles übernommen, wie es war: den kleinen Lastenaufzug in den Keller, Spülmaschine, Herd, Mobiliar, Kochgeräte, Geschirr. Und das blaue Schild mit den Wolken über dem Eingang: *Gasthof zur Freiheit.* Der Name stammt noch vom Vater. So hat es angefangen. Das hat er seiner Isabella bieten wollen: nicht weniger als die *Freiheit!* Und eine Hütte dazu, die er stolz seinen *Hof* nannte.

Dass hier alles klein ist – Küche, Schankstube, Biergarten –, haben ihm sämtliche Herrschaften bestätigt, die in den letzten Wochen zum Inspizieren der Kneipe kamen:

»Sauber. Tipptopp!« Das kam von dem Knaben vom Gesundheitsamt. »Mei. A bissel klein halt, net wahr.«

»Ist ja süß«, sagte die Dame vom Ordnungsamt. »Klein, aber mein, oder?«

Und der Fuzzi vom Gewerbeamt, nachdem er Sanitäranlagen, Lüftungs- und Abluftanlage überprüft hatte: »Passt. Aber klein ists schon sehr, Herr Jennerwein, gellns!«

Gestern ist dann noch sein Bruder vorbeigekommen. Um sich anzuschauen, was in seinen Augen zum Scheitern verurteilt ist. Seit mehr als zwei Jahren, seit der Vater tot ist, will er Jack zum Verkauf des Grundstücks überreden, der Spezl von der Bank hätte Interesse, und er selber weiß ja einiges über »den Markt« und rechnet wohl mit einer Art Courtage. Druckmittel hat er keine, sein Erbteil – den Baugrund in Obernzell – hat er schon vor langer Zeit angetreten, die *Freiheit* gehört Jack allein. Nur ist der Bruder keiner, der aufgibt. »Sauber!«, sagte er, während er über den knirschenden Kies zum Eingang schritt. »Schön.« Er sah sich in der frisch geweißelten Gaststube um, betrachtete ausgiebig die Bilder an den Wänden, Bleistiftzeichnungen, die Jack in Tiflis und Bolnisi angefertigt hat. In den älteren mit ihren Weinreben und Katzen tritt die romantische Stimmung von Jacks ersten Tagen in Georgien noch deutlich hervor. Die späteren zeigen ein realistischeres Sujet: den rücksichtslos am Gehweg geparkten SUV, Elenes knochige Hand um eine Spitzhacke geschlossen. In die Mitte, zwischen die Grafiken, hat er das Ölbild des Pirosmani-Epigonen gehängt, das er sich damals in Tiflis erhandelt hat: die *Drei Prinzen bei ihrem Suprá.*

»Sauber!«, wiederholte der Bruder. »Super! Schön!« Er zwinkerte, verständnisvoll und scherzbereit. »Aber meinst net, dass des alles hier a bissel sehr klein ist für die ganze Action?« Dann erst nahm er Argo wahr, der unter der Ofenbank geschlafen hatte, nun aufstand, die Vorderläufe streckte und wedelnd herbeikam. »Jessas! A Hundsviech aa no!« Er drückte sich nach draußen, gleich saß er wieder in seinem silbernen BMW, den er neben Jacks Kastenwagen geparkt hatte. »Überlegst es dir!«, rief er aus dem Fenster, bevor er davonfuhr, dass der Kies spritzte.

319

Zurück im Haus schreibt Jack mit Kreide ERÖFFNUNG auf eine Schiefertafel und darunter die zwei Gerichte, die es morgen geben soll: *Donauwaller mit Krensoße* und *Kartoffelsterz*. Dann öffnet er die kleine Kiste, die er vom Speicher geholt hat. Er hat sein Zimmer in München gekündigt und sich von Josef verabschiedet (was wie erwartet unsentimental ablief). Dann hat er dies Haus hier geputzt und geweißelt, Geschirr geordnet, uralte Autoreifen und eine kaputte Matratze zum Sperrmüll gefahren. Das Letzte, was er noch aufräumen muss, befindet sich in dieser Kiste, es wird Zeit, dass all das jetzt geht: alte Quittungen, Schulzeugnisse, ein ungültiger Reisepass, eine Postkarte aus Paris, an den Vater geschickt (mit peinlichen Wendungen wie *ziemlich scharfe Schürzen hier*). Und ein Stapel Fotos von ihm, der Familie, dem Haus. Zwei dabei, die er lange betrachtet. Das eine zeigt die Eltern. Der Vater hat den Arm um die Mutter gelegt und himmelt sie an. Isabella blickt zur Seite, zeigt ihr Madonnengesicht im Profil. Neunzehn Jahre alt ist sie da, frisch verheiratet, alles noch auf Anfang. Auf dem anderen Bild sitzen er und sein Bruder auf dem Bett. Der Ältere ist sieben, er selbst vier Jahre alt. Der Bruder schaut finster, er selbst sieht drein wie ein aus dem Nest gefallener Vogel.

Soll er die zwei Fotos behalten? Er reibt sich die Stirn, wirft alles in den Papierabfall und füllt Argos Napf. Der Hund frisst, knurrend, mit aufgestellter Rute. Jack geht zur Papiertonne und zieht die Fotos wieder heraus. Für den Fall, dass … Ach, egal! Die Fotos bleiben, aus und fertig.

»DU BIST WAS?« Olga kneift die Augen zusammen, um deutlicher zu sehen, was der flackernde Monitor immer nur kurz anzeigt. »Was hast du gesagt?« Auch die Akustik beim Skypen ist nicht die beste, dauernd gibt es Ausfälle.

»Neunzehnte Woche. Hörst du mich jetzt?«

Von einer Sekunde zur anderen ist Salomes Bild klar. Unverändert schaut sie aus. Nun gut, an Hals und Gesicht ändert sich ja nicht viel. »Sag mal … warst du dann schon schwanger, als wir bei euch … lass mich rechnen …«

»Den Test habe ich Ende Juni gemacht, vier Wochen nach eurer Abreise. Aber vorher war ja das mit dem Hund passiert. Da haben wir dann gleich noch einmal gezittert. Wegen Tollwut und Inkubationszeit.«

»Wie – Hund? Der, der deinen Bruder gebissen hat?«

»Genau. Mein Freund … also, der Bräutigam jetzt, das ist nämlich der Besitzer von dem Hund. Du hast ja damals gesagt, dass du nicht an Tollwut glaubst. Aber stell dir vor, der Hund wäre doch infiziert gewesen und hätte meinen Bruder angesteckt. *Vai me!* Ich weiß nicht, was dann passiert wäre, was mein Vater gemacht hätte. Ich hätte doch nicht sagen können: Den Mann da heirate ich. Und sein Hund hat unseren Sandro infiziert. Na ja, so haben wir dann immer weiter gewartet und überlegt …«

»Oh Gott, ja! Puh – das muss ja eine Zeit für dich gewesen sein! Und jetzt willst du also doch noch unter die Haube?«

Salome lacht ihr altes Lachen, bei dem Olga nie weiß, wie viel Sorgen sie dahinter versteckt. »Irgendwann nächsten Frühling. Wenn das Kind da ist. Kommst du? Kommt ihr?«

»Salome! Ich gratulier dir. Du hast mir nie erzählt, dass du einen Freund hast …«

»Wir sind seit Jahren zusammen. Heimlich halt. Weil bei uns beiden immer alles so unsicher war mit Jobs und so. Na ja, ist es natürlich jetzt auch noch. Georgien – weißt du ja. Irgendwas wackelt immer bei uns: entweder die Erde oder die Politik oder ein Tamada, wenn er zu viel erwischt hat.«

»Weißt du denn schon, was es wird?«

»Ein Mädchen.«

»Ach, Mensch, wie schön! Ich sage es gleich meinen Eltern. Wir kommen bestimmt zur Hochzeit.«

»Toll! Und du? Gehts dir gut?«

»Ja, ja. Dass meine Mutter jetzt so sportlich geworden ist, habe ich dir ja schon erzählt, oder?«

Jetzt lachen sie beide.

»Dann bis zum nächsten Mal!«

»Warte, Salome. Hast du eigentlich noch irgendwann mal was von Jack gehört?«

»Jack – aber der ist doch längst wieder in Deutschland. Hat er dir nicht geschrieben? Er wollte die Kneipe von seinem Vater weiterführen. Ein ganz kleines Ding, hat er gesagt, irgendwo in Bayern, das letzte Haus vor der Grenze zu Österreich.«

»Grenze zu Österreich … eine Stadt hat er nicht genannt?«

»Ich weiß nicht mehr. Doch, warte …«

»Vielleicht Mittenwald? Oder Berchtesgaden?«

»Nein, das wüsste ich.«

»Garmisch-Partenkirchen? Lindau? Passau?«

»Passau, ja! Es gibt doch eine Stadt, die so heißt?«

DIE HÄUSER AM FLUSS sind hellblau und karmesinrot. Dahinter türmen sich Klostermauern, schneeweiß, und von Grünspan leuchtende Kirchturmspitzen. Als wäre diese ganze Stadt mit Hilfe von Pinsel und Tuschkasten entstanden.

Olga geht am Inn-Ufer entlang. Sie hat niemandem gesagt, was sie vorhat. Es gibt Dinge zu überprüfen. Sie will wissen, wie weit sie sich auf diese töricht vor sich hin klopfende Sehnsucht verlassen kann. Vielleicht wabert die ja auf und davon, sobald sie dem leibhaftigen Jack gegenübersteht? Fünf Monate sind eine gewisse Zeitspanne, vielleicht sieht er inzwischen anders aus oder seine Stimmlage hat sich geändert? Oder ihr eigenes Gemüt. Könnte doch sein, immerhin hat sie selbst ja in letzter Zeit manches von dem aufgegeben, was ihr einmal so entscheidend wichtig vorkam: ihre Verlobung mit Felix, den Traum vom respektablen Namen, von der auf die korrekte, die deutsche Weise verheirateten Frau.

Auf der gegenüberliegenden Uferseite strömt tintenschwarz die Ilz in die Donau. Und direkt neben ihr wälzt jetzt auch der Inn sein sumpfiges Grün dazu. In drei Farben schillert der breiter gewordene Fluss. Hie und da spülen die Wellen ihre Beutestücke nach oben: Gras, Zweige, Plastikmüll, wie lauter Beweisstücke dafür, dass nichts bleibt, wie es war. Seit ein paar Minuten ist die Gegend übrigens prosaischer geworden, ein Autohaus grüßt, eine Kläranlage. Gleich ist sie am Ziel.

Jack weiß nicht, dass sie kommt. Sie hat ihn nicht angerufen. Sie hat den Spieß umgedreht. Bis jetzt ist jedes Mal er in ihr Leben gesprungen wie ein Strauchdieb – im Zug nach Bonn, beim Grillen im Park, im Hinterhof der Lermontowstraße. Immer hat er plötzlich vor ihr gestanden, seinen Blick auf sie gerichtet, sie mit seiner Stimme wehrlos gemacht. Heute ist sie es, die ihn überrumpeln wird. Vielleicht nicht einmal das – sie kann ihn auch heimlich durch ein Fenster betrachten, ihr Herz prüfen und umdrehen, wenn die Signale ausbleiben.

Da steht das Haus. Es sieht genauso aus wie auf dem Bild, das sie sich ergoogelt hat, mit Biergarten und einem Schild mit aufgemalten Wolken, und eben treten Menschen aus der Tür, ältere Damen mit Brillen, weißhaarige Herren, sie stehen im Hof herum, verstellen den Blick durchs Fenster, also überschreitet Olga jetzt doch die Schwelle, geht durch den Raum, setzt sich hinten an den letzten Tisch, den Rücken zur Wand. Die Augen auf die Tür neben dem kleinen Tresen gerichtet. Und jetzt sind alle Gefühle, die sie überprüfen wollte, ertaubt, nur eine leise Nervosität ist geblieben.

Die Tür hinter dem Tresen schwingt auf, in der Öffnung erscheint Jack. Sie hätte ihn auch als Silhouette erkannt, an seinem vorgeneigten Oberkörper. Ein pludriges weißes Hemd trägt er, über der rechten Schulter hängt ein kariertes Handtuch. So steht er da. Kein Schritt weiter, kein Wort.

»Da schau her!«, sagt er schließlich.

Mehr nicht? Olga bemerkt, dass sie ihre Hände brav mit den Flächen nach unten auf den Tisch gelegt hat wie ein Schulmädchen, und zieht sie verärgert an sich.

»Hallo«, sagt sie kühler, als sie wollte.

Er räuspert sich. »Was darfs sein?«

»Was kannst du empfehlen?«, fragt sie zurück, selbst verwundert über ihre klare Stimme.

Eine Pause entsteht, sie spürt ihr Herz schwer gegen die Rippen klopfen, aber das ist nur allgemeine Verwirrung.

»Ich hab was für dich«, sagt er endlich, geht und kehrt zurück mit einer Flasche, die er noch am Tresen öffnet. Gleich darauf steht ein mit rubinroter Flüssigkeit gefülltes Glas auf dem Tisch.

Sie riecht daran.

»Kein Alkohol«, sagt er, »keine Sorge, so viel weiß ich noch von deinen Vorlieben.«

»Wo hast du das her?«, fragt sie nach dem ersten Schluck. Es ist Traubensaft, der Geschmack erinnert an reife Kirschen, an etwas, das die Großmutter früher für sie hatte.

»Es schmeckt dir?« Immer noch steht er neben ihr am Tisch, so als seien sie nichts weiter als Wirt und Gast.

»Du bist Gastwirt geworden?«

»Sieht so aus.«

»Und? Zufrieden?«

Er verzieht keine Miene. »Geht so. Und bei dir? Darfst du schon fremden Leuten die Bäuche aufschneiden?«

»Zwei Monate noch, dann bin ich fertig.« Wieso schaut er die ganze Zeit so aufreizend unbeteiligt? Fühlt er sich belästigt durch ihren Besuch? Sie sollte dieses Glas austrinken und gehen. Stattdessen fragt sie: »Und? Gar nichts Neues bei dir?«

Jetzt rutscht doch ein halbes Grinsen über sein Gesicht. »Nicht viel, nur ein paar Gesetze, an die ich mich halten muss.«

»Du und Gesetze? Der Nachfahre von Wilddieben?«

»Nichts Dramatisches. Nur dass ich im Kühlschrank die Eier vom Salat getrennt halten muss. So was. Und den Salat vom Bier. Oder jeden verdammten Abend hier die Küche saubermachen.«

»Du ganz allein?« Sie hat es nicht mehr zurückhalten können, genau das wollte sie wissen.

»Ich schaffs schon. Bloß Zeit hab ich jetzt wenig.«

An der Außentür steckt ein Paar mittleren Alters die Köpfe herein. »Gibts noch warme Küche?«

»Schon geschlossen«, erklärt Jack, ohne die beiden anzusehen.

Das Paar weicht nicht von der Schwelle. »Auf dem Schild steht, Sie schließen erst um 22.00 Uhr!«, sagt die Frau beleidigt. »Man möcht ja wenigstens wissen, wie man dran ist, gellns!«

»Da haben Sie recht«, sagt Jack und geht so entschlossen auf die potentielle Kundschaft zu, dass die beiden zurückweichen. Gerade als er die Tür schließen will, witscht schmal und schwarz ein Hund herein, springt an ihm hoch, dann galoppiert er auf Olga zu, stoppt, legt den Kopf schief.

»Wer ist das?«, fragt sie verblüfft.

»Der ist aus Tiflis. Argo heißt er.«

Sie hält dem Hund die Hand hin, lässt ihn schnuppern. »Und er lebt hier mit dir?«

»Es ist ein georgischer Hund. Mit ins Schlafzimmer kommt er nicht.« Jack nimmt eine Metallschüssel vom Boden auf, füllt sie mit Reis und Fleischresten aus einem Topf und stellt sie seinem Hund hin. Der stürzt sich darauf wie ein Verhungernder.

»Bei mir«, sagt Olga und steht auf, »hat sich auch einiges getan.« Irgendetwas hat gerade die Stimmung verändert. Vielleicht der fröhliche Hund oder Jacks vertrautes Grinsen. Einen Moment lang überkommt sie ein Gefühl, als wäre alles geklärt und gleich läge sie in seinen Armen. Leichtsinn erfasst sie, sie ist schon drauf und dran, alles Mögliche über sich auszuplaudern.

325

Gerade noch rechtzeitig beschließt sie, es besser doch bei der harmloseren ihrer Metamorphosen zu belassen. »Zum Beispiel trinke ich inzwischen Alkohol.« Sie verkündet es mit einer gewissen Herausforderung.

Jack steht an die Wand gelehnt und schweigt.

»Hast du verstanden, was ich gesagt habe?« Was ist denn mit ihm? Der Jack, den sie kennt, der Pallikar, wie die Großmutter ihn nennt, müsste doch schon längst seine Reconquista gestartet haben. »Los!«, sagt sie. »Dann hol jetzt mal richtigen Wein!«

Er löst sich von der Wand und verlässt den Raum.

Und Olga geht in der Wirtsstube umher, betrachtet die Bilder an den Wänden, knetet ihre Hände und fragt sich, worauf Jack wartet. Sie wandert zur Tür, zurück zum Tresen, atmet den schwachen Geruch von gekochten Kartoffeln ein. Das hier ist also sein neues Leben. Stift, Papier, Töpfe und Schaumlöffel. Ach, und der Hund, der gerade die Schnauze in ihre Kniekehle stupst, sie schaut hinunter zu ihm, in die leuchtenden Tieraugen, und Tränen wollen ihr kommen, ohne dass sie wüsste warum. Sie nimmt die Flasche in die Hand, aus der er ihr eingeschenkt hat, und studiert die Banderole, die aufgedruckten roten Trauben, die georgischen und lateinischen Buchstaben. In winzigen Lettern steht unten ein Name: *J. Jennerwein*. Und oben groß und rot der des Produkts. *Evgenia*, liest sie. *Traubensaft aus Georgien*.

Zwei Sekunden, bis sie alles erfasst hat: den Jakob Jennerwein, der dieses Getränk hergestellt hat. Und den Namen auf der Banderole – *Evgenia* – das ist ihr Name: *Evgenidou* – *die mit den guten Genen*. Aber dann wird ja vielleicht doch noch alles gut, denkt sie, das Gesicht heiß vor Freude. Sie geht ein paar Schritte weiter und stößt die Schwingtür auf zu seiner Küche. Beflissen trabt Argo hinter ihr her.

In dem winzigen Raum ist jede Arbeitsfläche vollgestellt mit schaumverklebten Biergläsern, schmutzigem Geschirr und Besteck in Maßkrügen. Die Kehrseite von Jacks neuem Leben. »So sieht das also hier jeden Abend aus?«, fragt Olga den Hund, der hechelnd zu ihr aufschaut. Direkt vor ihr steht eine weitere Tür offen und gibt den Blick frei auf zwei Treppen, eine führt nach oben, eine nach unten. Dort irgendwohin muss Jack gerade gegangen sein. Und? Kommt er schon zurück? Noch kann sie seine Schritte nicht hören.

Wieso denn in den Keller? Da stehen doch nur die Konserven und das 30-Liter-Fass fürs Bier. Und jetzt noch er selber, der Wirt von der *Freiheit*. Ein schöner Depp ist er, dass er so kopflos da hinunterrennt! Andererseits hat er gerade jetzt dringend den Raum verlassen müssen, weil er kaum mehr gewusst hat, wohin mit sich. Wegen Olga, wegen ihrer Augen und der hinreißenden Art, wie sie Saft trinkt, wie sie ihre Handgelenke dabei biegt und wie sich beim Schlucken zwischen den Schlüsselbeinen ihre Kehlgrube bewegt. Verdammt, vorhin hat nicht viel gefehlt, dass er beide Arme um sie legt, sie an sich zieht und wie ein Blöder auf die Lippen küsst.

Die kühle Luft im Keller, der Geruch von Mauerwerk und Holz bringen ihn ein wenig zur Besinnung. Was hat er denn, was erschüttert ihn gerade so? Olgas Besuch natürlich, dass er nicht weiß, warum sie gekommen ist. Alte Freundschaft? Wie geht der Spruch mit dem Ding, das nicht rostet? Bei ihm wäre es ganz klar weniger Freundschaft als – na ja, das andere halt. Aber damit kann er doch jetzt nicht einfach herausplatzen! Seit ihrem dramatischen Abschied in Tiflis vor fast einem halben Jahr hat er an Olga immer nur als verheiratete, mindestens verlobte Frau gedacht. Hat sie geheiratet? Einmal vorhin in der Gaststube hat er einen kurzen Blick riskiert und nach Anzeichen geforscht. Kann ja sein, dass die Ehe Frauen verändert. Dass sie zu- oder abnehmen oder an ihren Haaren herumschnippeln. Aber nicht einmal einen Ring am Finger hat er entdecken können. Was auch wieder nichts heißt, vielleicht tragen moderne Paare ihre Ringe aus hygienischen Gründen – Mediziner! – in der Hosentasche oder an einer Kette um den Hals? Eine Kette wäre ihm allerdings aufgefallen, lang genug hat er ihr ja beim Schlucken zugeschaut.

Verdammt, er hätte nicht gedacht, dass ihm Olgas Anblick so zusetzt! Neben dem Bierfass steht mannshoch sein Kühlschrank, Jack lehnt den Kopf daran. Als wäre ein verzauberter Riese erlöst worden, antwortet der mit leisem, anhaltendem Brummen. All die Wochen hier hat Jack sich eingebildet, er hätte seine Seelenruhe endlich gefunden, würde wie einst der Vater langsam am Donauufer verkauzen, das Anwesen nur für den Einkauf im Großmarkt und beim Fischer verlassen, die Gäste hübsch auf Abstand halten. Und nun sitzt oben in der Stube die Liebe seines Lebens und wartet auf Wein. Wozu? Will sie über die Stränge schlagen? Mit ihm? Und was könnte er Olga in der Provinz hier bieten? Ein Leben, vor dem schon einmal eine Frau geflohen ist? Oder wäre ihr all das egal, das ewige Donaurauschen, die kleine Butze und Abend für Abend Stühle rauf und Schrubber in die Hand? Herrgott, wenn er nur wüsste, was Olga will!

Früher hätte er versucht, es aus ihr herauszukitzeln mit einem Witz, einem Mätzchen. Bloß sind ihm seit Bolnisi seine Witze ausgegangen. Und wenn er es auf die langweiligste Art versucht und ganz simpel die Wahrheit sagt? Wenn wir in Georgien wären, wenn die schöne Kuh wieder vor uns stünde, denkt er. Aber hier gibts keine Kühe, nur einen Kühlschrank, der nach dem lautem Rattern wieder in Schweigen verfällt.

Immerhin fällt ihm jetzt ein, was seiner Flucht in den Keller nachträglich einen Sinn geben könnte. Die Flasche Kindzmarauli zwischen den Einweckgläsern mit Tomaten und Bohnen. Bitte sehr, *in vino veritas*. Oder? Natürlich kommt niemand mit der simplen Wahrheit so cool und verwegen rüber wie mit einer ausgedachten Geschichte. Noch während Jack die Treppe hinaufgeht, fragt er sich, ob wirklich die Wahrheit und wenn ja, wie viel davon nötig sei. Und als er oben angekommen ist, weiß er erst recht nicht mehr, was er denken soll. Weil Olga in der Küche an seiner Spüle steht, eins der karierten Handtücher um den Leib gebunden, mit einem anderen trocknet sie zwei frisch gespülte Weingläser.

SIE SIEHT ZU, wie er, die Flasche zwischen die Knie geklemmt, den Korken zieht. Als er ihr das halb gefüllte Glas reicht, berühren sich ihre Finger, was einen kleinen Schock auslöst.

»Also?«, fragt Olga. »Worauf trinken wir?«

»Auf alte Lügen«, sagt er. »Falls du so was hören willst.«

»Bitte«, sagt sie, auf alles gefasst.

»Zum Beispiel stammt meine Familie nicht von Wilddieben ab. Das mit der Namensgleichheit ist Zufall.«

»Hab ich mir schon gedacht.« Sie nimmt vier Teller, hält sie unter den schwenkbaren Hahn im Spülbecken, in einer Art Zeitlupe kommt die Erleichterung. »Familienlügen haben wir auch«, sagt sie. »Bei uns betrifft es Tante Taisia. War es das?«

Er räumt in die Plastikkörbe, was sie ihm reicht. »Ich hab dir mal erzählt, dass meine Mutter tot ist«, sagt er. »War auch gelogen, sie führt ein lustiges Leben irgendwo mit einem Journalisten. Soll ein interessanter Kerl sein, damals fand sie ihn jedenfalls besser als ihre alte Familie.«

»Ja«, sagt sie, »ich verstehe.« Eigentlich ist es mehr als Verstehen, es kommt ihr vor, als hätte sie diese Geschichte immer schon gekannt. Wann sind wir fertig hier, fragt sie sich, wischt sich eine Haarsträhne aus dem geröteten Gesicht.

Er hält ihr eine Faust voll Besteck hin, ihre Hände berühren sich an den Außenkanten, erneut ein sachter Stromstoß.

»Fertig?«, fragt sie, zitternd vor Ungeduld.

»Boden noch«, sagt er, hebt einen Eimer ins Waschbecken

und lässt in großem Schwall heißes Wasser hineinfließen, und Olga denkt, dass sie keinen anderen Mann kennt, der Arme und Hüften mit solcher Anmut bewegt. Er beginnt, den Boden zu wischen, mit jedem Zug erglänzt eine neue saubere Bahn auf dem Linoleum, Meter um Meter weicht sie zurück, um ihm Platz zu machen, und mit ihr der Hund.

»Ich hätte auch noch was zu sagen«, erklärt sie, als sie schon fast an der Tür steht. »Nämlich bin ich mal wieder unverlobt.«

Er hält mitten in der Bewegung inne, lässt den Wischmopp fallen, macht zwei Schritte auf sie zu und fasst sie um die Hüften. So nah stehen sie beieinander, dass sie seinen Mund nur verschwommen sieht. »Olga!«, flüstert er. »Olga, alles, was ich will, ist, dass du mir bleibst. Du bist das Schönste, das Beste, du bist meine Liebe!«

»Ja?«, fragt sie. Auf dieses Wort wird etwas folgen, das weiß sie und hofft, dass der nächste Satz nicht mit *Aber* beginnt.

»Aber jetzt weiß ich nicht mehr, was ich noch tun soll. Einen Antrag hab ich dir schon gemacht, für ein schlampiges Verhältnis bist du nicht zu haben – Olga, mir geht die Munition aus. Sag du, was du willst!«

»Dich. Mit schlampigem Verhältnis. Was sagst du jetzt?«

»Olga …« Er fasst sie fest an den Schultern und stemmt sie etwas weg von sich, und eine Furche auf seiner Stirn entsteht, vor der sie sich fürchtet. »Und deine Familie?«

Die ist mir ganz egal, will sie sagen, aber gerade das geht nicht, weil sie sie auf einmal alle vor sich sieht, Mutter, Taisia, Keti, so viele Stimmen, die zetern zu Schande und Skandal und was all die Tanten und Nachbarinnen sagen würden und dass ihre Mutter sterben würde vor Scham, sogar die Großmutter kann sie hören, ihren empörten Ausruf vor vielen Jahren: *Was sagt ihr da? Ein Mädchen aus unserer Familie, das nicht geheiratet wird?*

»Stimmt«, stöhnt sie, »die gibt es ja auch noch.«

Immer noch hält er sie fest an den Schultern, und die Furche auf seiner Stirn vertieft sich. »Wenn du willst, geh ich einfach noch mal zu deinem Vater«, sagt er. »Bloß bin ich halt kein Professor. Nur so ein Depp ohne Abschluss.«

»Ein Depp mit Kneipe«, korrigiert sie.

»Ein Kneipenwirt und die Frau Doktor!«

»Ein Kneipier mit eigener Saftproduktion!«

»Mit Saftladen, meinst du«, sagt er trotzig, aber gleichzeitig lockert er seinen Griff und sieht sie an, als würden sie sich nun doch gleich küssen. Und nur vor lauter Ungeduld kann sie den Gedanken nicht fassen, der schon halbfertig irgendwo in ihrem Kopf kauert, als Antwort auf seine Zweifel und seinen Trotz. »Jetzt zeig mir endlich, wo dein Zimmer ist«, flüstert sie, Jacks Schlüsselbein an ihren Lippen.

»Da rauf«, knurrt er zwischen zwei Küssen, und gerade als sie die erste knarzende Stufe hinaufgehen, sein Arm um ihre Taille, bekommt sie den ihr im Gehirn herumtanzenden Gedanken doch noch zu fassen, und ihre Freude darüber ist nicht gering.

»So schwer wird das schon nicht bei meinem Vater«, sagt sie. »Weil, in unserer Familie, da sind es die Frauen, die sich ihre Männer entführen.«

DANKSAGUNG

Wie immer möchte ich mich herzlich bedanken bei meiner Agentin Beate Riess und zum ersten Mal auch bei Friederike Achilles und Bärbel Brands, meinen Lektorinnen bei Eichborn. Außerdem bei Lisa-Marie Dickreiter, Andreas Götz und Barbara Slawig, drei wunderbaren Kollegen, die das entstehende Buch durchgesehen und mich auf kleine, des Öfteren auch recht große Baustellen aufmerksam gemacht haben.

Ein riesiger Dank geht an all die Menschen, die mir bei der Recherche zu diesem Buch behilflich waren, indem sie meine vielen Fragen beantwortet haben zur Oper, zu Medizin, Gast- und Landwirtschaft und zu Urban Sketching; zum Schicksal der Pontos-Griechen, zur pontischen und georgischen Sprache; zu Kultur, Geschichte und Lebensart Georgiens. Und natürlich muss ich mich tausendundzweimal bedanken für die großartige Gastlichkeit meiner georgischen Freunde. Wer das Land auch nur ein wenig kennt, wird wissen, was ich meine.

IN DEUTSCHLAND WAREN DAS:

Monika und Prof. Bernhard Adler ★ Aristoteles Chaitidis ★ Franz Dambeck ★ Niki Eideneier ★ Heiko M. Fischer ★ Olga, Michail und Eliso Giourtzidis ★ Jürgen Goldbach ★ Walter Gruber ★ Martin Klostermeier ★ Mareike Knissel ★ Paula Krüssmann ★ Martin Praxenthaler ★ Jakob Reglauer ★ Matthias Ristel ★ Wolfgang Schäfer ★ Dr. Lili Schmid ★ Abdullah Sönmez

IN GRIECHENLAND:

Iannis Kalifatidis * Sonja Prokopidou * Alkmene Theodoridou

IN GEORGIEN:

Prof. Cort L. Anderson * Ana Bakuradze * David Chichua * Sandro Chubinidze * Nona Gelitashvili * Keti Gelutashvili * Eka Kartvelishvili * Elene Kikalishvili * Rima Kiriakidi * Nika Loladźe * Ilia Nadareishvili * Gvanca Nadibaidze * Hilarius Pütz * Dana Schluchtmann * Mario Schütze * Tamar Shashiashvili

ANMERKUNG ZU GRIECHISCHEN UND GEORGISCHEN NAMEN

Maskuline Namen im Griechischen enden fast immer auf -is, -as-, -es, oder -os. Handelt es sich bei dem Namensträger um eine Frau, wechselt der Familienname automatisch in den Genitiv, was sich auch in der Form des Namens bemerkbar macht: Aus der Ehefrau oder Tochter eines Herrn Evgenid*is* etwa wird dann Frau/Fräulein Evgenid*ou*, was dem Wortsinn nach bedeutet, dass sie dem männlichen Familienoberhaupt gehört. Schon um diese deutlich patriarchalische Tradition mitschwingen zu lassen, habe ich den Formwechsel mit ins Romangeschehen übernommen.

Eine weitere Eigenart im Griechischen ist der Vokativ bei maskulinen Namen. Da fällt bei der Anrede das Endungs-s weg, ein Achillea*s* oder Foti*s* wandelt sich also, sobald er angesprochen wird, zum Achillea beziehungsweise Foti. Um den deutschen Leser nicht unnötig zu irritieren, vollzieht die einschlägige übersetzte Literatur aus dem Griechischen ins Deutsche den Formenwechsel nicht mit. An diese Gewohnheit habe ich mich hier gehalten.

Einen Vokativ kennt auch das Georgische, der allerdings relativ einfach scheint. Im Nominativ enden die georgischen Nomen auf -i. Der Vokativ ändert das in -o. Das georgische Wort für *Junge* lautet *bitschi*. Spricht man den Jungen an, wird daraus *bitscho*. Diese Eigenheit habe ich im Roman beibehalten.